밤의 대통령

밤의 대통령 3부 ㄹ

이원호 장편소설

초판 3쇄 찍은 날 § 2024년 10월 25일
초판 3쇄 펴낸 날 § 2024년 11월 1일

지은이 § 이원호
펴낸이 § 서경석

편집책임 § 황창선
편집 § 박현성 김범석
마케팅 § 서기원

펴낸곳 § 도서출판 청어람
등록번호 § 제387-1999-000006호
등록일자 § 1999. 5. 31
어람번호 § 제8-0069호

주소 § 경기도 부천시 원미구 부일로 483번길 40 서경B/D 3F (우) 14640
전화 § 032-656-4452 팩스 § 032-656-4453
E-mail § chungeorambook@daum.net

ISBN 979-11-04-90713-5 04810
ISBN 979-11-04-90711-1 (세트)

CONTENTS

제1장

불타는 파리

밤의 대통령

"시간이 다 되었습니다, 형님."

고동규가 몸을 돌려 김원국을 바라보았다. 그들의 차는 극장의 앞쪽 도로에 세워져 있었으므로 행인이 많았다. 시간은 9시 반으로, 아직 밤이 깊지 않은 시간이었다.

"소지품을 점검해 봐라. 혹시 지갑을 넣고 있는지도 다시 한 번 봐두어라."

김원국이 코트의 단추를 채우면서 말하자 앞자리의 강대홍과 고동규가 잠시 부스럭거렸다.

그랑팔레는 150미터 앞쪽 거리에 있다. 옆 건물에 가려 윗부분만 보이는 호텔의 8층에서 희미하게 불빛이 보였다.

김원국은 문을 열고 밖으로 나왔다. 코트 속에는 이스라엘 제품인 우지 기관총이 매달려 있고, 혁대에는 베레타 자동 권총이

찔러져 있다. 코트 밑에 받쳐 입은 방탄조끼의 주머니에는 기관
총과 권총의 탄창이 다섯 개씩 있는 데다 수류탄도 네 발이나 끼
워져 있어 온몸이 묵직한 느낌이 들었다.

강대홍과 고동규가 차 밖으로 나왔다. 고동규가 차 안으로 다
시 상반신을 집어넣고는 안을 꼼꼼히 살펴본 후 허리를 폈다. 차
는 버릴 작정이었다.

손목시계를 내려다본 김원국이 머리를 들어 주위를 둘러보았
다. 9시 5분 전이고, 인도에는 사람이 꽤 많았다. 날씨가 풀린 탓
일 것이다.

코트 주머니에 두 손을 찌른 김원국이 발을 떼자 강대홍이 서
두르듯 앞장을 섰다. 굳은 얼굴에 입술은 꼭 닫혀 있다.

샤틀레극장의 휴게실 안.

시계를 내려다본 김칠성이 옆에 서 있는 다케무라 한쇼에게 손
바닥을 펴 보였다.

"시간이 되었어, 다케무라 씨."

"5분 전인데."

말은 그렇게 했지만 다케무라는 몸을 돌려 화장실로 서둘러
들어갔다.

의자에 앉아 있던 조웅남이 계단의 입구 쪽으로 시선을 돌렸
다. 두 명의 동양인이 그와 시선이 마주치자 제각기 머리를 돌렸
는데 그들은 일본 정보국 요원이었다.

다케무라가 길이 1미터쯤의 로켓포 두 개를 부하 한 명과 나누
어 들고 화장실에서 나왔다. 제각기 한쪽 팔에는 포탄이 든 상자

를 안고 있었다.

"자, 우린 이제 갑니다."

다케무라가 로켓포와 상자를 그들 옆에 내려놓으며 말했다.

"다시 만날 기회가 있기를 빌겠소."

"고맙소, 다케무라 씨."

김칠성이 로켓포를 받아 쥐면서 말했다. 조웅남은 20센티미터쯤 되는 포탄 두 개를 한 번에 꺼내고 있다.

"지켜드리고 싶지만, 지시를 받아서……"

반쯤 몸을 돌린 다케무라가 찌푸린 얼굴로 말하자 포탄을 장전한 김칠성이 조준경에 눈을 대면서 손을 저었다.

"가시오, 어서."

"아따, 훤하다."

야간 투시경이 달린 최신형 로켓포였으므로 조웅남이 감탄하듯 말했다. 다케무라가 그들을 힐끗거리면서 계단 쪽으로 다가갔다. 이제 그들의 뒤쪽은 비게 되었다.

"형님, 난 1층의 북한 놈들 방이오. 형님은 6층을 맡아요."

김칠성이 로켓포의 조준경에 눈을 붙인 채 말했다.

"불이 켜졌거나 꺼졌거나 쏘아 넣읍시다. 포탄은 다섯 발씩이나 되니까."

"난 저그 8층이다. 저그가 껄쩍지근혀."

조웅남의 말에 김칠성이 혀를 찼다.

"좋아요. 8층부터 때리고 6층을 때리세요, 그럼."

그의 말이 끝나기도 전에 조웅남의 로켓포 뒤쪽에서 쐐액 하는 분사음이 들리면서 휴게실이 진동했다.

그에 김칠성이 얼떨결에 방아쇠를 잡아당겼고, 그의 로켓포도 힘찬 진동음과 함께 가스를 분출시켰다.

안톤 모리스는 앞을 스치고 지나가는 장신의 동양인이 어딘가 낯이 익다고 생각했다. 게리 러셀은 뒤쪽 어딘가로 소변을 보러 갔기 때문에 혼자 있었는데 몇 모금 얻어 마신 위스키에 알딸딸해져 있는 상태였다.

다른 한 명의 동양인이 코트를 펄럭이며 그의 앞을 지나갔다. 코리언이다. 안톤은 그렇게 직감했다. 그러나 저렇게 태연한 걸음이면 북한 쪽일 것이다.

사람들을 헤치고 그들이 그랑팔레호텔의 정문 근처에 다가갔을 때 게리가 나타났다. 생리 현상을 마쳐 개운해진 얼굴이다.

"이봐, 이젠 늦었어. 어디 가서 본격적으로 마시는 것이 어때?"

바로 그의 말이 끝나기도 전에 안톤은 불꽃놀이 할 때와 같은 분사음이 공기를 가르는 소리를 들었다. 그리고 그다음 순간 요란한 소리와 함께 폭발이 일었다

번쩍 머리를 든 안톤은 그랑팔레호텔 8층 모서리가 폭발하면서 화염이 치솟는 것을 보았다. 그리고 6층의 방 하나가 다시 폭발하면서 불덩이가 밤하늘을 갈기갈기 찢었다.

"시작이다!"

저도 모르게 고함을 친 안톤은 목에 걸고 있던 카메라를 들어 올렸다. 그러고는 자신도 로켓포를 발사하듯이 정신없이 렌즈를 그랑팔레에 대었고, 잠시 넋을 잃고 있던 게리도 퍼뜩 정신을 차리고는 카메라를 눈에 댄 채 호텔 정문 쪽으로 뛰었다.

월튼이 폭발음을 들은 것은 그가 막 식당에서 1층의 로비로 내려왔을 때다. 빌딩이 흔들리는 듯한 진동과 함께 다시 두 번째 폭발이 일자 그는 저도 모르게 가슴에 찬 권총을 뽑아 들었다.

"어디야? 어디서 폭발한 거야?"

무선전화기를 꺼내 든 그가 미친 듯이 소리치자 잡음 섞인 부하의 목소리가 아우성치듯 들려왔다. 대여섯 명이 한꺼번에 송신해 오는 것이다.

─8층입니다!

─6층이오, 보스!

─7층이오! 놈들이 로켓포를 쏩니다!

월튼은 권총을 손에 쥔 채로 계단을 달려 올라갔다. 그러고는 헐떡이며 소리쳤다.

"정문을 막아라! 그리고 로켓포 공격을 저지시켜!"

그것이 뜬구름 잡는 듯한 지시인 줄 스스로 알고 있었지만 월튼으로서는 그럴 수밖에 없었다.

포탄은 왼쪽 창문을 뚫고 들어와 안쪽에 있는 바의 진열장에 맞아 폭발했다. 폭음과 함께 산산조각이 난 집기와 포탄의 파편이 회의장을 덮었다.

방 안의 사람들은 창가에 앉아 있었는데 포탄이 들어온 곳은 극장 쪽으로 난 왼쪽 유리벽이었다. 수라장이 된 회의장은 자욱한 연기에 덮였고, 직격탄을 맞은 바에서는 불길이 솟아오르고 있었다.

고트 부통령은 폭발의 충격으로 벽에 어깨를 부딪치면서 소파 밑에 처박혀 있는 자신을 발견하고는 눈을 부릅떴다. 옆에서 누군가 기침을 했고 가느다란 신음 소리도 났다. 그리고 다시 폭발음이 들리면서 천장에 겨우 매달려 있던 샹들리에가 떨어져 내렸다.

"몰!"

쉰 목소리로 고트가 소리치자 한쪽에서도 한국말로 외치는 소리가 들렸다.

"수상 동지!"

"몰!"

다시 폭발음이 들리면서 건물이 흔들렸다. 바에서는 불길이 더욱 거세게 타오르면서 숨이 막힐 듯한 연기가 휩싸여 왔다.

"몰!"

"조지, 나 여기 있어."

의외로 가까운 곳에서 몰의 목소리가 들렸다. 그러나 부서진 가구 틈에 끼었는지 몸은 보이지 않았다. 그러자 문 쪽에서 누군가가 고함을 쳤다.

"부통령 각하! 몰 상원의원님!"

CIA의 월튼이었다.

로켓탄이 다섯 발쯤 날아와 폭발했을 때 최성산은 발사 위치가 샤틀레극장의 2층 창문이라는 것을 알았다. 그가 현관 밖으로 뛰쳐나가 직접 확인한 것이다.

"저곳이다!"

그가 손으로 가리키기도 전에 부하들이 미친 듯이 정문으로 뛰쳐나갔다. 그들은 정문 앞에 운집한 사진기자들을 헤치고 극장 쪽으로 달려갔다.

로켓탄은 계속해서 날아오고 있었다. 6층과 1층을 계속해서 때리다가 8층으로 다시 한 발이 날아와 폭발했다. 8층에 두 발이 떨어진 것이다.

카메라의 플래시가 수없이 번쩍이고 있었으므로 최성산은 이를 악물고 몸을 돌렸다. 로비로 뛰어들어 온 그는 휴대폰을 귀에 대었다.

"8층! 8층 나와라!"

부하들이 그의 주위로 몰려왔다가 위층에서 들려오는 폭음에 위쪽을 올려다보면서 우왕좌왕하고 있었다.

"8층!"

최성산이 다시 악을 쓰면서 몰려선 부하들을 손짓으로 흩어지게 했다.

—조장 동지.

잡음에 섞인 부하의 목소리가 들렸다.

—8층입니다.

"어떻게 되었나, 수상 동지는?"

—안에 포탄이 떨어졌습니다.

부하는 말을 멈추고 기침을 했다.

"수상 동지는 어떻게 되었어?"

그가 다시 악을 쓰자 잡음이 크게 났다.

—…저는 움직일 수가 없습니다, 조장 동지.

최성산이 휴대폰을 내리고는 주위의 부하들을 돌아보았다.

"너희들은 로비를 지켜라. 그리고 너희들은 날 따라와."

포탄이 다시 한 발 떨어져 폭발하자 천장에서 석회 가루가 자욱하게 쏟아져 내렸다.

경호원들이 미친 듯이 샤틀레극장 쪽으로 달려가자 김원국은 기자들 사이로 끼어들었다. 기자들은 시체에 달려든 독수리 떼처럼 집요하고 잔인했다. 불타오르기 시작한 호텔이 그들에게는 둘도 없는 먹이로 보이는지 온몸에 활기가 가득 차 있다.

북한 측의 지휘관으로 보이는 사내가 현관을 나왔다. 그는 샤틀레극장 쪽으로 부하들을 보내고는 힐끗 이쪽에 시선을 주더니 재빨리 몸을 돌려 호텔 안으로 사라졌다.

김원국이 기자들을 뚫고 현관 쪽으로 바싹 다가가다 기자 한 명과 몸이 부딪쳤다. 사진을 찍어대던 기자가 귀찮은 듯 그를 힐끗 스쳐보더니 놀란 듯 머리를 다시 돌렸다. 김원국은 그를 지나 앞으로 나아갔다.

경호원 세 명이 현관을 지키고 있었는데 그들의 시선은 샤틀레극장 쪽과 이쪽으로 왔다 갔다 했다. 그가 계단으로 오르자 앞에 서 있던 경호원들이 두 눈을 크게 떴다.

불길이 솟아오르는 호텔의 위층에서 유리창 조각들이 그들 사이로 떨어져 내렸다. 김원국은 코트 안에 있던 우지를 손에 쥐고는 그들을 향해 방아쇠를 당겼다.

타타타타!

요란한 총성과 함께 뒤쪽의 기자들이 놀란 듯 제각기 소리를 질렀다.

한걸음에 계단을 뛰어오른 김원국은 어깨로 현관의 유리문을 밀어젖혔다.

타타타! 타타타! 타타타!

뒤쪽에서 짧게 속사되는 기관총 소리가 들려왔다. 고동규와 강대홍이 그를 따라 뛰어 들어온 것이다.

로비에 있던 7, 8명의 사내가 흩어지고 있다. 김원국의 귀에 총소리가 여러 차례 들렸고, 가슴에 충격이 왔다. 로비 바닥으로 몸을 굴리면서 기관총을 난사하던 그는 무엇인가에 걸려서 멈추었다. 뒤따라 들어온 고동규와 강대홍이 기관총을 사방으로 휘저으며 총탄을 쏘아 갈겼다. 로비에는 종업원을 포함하여 7, 8명의 사내가 있었지만 강대홍이 던진 수류탄이 프런트 안에서 폭발하는 것을 끝으로 총성이 멎었다.

로비 정면의 대리석 흉상 밑에 엎드려 있던 김원국이 몸을 일으키며 옆쪽을 바라보았다. 소파를 방패 삼아 쭈그리고 앉아 있던 고동규가 따라 일어섰다. 벽에 붙어 서 있던 강대홍이 로비 안쪽의 엘리베이터로 달려가는 발소리가 커다랗게 울렸다.

안톤 모리스는 정신없이 셔터를 누르다가 문득 샤틀레 쪽에서의 포격이 끝났다는 것을 깨달았다. 그는 호텔의 정문 돌기둥에 몸을 감추고 불타오르는 그랑팔레를 가슴을 떨며 찍어대는 중이었다.

그의 주위에서는 어느새 10여 명의 기자가 몸을 부딪치며 사진을 찍거나 휴대폰을 귀에 대고 고함을 치고 있었지만 호텔의 계단 위쪽으로는 보이지 않는 철망이 쳐진 것처럼 발을 딛지 않았다. 안에서 바깥쪽으로 쏘는 총탄에 현관의 유리창은 산산이 부서져 내렸고, 가끔씩 유탄이 바깥쪽으로 쏟아져 나와 기자 한 명이 총상을 입었던 것이다.

안톤은 카메라에서 눈을 떼고는 머리를 들었다. 로비에서 수류탄의 폭음이 들리더니 총격전이 멎은 까닭이다.

"개새끼들."

옆에서 말하는 이는 돌아보지 않아도 게리 러셀이다. 그도 한숨을 돌리는 듯 목을 빼고 정면의 호텔을 바라보고 있었지만 어른거리는 불빛에 비친 얼굴은 허탈해 보였다. 옆쪽에서 기자 두어 명이 미친 듯이 소리를 지르며 사람들을 헤치고 빠져나갔다. 특종을 잡은 것이다.

"난 보았어."

안톤이 로비를 바라보면서 혼잣소리처럼 중얼거리자 게리가 몸을 돌렸다.

"뭘 말이야?"

그러자 포탄 한 발이 날아와 7층의 창문을 뚫고 들어가더니 엄청난 폭음을 내며 폭발했다. 파편이 이쪽까지 떨어져 내렸지만 그들은 이제 면역이 된 듯 목만 잠깐 움츠렸다가 폈다.

"도대체 뭘 보았다는 거야?"

게리가 다시 다그치듯 물었으나 안톤은 대답하지 않았다.

"어이고, 다리야."

조웅남이 씨근거리며 건물의 벽에 어깨를 부딪치면서 멈춰 섰다. 로켓탄을 모두 쏘아 없앴을 때쯤 극장에서 소란이 일어났다.

관객들이 휴게실에서 들려오는 요란하고 기분 나쁜 발사음에 놀라 일어나서는 무더기로 극장 밖으로 쏟아져 나온 것이다. 호텔 쪽에서 달려온 북한과 미국 측의 요원들이 사람들을 헤치고 극장으로 들어오는 데 애를 먹은 것은 말할 것도 없었다.

옆에 멈춰 선 김칠성도 가쁘게 숨을 내쉬고 있었으나 조웅남보다는 나았다. 더욱이 화장실의 창문에서 창고 지붕으로 뛰어내릴 때 다리 한쪽이 지붕을 뚫는 바람에 조웅남은 다리를 절고 있었다.

앞쪽의 호텔은 불길에 휩싸여 있었고 간간이 총성이 울려 퍼지고 있었다. 그들이 호텔의 뒤쪽 길가에 이르렀을 때 경찰차의 사이렌이 요란하게 들려오기 시작했다. 거리는 수백 명의 시민이 몰려나와 있어서 혼잡했다.

차들은 도로를 가득 메운 채 움직이지 않았고, 일부 운전자들은 밖으로 나와 그랑팔레의 엄청난 화염을 바라보고 있었다.

그들은 다시 사람들을 헤치며 호텔을 향해 뛰었다.

"에이구, 씨발! 이놈의 다리!"

헐떡이며 뛰던 조웅남이 으르렁거렸다. 마음 같아서는 다리를 빼어 던지고 싶었다.

그들은 헬스클럽이 있는 그랑팔레의 부속 건물 근처로 다가갔다. 5분 전까지만 해도 그들이 로켓포를 쏘아댄 극장의 휴게실은 길 건너편에 있었다.

건물 모퉁이에 가득 모여 서서 오른쪽의 호텔 정문을 기웃거리던 사람들은 총성이나 폭음이 울릴 때마다 탄성을 뱉었다.

"형님, 갑시다."

김칠성이 조웅남의 소매를 잡았다.

"어서 우리 할 일을 해야지요."

"신나게 쌈허는디."

김칠성을 바라보던 그가 두 눈을 끔벅이며 머리를 끄덕였다.

"가자."

최성산은 5층의 비상구 계단 옆 벽에 몸을 기대고 서 있었다. 그의 옆쪽으로 세 명의 부하가 권총을 치켜든 채 나란히 서 있고 위층의 난간 사이로도 부하들의 모습이 보였다. 6층은 이제 불길이 번져 나가 비상구 쪽으로 후끈한 열기와 함께 검은 연기가 뿜어져 나왔다.

허리에 차고 있던 무선전화기가 울었으므로 그는 서둘러 전화기를 빼 들었다.

"말해라."

—조장 동지, 지금 내려가야 합니다.

부하의 다급한 목소리가 들려왔다.

—7층의 비상계단 쪽으로도 불길이 솟아 나옵니다.

그는 말을 잇지 못하고 기침을 했다. 최성산은 이를 악물었다.

"수상 동지는 어때? 이제 정신이 드셨나?"

—수상 동지는 돌아가셨습니다.

"……."

—조장 동지, 기다릴 수가 없습니다. 연기가 심하고, 외교부장

동지는 출혈이……

"7층이나 6층의 방으로는 들어갈 수 없단 말이냐?"

최성산이 쥐어짜는 듯한 목소리로 묻자 부하가 겨우 기침을 멈추고는 헐떡이며 대답했다.

—그건 더 위험합니다. 불길 때문에. 연기도……

엘리베이터 두 대 중에서 로비에 있던 한 대는 폭파되었고, 나머지 한 대는 3층에 머물러 있었지만 그것도 수류탄을 문짝 사이로 밀어 넣어서 받침대를 부수어놓았다. 탈출구는 비상계단밖에 없었다.

잡음이 들리더니 곧 다른 사람의 목소리로 바뀌었다. 영어다.

—최, 여기서 기다릴 수는 없소! 내려가야 해!

월튼이 소리치고 있었다.

—몰 상원의원이 중상이야. 병원에 데려가야 해, 당장.

최성산이 아랫입술을 물었다.

"좋아, 월튼. 당신이 지휘해서 내려오시오."

—아래쪽 상황은 어떻소?

"놈들이 계단으로 올라오고 있어."

전화기의 스위치를 끈 최성산이 부하들을 돌아보았다. 두 눈이 번들거렸다.

"지킬 여유가 없다. 우린 내려가면서 길을 튼다."

부하들이 잠자코 그를 바라보았다.

아래쪽에서 요란한 총성이 울리다가 금방 멈추었다. 숨을 들이마신 최성산은 두 손으로 북한제 AK 자동소총을 움켜쥐고는 몸을 틀어 계단에 발을 내디뎠다. 그 순간 호텔 밖에서 커다란 확성기 소리가 들려왔다. 총성을 제압할 만한 커다란 외침이다.

"들어라! 우리는 프랑스 경찰이다! 호텔 안에 있는 사람들은 모두 무기를 버리고 투항하라! 앞으로 3분의 여유를 주겠다! 즉각 총격전을 중지하고 손을 들고 밖으로 나와라! 그러지 않으면 무력으로 진압하겠다!"

벽을 등지고 선 김원국이 머리를 돌리자 고동규가 숨을 몰아쉬며 다가왔다.

"형님, 경찰이 왔습니다."

"듣고 있다."

"형님."

고동규가 눈을 치켜뜨고 그를 바라보았다. 그 순간 위쪽 계단 모퉁이에서 총성이 울렸고, 총탄이 벽에 맞아 튕겨 나갔다. 손에 쥔 우지의 탄창을 쳐올린 김원국이 막 계단 위로 발을 딛자 고동규가 그의 옷깃을 잡았다

"형님, 늦었습니다."

"그것도 알고 있다."

"형님, 여기는 제가 맡겠습니다."

"쓸데없는 소리."

김원국이 힐끗 그를 바라보았다. 조웅남의 로켓포 공격으로 혼란에 빠졌을 때 진입해 들어가기로 계획했었다. 일단 진입하는 것은 성공했으나 2층과 3층의 계단을 올라오는 데 너무 시간을 소비한 것이다.

미국과 북한의 요원들은 손상되지 않은 2, 3층의 방에서 튀어

나와 그들의 진로를 결사적으로 방해했다. 위층에 있는 대표단 때문일 것이다.

고동규는 이마를 스친 총탄으로 얼굴 한쪽이 피투성이가 되었다. 어깨를 뚫고 지나간 총탄으로 김원국의 팔도 피에 젖어 있었고 그들의 방탄조끼에 서너 발의 총탄이 박혀 있는 것은 말할 것도 없었다. 고동규는 더 이상 입을 열지 않았다.

강대홍을 포함한 그들 세 사람의 탈출 계획은 없었다. 오직 시간에 맞춰 진입하여 강대홍은 로비와 엘리베이터를 맡고 고동규와 김원국은 8층까지 올라간다는 것이 계획의 전부였다. 조금 전부터 아래층에서 격렬한 총성이 울려오고 있다. 경찰이 호텔을 포위하기 전에 극장으로 달려갔던 사내들이 돌아온 것이다. 강대홍이 혼자 그들을 막고 있는 중이었다.

확성기 소리가 다시 밤하늘을 울렸다.

"2분 남았다! 총격전을 즉시 중지하라! 너희들은 포위되었다! 무기를 버리고 밖으로 나와라!"

김원국은 머리를 돌려 고동규를 바라보았다.

"총소리가 그쳤다."

아래층을 울리던 총소리는 어느덧 그쳐 있었다. 그것이 무엇을 의미하는지는 말할 것도 없었으므로 고동규는 어금니를 물고 머리를 돌렸다.

―조장 동지, 로비는 소탕했습니다. 저항하는 놈을 사살했습니다.

휴대폰에서 부하의 목소리가 들려왔다.

─올라가겠습니다, 조장 동지.

휴대폰의 스위치를 끈 최성산이 머리를 돌려 뒤쪽을 바라보았
다. 월튼과 미국 요원들 사이로 계단에 앉아 있는 고트 부통령이
보인다. 셔츠 차림이었는데 어깨 부분이 찢어지고 군데군데가 그
을었다. 그리고 그 옆의 벽에 홍진무 상장이 기대어 있었는데 피
로 물든 천 조각이 이마에 감겨 있었다. 그와 시선이 마주치자 최
성산은 머리를 돌렸다.

월튼이 부하들을 헤치고 다가왔다.

"최, 우리도 내려갑시다. 서둘러야 돼. 포탄 한 발만 떨어지면
끝장이야."

그로서는 빈 몰 상원의원이 죽었으니 눈이 뒤집힐 만도 했다.
그리고 살아남은 고트 부통령만이라도 안전한 곳으로 피신시켜
야 했다.

이를 악문 최성산은 머리를 저었다. 아까부터 온몸이 허공에
떠 있는 듯한 느낌이 들고 멀리서 총성이 들리는 증상이 생겼다.

그의 뒤쪽에 서 있는 서너 명의 부하가 조심스럽게 그를 바라
보았다. 부하 한 명이 계단의 벽 모서리에서 아래쪽으로 불쑥 상
반신을 내보였다. 그러고는 몸을 돌려 최성산을 바라보았다. 몸
이 완전히 노출된 상태였다.

"조장님, 비어 있습니다."

4층 계단까지는 비어 있다는 말이다. 그러자 계단 위쪽에서 검
은 연기가 뿜어졌다. 불길이 빠르게 번져 오른 것이다. 아랫입술
을 깨문 최성산이 이를 악물었을 때 아래쪽에서 요란한 발소리가
들려왔다.

"조장 동지!"

얼굴이 상기된 부하 두 명이 급히 계단을 오르면서 그를 올려다보았다.

"아래쪽은 비었습니다. 어서."

"비상구는?"

"경비병을 세워놓았습니다."

최성산은 머리를 돌려 월튼을 바라보았다.

"갑시다."

곧 고트가 몸을 일으켰고, 홍진무도 힘들게 어깨를 벽에서 떼었다.

호텔 앞을 가로막은 10여 대의 경찰차 뒤에서 총을 겨눈 경찰들이 불타오르는 호텔을 바라보고 있었다.

조금 전에 소방차 두 대가 도착했지만 경찰 지휘관의 지시로 길 건너편으로 물러갔다. 호텔은 밤하늘을 붉게 물들이며 타오르고 있었다. 호텔 안에서 요란하게 들려오는 총소리는 마치 축제 때의 폭죽 소리와 비슷했다.

강변도로는 이제 구경꾼들로 인산인해를 이루고 있었다. 도로를 가득 메운 차량들이 움직이지 않았으므로 차 밖으로 나온 사람들은 불꽃놀이를 구경하듯 휘황한 그랑팔레를 바라보고 있었다. 총소리가 들려올 때마다 사람들은 탄성과 같은 소리를 질렀다. 불꽃이 크게 일어날 때도 마찬가지였다.

장 구베르 서장은 시계를 내려다보고는 마이크를 입에 대었다가 다시 내렸다. 경고한 시간은 이미 지났다. 안에서는 아직도 총성이 울리고 있어서 놈들이 이쪽의 경고를 들었는지도 알 수 없었다. 주위에는 차체에 몸을 숨긴 200명이 넘는 경찰이 총구를 호텔로 향한 채 명령을 기다리고 있었다.

그가 다시 마이크를 입에 대었을 때 옆에서 보좌관인 조르주가 허리를 숙인 자세로 달려왔다. 손에는 휴대폰을 쥐고 있다.

"서장님, 수상에게서 전화가 왔습니다."

"뭐야, 수상?"

이맛살을 찌푸린 구베르가 전화기를 받고는 헛기침을 하며 목청을 가다듬었다. 조금 전에도 내무장관의 전화를 받았었다. 내무장관 레지에는 지금 이곳으로 달려오고 있는 중이다.

"여보세요. 구베르 서장입니다, 수상 각하."

구베르가 부동자세로 말했다.

—서장, 안쪽 상황은 어떤가?

지스카르 수상의 목소리는 날카로웠다. 이것은 국제적인 사건이었고, 더욱이 파리 한복판에서 일어났다는 것에 대해 신경이 극도로 예민해져 있을 것이다. 이제까지 파리에서 이렇게 엄청난 사건이 일어난 적이 없었다. 미국 부통령과 상원의 원내총무, 그리고 한 국가의 수상과 각료급 인사들이 있는 호텔이 로켓포 공격을 받았고 지금도 치열한 총격전이 벌어졌다.

"예, 지금도 총격전이 계속되고 있습니다, 수상 각하."

—빈 몰 상원의원이 조금 전에 사망했어. 그리고 북한 쪽도 수상과 외교부장이 죽었어.

입을 딱 벌린 구베르의 귀에 수상의 목소리가 다시 울렸다.

—방금 미국 대사관에서 나에게 연락이 왔어. 호텔 안에 있는

경호 책임자가 연락을 해준 모양이야. 부통령과 북한 측 각료급 인물 하나는 목숨을 건진 모양인데…….

"예, 각하. 그렇다면……."

―놈들이 지금도 공격해 올라온다는 거야. 몇 놈인지는 아직 확실히 모르겠어.

구베르는 불타오르는 호텔을 노려보았다. 로비의 총격전은 그친 모양이다.

―서장, 듣고 있나?

"예, 수상 각하."

―미국 부통령을 구해야 돼. 다치게 하면 안 돼.

"알겠습니다, 수상 각하."

조르주가 굳은 얼굴로 전화기의 스위치를 끄는 구베르를 바라보았다.

월튼과 최성산은 3층 계단에서, 아래쪽에서 치고 올라온 북미 양국의 요원들과 마주쳤고, 숨 돌릴 사이도 없이 고트와 홍진무를 에워싸고는 계단을 내려갔다.

그들이 3층에서 2층으로 꺾어지는 계단의 모퉁이에 다가갔을 때였다.

"수류탄이다!"

누군가가 목청껏 소리쳤으므로 20여 명의 사내는 일제히 움직였다. 모두 특수 훈련을 받은 정예 요원들이어서 월튼과 두어 명의 미국 측 요원은 고트 위로 몸을 던졌고, 홍진무 위로는 북한 측 요원들이 몸을 날려 방벽을 쌓았다.

최성산은 계단을 굴러떨어지는 수류탄 두 개를 보았다. 수류탄은 4층의 복도 안쪽에서 던진 것이다. 그의 부하 두어 명이 굴러떨어지는 수류탄을 잡으려다가 놓치고는 몸을 틀어 계단 위에 엎드렸고, 아래쪽에 있는 사람들은 순식간에 수류탄을 피해 옆으로 갈라졌다. 두 발의 수류탄은 서로 부딪치며 내려오다가 한 발이 공교롭게도 미국 측 요원들이 몸으로 방벽을 쌓은 곳에 걸려서 멈추었다.

"아앗!"

아래쪽에서 그것을 본 미국 요원 한 명이 외마디 비명을 질렀다. 수류탄 한 발이 고트 위에 엎어진 요원들의 얽힌 다리 사이로 들어가 버린 것이다.

최성산은 아래쪽에 있었다. 그는 나머지 한 발을 눈을 부릅뜨고 바라보았다. 수류탄은 안전핀이 꽂혀 있었다. 5초도 안 되는 짧은 시간이었지만 최성산에게는 5분도 넘는 긴 시간 같았고, 고속 촬영을 한 느린 화면을 볼 때처럼 모든 것이 선명했다.

미국 측 요원들의 고함과 더불어 반사적으로 다리 사이의 수류탄의 감촉을 느낀, 고트를 감싸고 엎어져 있는 세 명의 미국인이 튕기듯이 일어났다. 그때 최성산은 4층의 비상구에서 달려 나오는 사내를 똑똑히 볼 수 있었다.

사내는 한 손에 수류탄을 움켜쥐고 있었다. 그는 미국과 북한 측 요원들 사이를 바람처럼 지나 고트에게로 뛰어 내려왔다. 최성산은 무의식중에 그를 향해 기관총을 겨누었다. 몇몇의 요원들도 마찬가지였지만 방아쇠를 당긴 사람은 없었다. 복도가 요원들로 꽉 차 있고, 수류탄 때문에 자세들이 흐트러진 데다 사내가 쥐고 있는 수류탄의 영향 때문이기도 했다.

사내는 손을 뻗쳐 고트의 목덜미를 움켜쥐었다. 그의 옆에서는 서너 명의 요원에 의해 눌린 홍진무가 아직 꿈틀거리고 있었다.

"모두 무기를 버려라!"

사내의 목소리가 계단을 울렸다.

"그러지 않으면 같이 폭사하겠다."

"김원국."

그를 노려본 최성산이 혼잣소리처럼 말했다. 그러자 4층의 비상구에서 두 손에 수류탄을 움켜쥔 사내 한 명이 그들 사이로 들어섰다. 좁은 복도에서 북미 양국의 요원들은 숨을 죽이고 두 사내를 쏘아보았다.

"수류탄을 버려라!"

마침내 얼굴이 하얗게 질린 윌튼이 입을 열었다.

"네가 한국 놈이라는 걸 안다. 어서 버려!"

그러자 김원국이 수류탄을 고트의 목덜미를 움켜쥔 손으로 옮겨 쥐었다.

고트는 차가운 수류탄이 목덜미에 닿아 목을 움츠렸고, 김원국은 허리춤에 끼워 넣은 베레타를 뽑아 들었다.

타앙!

한 발의 총소리가 이제까지의 총성보다도 더욱 선명하게 들렸다. 윌튼이 가슴을 움켜쥐고 계단 위로 쓰러지자 계단 위의 사내들은 몸을 굳히고 움직이지 않았다. 이윽고 김원국이 냉랭한 정적을 깨었다.

"너희들은 내려가라. 하지만 너, 그리고 너."

그의 총신이 홍진무와 최성산을 가리켰다.

"너희 둘은 남아."

양손에 수류탄을 쥔 사내가 그의 말을 영어로 통역하면서 홍진무의 앞을 가로막았다.

"어서!"

김원국의 날카로운 목소리가 다시 계단을 울리자 최성산이 손에 쥔 기관총을 계단 위로 던졌다.

"내려가라!"

"조장 동지."

부하 한 명이 입을 열다가 최성산의 시선에 말을 멈추었다.

"안 내려가? 이 자리에서 너희 상관들과 같이 터뜨려 줄까?"

한국어로 김원국이 다시 소리치고는 곧 영어로도 바로 말했다.

"어서 내려가!"

최성산의 말에 북한 요원들이 하나둘 움직이기 시작했다. 이윽고 미국 쪽 요원들이 그들의 뒤를 따랐다. 이제 계단에 서 있는 사람은 다섯이었다. 인질범 두 명에 인질 세 명이다.

"서장님, 전화입니다."

조르주가 내민 전화기를 낚아채듯 받아 들어 귀에 댄 구베르가 버럭 소리쳤다.

"뭐야! 말해!"

그랑팔레의 불길은 이제 4층까지 번져 내려오는 중이다. 밤하늘에 거대한 불길을 내뿜으며 타오르는 호텔의 모습은 참혹

했다.

―차 한 대를 준비해라. 지금 당장.

송화기에서 사내의 말소리가 또렷하게 들려왔다.

―5분 내로 호텔 앞에 세워두고 물러가라.

"빌어먹을 놈, 너는 도대체……."

―코리언 김원국이다.

옆에서 리시버를 귀에 끼고 통화 내용을 듣고 있던 조르주가 눈을 둥그렇게 떴다. 그 옆에 서 있는 사내들의 표정도 비슷했다.

―난 인질 세 명을 잡고 있다. 고트, 홍진무, 그리고 최성산인데 인질들 목에 수류탄을 걸어놓고 있어. 안전핀에 끈을 달아서 내가 쥐고 있지.

"이봐, 어떻게 하려는 거야?"

호텔 5층의 방 하나가 폭발하면서 요란한 소리를 내었으므로 구베르는 수화기를 귀에 바짝 대었다.

―5분이야. 대장, 차를 준비해.

그는 김원국의 목소리가 선뜻하게 느껴졌다.

―그리고 길을 터라. 우리는 시내로 들어간다.

"이곳에서 협상하자, 김원국."

―안 돼. 칼자루는 내가 쥐고 있어, 대장.

"……."

―5분이야. 5분 내로 차를 현관 앞에 대고 문을 모두 열어놓을 것. 시동을 걸어놓고 시내로 통하는 길을 터라. 그래, 선도하는 경찰차가 있어도 된다.

구베르의 주위로 리시버를 귀에 낀 수십 명의 사내가 모여들었다. 낯모르는 얼굴도 있었다. 그들은 CIA 요원이거나 내무성, 또는 외무성의 관리일 것이다.

—대장, 너희들이 장난을 치지만 않는다면 인질들은 무사할 거다. 하지만 조금이라도 수상한 느낌이 들 때는 끈을 잡아당길 것이다. 세 사람의 목에 걸린 수류탄이 동시에 폭발하는 거야.

그랑팔레의 불길이 작전 차량 주위에 모여 리시버를 끼고 듣고 있는 사내들의 얼굴에 어른거렸다.

김원국이 때려 붙이듯이 다시 말했다.

—5분이야, 대장.

로비를 가로질러 엘리베이터로 다가간 조웅남이 시계를 내려다보았다. 9시 30분이다.

"어뜨케 되었어?"

그는 손등으로 이마의 땀을 닦으며 옆에 선 김칠성을 바라보았다.

"출발했어요. 조금 전에."

김칠성이 귀에 꽂은 리시버에서 손을 떼며 말했다.

"20분쯤 걸릴 겁니다."

로비에는 사람이 많았고, 엘리베이터 앞에도 기다리는 남녀가 네 명이나 있다. 손질이 잘되었지만 엘리베이터는 100년쯤 되어 보였다.

"씨발, 잘되어야 할 틴디."

조웅남이 손에 든 가방을 옮겨 쥐면서 혼잣소리를 하자 옆쪽에 서 있던 백인 남녀가 그를 돌아보았다.

"이것들은 20분 후에 깨벗고 도망 나오겠고만."

그들과 시선이 마주치자 조웅남이 웅얼거리듯 말했다. 물론 한국말이다. 사내가 웃음 띤 얼굴로 머리를 끄덕이자 조웅남이 입맛을 다셨다.

엘리베이터 문이 열리자 그들은 안으로 들어섰다. 구석 자리를 차지한 젊은 남녀가 서로 허리를 껴안고 입을 맞췄다.

"대홍이가 불쌍허다."

조웅남이 그들을 바라보며 다시 혼잣소리를 했다. 엘리베이터가 덜컹이며 올라가기 시작했다.

"그 시키, 여그 와서 여자 맛도 못 보고 죽었다. 안 그러냐?"

김칠성이 아무 반응이 없었으므로 조웅남은 머리를 돌려 그를 바라보았다.

"얀마, 대홍이가 불쌍허다고 그렸어, 방금."

"들었어요."

"그 시키, 종표가 죽고 나서 코를 쑥 빠치고 있었는디 인자는 지가……."

엘리베이터는 느리게 올라가는 중이었고, 남녀는 이제 키스를 멈추었다. 한국말을 알아듣지는 못하지만 분위기를 느낀 모양이다. 안쪽의 중년 남녀는 불안한 듯 눈을 껌벅이고 있다. 강대홍은 지금쯤 시체가 되어 차에 실려 있을 것이다.

김원국이 그랑팔레를 빠져나오자 기자들이 시체를 향해 하이에나처럼 달려들었고, 테러단 한 명이 사살되었다고 보도했다. 그러나 신원은 아직 밝혀지지 않았다.

엘리베이터가 4층에서 멈추자 그들은 가방을 들고 내렸다.

"저 자식, 어디로 가는 거야?"

구베르가 상체를 앞으로 기울이며 소리치듯 말했다. 강변도로를 달리던 흰색 시트로엥이 우측으로 회전하고 있었다.

"빌어먹을, 샹젤리제로 가는 거 아냐?"

"콩코르드 광장 쪽인데요."

샹젤리제나 콩코르드나 번화가이기는 마찬가지였다. 이쪽에서 차로 20분 거리에 있는 곳은 모두 번화가라고 보아도 되었다. 구베르가 무선전화기를 집어 들었다.

"이봐, 장. 속력을 줄여봐라."

시트로엥 앞을 달리고 있는 경찰차를 부르자 곧 대답이 들려왔다.

—서장님, 안 됩니다. 속력을 늦추었다가 뒤를 두 번이나 받쳤습니다.

"빌어먹을 놈들"

구베르가 이를 악물고 시트로엥을 노려보다가 전화기를 내던졌다. 오른쪽으로 회전한 차들은 콩코르드 광장으로 들어서고 있었다.

앞쪽의 경찰차는 길을 터주기 위해 사이렌을 요란하게 울리며 달렸는데 운전사는 죽을 맛일 것이다.

시트로엥과 나란히 달리다가 신호에 걸릴 때면 사이렌을 켜고 앞장서서 길을 텄는데 꾸물대었다가는 시트로엥이 가차 없이 꽁무니를 들이받았다. 시트로엥은 20여 대의 경찰차를 뒤에 끌고 광장으로 직진해 들어갔다.

"어, 크리용이다."

앞자리에 타고 있던 조르주가 놀란 듯이 소리쳤다. 그는 환하게 불을 밝힌 크리용호텔을 손으로 가리켰다. 시트로엥은 좌측의 샹젤리제 대로를 지나쳐 곧장 달리고 있었는데 정면에 크리용호텔이 있는 것이다.

"이런, 빌어먹을."

구베르가 다시 전화기를 움켜쥐었을 때 벨이 울렸다.

"여보세요."

소리치듯 전화를 받자 수화기를 타고 낯익은 목소리가 들려왔다.

─구베르, 놈들이 크리용으로 가고 있나?

내무장관 레지에다.

"예, 장관님."

구베르가 눈을 흡떠 위쪽을 올려다보았다. 경찰 헬리콥터가 떠 있을 테지만 보이지는 않았다. 그쪽에서 장관에게 보고했을 것이다.

─구베르, 서툰 짓은 하지 마라. 무슨 말인지 알겠나? 위험한 짓은 하지 말란 말이야.

"알고 있습니다, 장관님."

전화기를 내던진 구베르는 길게 숨을 내쉬었다. 시트로엥은 크리용의 현관으로 다가가고 있었다.

"자, 내려."

김원국의 말에 두 손이 묶인 고트와 홍진무, 그리고 최성산이 차례로 내렸다. 앞자리에 타고 있던 고트는 두 손이 아픈지 이맛살을 찌푸리고 있다.

"곧 편하게 해드리겠소, 부통령 각하."

김원국이 그의 어깨를 현관 쪽으로 밀며 말했다. 호텔의 벨 보이가 눈을 둥그렇게 뜬 채 주춤거리며 다가왔는데 눈치 빠른 남녀 몇 명은 재빨리 몸을 돌렸다.

고동규가 기관총을 손에 쥔 채 앞장섰다. 벨 보이는 그제야 상황을 알아차린 듯 두 손을 앞으로 뻗고는 옆쪽으로 달아났다. 경찰 차량이 쉴 새 없이 다가와 호텔 앞에서 멈추었고, 김원국은 세 명의 인질을 끌고 로비로 들어섰다.

그러자 로비에 모여 있던 수십 명의 남녀가 수라장을 이루며 흩어졌다. 여자들의 날카로운 비명 소리가 여러 곳에서 들려왔다. 도망치다가 발을 헛디뎌 넘어진 여자 위를 사내들이 뛰어넘었다.

타탕!

총성이 짧게 로비를 울렸고, 그것이 그들의 혼란을 더욱 부채질했다. 프런트의 직원들은 데스크 밑으로 몸을 감추었고, 다급한 남자는 여자 화장실로, 여자는 남자 화장실로 뛰어들었다

총성이 일어난 것은 로비에 있던 경비원 때문이다. 김원국 일행을 보자 경비원이 우물거리다가 권총 손잡이를 쥔 것을 고동규가 본 것이다. 어깨를 맞은 경비원이 바닥에 쓰러졌을 때 이미 로비는 텅 비어 있었다. 현관 앞에서는 수십 대의 경찰 차량이 경고등을 번쩍이고 있었다.

그들이 엘리베이터 앞에 멈춰 서자 곧 문이 열렸다.

"아이고, 형님. 얼릉 오시오."

조웅남이 기관총을 손에 쥔 채 소리치며 안에서 나왔다.

"얼릉 타시오, 여그는 나한터 맡기고. 칠성이가 기다리고 있응게 빨랑 가시오."

그랑팔레호텔 사건이 보고되었을 때 비서실장 박종환은 대통령의 단잠을 깨우지 않아도 되었다. 여덟 시간의 시차 때문에 김원국이 인질들을 끌고 호텔을 떠났을 때가 대통령의 기상 시간과 맞아떨어졌기 때문이다. 그것은 정신이 번쩍 드는 사건이었다. 박종환 자신의 느낌을 표현한다면 머리끝이 고슴도치처럼 일어나는 사건이었다.

대통령은 즉각 비상 회의를 소집했고, 아침 8시에는 눈을 치켜뜬 요인들이 대통령의 집무실에 마주 앉아 있었다. 아침 7시에 소집시켰으니 아침 식사를 거른 사람도 있을 것이다. 그러나 모두 어젯밤에 어떤 일이 일어났는지 알고 있었으므로 하나같이 긴장된 표정이었다.

대통령이 머리를 들었다.

"빈 몰이 죽었어요. 김사훈이와 최대민이도. 그리고 고트 부통령과 홍진무라는 장군, 최 아무개라는 사람까지 셋을 인질로 잡고 있는데……."

모두들 숨을 죽이고 대통령을 바라보았다.

"오늘이 2월 4일이니까 엿새 후면 북한 사람들이 공표한, 이른바 해방전쟁일이야. 이런 상황에서 그런 일이 일어났어요."

우측의 두 번째 자리에 앉아 있던 임병섭이 침을 끌어모아 삼켰다. 김원국에 대한 일은 자신의 소관인 것이다. 예상한 대로 대통령의 시선이 그에게로 옮겨왔다.

"임 부장, 김원국이 벌인 일에 대해서 미국 정부가 항의해 올 거요. 그렇지 않소?"

"예, 각하. 그렇습니다."

"우리가 시킨 것이 아니냐고 따지고 들지도 모르겠군."

"각하, 지금은 예전과 상황이 다르다고 생각합니다."

그러자 대통령이 쓴웃음을 지었다.

"미국의 상원 원내총무가 죽고, 부통령을 인질로 잡고 있어. 그 사람이. 이건 역사에 남을 사건이오."

"그렇습니다, 각하."

"우리가 해줄 일이 아무것도 없다는 게 안타깝군. 미국 쪽에 말이야."

좌측의 말석에 앉아 있던 강한기 소장은 그들의 대화에서 무엇인가 빠져 있다는 생각이 들었으나 곧 잊었다.

대통령이 말을 이었다.

"과연, 밤의 대통령이라고 불리던 사람답구만. 나라가 어려울 때 인물이 나는 법이오."

그러자 회의장의 이곳저곳에서 수군거리는 소리가 나면서 분위기가 밝아지기 시작했다.

대통령이 주위를 둘러보았다.

"그가 국민들의 사기를 올려줄 것 같소."

"각하."

임병섭이 가방에서 서류 한 장을 빼 들고 대통령을 바라보았다.

"이것은 크리용호텔에서 김원국 씨가 보낸, 홍진무가 갖고 있던 북한의 합의 각서 사본입니다. 그는 몇 시간 전에 저에게 이것을 팩스로 보내왔습니다."

그는 서류를 대통령에게 바친 후 돌아와 앉았다.

"각하, 그 내용은 김원국이 호텔 팩스를 이용하여 세계의 각 통신사에 보냈으므로 아침에 전 세계의 언론에서 보도될 것입니다."

잠자코 서류를 읽어가던 대통령이 머리를 들었다. 얼굴이 상기되어 있었다.

"그 사람, 잘했군."

"각하, 국민에게도 그 각서의 내용을 알려야 한다고 생각합니다만."

"알리시오."

대통령이 연합군 사령관인 강동진과 그의 밑자리에 앉은 일본 파견군 사령관 가토를 바라보았다.

"전군에게, 그리고 자위대 장병에게도."

"예, 각하."

임병섭의 보좌관이 나눠 준 복사본을 읽던 그들이 대답했다.

"이것을 호외로 돌리도록 하시오. 습격 사건도 그대로 보도하도록 하고. 미국과 북한이 대한민국을 어떻게 요리하려고 했는가를 국민들이 똑똑히 알아야 하니까."

"예, 각하."

그러자 문득 강한기는 조금 전에 무언가 허전하던 이유를 알아내었다. 대통령이 죽은 사람에 대한 애도의 말을 한마디도 하지 않은 것이다. 그는 한동안 대통령의 옆모습을 바라보다가 이윽고 입술을 굳게 닫았다.

청와대에서 돌아오는 차 안이다. 임병섭이 나눠 준 북한 측의 합의서 사본을 읽고 난 강한기가 옆에 앉은 고성국을 바라보았다.

"참모장님, 예상한 것이기는 하지만 기가 막히는군요. 이건 분하다기보다는 어처구니가 없습니다."

"돌아 버릴 거야, 정상적인 사고를 가진 한국 사람이라면."

고성국이 앞쪽을 바라보며 책을 읽듯이 목청을 높였다.

"첫째, 미국과 상호방위조약을 체결하여 동맹국이 되고 미군을 주둔시킨다. 둘째, 주한 미군의 군정관과 합동으로 남북한 양국의 모든 정부 조직을 개편하고 사회질서를 유지하며, 셋째, 기업 활동과 사유재산, 모든 경제활동의 자유를 보장하기 위해 미국의 인권 감시단을 상주시키도록 한다."

"참모장님은 외우고 계시는군요."

"저놈들이 미 제국주의를 원수로 친 것을 생존의 수단으로 이해하려고 했지만 놈들은 그 원수와 더럽고 비열한 타협을 하고 있어. 이젠 정말 참을 수가 없다."

"우리 군은 말단 사병에 이르기까지 이것을 읽으면 피가 끓을 겁니다."

"놈들은 참으로 적절하게 동기부여를 해주었어."

강한기가 머리를 들어 앞쪽을 바라보았다. 그들의 차 앞에는 검은색 대형 승용차가 달리고 있었는데 탄 사람은 강동진과 가토 중장이다.

"자위대도 마찬가지일 겁니다, 참모장님."

강한기가 앞쪽을 바라보며 말하자 고성국이 머리를 끄덕였다.

"놈들이 작성한 전후의 일본국 처리 사항이 일본 신문에 보도되면 일본 열도가 폭발하겠지."

"자위대도 사생결단을 하려고 들 겁니다."

강한기와 고성국이 서로 얼굴을 마주 보고는 한동안 입을 열지 않았다.

차는 한강대교를 빠르게 넘어가고 있었다.

크리용호텔은 18세기 식의 석조 건물이었으며 콩코르드 광장에 자리 잡고 있다. 본래 크리용 백작의 저택이던 것을 18세기에 호텔로 개조한 일류 호텔이고, 마리 앙투아네트가 처형되기 전에 이 건물에 갇혀 있었다는 일화로 유명한 곳이었다.

샹젤리제 대로가 바로 옆쪽에 있어서 관광객이 즐겨 찾는 명소 중의 하나였지만 오늘 그 주위에 운집한 것은 관광객뿐만이 아니었다. 수백 명의 경찰이 호텔을 둘러싸고 있었다.

새벽 1시가 되었으나 환하게 불을 밝힌 호텔 주위에는 경찰과 구경꾼만 있는 것이 아니었다. 세계 각국의 방송국과 신문사의 기자들도 운집해 있었는데 오히려 경찰보다도 그들이 더 필사적이었다.

테러 진압 부대인 GIGN의 검은색 작전 차량도 눈에 보이는 것만 석 대였다. 1994년 말의 마르세이유 공항 사건 이후로 처음 투입되는 작전이었다.

레지에 내무장관과 이야기를 마친 구베르 서장이 호텔 앞의 지휘 본부로 돌아오자 두 명의 사내가 그를 기다리고 있었다. GIGN 대장인 도미니크 소령과 CIA의 매클레인이다.

"지금 한국 정부와 연락을 하는 중이니까 움직이지 말라는 지시요."

구베르가 찌푸린 얼굴로 말했다. 그에게 오늘 밤의 세 시간은 그의 30년 경찰 생활 중 최악의 시간이었다.

"곧 한국 대사가 이쪽으로 올 테니까 그때까지 기다립시다."

매클레인이 머리를 끄덕였다. 프랑스 주재 미국 대사는 이미 콩코르드 광장에 와 있었고 NATO의 미군 사령관 더글러스 대장도 방금 도착한 참이었다.

구베르가 머리를 들어 자동차 지붕 너머로 크리용호텔을 바라보았다. 412호실이 정면으로 보이는데 흰색 커튼이 내려져 있었다. 그 안에 미국 부통령과 북한인 두 명을 인질로 잡은 한국 마피아의 두목 김원국과 세 명의 부하가 있었다.

"두 놈이 미리 와서 기다리고 있는 것을 보면 용의주도하게 준비해 놓은 거야."

구베르가 혼잣소리처럼 말했다.

"놈들이 인질들과 함께 자폭한다는 정보도 있어."

"어디서 나온 정보요?"

매클레인이 거칠게 물었다. 미끈한 용모의 도미니크와는 대조적으로 레슬러 같은 체격에 우락부락한 사내였다.

"익명의 제보요. 김원국이 고성능 폭약을 가지고 있다는 거요."

구베르의 말에 도미니크가 머리를 끄덕였다.

"하긴 로켓포를 준비할 정도이니 그쯤은 갖춰두었겠지요."

매클레인이 간이 탁자 위에 설치된 전화기를 내려다보았다. 호텔 412호실과 직통으로 연결된 전화이다.

인질들을 방패로 삼아 그랑팔레에서 크리용으로 옮겨온 김원국은 아직 이쪽에 어떤 요구 조건도 제시해 오지 않았다. 그는 호텔의 팩스를 이용하여 북한 측 인질이 갖고 있던 기밀 서류를 한국을 비롯한 세계 각국으로 보냈을 뿐 다른 움직임은 없었다.

물론 이쪽은 두 시간 동안 온갖 수단을 동원하여 그를 설득하고 위협했지만 성과는 없었다. 그렇다고 미국 부통령이 인질로 잡혀 있는 마당에 보통 인질 사건처럼 GIGN을 투입하는 모험을 할 수도 없었다. 말할 필요도 없이 그것은 인질도 다르고 인질범의 수준도 달랐기 때문이다.

그때 백악관 회의실에는 클린트 대통령을 중심으로 10여 명의 요인이 둘러앉아 있었다. 파리와는 여섯 시간의 시차가 있었으므로 워싱턴은 오후 1시였고 한국은 아침 9시였다. 청와대에서의 회의를 마친 요인들이 제각기 돌아가는 시간이었다.

클린트가 손끝으로 눈두덩을 눌렀다가 떼고는 주위를 둘러보았다. 피로에 지친 얼굴이었는데 지금 두 시간째 회의를 주재하고 있는 것이었다.

"그 빌어먹을 합의 각서라는 것은 북한 측이 일방적으로 제시한 것인데 언론은 우리가 합의한 것처럼 보도했어. 그건 나도 모르는 내용이란 말이오."

클린트의 말소리가 회의실을 울렸으나 대꾸하는 사람은 없었다.

미국 전역의 언론은 파리 사건을 대대적으로 보도하는 중이었다. 그리고 북한 측 홍진무가 소지하고 있던 합의 각서 내용도 텔레비전을 통해 공개되고 있었다.

회의실을 메운 요인들은 침묵을 지킨 채 입을 열지 않았다. 상원의 여당 원내총무가 폭사하고 부통령이 인질로 잡힌 것은 그야말로 엄청난 사건이었다. 그 사건이 보도되자 미국인들은 치를 떨었고, 당장에 한국을 쳐야 한다는 전화가 방송국과 언론기관에 빗발쳤으며, 시가지로 뛰어나온 학생들도 있었다. 로스앤젤레스의 한국인 상점들은 총격을 당했는데 화염병에 얻어맞은 몇 채는 불에 타 전소되었다.

잡혀 있는 고트와 죽은 빈 몰에 대해서는 유감이지만, 미국 정부로서는 그것으로 국민의 여론을 이끌고 정책을 집행하기에 호기가 왔다고 볼 수 있었다.

그러나 두 시간쯤 후에 합의 각서라는 것이 텔레비전과 언론에 보도되었다. 한국을 침공, 점령하고 나서 북한이 미국과 함께 어떻게 통치하겠다는 내용이 적힌 비공개 각서 형식이었다.

클린트는 입을 다물고 길게 콧숨을 내쉬었다. 그것은 예기치 못한 일이었다. 따지고 보면 그 각서에는 미국과 미국인에게 해가 되는 내용이 한 가지도 없었다. 오히려 정치적, 군사적, 경제적으로 막대한 이득을 얻게 되는 내용이었다.

그러나 그 비밀 각서의 내용이 언론에 보도되자 여론은 물벼락을 뒤집어쓴 듯 차갑게 식어버렸다. 언론사에 걸려오던 항의 전화는 끊겼고 시위대는 흩어졌다. 로스앤젤레스의 코리아타운에는 오히려 분노에 찬 교민들이 삼삼오오 몰려드는 중이어서 이번에는 미국인이 피해가고 있었다. 여론이 다시 뒤집힌 것이다.

클린트는 그것이 현실적인 계산을 떠나 미국인의 전통과 자존심에 관한 문제로 연결되고 있다는 것을 잘 알고 있었다. 대중매체가 극도로 발달된 나라에서 여론을 조작한다는 것은 거의 불가능했다. 실리를 따지던 정부의 정책은 이제 수치감을 느끼고 있는 국민의 여론에 밀려 전복될지도 모른다.

클린트가 머리를 들었다.

"지금으로서는 사태를 주시하는 수밖에 없어요. 부통령을 어떻게든 구출해 내고 볼 일입니다."

"프랑스 주재 한국 대사가 현장으로 갔다니까요."

말을 받은 것은 키드먼이다.

"그자가 한국 대사의 말을 들을지는 알 수 없습니다만, 어떤 방법이건 써야 합니다. 부통령과 함께 자폭한다는 정보도 있어서요."

"그건 안 돼, 자폭은."

이맛살을 찌푸린 클린트가 머리를 저었다.

"그를 죽게 해서는 안 되오, 국장."

*　　　　*　　　　*

"어서 오시오, 부장 동무. 기다리고 있었습니다."

자리에서 일어난 김정일이 최광에게 손을 내밀었다. 악수를 하는 그의 손과 눈에 힘이 들어가 있었다.

"건강하신 모습을 뵈어 기쁩니다, 수령 동지."

정중하게 인사를 한 최광은 그가 권하는 자리에 앉기 전에 방 안에 모여 앉은 사내들을 둘러보았다.

　주석궁 안에 있는 김정일의 비밀 회의실. 김정일과 시선을 마주친 사내들은 지금 공화국을 장악하고 있는 실권자로 모두 김정일의 측근이었는데 보위부 사령관 안용준과 군사위 부위원장이며 군 최고사령부 부사령관이 된 김강환, 호위 총국장 백학림에 참모부 부참모총장인 오백룡, 그리고 노동적위대 사령관 전문섭 등이었다. 그리고 말석에 앉은 부수상 김달현과 주일 북한 대사 강일수의 얼굴도 보였다.

　최광은 그를 위해 마련되어 있는 우측의 첫 번째 자리에 앉았다.

　"부장 동무, 어젯밤 파리에서의 사건은 들으셨지요?"

　두 팔을 탁자 위에 올려놓은 김정일이 물었다.

　"예, 수령 동지. 오는 도중에 차 안에서 연락을 받았습니다."

　연락은 앞쪽에 앉아 있는 호위 총국장 백학림에게서 왔다. 백학림은 김정일의 측근 중의 측근으로 10만 명가량의 병력을 보유하고 있는 집단군 규모의 호위 총국 사령관이다.

　호위 총국은 편제상 무력부 산하 기관으로 무력부장인 최광의 하급 부서였지만 실제로는 무력부, 국가안전보위부, 사회안전부 등과 마찬가지로 독립 기관이며 당의 통제를 받게 되어 있었다. 통치자가 각 기관의 힘을 분산시키고 서로 견제하게 하는 통치 방법이다.

　"수상 동무와 외교부장 동무는 안타깝게 되었소. 우리는 그 원수를 갚아야 한다고 의견의 일치를 보았습니다."

김정일의 목소리는 열기를 띠고 있었다.

"세계는 이제 남조선 놈들의 만행을 속속들이 알게 되었을 거요. 놈들은 스스로 제 무덤을 파놓았소."

최광이 잠자코 머리를 끄덕였다. 북한은 남조선 테러단에 의해 수상과 외교부장이 무참하게 살해되었고, 지금도 파리의 호텔 방에 요인 두 명이 인질로 잡혀 있다. 남조선 정부는 돌이킬 수 없는 치명적인 과오를 저질렀다고 볼 수 있었다.

"우리는 파리의 사건을 공화국의 모든 인민이 볼 수 있도록 보도하기로 결정했습니다. 인민들은 치를 떨면서 원수를 갚으려고 할 겁니다."

주위에 앉은 사내들이 일제히 머리를 끄덕였으므로 최광도 그들의 흉내를 내었다.

그렇다면 모든 조건이 충족된 셈이다. 남조선의 만행이 전 세계에 드러났고, 인민들은 그들이 한시도 방심할 수 없는 추악한 적이라는 것을 인식하게 되었다. 미국은 이제 적이 아니었다. 남조선의 테러단에 의해 공화국의 대표단과 함께 살해되는 입장으로 우방국이 되었다. 이쪽에서 보면 적의 적은 당연히 동지가 되는 것이다.

"동무, 오늘 아침에 우리 당 중앙상임위원회에서 만장일치로 결정한 일이 있소. 그것을 통보해 드리려고 동무를 부른 것이오."

김정일이 똑바로 최광을 바라보았다. 저도 모르게 긴장한 최광이 그의 시선을 받았고, 숨소리도 들리지 않는 넓은 회의실에 다시 김정일의 말소리가 울렸다.

"당은 동무를 무력부장 겸 국가주석으로 선출하였습니다. 동무는 또한 공화국 수상을 겸하게 되었고, 당 국방위원회의 위원장도 맡게 되었습니다."

눈을 치켜뜬 최광은 한동안 김정일을 바라본 채 입을 열지 않았다. 경련하듯 한쪽 입술 끝을 떨던 그가 이윽고 몸을 바로 세웠다.

"수령 동지, 저에겐 과분한 직책입니다. 사양하게 해주십시오."

"이미 결정 난 일이오. 당의 결정은 바꿀 수 없다는 것을 주석 동무는 잘 알고 계실 거요."

김정일이 얼굴에 웃음을 띠자 주위의 사내들도 제각기 웃음을 띠었다.

"이제 기회는 무르익었소. 공화국의 온 인민은 철통같이 단결된 상태요. 바야흐로 적개심이 폭발할 순간을 기다리고 있습니다. 미국이 이제 우리 공화국의 입장을 이해하게 되었을 뿐만 아니라 세계 각국도 남조선의 만행을 규탄하게 되었습니다."

열기를 띤 김정일의 시선과 부딪치자 최광은 머리를 끄덕였다.

김정일이 말을 이었다.

"닷새 후에는 역사적인 과업이 시작됩니다. 그래서 우리는 동무에게 공화국의 운명이 걸린 사업을 맡기려고 합니다."

"말씀해 주십시오, 수령 동지."

"홍진무 동무가 갖고 있던 비밀 각서라는 것이 보도되고 있다는데, 그것은 남조선 놈들의 비열하고 더러운 조작이오. 미국과 우리 공화국을 이간질시키려는 악랄한 수작입니다. 동무가 그것을 해명해 주어야겠습니다."

"……"

"공화국의 주석으로서 파리에 가서 잡혀 있는 두 동무의 신병을 인수하고 보도기관들에 해명을 해주시오. 그리고 동무는 그곳에서 로젠스턴을 만날 수 있을 겁니다. 책임감 있는 공화국의 대표를 만나게 해달라고 미국으로부터 급한 연락이 왔었습니다."

제2장
미국 부통령의 행방

밤의
대통령

초대소의 창문은 전통 한국 식으로 창호지를 바른 미닫이창이었다. 이을설이 미닫이를 밀어젖히자 찬바람과 함께 흰 눈가루가 휘몰려 들어왔다. 앞에는 눈에 덮인 야산과 그 아래쪽의 농가가 펼쳐져 있다. 초대소의 정문 옆에 세워둔 검은색 벤츠의 차체 윗부분에도 흰 눈이 쌓여 있었는데 그래서인지 앞 범퍼의 깃봉에 꽂은 원수의 빨간색 깃발이 유난히 눈에 띄었다.

창에서 몸을 돌린 이을설이 방 안의 소파에 앉은 최상욱 상장을 바라보았다. 동부전선을 맡고 있는 제1군단의 참모장인 그가 예고도 없이 이을설을 찾아온 것이다.

이을설이 입을 열었다.

"이제 동무가 찾아온 목적을 말해주지 그래? 바쁠 텐데 말이야."

최상욱은 김정일의 심복으로 만경학원 출신이다. 그는 당 군사위원회 위원으로 평양에서 근무하다가 이번에 제1군단 참모장으로 영전되어 간 사내였다. 실권을 빼앗기고 초대소로 물러나 있는 이을설에게 3주 만에 처음 찾아온 고위급 장성이다.

"예, 참모총장 동지. 말씀드리지요."

북한에서는 보기 드문 살찐 몸매의 최상욱이 자리를 고쳐 앉았다.

"수령 동지께서는 참모총장 동지의 애국심과 충성심을 깊게 찬양하셨습니다."

"……"

"또한 이제까지의 공적은 공화국의 군인 누구라도 따를 수 없을 정도로 위대하다고 말씀하셨습니다."

"난 내 충성심을 보여드릴 기회를 달라고 수령님께 탄원서를 내었어. 지금 같은 시기에 군에 대한 내 경험을 이런 산골의 초대소에서 묵히면 안 된다고 수령님께 호소했네."

"예, 잘 알고 있습니다, 참모총장 동지."

"나는 동무가 수령님의 지시를 받고 온 것으로 생각하는데."

"예, 지시를 받들고 왔습니다."

최상욱이 허리를 세우고 똑바로 앉았다.

"수령님께서는 참모총장 동지에게 부대 지휘를 맡기셨습니다."

그러자 이번에는 이을설이 허리를 폈다.

"나에게 부대 지휘를?"

"예, 참모총장 동지. 수령님께서는 참모총장 동지를 저희의 막강한 제1군단 사령관으로 임명하셨습니다."

"제1군단 말인가?"

"예, 참모총장 동지. 수령님께서는 동부전선이 제일 중요하다고 말씀하셨습니다. 그리고 그곳을 맡길 사람은 참모총장 동지밖에 없다고 하셨습니다."

"나에게 마지막 기회를 주셨군. 수령 동지께서."

"모두 수령님의 혜안 덕분입니다."

"수령님의 말씀에 절대 복종하겠네. 목숨을 바쳐 충성을 바칠 것이라고 말씀드려 주게."

"곧 친히 연락하실 것입니다."

"내가 동무의 사령관이 되었군."

"예. 그렇습니다, 참모총장 동지."

"이제 날 사령관이라고 부르게."

"예, 사령관 동지."

"그런데 누가 인민군 참모총장이 되었나?"

"수령 동지입니다."

말이 끝나기도 전에 최상욱이 대답하자 이을설은 머리를 끄덕였다. 동부전선의 제1군단 사령관으로 직급이 두 계단 이상이나 내려갔지만 초대소에 박혀 있는 것보다는 몇 배나 나은 일이었다.

"조국이 어려울 때 일을 맡게 되어서 감격했네. 자네가 꼭 수령 동지께 이 말을 전해드리게."

"잘 알겠습니다, 사령관 동지."

제1군단 사령부는 회양에 있었고 사령관은 하진우 대장이었다. 하진우가 어떻게 되었는가는 물어볼 필요도 없었고, 대장급

보직에 차수가 좌천되어 간다는 것에도 신경 쓰지 않았다. 그는 최광과의 연락을 맡은 박기천 소장이 실종되었다는 것을 알고 있었다.

자신을 포함한 최광이나 김철만, 김봉율, 이하일, 김광진 등 혁명 1세대의 군 원로들을 해방전쟁의 긴장된 정국을 이용하여 숙청시키고 군을 일사불란하게 장악하려는 김정일의 의도는 성공적으로 마무리되어 가고 있었다. 그리고 이을설은 자신이 중부와 서부에 비해 한직인 제1군단이라도 맡게 된 것은 아직도 군 내부에 잔존하고 있는 혁명 1세대의 세력들을 위무시키기 위한 김정일의 작전이라는 것도 알고 있었다. 그러나 참모장 최상욱이라는 감시자가 옆에 붙어 있었다.

최상욱이 시계를 내려다보았다. 오후 2시가 되어가고 있다.

"사령관 동지, 제가 사령부로 모시겠습니다."

"그럼, 준비해야지."

자리에서 일어선 이을설이 갑자기 생각난 듯 움직임을 멈추고 최상욱을 바라보았다.

"최광 동지는 잘 계신가?"

"아아, 예."

최상욱도 갑자기 생각났다는 듯 얼굴을 폈다.

"무력부장 동지는 오늘 자로 국가주석과 수상을 겸하게 되셨습니다. 당 국방위원회의 위원장도 맡으셨고 조금 전에 임무를 띠고 파리로 출발하셨습니다."

"……"

"어제 파리에서 남조선 깡패 새끼들의 테러가 있었습니다. 호텔에 있던 김사훈 수상과 최대민 외교부장이 살해되었고, 홍진무 동무와 최성산 동무가 놈들에게 인질로 잡혀 있습니다. 미국 부통령 고트도 함께 인질로 잡혀 있지요. 상원의 원내총무 빈 몰은 놈들에게 살해되었습니다."

이을설이 눈을 치켜뜨고 그를 바라본 채 한동안 입을 열지 않았다. 초대소는 텔레비전도 라디오도 없이 외부와는 철저히 차단되어 있었기에 소식을 듣지 못한 것이다.

"그렇군. 그런 일이 일어났군."

이을설이 혼잣소리처럼 말하며 머리를 가볍게 끄덕였다.

"그런 엄청난 일이… 그리고 최광 동지는 파리로."

"예, 사령관 동지. 주석 동지는 수령님의 지시를 받들고 떠나신 겁니다."

최광이 떠나기 전 김정일을 만나 임무를 맡는 조건으로 이을설의 구제를 부탁했다는 것을 최상욱은 알지 못했고, 이을설 본인 또한 말할 것도 없었다.

*   *   *

"사방에 정보원이 있습니다. 호텔과는 수시로 연락을 하는데 주파수를 바꾸기 때문에 방해할 수도 없고 찾아내기도 힘듭니다."

조르주는 말하는 중에도 사방을 두리번거렸다.

콩코르드 광장은 경찰에 의해 완벽하게 통제되고 있었다. 크리용호텔은 파리에서 제일가는 관광 명소가 되었는데, 경찰은 관광객들을 위한 것은 아니었지만 그들이 멀찍이서 구경은 할 수 있도록 했다.

조르주가 말을 이었다

"한국의 안기부인지, 일본의 정보국인지 아직은 알 수 없습니다. 하지만 그들이 초정밀 통신기를 쓰고 있는 것은 확실해요. 호텔에서 밖으로 나가는 통화는 몇 번 잡혔는데 짧아서 내용을 파악할 수 없었습니다."

"빌어먹을 놈들, 철저하게 준비해 두었군."

구베르가 하룻밤 사이에 자란 턱수염을 손바닥으로 쓸었다.

"무슨 요구 조건이라도 내놓아야 할 것 아닌가? 저 빌어먹을 놈들이 크리용에서 눌러살 작정은 아닐 테고."

조르주가 그의 시선을 따라 앞쪽의 호텔을 바라보았다.

호텔에 투숙했던 손님들은 경찰의 인도로 모두 빠져나왔으므로 412호실에만 투숙객이 있는 셈이다. 김원국의 요청으로 호텔의 현관문은 폐쇄되었고, 호텔 관리에 필요한 열 명의 직원이 남겨진 호텔은 무거운 정적에 휩싸여 있었다.

구베르는 입맛을 다시고 조르주에게로 머리를 돌렸다.

"호텔에서는 연락이 없나?"

"없습니다."

연락이 없다는 것은 현 상태에서 변화가 없다는 것을 말한다. 구베르는 열 명의 호텔 직원을 추려서 남겼을 때 GIGN 요원 네 명을 도미니크 소령과 함께 호텔에 침투시켰다. 어차피 저쪽은 네 명이어서 호텔 안의 감시까지 할 수는 없다.

도미니크의 보고로는 놈들은 4층의 방문을 열어놓고 들어가 있었다. 종업원이 음료수를 들고 방 안에 들어갔을 때 고트와 홍진무는 목에 수류탄을 한 발씩 걸고 창가의 소파에 나란히 앉아 있었다는 것이다. 또 한 명의 북한인은 문 안쪽에 앉아 있었으므로 놈들이 손 하나만 까딱하면 모두 가루가 될 판이었다. 따라서 도미니크는 질색을 한 내무장관의 명령으로 움직이지 못하고 있었다.

레지에의 생각은 구베르도 알 수 있었다. 프랑스 측이 작전을 벌여 고트나 북한 측 요인에게 문제가 생긴다면 차라리 안 하느니만 못한 것이다. 그는 미국 측이나 북한 측이 작전을 벌여주기를 은근히 기대하고 있었다.

그때 CIA의 매클레인이 찌푸린 얼굴로 그들에게 다가왔다.

"구베르, 히터의 공기구멍으로 가스를 투입하는 방법을 보류하라는 지시가 내려왔소. 그 작전은 없던 것으로 합시다."

"빌어먹을."

구베르가 허리를 돌리면서 투덜거렸다. 이 상황에서 제일 골탕을 먹는 자가 있다면 자신일 것이라고 구베르는 믿고 있었다. 명목상의 현장 책임자는 자신이지만 CIA의 매클레인이 사사건건 간섭했다. 하긴 광장 뒤쪽의 작전 차량에는 미국 대사와 NATO 사령관, 그리고 북한 대사와 프랑스 외무장관, 내무장관 등 거물들이 모여 있었다.

"젠장, 겨우 요원들이 보일러실에 들어가게 되었는데 왜 이제 와서 보류시킨다는 거야?"

"그건 나도 모르겠소. 워싱턴에서 내려온 지시니까."

"여긴 프랑스야. 프랑스에서 일어난 사건이란 말이오. 젠장."

"그걸 누가 모르나? 당신네 수상이 워싱턴에서 이 꼴을 당해 봐. 당신이라고 가만있겠어?"

탁자 위의 전화가 울어 구베르가 수화기를 집어 들었다.

"네, 구베르 서장입니다."

—구베르, 나 레지에야.

광장 뒤쪽에서 꼬박 밤을 새우고 있는 내무장관이다.

"예, 장관님."

—지금 그쪽으로 한국 대사가 갈 거야. 나하고 미국 대사가 이 야기 잘해 놓았으니까 놈들과 통화하게 해줘.

"예, 장관님."

—우리가 모두 들을 수 있도록 해줘. 한국말로 할 테니까 동시 통역도 준비하고.

"준비해 두고 있습니다."

—그리고 구베르.

"예, 장관님."

—텔레비전에서 생중계할 거야. 그들의 통화가 그대로 중계될 거란 말이야. 그렇게 알고 있도록 해.

"알겠습니다."

수화기를 내려놓은 구베르가 매클레인과 조르주를 바라보았다.

"한국 대사가 온다는군."

"늦는군요. 하긴 인질이 잡힌 나라하곤 입장이 다를 테니까."

불쑥 말을 뱉고 난 조르주가 힐끗 매클레인을 바라보았다.

"그들의 통화도 텔레비전에서 생중계할 테니까 준비시켜, 조르주."

조르주가 몸을 돌리자 매클레인이 이맛살을 찌푸렸다.

"생중계를 하다니, 그건 또 왜?"

"그건 우리 정부의 결정이오, 매클레인. 당신도 잘 알 텐데. 정부 관리들이 언론 매체에 대해서 호의적이란 것을."

김원국은 창가에 나란히 앉아 있는 인질들을 바라보며 수화기를 들었다.

"여보세요."

―김원국 씨, 저 프랑스 주재 한국 대사 정필섭입니다.

대뜸 한국말이 수화기를 울렸다. 새벽 4시가 되어 있어서 창밖의 광장에는 구경꾼들이 줄고 대신 경찰들로 채워져 있었다. 수많은 차량이 호텔 앞 광장에 늘어서 있었는데 그중 하나에서 전화를 하고 있는 것이다.

"무슨 일입니까?"

김원국이 차갑게 묻자 저쪽은 당황한 듯 잠시 가만있다가 말을 이었다.

―인질 문제로 말씀드릴 것이 있습니다. 저는 다만 같은 한국인으로서 김 선생께서……

"당신이 상관할 일이 아니오."

―물론 잘 알고 있습니다. 하지만……

"한국 정부하고는 상관이 없는 일이야."

―김 선생, 하지만 미국은 우리의 우방국입니다. 김 선생의 행동이 양국의 50년 우호 관계에 치명적인 영향을……

"나는 당신 정부하고는 아무런 관계가 없다고 했소. 그러니 당신이 나설 일이 아니오."

—김 선생은 한국인입니다. 정부와는 관계가 없다지만 한국인으로서 책임을 져야 합니다.

김원국은 고트의 어깨너머로 광장을 내려다보았다. 경찰차의 경고등이 밤바다의 물결이 빛에 반짝이는 것처럼 어둠 속에 넓게 깔려 있다.

고트가 부스럭거리며 어깨를 틀었다. 불편한 모양이다. 창가에 소파를 놓고 코트와 홍진무를 묶어서 나란히 앉혀 놓았다. 그들의 가슴에는 수류탄이 한 개씩 매달려 있고 안전핀에 걸린 끈이 의자의 다리에 매어져 있으므로 엉덩이를 들기만 해도 안전핀이 뽑혔다.

김원국이 수화기를 고쳐 쥐었다.

"이봐요, 정 대사님. 오늘이 며칠입니까?"

—예, 2월 6일입니다.

"그렇다면 침공 나흘 전인데. 그렇지 않습니까?"

—……

"대사님 옆에는 미국과 북한 양국의 기관원이 잔뜩 모여 있을 텐데, 프랑스 경찰과 특공대를 빼고 말이오."

—글쎄, 저는……

한국말로 주고받는 대화였지만 즉석 통역 리시버를 귀에 낀 수백 명의 사람이 듣고 있다는 것을 두 사람 모두 알고 있었다.

김원국이 말을 이었다.

"비슷한 상황 아닙니까? 나는 이곳에서 북쪽 놈들의 침공일까지 기다릴 작정이오. 어디 나흘 동안 이곳을 북미 양국의 특공대가 공격해 보라고 하시오."

—김 선생.

"나흘간 견디고 나서 2월 10일에 북쪽 놈들이 침공해 오면 여기 있는 다섯 명은 모두 가루가 됩니다. 놈들의 침공을 기념하는 폭발이 일어난 것으로 생각하면 됩니다."

—……

"프랑스 정부와 국민에겐 미안한 일입니다. 그래서 난 내 스위스 은행의 계좌를 털어 그랑팔레와 이곳 크리용호텔 앞으로 각각 5천만 달러씩을 보내도록 하겠소. 피해에 대한 보상이오. 돈으로도 해결할 수 없는 아름다운 곳인데 유감이오."

—김 선생, 그러신다고 문제가 해결되지는 않습니다.

이제 정필섭의 목소리가 간절해졌다. 이제까지는 주위에서 듣는 사람과 생중계가 마음에 걸려 말을 걸러서 했고, 한국 정부가 이 일과 무관하다는 것에만 신경을 썼다.

"김 선생, 차라리 다른 요구 조건을 말씀해 주시는 것이……"

이것은 미리 준비하지 않은 내용이다. 카메라로부터 등을 돌린 정필섭이 수화기를 두 손으로 움켜쥐었다. 목소리가 떨리고 있다.

"김 선생, 그러시지 않아도 우리는 이깁니다. 두고 보십시오. 놈들에게 당하지만은 않습니다. 절대로."

—……

"김 선생이 보내신 팩스는 전 세계의 언론기관이 보도했습니다. 그것만 해도 김 선생은 한국인으로서 할 일을 하셨습니다. 이제는 그 사람들을……"

—텔레비전을 보니까 미 국무장관 로젠스턴이 이곳에 온다고

하더군요. 오늘 오전에 도착할 거라고.

그러자 정필섭은 입을 다물었고, 주위에 있던 수백 명의 리시버를 낀 요원, 그리고 텔레비전에서 목소리를 들으며 자막을 보고 있던 수백만의 사람도 말을 멈추고 숨을 죽였다.

김원국의 말소리가 다시 울려 나왔다.

—북한에서는 이번에 새로 주석이 된 최광이란 자가 온다고 들었소. 나는 그들과 만나고 싶소. 셋이서 만나 이야기하고 싶단 말이오. 설마 내가 무서워서 핑계를 댄다든가 하지는 않겠지요. 그리고 내가 자격이 없다는 등 말하지 못할 것이고. 어디 한번 한국과 미국, 북한이 삼국 회담을 해봅시다.

"삼국 회담이라⋯⋯"

텔레비전을 보고 있던 강한기가 혼잣소리처럼 말하고는 길게 숨을 내쉬었다.

"이제야 파리에서 한국과 미국, 북한의 정상회담이 열리게 되었구만."

고성국 중장이 입술 한쪽을 비틀며 웃었는데 그의 시선은 여전히 텔레비전에 붙박여 있었다.

"참모장님."

강한기의 부름에 고성국이 텔레비전을 끄고는 그를 바라보았다. 그러자 강한기는 그의 얼굴이 상기되어 있는 것을 보았다.

"참모장님, 어떻게든 김원국 씨를 도울 방법이 없겠습니까? 저대로 내버려 두었다가는⋯⋯"

"미국과 북한 놈들을 끌어안고 폭사하겠지."

"그렇게 내버려 둔단 말입니까?"

"저 사람을 누가 말린단 말이야?"

고성국이 각진 얼굴을 찌푸리자 더욱 날카로운 표정이 되었다.

"내버려 두는 것이 저 사람을 위한 일이야. 우리 정부는 모른 척할 수밖에 없다는 것을 저 사람은 잘 알고 있어. 대사한테 말하는 것 듣지 않았어? 어떻게든 정부를 연관시키지 않으려고 했어."

"국민들이 충격을 받을 겁니다."

"오늘 아침의 신문과 방송으로 이미 충격 받았어. 파리에서 일어난 일은 군, 관, 민 할 것 없이 우리의 결전 태세에 결정적인 공헌을 했어."

이제 김원국은 할 일을 다 했으므로 어떻게 되어도 상관없다는 말투로 들렸기에 강한기는 눈을 치켜뜨고 고성국을 쏘아보았다.

"참모장님, 오늘 밤의 회담이 남아 있지 않습니까? 그 결과를 기다려야 합니다."

"미국과 북한은 아직 회담에 대해 가타부타 발표를 하지 않았어."

"미국은 고트라는 인질이 있으니 거부할 리가 없습니다."

"그런데 무슨 회담을 한다는 거야? 나는 그 내용이 짐작이 안 가."

고성국이 가늘게 숨을 내쉬었다.

"물론 후련해. 밤의 대통령으로 불리던 사람다운 행동이야. 시기가 적절했고, 대상도 잘 선택한 데다 깜짝 놀랄 만한 공격 방법도 성공적이었어. 하지만 마무리가 어떨지 몰라서 마음에 걸려."

"참모장님, 그래서 제가 말씀드린 겁니다. 우리가 도와줄 방법이 있는가를 말입니다."

"글쎄, 우린 그 사람을 위해서라도 손을 대면 안 된다니까 그러네."

고성국의 날카로운 시선이 강한기를 쏘아보았다.

"그 사람의 생사에 관해 생각하면 안 돼, 강 소장. 그 사람도 원하고 있지 않을 테니까. 당신은 작전참모야. 한두 사람의 희생을 떠나 큰 작전을 보란 말이야."

그러자 책상 위에서 전화벨이 울렸다. 계엄사령관과의 직통전화인 빨간색 전화기였으므로 고성국은 서둘러 수화기를 들었다.

"예, 참모장 고성국입니다."

—나야.

계엄사령관 강동진의 목소리다.

—정부의 지시가 내려왔어. 한국 시간으로 오늘 밤 자정 무렵에 파리에서 회담이 열려.

"각하, 그럼 김원국 씨와……."

—그렇다네. 로젠스턴이 승낙했고 북한의 최광도 뒤늦게 승낙했어.

"아아, 예."

—그런데 김원국 씨는 그 회담에 우리 정부의 관리 한 명이 참석해 줄 것을 요청해 왔어. 말하자면 비공식적인 참관인이 되겠는데, 그 관리가…….

"……."

—묘한 회담이야, 고 중장. 그렇지 않나?

"그렇습니다, 사령관 각하."

—대통령 각하께서는 우리 군인 중 한 사람이 그 자리에 참석하기를 바라서. 북한 측의 최광은 군인 출신이고, 김원국 씨는 그 회담을 북한의 2월 10일 침공일에 맞출 테니까 간다면 우리 군인 중의 하나가 가야 돼. 강단이 있는 사람이. 그래서 한국의 진면목을 보여주는 거야.

"……"

—김원국 씨는 그 회담의 결과를 발표하도록 요청했고, 북미 양국도 승낙했어. 그래서 나는 자네를 추천했어.

"각하, 저는… 작전이 며칠 남지 않았습니다만."

—하루면 돼. 그리고 자네의 심복이 있지 않나? 강한기 말이야. 그 친구한테 맡기고 다녀와.

고성국이 힐끗 앞자리에 앉은 강한기를 바라보았다. 강한기는 시치미를 떼면서 딴 곳을 보고 있었지만 고성국은 그가 긴장하고 있다는 것을 알고 있었다.

뿌연 아침 안개가 콩코르드 광장을 덮고 있다. 금방이라도 눈이 내릴 듯한 눅눅한 날씨였다. 이제 호텔을 올려다보며 호기심을 분출하던 구경꾼들은 보이지 않았다. 수십 대의 경찰차는 그대로였지만 잘 정돈되어 있어서 마치 높은 사람의 검열 준비를 하고 있는 것같이 보였다. 경찰차 사이로 늘어서 있는 무장 경찰들의 자세도 어젯밤과는 달리 느슨해져 있었다. 그들도 오늘 오후에 회담이 열린다는 것을 알고 있는 것이다.

창가에 서서 광장을 내려다보던 김원국이 몸을 돌렸다.

열린 문밖으로 고동규가 등을 보이며 서 있었고, 안쪽의 벽에 등을 기대고 앉아 있던 최성산과 시선이 마주치자 김원국은 방을 가로질러 그에게로 다가갔다.

"뭐가 필요한가?"

낮은 목소리로 묻자 그가 머리를 저었다.

"필요한 것 없어."

김원국은 그와 나란히 벽에 등을 기대고 앉았다. 침대에 누워 잠이 든 고트와 홍진무의 모습이 눈앞에 보인다.

"솔직히 넌 인질로서의 가치도 없는 놈이다. 그건 네 스스로가 잘 알고 있을 거야."

그러자 최성산은 의외로 담담한 표정으로 머리를 끄덕였다.

"그건 알고 있어."

"입장을 바꿔놓았을 때 너 같으면 날 어떻게 했겠나?"

"당연히 죽여 없앴겠지. 난 흥정의 가치가 없는 사람이야."

"죽여 달라고 말하는 것 같군."

"너는 잘 알고 있을 것이다. 더 이상 날 고문하지 마라."

복도에서 발소리가 들리더니 절름거리며 조웅남이 들어섰다. 온몸에 수류탄을 주렁주렁 매달고 손에 기관총을 쥐고 있었는데 잠을 자지 못했기 때문인지 두 눈에는 핏발이 서 있다. 그는 김칠성과 함께 복도의 양쪽 끝을 감시하고 있는 중이다.

"형님, 좀 주무쇼. 내가 대신 여그 있을 텡게로."

조웅남이 허리를 굽히고 앉아 있는 그를 내려다보았다.

"바같은 칠성이허고 동규가 있은께 된게 쬐끔만이라도 눈을 붙이쇼."

"난 됐다. 너희들이나 교대로……."

"아따, 말 좀 들으쇼."

그러다가 옆에 앉은 최성산과 시선이 마주치자 눈을 부릅떴다.

"아니, 이 씨발 놈은 자빠져 자지도 않고 눈을 말똥말똥 뜨고 있네."

김원국이 눈을 붙이지 않으려는 이유를 찾아낸 듯이 그는 으르렁대며 최성산에게로 한 걸음 다가섰다.

"대갈통을 딱 한 대 쳐서 혼절을 시켜 주끄나? 왜 안 자빠져 자냐."

"이자를 내보내라."

김원국이 턱으로 최성산을 가리키며 말하자 조웅남이 눈을 껌벅이며 그를 바라보았다. 무슨 말인지 알아듣지 못한 얼굴이다. 이맛살을 찌푸린 최성산도 김원국을 향해 머리를 돌렸다.

김원국이 묶여 있는 최성산의 손목을 들어 올렸다.

"이자를 밖으로 내보내. 우린 인질 두 명이면 된다."

"날 죽여라."

그러자 얼굴이 하얗게 질린 최성산이 다급하게 말했다.

"제발 부탁이니 날 죽여."

"그러지, 뭐."

선선히 대답한 것은 조웅남이다. 그는 손을 뻗어 최성산의 머리를 커다란 손바닥으로 덮었다.

"형님, 무신 자선사업 할 일 있당가요? 소원대로 쥑여서 떤집시다."

"일으켜 세워라. 그리고 옆방으로 데려가."

자리에서 일어선 김원국의 차가운 말에 조웅남이 입맛을 다시고는 아쉬운 듯 머리를 덮은 손을 치웠다.

*   *   *

"인질 협상으로 국한시킬지도 모릅니다. 미국은 인질 때문에 협상에 끌려들지 않으려고 할 겁니다."

시바다 겐지가 전화기에 대고 말했다.

"일은 순조롭게 진행되고 있습니다. 로젠스턴은 오후 1시경에 도착할 예정이고 최광은 2시경에 도착합니다. 그들은 4시까지 크리용호텔에 모일 겁니다."

—시바다, 한국에서 가는 고성국 중장은 강경파야. 군 혁신 세력의 주동자라구. 김원국이나 고성국이 인질 문제만 이야기할 리가 없어.

말하는 사람은 정보국의 혼다 국장이다. 그가 말을 이었다.

—이왕 이렇게 되었으니 회의장을 지켜. 시바다, 무슨 말인지 알겠나?

"알고 있습니다, 국장님."

—한국의 임 부장하고도 이야기가 되었어. 안기부 요원들이 대거 파리로 들어가는 중이야.

"그렇습니까?"

—한국 측도 불상사를 막으려고 필사적으로 움직일 거야. 그들과 협력해야 돼.

"알겠습니다, 국장님."

수화기를 내려놓은 시바다가 옆에 앉은 다케무라를 바라보았다.

"한국의 안기부가 나섰어. 요원들이 몰려올 모양이야."

"당연하지요. 이젠 미국에 대한 미련을 버릴 때도 되었습니다."

"처음에 김원국을 내세운 건 잘한 일이야. 그럴 수밖에 없기도 했겠지만."

말을 멈춘 시바다가 풀썩 웃었다.

"국장은 불상사가 일어나면 안 된다고 했어. 다케무라, 그 불상사가 뭔지 알겠나?"

다케무라가 따라 웃었다.

"회담 도중에 인질이 풀려나는 것 아닙니까?"

"그래, 그것이 우리에겐 불상사야. 미국과 북한 측에겐 경사가 되겠지만."

지희은이 코트 깃에 귀를 묻고 크리용호텔을 바라보고 있었다. 옆에 서 있는 독일 관광객은 아까부터 계속 카메라의 셔터를 눌러대는 중이다.

오후 1시가 되어 햇살은 머리 위에 하얗게 떠 있는데도 여전히 영하였다. 광장을 스쳐 지나온 바람은 얼음 날처럼 차갑고 날카롭게 피부를 찔렀지만 구경꾼들은 줄어들지 않았다. 경찰차의 에스코트를 받으며 대형 승용차가 호텔 쪽으로 다가가자 구경꾼들이 술렁거렸다.

미국이나 북한의 대표단은 아니다. 아마 프랑스 정부의 고위 관리일 것이다. 이미 텔레비전의 거의 전 채널이 크리용호텔 상황을 생중계하고 있었으므로 로젠스턴이 드 골 공항에 1시에 도착하고 최광이 2시에 도착한다는 것은 모두가 알고 있다.

지희은은 몸을 돌렸다. 단두대는 이제 없어졌지만 프랑스 혁명 때는 이 광장에서 천 명이 넘는 사람이 처형되었다. 사람들을 헤치고 오벨리스크 쪽으로 다가가던 지희은은 걸음을 멈추었다. 그녀의 양옆으로 두 사내가 빠르게 다가오고 있었다. 그녀가 다시 발을 떼자 그들은 그녀의 양쪽에 바짝 붙어 섰다. 한국인 같았다.

"잠깐 같이 좀 가실까요?"

왼쪽의 사내가 어깨를 부딪치며 말하자 지희은의 얼굴이 굳었다. 북한 쪽의 억양이었던 것이다.

"반항하면 이 자리에서 없앨 수도 있어. 그러니까 순순히 따라와."

양쪽 어깨가 사내들에게 붙어 있었으므로 빠져나갈 수도 없었다.

지희은은 그들에게 끌려가면서 주위를 둘러보았다. 서너 명의 사람이 옆을 지나갔지만 그들의 관심은 뒤쪽의 크리용호텔이었다. 서둘러 걷는 바람에 지희은이 비틀거리며 상체를 앞쪽으로 기울이자 왼쪽 사내가 그녀의 팔짱을 끼었다.

"허튼수작하지 마라, 이년아."

이를 악문 지희은이 두 다리에 힘을 주어 버티고 섰다. 그 옆을 중년의 부부가 지나다가 걸음을 멈추었다.

"이 자리에서 없애 버리겠어."

사내가 주머니에 손을 넣었고, 다른 사내는 중년 부부의 앞을 가로막고 섰다. 시야를 가리려는 것이다.

"이 개자식들!"

지희은이 눈을 치켜뜨고 말했다.

"날 어쩌려고 그래, 이 더러운 놈들아?"

사내가 팔을 잡아채었으므로 지희은은 쓰러질 듯 다시 걸음을 떼었다.

경찰은 뒤쪽의 구경꾼들 앞에 있었고, 지희은은 사내의 코트 주머니에서 불룩 튀어나온 것이 무엇인지 알았다. 그들이 다가간 곳은 광장 바깥쪽의 간이 휴게소 앞이다. 그늘진 곳이고 인적도 드문 휴게소 옆에는 검은색 벤츠 한 대가 세워져 있었다.

"널 여기서 보다니 다행이야."

팔을 움켜쥔 사내가 차로 다가가면서 이를 드러내며 웃었다. 광대뼈가 튀어나온 검은 피부에 눈은 물고기의 그것처럼 흐린 채 번들거렸는데 이제 여유를 찾은 모양이다.

"취리히에서 잘도 골탕을 먹였겠다, 이년."

다른 사내는 차로 먼저 다가가더니 열쇠를 꽂아 문을 열고 그들에게로 돌아섰다.

지희은의 가슴이 절망으로 내려앉았다. 공포를 느끼지는 않았다. 이렇게 끝날 수는 없다는 분노가 일었다가 자신의 상태를 자각한 후 엄습해 오는 절망감이었다.

그런데 문을 열고 기다리던 사내의 눈이 크게 뜨이더니 뒤따라 입이 벌어졌다. 그러고는 그 얼굴 그대로 문짝에 등을 부딪치며 주저앉았다.

지희은이 머리를 돌려 뒤를 돌아보았다. 팔짱을 끼고 있던 사내는 이미 몸을 돌리고 있었다. 두 명의 사내가 다가오고 있다. 그리고 그들이 쥐고 있는 검은 권총이 보였고, 그 순간에 흰 불꽃이 튀었다. 옆의 사내가 짧은 숨소리를 뱉더니 가슴을 끌어안고 고꾸라졌다.

"아, 정말 고맙습니다. 저는……."

지희은이 저도 모르게 한 걸음 다가서며 말했다. 사내들은 한국인임에 틀림없었고 이제는 남쪽일 것이다.

앞장선 사내는 무표정한 얼굴로 다가와서는 땅바닥에 쓰러진 사내에게로 허리를 굽혔다.

"자, 빨리 이곳을 뜹시다."

뒤쪽에 있던 사내가 지희은에게 다급히 말하고는 다른 사내를 돌아보았다.

"요시무라 씨, 어서."

팔짱을 끼고 벽에 기대선 매클레인은 방 안을 분주히 오가는 사람들을 바라보았다. 그는 짙은 눈썹 밑의 푸른 눈동자가 차가운 중년 사내였다. 상황 판단이 빠르고 대인 관계가 좋은 그는, NATO 주재의 CIA 책임자로 키드먼의 신임을 받고 있는 간부였다. 그에게로 사내 한 명이 다가왔다.

"조정관님, 한국 안기부의 미스터 박이라는 사람이 찾아왔는데요."

"미스터 박?"

매클레인이 이맛살을 찌푸렸다.

"한국 안기부가 왜?"

"CIA 책임자를 만나고 싶다면서 호텔 앞에 와 있습니다."

"프랑스 경찰에게 상의하라고 해. 그렇지, 구베르를 만나라고 해."

"그렇지만 조정관님."

장신의 흑인 부하는 두 눈을 끔벅이며 머리를 저었다.

"구베르는 자신이 상관할 일이 아니라면서 미국과 상의하라고 합니다."

"도대체 무슨 일로 날 보자는 거야?"

"회담 문제로 상의할 것이 있다고 하던데요."

매클레인은 잠자코 그를 쏘아보다가 머리를 끄덕였다.

"좋아, 만나보기는 하지. 데려오라구."

부하가 몸을 돌리자 옆쪽에 서 있던 윌슨이 다가왔다. 그의 보좌관이다.

"조정관님, KCIA 놈들에게 단단히 일러두셔야 합니다. 4층 놈들은 KCIA 놈들의 협조를 받은 것이 틀림없습니다."

매클레인은 팔짱을 낀 채 대답하지 않았다.

회담은 세 시간 후인 오후 8시 정각에 시작될 예정이다. 김원국의 요구대로 회담장이 크리용호텔 2층의 연회실로 결정되어서 지금 좌석 배치가 거의 끝나가는 중이다. 참석 인원은, 미국 측은 로젠스턴과 NATO의 미군 사령관인 더글러스 대장, 북한 쪽에서는 최광과 인민군 총정치국장인 김인채 상장, 그리고 한국 측은 김원국과 고성국으로 모두 여섯 명이었다.

매클레인은 입술을 비틀며 웃었다. 인질을 잡고 열리는 회담치고는 거물급 정상회담인데 역사상 이런 유례가 없었다. 한국 측은 미국과 북한에게 인질 교환 조건을 내놓을 것이 틀림없고 북미 양국은 합동으로 그것에 대처해야만 하는 것이다. 어쨌든 한국인이 바라던 한반도 문제에 대한 남, 북, 미 삼국의 회담이 열리게 되었다.

사람들 사이로 동양인 두 명이 다가오고 있는 것이 보였다. 두명 모두 작달막한 키에 단단한 몸매의 사내들이다. 조금 전의 부하가 그들 옆에서 안내하고 있었다.

"조정관님, 여기 이분이."

다가온 부하가 앞장선 사내를 가리키며 말했다.

"미스터 박이고, 이분은 매클레인 씨요."

"매클레인 씨, 난 KCIA의 박남호요."

한국인이 그를 향해 손을 내밀었다. 머리가 희끗희끗한 40대 초반의 사내였다. 그의 옆에 선 30대 중반의 부하는 턱을 든 채 아예 이쪽과 시선을 마주치려고도 하지 않는다.

"미스터 박, 그래, 무슨 일로 날 찾았습니까?"

매클레인이 대뜸 물었다. KCIA의 간부급 유럽 주재원은 모두 낯익은데 이자는 아니다. 서울에서 온 사내일 것이다.

"회담장 경비를 서야 될 것 같은데. 아시겠지만 서울에서 고위급 장군이 오시니까."

박남호의 말에 매클레인이 옆에 선 윌슨을 바라보면서 웃었다.

"당신들이 경비를 선단 말이오?"

"그렇소. 당신들과 함께. 그렇지, 북쪽도 있군."

"인질을 잡고 있는 것이 누군데?"

"김원국 씨 아닙니까?"

"그런데 당신들이 경비를 해요?"

그러자 박남호가 이를 드러내며 웃었다

"당신, 머리 회전이 빠르다고 들었는데 아직도 주제 파악을 못하고 있소?"

"뭣이?"

매클레인이 눈을 부릅떴다.

"당신, 지금 뭐라고 했어?"

"아직도 착각하고 있느냐고 했어."

그러고는 머리를 돌려 회담장을 둘러본 박남호가 퍼뜩 눈을 들어 매클레인의 시선을 잡았다.

"이곳에는 경비원이 들어올 수 없도록 김원국 씨가 요청했으니까 대표들만 입장시키고. 그렇다면 밖의 경비를 삼국이 나누어서야겠군."

"이봐, 미스터 박."

"당신, 회담을 깰 만한 위치야?"

"뭐라구?"

"그럴 만한 직책이 아니라면 닥치고 가만히 있어."

그러자 매클레인이 어금니를 물면서 어깨를 부풀렸다.

박남호가 시계를 내려다보았다.

"자, 매클레인 씨, 회담 시작 전에 경비 책임자들이 먼저 회의를 하는 것이 어떻겠소? 당신 친구인 북한 쪽 경비 책임자도 불러서 말이오. 우리가 빨리 결정해야 회담이 시작될 수 있어요. 무슨 말인지 이해하시겠지, 매클레인 씨?"

프랑스 주재 한국 대사관 직원들에 둘러싸여 공항 건물을 빠져나오는 고성국 중장에게 대사관 무관 한기수 대령이 바짝 다가왔다.

"참모장님, NATO 미군 참모장 핸든 중장이 만나고 싶다고 합니다만."

"핸든 중장? 난 그 사람 모르는데."

고성국이 머리를 한쪽으로 기울였다.

"NATO 참모장이 왜 날 보자는 거야?"

"회담 때문인 것 같습니다만."

옆쪽에서 걷던 대사관의 참사관이 힐끗 그들을 바라보았다. 기자들을 피하기 위해 그들은 승무원들의 출입 통로를 이용해 공항 주차장으로 내려가고 있었다.

"참모장님, 주차장에서 그가 기다리고 있습니다."

한기수가 다시 말했다. 시큰둥한 고성국의 반응에 당황한 모양이다.

그들이 주차장으로 내려가자 사복 차림의 서양인 한 명이 곧장 고성국에게로 다가왔다.

"장군, 저는 핸든 장군의 보좌관 퍼거슨 대령입니다. 장군께서 저쪽에서 기다리고 계십니다."

절도 있게 말하고 난 그가 손을 들어 주차장 한쪽을 가리켰다.

검은색 대형 캐딜락 한 대가 세워져 있고 운전사로 보이는 사내가 부동자세로 서서 이쪽을 바라보고 있다.

고성국이 옆에 선 일행을 바라보았다.

"미군 참모장이 영접을 나온 걸 보면 한국군의 위상도 꽤 높아진 것 같군."

주위의 아무도 입을 열지도 웃지도 않았으므로 고성국은 저 혼자 풀썩 웃었다.

"좋아, 갑시다."

고성국이 캐딜락으로 다가가자 운전사가 뒤쪽의 문을 열어주었다. 안쪽에 앉아 있던 짧은 머리의 50대 사내가 고성국을 향해 웃어 보였다.

"긴 비행이었지요? 난 핸든입니다."

"고성국입니다."

악수를 나누는 사이 보좌관이 앞자리에 타자 캐딜락이 천천히 움직였다.

"내가 대사관으로 모셔다 드리지요, 고 장군."

고성국이 힐끗 뒤쪽을 바라보자 그의 일행이 서둘러 차에 오르고 있었다.

"장군, 난 대위 시절에 일 년간 동두천에서 근무한 적이 있습니다. 소령을 달고 한국을 떠났지요."

그의 목소리는 낮았다. 마르고 주름이 깊은 얼굴이었지만 다부진 턱에 어깨가 넓은 사내였다. 그가 말을 이었다.

"우린 이번 사태를 정말 유감으로 생각하고 있습니다. 미국과 한국의 유대 관계가 이렇게 깨어지면 안 됩니다."

"그건 나도 마찬가지 생각입니다, 핸든 장군."

"이번 사건으로 미국인에 대한 감정이 악화되어 있다는 걸 알고 계시지요?"

"……"

"미국은 한국 정부의 협조를 기대하고 있습니다. 김원국이 미국의 요인까지 공격해서 살해하고 인질로 잡고 있다는 것은 엄청난 사건이오."

"잠깐, 장군."

고성국이 그의 말을 막았다.

"한국 정부가 그런 일을 한 건 아니오. 난 지금 옵서버 자격으로 온 겁니다."

"그 말을 믿을 사람은 아무도 없소. 설령 당신네 정부가 계획하지 않았더라도 김원국에게 영향력을 행사할 수는 있을 거요. 왜냐하면 그자는 당신들의 가려운 곳을 긁어주고 있으니까."

"……"

"즉각 인질들을 석방하고 자수하라고 김원국을 설득해 주시오. 그 일을 맡을 사람은 당신밖에 없습니다."

"……"

"한미 관계를 회복시키는 것이 우리가 할 일이오. 당신들은 미국이 북한을 설득시키려고 노력해 왔다는 것을 알아야 합니다. 북한 측의 비밀 각서는 그들이 우리를 회유하기 위한 수단이었지, 우리가 받아들인 것이 아니었소."

"사흘 남았소, 장군."

고성국이 입을 열었다.

"설득과 회유로 벌써 한 달이 다 지났고, 그것이 북한 측의 계략이었소. 여론에 휩쓸린 당신네 정부는 우왕좌왕하다가 이 지경이 되었고."

고성국이 이를 드러내며 소리 없이 웃었다.

"빗나간 말 같지만 30년이 넘는 군 생활 중 요즘처럼 군인으로서 긍지를 갖고 일한 적이 없소."

"한일연합군으로 북한을 당할 것 같소?"

"지금 흔들리고 있는 것은 북한과 당신네 미국이야. 이제 한국은 결사 항전의 태세로 들어섰다구."

"최악의 경우를 생각하시오, 장군. 미군은 한국을 적대국으로 간주할 수 있어."

이미 그들의 말투는 냉랭해져 있어서 앞쪽에 앉은 보좌관과 운전사는 몸을 뻣뻣하게 굳히고 있었다.

핸든이 말을 이었다.

"마지막으로 경고합니다, 장군. 내 말은 미국 정부의 공식 입장이니까 주의해 주기 바랍니다. 김원국을 만나면 즉각 인질을 풀어주게끔 하시오. 그와 상관이 없다는 당신의 말을 믿을 사람은 없소. 그렇게 해준다면 우리는 북한을 설득시켜 보겠습니다."

"……."

"모두 한국의 안보와 한반도의 평화를 위한 일이오. 그것을 중개할 나라는 미국밖에 없습니다. 당신이 잘 알 거요."

"……."

"우리는 전쟁을 막기 위해 최선을 다했고 앞으로도 그럴 거요. 물론 인질이 석방되어야 하지만."

"그것참, 마지막까지 희망을 갖게 하는구만, 당신들은."

고성국이 이제 입술 끝으로만 웃었다.

"그리고 그 버릇도 여전하고. 평화협정인지 전쟁협정인지를 말하면서 그 당사자인 우리 정부는 아무것도 모르고 있는 게야."

"그 내용을 로젠스턴이 말해줄 거요. 당신에게."

머리를 돌려 창밖을 바라보던 고성국이 이윽고 입을 열었다.

"장군, 다른 시나리오를 말씀해 주시겠소? 참고 삼아 들읍시다."

"전쟁이오."

"남북한은 이제 당연한 상황이고, 미국도 뛰어들겠소?"

"……"

"아닐 텐데, 장군. 당신들은 그럴 능력이 없어. 이제는 시기를 놓쳤단 말이오. 당신이 잘 알 텐데."

눈을 부릅뜬 핸든이 고성국을 노려보았다. 한동안 두 사람의 시선이 마주쳤고, 차가 덜컹이며 흔들리는 순간 동시에 떨어졌다.

*　　　　*　　　　*

육중한 선도 장갑차가 사령부의 철조 콘크리트 정문을 들어서자 어둠 속에 도열해 있던 호위 총국 병사들이 일제히 부동자세를 취했다.

밤하늘에 엔진 소리를 울리면서 장갑차 대열이 빠르게 다가왔다. 등화관제를 철저히 하고 있어서 보이는 빛이란 선도 장갑차의 푸른색 야광 투시등뿐이었다.

이을설은 속도를 줄이는 장갑차 대열 쪽으로 두어 걸음 다가 갔다. 선도 장갑차와 두 번째의 장갑차가 그의 앞을 지났고, 세 번째가 속력을 줄이더니 멈추어 섰다. 동체의 옆쪽 문이 열리더니 작달막한 체격의 사내가 모습을 드러냈다.

"수령 동지."

이을설이 굳은 몸으로 그에게로 다가갔다.

"이렇게 왕림해 주셔서 영광입니다, 수령 동지."

"반갑습니다, 사령관 동무."

김정일이 그에게 손을 내밀며 부드러운 목소리로 말했다.

김정일의 전선 시찰이었다. 10여 일 전부터 시작된 그의 전선 사령부로의 방문은 해주의 제4군단, 평산의 제2군단, 평강의 제5군단을 거쳐 오늘은 마지막인 회양의 제1군단으로 이어졌다.

이을설의 안내로 지하 벙커에 들어선 김정일은 입고 있던 방한 점퍼를 벗었다. 장갑차 안의 난방장치가 잘되어 있었는지 혈색이 좋다. 그는 탁자의 상좌에 앉았다.

"10일 새벽 3시오, 사령관 동무. 이제 만 사흘이 남았습니다."

김정일의 말에 탁자 주위의 의자에 따라 앉은 20여 명의 고급 장성이 긴장한 얼굴로 그를 바라보았다.

"예정대로 진행합니다. 3시 정각에 포격과 공습이 시작되면서 전 전선에 공격 명령이 떨어질 것이오. 역사에 남을 해방전쟁입니다. 동무들의 건투와 충성심을 기대합니다."

"기필코 승리하여 수령 동지께 조국 통일의 영예를 바치겠습니다."

이을설의 맹세에 이어 참모장 최상욱이 나섰다.

"일 초의 차질도 없이 적을 궤멸시킬 준비가 되어 있습니다, 총사령관 동지. 우리는 당과 수령님을 위해 목숨을 바칠 것입니다."

홍분으로 떨리는 목소리였다.

김정일이 무표정한 얼굴로 머리를 끄덕였다. 제1군단은 네 개의 사단과 여덟 개의 여단으로 구성되어 있었는데, 두 개 사단은 기갑사단이고 세 개 여단이 산악기동여단이다. 동부의 험준한 지형에 적합하도록 훈련하여 배치시켜 놓은 공격 부대인 것이다.

"적의 반격도 만만치 않을 것이오. 처음 30분이 적이나 우리에게 똑같이 중요합니다."

김정일이 벽에 붙은 대형 작전 지도를 바라보며 말했다. 작전 연습을 수백 번 하며 질리도록 보아온 것이지만 모두들 그의 시선을 따라 지도를 올려다보았다.

기동부대의 진격이 있기 전에 포격과 공습으로 적의 포대와 고정진지, 공군기지를 파괴시키는 것이 무엇보다도 중요하다. 제1군단 산하의 포병대에는 스커드 미사일과 107, 122, 132, 200, 240밀리미터 방사포 500여 문이 배치되어 있었고, 122밀리미터에서 180밀리미터 구경의 자주포와 견인포를 합해 각종 야포의 수는 2천 문이 넘는다. 중부와 서부전선에 비해서는 화력이 약했지만 이에 대응하는 남한 측의 화력보다는 월등했다.

"중요한 것은 선제공격이오. 동무들, 초전에 기선을 제압하는 것이 무엇보다도 중요합니다."

김정일이 앉아 있는 사람들을 둘러보았다. 사단장과 여단장, 정치참모가 모두 모인 1군단의 마지막 작전 회의가 될 것이다. 전쟁이 시작되면 이렇게 모두 한자리에 모일 기회가 없었다.

이을설은 굳은 얼굴로 김정일을 바라본 채 시선이 마주칠 때마다 머리를 숙여 공감과 복종의 표시를 했다. 작전 회의가 끝나면 모두에게 김정일의 훈장 수여식이 있을 것이다.

"몇 시간 후 파리에서 북미 정상회담이 다시 열립니다. 겁에 질린 남조선 놈들이 프랑스 경찰의 경비가 소홀한 것을 이용해서 김사훈 동무를 살해하고 두 명의 동무를 인질로 삼아 살아남기 위해 구걸하려 하고 있소."

차갑고 날카로운 김정일의 목소리가 벙커 안을 울렸다.

"미국이 서둘러 우리에게 회의 소집을 요구한 것은 고트 부통령을 구해내기 위해서요. 그들은 이미 우리의 해방전쟁을 묵인하기로 결정을 내렸소. 남조선이 배은망덕한 망종들의 집단이라는 것을 이번에 다시 깨닫게 되었으니 우리의 계획에 걸릴 것이 없소."

"……"

"열흘이오, 동지들. 열흘 후에 서울에서 이렇게 다시 모입시다."

이을설은 김정일과 시선이 마주치자 결의를 다지듯 깊게 머리를 숙였다가 들었다.

"목숨을 바쳐 과업을 완수하겠습니다, 수령 동지."

"충성을 맹세합니다!"

최상욱이 외쳤고, 나머지 장군들도 제각기 한 번씩 소리쳤다.

냉랭한 벙커 안에 열기가 차오르기 시작했다. 전의가 타오르는 장군들의 모습에 마침내 김정일도 얼굴의 근육을 풀고 웃었다.

"이것, 참말로 좆같구만."

조명훈 대위가 망원경을 내려놓으며 욕질을 했다. 548고지에 있을 때보다 그의 입은 거칠어져 있었는데 점점 시간이 지날수록 그 정도가 심해졌다.

"저 쌍놈의 새끼들이 누굴 약 올리나?"

"우리도 지난번에 사기를 올린다고 노래 자랑 한 적이 있지 않습니까?"

옆에 서 있던 이한성 소위의 말에 조명훈이 머리를 저었다.

"저렇게 마이크를 대고 떠들지는 않았어. 그리고 12시가 넘어서……."

"저놈들이 쇼하는 거야 어디 한두 번입니까?"

그들은 상반신이 드러나는 간이 참호에 서서 앞쪽을 바라보고 있었다. 짙은 어둠에 덮인 비무장지대에는 오늘따라 바람 한 점불지 않았으므로 갈대가 바람결에 부딪치는 소리도 들리지 않았다. 그래서인지 전방의 능선 위에서 울리는 노랫소리와 떠드는 소리가 더욱 선명하게 들려왔다.

"개새끼들, 술 마시는 것 아냐?"

조명훈이 다시 망원경을 눈에 대었다. 야간 투시 장치가 붙은 적외선 망원경이었다. 능선 위의 인민군 막사와 초소에는 불까지 켜놓아서 병사들의 움직임이 육안으로도 드러나고 있었다.

"저 새끼들, 아예 볼 테면 보라는 식이군."

"어차피 저건 진지가 아니니까요. 전쟁이 나면 옮겨갈 곳이니까 드러나도 상관없지요."

이쪽도 같은 입장이었으므로 조명훈은 망원경을 내리고 주위를 둘러보았다. 어둠에 가려 보이지는 않았지만 양옆에 늘어선 참호에서 부하들이 앞쪽을 바라보고 있을 것이다.

북한 측의 의도적인 행위라는 것을 병사들 모두가 짐작하고 있다손 치더라도 심리적인 영향은 받는다. 수동적인 입장과 능동적인 입장이 발전되어 전투의 수세와 공세가 되면 그 영향은 치명적이다.

"제기랄, 우리도 쇼나 할까 부다. 서태지나 김건모 노래 틀어놓고."

조명훈이 혼잣소리처럼 말하더니 길게 숨을 내쉬었다.

"파리에서 곧 회담이 시작되겠군요, 중대장님."

이한성이 분위기를 바꾸려는 듯 화제를 돌렸다.

"김원국 씨가 무사히 빠져나와야 할 텐데요."

"고성국 중장이 갔으니까 무슨 수를 쓰겠지."

"한반도 문제 회담에 우리 대표가 낀 것은 처음입니다. 인질을 잡고 있기 때문이기는 하지만."

가벼운 이한성의 말에 조명훈의 굳어진 얼굴이 펴졌다.

"시원해. 하긴 요즘 일어나는 일들이 시원하긴 해."

"어제 신문 보셨지요? 대구에서 통금에 걸린 미군 장교를 포함한 일곱 명을 구속시킨 것 말입니다."

"공무원들이 솔선수범하고 있어. 어제 낮에는 우리 뒤쪽 선골 마을에 면사무소 직원 두 명이 찾아왔어."

"선골 마을에 말입니까? 모두 대피시켜서 아무도 없는데."

"그래. 그래서 19사단 애들이 붙잡았어. 위장 간첩인 줄 알고."

"그래서요?"

"농기계 보관 상황을 확인하러 왔다는 거야. 대피한 마을 사람들이 제출한 명세서와 확인해 보겠다고."

"……."

"그쪽 김 대위가 병사들을 동원해 도와줬다고 했어. 눈물이 나려고 했다는 거야. 그 독사 같은 김 대위도."

"……."

"씨발, 한판 붙어봐야 할 것 아니냐? 저 좆같은 놈들한테 우리가 뭐가 꿀린다고."

*   *   *

"동무, 한잔해!"

오연식 중위가 술잔을 내밀며 소리쳤다. 얼굴이 빨갛게 달아올라 있었는데 연거푸 소주를 들이켜 취한 모양이었다.

"고맙습니다."

술잔을 받은 김덕천 상사는 한 모금에 술을 삼켰다.

막사 바깥쪽에서 와자한 웃음소리가 들려왔다. 노래는 그쳤지만 누군가가 여자 흉내를 내며 춤을 추고 있는 것이었다. 옆의 2소대 막사에서는 병사들이 합창을 하고 있었다. 음정과 가사가 제각기여서 겨우 흉내만을 내고 있는 김정일 장군의 사랑이란 노래였다.

술잔을 받은 오연식이 소주를 잔에 부었다. 소대에 소주가 30병이나 배급된 것은 그의 10년 군 생활 중 처음 있는 일이었다. 김 부자의 생일 때도 많아야 다섯 병이었다.

"사흘 남았어, 김 동무. 당에서 오늘은 긴장을 풀고 푹 쉬라는 지시가 내려왔어. 그러니까 마음 놓고 마셔."

손에 든 술병을 내밀며 오연식이 말했다.

"동무는 너무 긴장하고 있어. 이젠 마음을 놓으라구, 김 동무. 보위부보다야 못하겠지만 이곳도 지낼 만해."

"불만 없습니다, 소대장 동지."

김덕천이 술병을 받아 들고는 자신의 잔에 술을 따랐다. 소대장의 막사에서 둘이 대작하고 있는 것이다.

"그저 제 충성심을 보여드릴 기회가 오기를 기다릴 뿐입니다."

"사흘 후라니까. 그리고 보름쯤 후에는 우리가 서울에서 이렇게 마주 앉아 마시고 있을지도 모르지. 살아남아 있다면 말이야."

"수령께서는 죽음을 각오하고 싸우면 산다고 말씀하셨습니다."

"그렇지."

오연식이 잔에 다시 술을 채웠다.

"그까짓 남조선 놈들이나 일본 놈들, 우리가 치면 단숨에 부서진다."

"자위대의 74식 전차는 우리 인민군의 122밀리미터 자주포탄에 맞아도 산산조각이 난다고 들었습니다. 일본 놈들은 전쟁을 모르는 허깨비들입니다."

"맞아. 우리처럼 살아 돌아오지 않았지, 그놈들은."

오연식이 붉은 얼굴을 일그러뜨리며 웃었다.

남조선군 뒤쪽에 자위대의 기갑여단이 배치되어 온 것은 일주일 전이다. 중대장이 작전 회의에서 듣고 와 중대 간부들에게 알려준 것이다.

자위대의 기갑여단은 전차가 200대 가까이 되었는데, 기갑보병과 기갑포병, 대전차중대, 기갑정찰중대에다 헬기로 이루어진 항공중대까지 갖춘 독립 여단이었다. 인민군 제51사단의 참모 회의에서는 자위대의 74식 전차에 대해서 꽤 오랫동안 대책을 상의했는데, 그것은 몇십 년간 연구해 온 남조선과 미군을 상대로 전쟁 연습을 하던 중 낯선 놈이 나타났기 때문일 것이다.

"얼른 시작되었으면 좋겠습니다, 소대장 동지."

이제는 두 눈이 붉어진 김덕천이 오연식을 바라보며 말했다.

"남조선 놈들과 일본 놈들을 까부수고 하루빨리 서울에 공화국의 깃발을 꽂아야 합니다."

"위대하신 수령님을 모시고 가야지. 서울로."

말을 멈춘 오연식이 딸꾹질을 했다. 밖에서는 다시 노랫소리가 들려왔지만 이제는 무슨 노래인지를 알 수 없을 정도로 엉망이 되어 있었다.

제3장

D-3일의 삼국 회담

밤의
대통령

김칠성이 2층의 회담장에 모습을 나타낸 것은 회의 시작 두 시간 전인 오후 6시였다. 이제까지 김원국은 모습을 드러내지 않다가 대신 김칠성을 내려보낸 것이다.

회담장에서 기다리고 있던 삼국의 경호 책임자와 프랑스 측의 구베르 서장이 제각각의 표정으로 그를 바라보았다. 물론 제일 격한 표정을 지은 것은 북한 측의 경호 책임자인 우정만이다. 최광을 수행해 온 그는 '원쑤'를 바라보는 익숙한 얼굴을 하고 있었다.

그와 대조적인 사람은 한국의 박남호 보좌관이다. KCIA의 직급으로 차장보였으므로 서열로는 10위권에 드는 인물이었는데 그는 이제 대놓고 반가운 표정을 지었다.

매클레인은 무시하는 듯이 두 손을 바지 주머니에 찌른 채 턱을 든 자세였고, 구베르는 분노와 호기심이 반씩 섞인 얼굴이다.

"난 서울에서 온 박남호올시다. 부장 보좌관입니다."

박남호가 한 걸음 나서며 말했는데 손을 내밀지는 않았다.

"도청 장치는 없고, 외부에서 습격당할 염려도 없습니다, 김 선생."

"영어로 합시다, 미스터 박."

이맛살을 찌푸린 매클레인이 쏘아붙이듯 말하자 박남호가 머리를 끄덕였다.

"좋소. 북한 쪽은 알아들었을 테니까 지금 내 말은 나중에 통역해 달라고 하시오."

"개수작하지 말어."

북한 쪽의 사내가 불쑥 튀어나왔다. 한국말이었으므로 다시 세 사람만 알아들었다.

"네놈들이 아무리 수작을 부려도 독 안에 든 쥐다."

40대의 사내였는데 피부가 검고 체격이 컸다. 눈의 흰자위가 많아 눈이 더욱 커 보였다.

"이봐요, 영어로 하자니까."

마침내 매클레인이 언성을 높였다. 그는 김칠성에게로 한 걸음 다가섰다.

"당신 요청대로 호텔 안에는 대표단 외에 미국과 양쪽 한국 세 나라에서 세 명씩 차출한 경비 요원만 들여놓겠어. 우리는 이 사람한테서 당신들의 도주를 돕지 않겠다는 각서를 받았으니까 참고하도록 해."

박남호를 가리켜 보인 매클레인이 말을 이었다.

"그리고 당신의 보스인 김원국에게 전해. 회담은 회담이고, 인질을 잡고 우리 상원의원을 폭사시킨 책임을 져야 할 거라고."

김칠성이 머리를 끄덕였다.

"우리 보스도 그런 것쯤은 잘 알고 있어, 미스터."

"매클레인이다."

"그래, 매클레인. 그쯤 하고 입 닥쳐라."

몸을 돌린 김칠성이 회담장을 돌아보았다. 넓은 연회장의 한복판에 대형 원형 탁자가 놓여 있었다. 그리고 각 의자 앞에는 임시용이지만 종이로 만든 한국과 미국, 북한 대표의 명패가 놓여 있다.

출입문은 두 곳으로 한쪽에 있었고, 반대쪽은 벽면이 대형 유리로 되어 있어서 콩코르드 광장이 훤하게 보였다. 짙은 색 커튼이 걷혀 있었으므로 필요할 때 커튼을 닫으면 되었다. 유리창 가에는 가죽 소파가 배치되어 있고, 오른쪽 벽에는 음료수가 놓인 선반이 있다. 간이 탁자에 대여섯 대의 전화가 나란히 놓여 있고 팩스도 두 대 있다. 준비는 거의 완벽하게 되어 있는 것이다.

회담장을 둘러본 김칠성이 발을 떼자 네 명의 사내가 잠자코 뒤를 따랐다.

그들이 내려간 곳은 1층의 로비였다. 수십 명의 경호 요원으로 들끓고 있던 로비가 갑자기 물벼락을 맞은 듯 조용해졌다. 계단을 내려오던 김칠성에게로 모든 시선이 집중되었고, 한동안 움직이는 사람도 없었다. 김칠성이 몸을 돌리자 매클레인과 시선이 마주쳤다.

"당장 로비를 비워라. 지금부터 각국의 세 사람씩만 남는다."

"좋아."

매클레인이 쓴웃음을 지었다.

"네 볼일만 끝나면 바로 시행하지."

"그리고 호텔 안에서는 어떤 무기도 소지할 수 없다. 만일 무기가 발각되면 인질에게 피해가 갈 거야."

몸을 돌린 김칠성이 다시 계단을 오르다가 북한의 우정만과 어깨를 부딪쳤다.

"너도 마찬가지야. 허리춤에 찬 권총을 버려."

"개자식."

"이젠 미제의 주구라는 소리는 하지 않는군. 태엽 달린 인형 같은 놈이."

한국말을 주고받았으므로 매클레인과 구베르는 시치미를 떼며 뒤를 따랐고, 얼굴이 달아오른 우정만은 이를 악물었다.

맨 뒤에서 계단을 오르던 박남호는 턱을 들고 잠자코 있었다.

*   *   *

"미스터 김, 당신은 착각하고 있어. 지금까지는 계획대로 된 것 같지만 앞으로는 뜻대로 안 될 거요."

고트가 의자에 편한 자세로 앉아 김원국에게 말했다. 다림질이 잘된 바지에 연한 색의 스웨터를 입었고, 얼굴은 말끔하게 면도를 해서 평시의 그와 다름없어 보였다.

"우릴 인질로 삼아도 한미 관계나 남북 관계에 변화가 오지는 않아요. 미국 정부는 인질 때문에 정책을 변경시키지는 않아."

그러자 고트의 옆쪽 의자에 앉아 텔레비전을 보고 있던 홍진무가 머리를 들었다.

"당신, 최 대좌를 어떻게 했소?"

"그건 당신이 알 바 아냐."

"죽였지? 쓸모없다고 생각해서."

김원국이 고트에게로 시선을 돌렸다.

"내 제의를 북미 양측이 순순히 받아들여서 내가 착각하고 있는 줄 아는 모양인데, 고트 씨, 북미 양국은 어쨌든 회담의 마무리를 짓고 싶었기 때문에 온 거야. 인질 때문에 온 것이 아니고."

"당신 마음대로 생각해, 미스터 김. 당신 때문에 결렬되었던 북미 회담이 다시 이어진단 말이지? 한국을 끼워 넣어서."

고트가 씁쓸하게 웃었다.

"도대체 당신의 의도는 뭐야? 뭘 어떻게 하자는 거야?"

머리를 돌린 고트가 홍진무를 바라보았다.

"미스터 홍, 당신은 이자의 속셈을 알 수 있겠소?"

홍진무가 대꾸하지 않았으므로 고트는 의자에 등을 기대었다. 방 안에는 세 사람이 서로 마주 보고 앉아 있고, 열린 방문 밖에는 고동규가 벽에 머리를 기대고 앉아 있었는데 잠든 것 같았다.

김원국이 입을 열었다.

"내가 바란 것은 삼국 회담이야. 남, 북, 미의 삼국 회담을 전쟁 전에 하고 싶었어."

"그러리라고 짐작은 했어. 하지만 너무 무모해. 이건 갱들의 회담이 아냐."

고트의 목소리는 낮았다.

"미스터 김, 당신은 미친놈 아니면 순진한 사내야. 아니, 도박꾼이라고나 할까.

"아마 미친놈이라고 불릴걸, 고트 씨."

"그래, 당신이 참석한 회담에서 북미 간의 솔직한 협상이 이루어질까?"

"사흘 전이야. 그리고 회담도 비공개로 열릴 거야. 한국 측에서 두 명이 참석하는 것 외에는 달라진 것도 없어."

"내 생각이 맞군. 내기를 했다면 돈을 벌었을 거야. 결국 우리는 회담의 인질이 아니라 미끼였어."

"……"

"이제 미끼에 고기가 걸렸으니 우릴 버릴 일만 남았군."

"다른 효과도 있었어, 고트 씨. 우리가 당신들의 그늘에서 벗어났다는 사실을 안팎으로 보여주는 것 말이야."

"……"

"나는 당신에 대한 적개심은 느끼지 않아. 그리고 저 사람한테도. 개인적으로는 말이야."

고트는 두 눈을 껌벅이며 김원국을 바라보았고, 홍진무는 머리를 돌렸다.

김원국이 말을 이었다.

"우리는 여러 가지에 얽매여 살아왔지. 미국과의 조약, 협정, 북한과의 동족 의식 등에 너무 얽매여 살아왔단 말이야. 이제 우리는 그것을 깨었어. 나는 그 일에 일조를 했고, 난 그것으로 만족한다."

"……"

"너희들이 회담에서 딴소리를 해도 좋고 우리를 속여도 좋아.

우리 대표는 그것을 국민에게 전하고 전쟁을 치를 테니까."

김원국이 홍진무를 바라보았다.

"너희들은 한 달 만에 미국을 너희 편으로 끌어들이는 와중에 우리에게 기회를 주었어. 뭉치고 결의를 다질 기회를 말이다. 두고 보아라. 너희들은 망한다."

오후 7시 반, 시바다 겐지는 콩코르드 광장 아래쪽의 콩코르드 교 입구에 서 있었다. 센 강을 스치고 불어오는 찬바람이 코트 자락을 날렸으나 며칠 전보다는 바람 끝이 무뎠다.

앞쪽의 광장에는 조명을 받은 오벨리스크 탑이 황금색으로 빛나고 있고 가로등 너머로는 크리용호텔이 뚜렷하게 드러났다. 세계의 이목이 집중되고 있는 호텔이어서 지금도 주위에는 사람들이 무리를 이루고 있었다.

바람 끝을 피하려는 듯 몸을 돌리는 시바다 겐지의 옆쪽으로 사내 한 명이 다가오고 있다. 바쁜 걸음으로 다가오는 사내는 사쿠라이였다.

"조장님, GIGN은 수상의 명령으로 조금 전에 철수했습니다."

사쿠라이가 입김을 뿜으며 말했다.

"그리고 로젠스턴은 지금 미국 대사관에 있습니다. 아직 출발하지 않았어요."

"5분이면 올 수 있어. 그런데 최광은?"

"오는 중입니다."

머리를 끄덕인 시바다가 주머니에서 휴대폰을 꺼내어 다이얼을 눌렀다. 그러자 사쿠라이가 등을 돌리고 섰다.

—헬로, 난 미스터 리요.

시바다가 전화기에 대고 말했다.

"이쪽은 아직 이상이 없어요. 호텔 뒤쪽에 있던 GIGN도 철수했고."

일본어 억양이 조금 섞인 목소리로 그가 말을 이었다.

"이상이 있으면 그쪽에서도 바로 연락을 주시오. 밖은 이쪽에서 맡을 테니까."

휴대폰의 스위치를 끈 시바다가 사쿠라이를 바라보았다.

"KCIA의 미스터 박은 당분간 밖으로 나오지 못할 거야. 그동안은 내가 한일 양국 정보국의 지휘를 맡는다."

"시간이 거의 다 되었습니다, 조장님."

머리를 끄덕인 시바다가 도로 가에 세워진 밴으로 다가가자 사쿠라이가 뒤를 따랐다. 밴에 기대서 있던 부하가 그들을 보고는 문을 열어주었다.

밴 안은 각종 첨단 장비로 가득 차 있어서 그들은 겨우 구석에 놓인 플라스틱 간이 의자에 앉았다. 두 명의 부하가 귀에 리시버를 꽂고 스위치를 조작하고 있다. 이곳에서는 크리용호텔 근처의 모든 무선 통신을 기록하고 해독하며 방해하는 작업을 한다. 사방에 깔려 있는 한일 양국의 요원들에게 작전을 지시하는 사령실인 것이다.

"조장님, 로젠스턴과 더글러스 대장이 미국 대사관에서 출발했습니다."

귀에 리시버를 낀 부하가 머리를 들고 말했다.

"5분 후에는 호텔에 도착한다고 매클레인에게 연락을 하겠습니다."

"최광은?"

"비슷한 시간에 도착할 겁니다."

머리를 끄덕인 시바다는 벽에 등을 기대었다. 벽은 딱딱했지만 오랫동안 이곳에 머물러야 했기 때문에 벽에 적응할 필요가 있었다. 부하 한 명이 리시버에 손을 대고 주의 깊게 듣더니 마이크의 스위치를 켜고는 말했다.

"알았다. 주파수는 255다. 앞으로는 그 번호로 할 것. 오버."

스위치를 끈 부하가 시바다를 돌아보았다.

"한국 측입니다, 조장님. 지금 호텔에 도착했습니다."

한국은 이쪽으로 직접 연락을 하고 있었다.

저녁 8시. 로젠스턴과 더글러스 대장이 회담장에 들어서자 테이블에 앉아 있던 최광 차수와 김인채 상장이 자리에서 일어섰다. 모두 처음 만나는 사이였지만 얼굴은 서로 알고 있어서 그들은 악수를 나누고는 자리에 앉았다.

의례적인 인사말이 끝나자 회의장의 네 사람은 입을 열지 않았다. 더글러스가 헛기침을 하고는 담배를 꺼내어 입에 물었고, 최광은 의자에 등을 기대고 눈을 감았다. 로젠스턴이 시계를 들여다보았다. 한국 측 대표 고성국은 4층에 올라가 있었다. 김원국과 같이 내려올 모양이었다.

"이거 5분이 지났는데. 이 사람들 조금 늦는군."

로젠스턴이 혼잣소리처럼 말했지만 맞장구를 치는 사람은 없었다. 창밖에서 희미한 자동차의 엔진 소리가 들려왔는데 사람들의 말소리도 섞여 있었다. 저녁 8시면 파리 시내가 가장 혼잡한 시간이다.

로젠스턴이 최광을 바라보았다.

"최 주석, 이번 사건은 유감이오. 북미 양국은 실로 위대한 정치 지도자들을 잃었습니다."

최광이 머리를 끄덕였다.

"고맙습니다, 장관."

그때 방문이 열리더니 김원국과 고성국이 들어섰다. 방 안의 사내들은 일제히 그들에게로 시선을 주었으나 일어나는 사람은 없었다.

그들은 비어 있는 자리로 가서 앉았다.

"기다리게 해서 미안합니다."

김원국의 말소리가 방 안을 울렸다. 그의 시선이 왼쪽의 로젠스턴에서부터 오른쪽의 최광에게까지 천천히 옮겨갔다.

"회의를 시작합시다."

김원국과 시선이 마주친 로젠스턴이 헛기침을 했다.

"미국 정부는 인질 교환을 조건으로 하는 어떤 회담도 거부합니다. 따라서 오늘의 회담에서는 현재 한반도의 정세에 대한 문제만 논의될 것이오."

"……"

"고트 부통령과 빈 몰 상원 총무가 진행하다 그친 회담이 계속되는 거요. 그것에 대해서는 북한과도 의견의 일치를 보았소."

최광이 늘어진 눈시울을 들어 올렸다.

"계속합시다. 남조선 측도 이의가 없을 테니까 말이오."

숨을 들이마신 고성국이 어깨를 부풀렸다가 천천히 숨을 뱉으며 가라앉혔다. 그러고는 입을 열었다.

"그럼 지난번에 북한 측이 제시한 합의 각서를 설명해 주시오. 난 불행히도 텔레비전을 통해서 본 게 다라서."

"그 각서는 거짓이오!"

쨍쨍한 목소리로 나선 것은 김인채였다. 50대 후반의 나이로 알려졌으나 검은 머리에 살결은 윤기가 돌고 인상이 날카로운 사내였다.

"우리는 그런 각서를 만든 일도, 본 일도 없습니다. 남조선의 조작이오. 바로 이자의."

김인채가 둘째 손가락으로 김원국을 가리켰다.

"그 일은 무시하고 회담을 진행시킬 것을 제의합니다."

"무시하다니, 거짓말을 밥 먹듯이 하는 사기꾼 같으니."

마침내 고성국이 어깨를 펴고 김인채를 쏘아보았다.

"그 증인이 이 호텔에 있는데 뻔뻔스럽게 어딜. 증인을 데려와서 대질을 시켜줄까?"

고성국의 목소리가 방 안을 울리자 김인채가 이를 드러내며 소리 없이 웃었다.

"세뇌시켰겠지. 협박했거나. 인질로 잡혀 있는 사람의 증언은 믿을 수가 없다."

"그렇다면 어디 미국에게 다른 조건을 제시해 보아라. 이것이 마지막 회담이니까."

"조건은 없다. 우리는 애초부터 그런 조건은 준비하지 않았다. 모두 너희들의 모략이고 선동이다."

"김사훈이 여기 있는 로젠스턴 씨한테 한 말도 꾸며낸 것이란 말이냐? 우린 그 내용도 알고 있단 말이야."

"그 사람은 죽었다, 너희들 손에."

"들은 사람은 여기 살아 앉아 있어."

그러자 로젠스턴이 입맛을 다셨고, 그의 옆에 앉아 있던 더글러스는 헛기침을 했다.

"지난 일은 거론하지 말고 다시 이야기를 풀어가는 것이 나을 것 같소."

"그렇소. 우리는 시간이 없습니다."

로젠스턴이 말을 받았다.

"미국은 한반도의 안정과 평화를 유지하려는 정책에는 변함이 없습니다. 전쟁은 피해야 되오. 무력 침공은 국제 질서를 무너뜨립니다. 그 행위는 당연히 국제 사회의 제재를 받게 됩니다."

그러자 최광이 눈을 들어 올렸다.

"우리 공화국은 미국과의 보다 밀접한 유대를 원하고 있습니다. 우리는 상호방위조약의 체결을 원합니다."

"그것은 한국과 북한과의 관계가 정상이 되었을 때, 삼국 회담에서 다루어져야 합니다."

로젠스턴의 대답에 최광이 머리를 저었다.

"이제까지 남조선을 대표해 온 것은 미국이었소. 이치에 맞지 않는 말입니다."

"억지는 당신이 쓰고 있는 거야, 당신이!"

갑자기 주먹으로 테이블을 내려친 고성국이 최광을 쏘아보았다.

"엊그제까지만 해도 미국을 원수로 대하던 당신들이 지금은 갖은 아부를 하면서 꼬리를 치고 있어. 동족을 말살시키는 것을 눈 감아달라고 말이야."

"닥쳐! 네가 감히 누구 앞이라고!"

김인채가 맞받아 소리치면서 주먹으로 테이블을 두드렸으므로 찻잔이 흔들렸다.

"싸움이 일어났군."

매클레인이 입술을 비틀어 웃으며 곁에 있는 박남호와 우정만 을 바라보았다.

"내가 예상한 대로야. 당신들 두 나라가 모이면 반드시 싸움이 일어날 것이라고 생각했어."

박남호는 회의실에서 등을 돌리고 3층으로 향하는 계단을 바 라보았다. 계단 입구에 삼국의 경호 요원 세 명이 서 있었고, 여기 서는 보이지 않지만 계단 위쪽에는 김칠성이 있을 것이다. 김칠성 은 무장하고 있으나 이쪽은 모두 비무장이었다. 회담장으로 내려 온 김원국도 마찬가지이다. 그는 2층 계단 입구에서 삼국 요원의 몸수색을 받고 입장한 것이다.

"난 몇 번 한국 관리들을 만난 경험이 있는데, 물론 KCIA의 유 럽 주재 간부들도 대충 알지."

매클레인이 박남호를 바라보며 말했다.

"우리 한미 관계는 좋았어. 안 그래? 나도 당신들에게 호의를 가진 미국인 중의 하나였다구."

"한국 속담에, 믿는 도끼에 발등 찍힌다는 말이 있어. 어쨌든 당신들은 이놈들과 타협하려고 했으니까."

박남호가 턱으로 문에 붙어 서 있는 우정만을 가리키자 그가 눈을 치켜떴다. 각진 얼굴에 눈매가 날카로운 40대의 사내이다.

"이봐, 말 함부로 뱉지 말라우."

한국말이다. 그는 턱을 올리며 닭처럼 양쪽 죽지를 부풀려 보였다.

"싸움 걸지 말란 말이야."

"웃기고 있네, 이 새끼가."

머리를 돌리며 혼잣말처럼 뱉었지만 그가 들으라고 한 소리다. 우정만의 얼굴이 벌겋게 달아올랐다.

그러자 매클레인이 발을 들어 그들 사이로 들어섰다. 한국말은 알아듣진 못했지만 분위기로 알아챈 것이다.

"헤이, 그만. 싸우려면 사흘 후에 싸우라고."

어깨를 굳힌 박남호가 머리를 돌리자 계단 쪽에서 다가오는 부하의 모습이 보인다. 1층의 로비를 맡고 있는 부하였다. 그는 발을 떼어 그에게로 다가갔다.

"무슨 일이야?"

"10시경에 서울 보좌관님에게 전화가 올 겁니다."

그가 소곤대듯 말했다.

"서울의 누가?"

"대장입니다."

박남호가 잠자코 머리를 끄덕이자 부하가 바짝 다가섰다.

"대장이 김원국 씨와 직접 통화하시려는 겁니다."

강한기 소장은 탁자 위에 두 팔을 올려놓고 한동안 작전 지도를 내려다보았다. 새벽 5시가 되어가고 있었지만 한일방위사령부의 지하에 있는 작전 상황실 안은 팽팽한 긴장감이 감돌고 있었다.

그의 옆에 서 있는 사내는 일본 파견군의 참모장 가토 중장이고, 탁자 앞쪽에는 강동진 사령관이 팔짱을 끼고 서서 지도를 내려다보고 있다.

상황실은 지하 50미터에 철근과 시멘트를 삼중으로 입혀놓은 곳이다. 면적이 100평 가까이 되는 종합 상황실의 사면은 통신 장치와 첨단 방어 시스템으로 가득 차 있다. 끊임없이 들려오는 가벼운 기계의 울림에 상황실은 긴장감 속에서도 활기를 띠었다.

이윽고 강동진이 입을 열었다.

"이젠 이틀이야. 파리에서 회담을 한다고는 하지만 극적인 반전은 없을 것이다."

강한기가 머리를 들어 벽에 걸린 대형 시계를 바라보았다. 8일 오전 4시 40분이다. 회담이 시작된 지 40분이 지났을 뿐이다.

"적의 선제공격에 얼마나 피해를 입느냐가 전쟁의 승패를 갈라놓을 것 같군."

"그렇습니다, 사령관 각하."

가토가 머리를 끄덕였다. 이케다와는 달리 마른 몸매에 주름살이 깊은 얼굴이다. 한일 양군의 작전 회의 때에 나서는 것은 언제나 이케다 소장이었고 가토는 말이 없는 편이었다.

가토가 다시 입을 열었다.

"전방의 진지, 기갑부대, 그리고 비행장과 관제탑, 포대와 미사일부대가 일차로 집중적인 공격을 받을 겁니다."

"파괴될 확률은 55퍼센트이다."

이것은 강한기가 속으로 중얼거린 말이다. 수십 번 반복된 훈련과 연습에 의해 암기된 확률이고 요즘의 작전 회의에서도 수없이 뱉는 말이다.

이쪽이 아무리 위장하고 이동해도, 그리고 제아무리 빨리 반격을 해도 먼저 기습한 쪽에게 치명상을 입는다.

확률로 계산하면 처음 30분 동안 이쪽이 저쪽에게 입힐 손실은 25퍼센트였다. 이쪽은 항공기, 전차, 포대, 미사일 기지 등이 55퍼센트가 궤멸되고 저쪽은 25퍼센트인 것이다.

강동진이 지도의 한 점을 지휘봉으로 짚었다.

"이런 미사일 기지 한 곳이 우리에게 주는 피해는 두 개 사단과 맞먹는다."

강한기는 그의 지휘봉이 가리키는 지점을 바라보았다. 동부전선이다. 산맥 사이로 붉은 삼각형이 그려진 부분이 인민군의 미사일 기지였는데 그곳은 삼각형 두 개가 모여 있었다. 스커트 미사일과 노동 1호, 그리고 프로그 5형과 7형을 수십 문씩 보유하고 있는 기지였다.

같은 시간, 청와대의 지하 벙커 안.

이영만 대통령은 바지에 스웨터 차림으로 임병섭 안기부 부장과 마주 앉아 있었다. 대통령이 눈을 들어 임병섭을 바라보았다. 눈시울이 두껍게 처져 있었다.

"국민이 이번 회담을 기대하고 있을까?"

"기대라면, 전쟁을 피하게 되리라는 것."

"그것밖에 없나?"

그러자 임병섭이 잠깐 시선을 내렸다가 들었다

"각하, 국민의 자존심을 세워준 일입니다. 저는 파리의 사건을 그렇게 보고 있습니다."

"나도 피가 끓었어. 불타오르는 그랑팔레호텔을 보면서 말이야."

"……."

"조 대사, 안 장관, 그리고 김원국이가 우리 국민의 자존심을 세워주었어. 그 말은 맞아."

"예, 저도 그렇게……."

"인질을 잡고 삼국 회담을 요청한 것은 다른 나라 사람들에겐 억지요, 성사될 수 없는 일로 보였겠지만 미국과 북한은 회담에 대표를 보냈어. 특히 북한은 군의 실력자인 최광을."

대통령이 의자에 등을 기대고 앉아 길게 숨을 내쉬었다.

"그래, 국민들이 후련했을 거야. 그리고 나처럼 피가 끓었을 거야."

"각하, 최광은 김정일에게 실권을 빼앗기고 무력부에만 머물고 있다가 이번에 주석이 되어 파리로 간 것입니다. 그는 실권자가 아닙니다."

임병섭이 말을 이었다.

그는 새벽 3시에 대통령의 전화를 받고 심야의 거리를 달려 청와대에 들어왔다. 대통령은 한국 시간으로 새벽 4시에 시작되는 파리 회담에 신경을 쓰고 있었던 것이다. 오늘 하루 종일 국무회의나 작전 회의 등을 주관하면서도 회담에 대해서는 한마디도 꺼내지 않던 대통령이 회담 시간이 되자 은밀히 자신만을 부른 것이다.

임병섭은 아까부터 가슴이 답답해져 오는 것을 느끼고 있었다.

"각하, 참고로 해주실 말씀이 있으시면 제가 파리로 연락을 하겠습니다."

임병섭은 오는 차 안에서 일본 측의 통신 라인을 이용해서 박남호와 연락하도록 했다는 이야기는 하지 않았다.

대통령이 잠자코 임병섭을 바라보았다. 벽시계의 초침 소리만 들려올 뿐 한동안 지하 집무실 안에서는 숨소리조차 들리지 않았다.

복도 앞쪽에는 부인 전영숙 여사가 있을 것이다. 대통령은 두 아들과 가족을 청와대의 지하 거주처에 들여놓지 않았다. 전쟁이 일어나 적의 포탄이 떨어졌을 때 대통령의 가족만 안전한 청와대의 지하에 숨어 있으면 안 된다는 것이다.

"각하, 전군은, 전 국민은 이제 일사불란하게 임전무퇴의 자세를 갖추고 있습니다. 저는 지금처럼 국민이 나라를 사랑하고 조국을 지키려는 의지로 뭉쳐 있는 것을 본 적이 없습니다."

"……"

"각하, 군은 우리는 이긴다는 신념에 차 있습니다. 공무원은 솔선수범하여 몸을 아끼지 않고, 질서를 어지럽히는 국민은 찾아볼 수도 없습니다."

"……"

"각하, 우리는 이깁니다. 이대로 가면 북한은 스스로 붕괴될 것이 틀림없습니다."

"김원국에게 연락을 해요, 임 부장."

"……"

"이제 우리에게 요구 조건을 말하라고 말이야. 미국을 통하지 말고 김원국 씨나 고 중장에게 말하라고 해. 최광이가 실세는 아니라지만 김정일이에게 연락을 하면 될 거야."

"각하."

"들어줄 수 있는 것은 모두 들어주겠어. 국민을 희생시키지만 않는다면. 전쟁만 일어나지 않는다면."

"각하, 그것은……"

"항복이 아니야. 놈들에게 마음을 보여주는 거야, 마지막으로. 그래, 이것은 자네와 나만 아는 사실로 하고."

"받아들일 놈들이 아닙니다, 각하. 우리가 양보하면 할수록 끝까지 밀어붙이던 잔인한 놈들입니다, 각하."

임병섭의 말소리가 떨려 나왔다.

*   *   *

2월 7일 밤 9시 30분, 파리.

회담이 시작되고 한 시간 반이 지나는 동안 세 번의 정회 시간이 있었으므로 실제로 이야기를 나눈 시간은 30분도 되지 않았다. 그리고 그 30분도 남북한의 격렬한 말다툼으로 소비되었는데 그 내용은 뻔했다.

남한은 2월 10일의 침공 통보를 비겁한 술책이라고 비난했고, 동족임을 포기한 김정일 일당의 행위는 역사에 남을 것이라 성토

했다.

북한은 남한의 군비 증강과 일본과의 동맹을 극렬히 비난하면서 사대주의에 물든 반역자들의 행태라고 맞받아 소리쳤다. 2월 10일의 침공 통보는 남한과 미국의 압박에 어쩔 수 없이 강구한 자위 수단이었다는 것이다.

그들의 다툼은 회의실 밖의 복도에까지 울려 퍼졌는데, 50년 분단 역사상 남북한의 대표가 이렇게 격렬하게 다투는 것은 처음이었다. 4, 5년 전 판문점에서 북한의 대표 한 명이 서울은 불바다가 될 것이라고 발언해 한국이 떠들썩하였는데 그때의 대화는 양반이었다.

물론 양쪽의 상대는 고성국과 김인채이다. 그들은 격렬하게 욕설을 뱉고 주먹으로 테이블을 두드렸으며, 상대방의 수령과 대통령에게 거침없이 쌍소리를 했다.

그동안 최광과 김원국은 잠자코 서로의 얼굴을 바라보거나 가끔씩 욕설을 뱉는 상대방의 얼굴을 스치듯 바라보면서 입을 다물고 있었고, 로젠스턴과 더글러스는 이제 입맛을 다시기도 지친 듯 그들끼리 이야기를 주고받았다.

서로 열이 받다 보니 한국말로 소리쳤기 때문에 그들은 알아듣지도 못한 것이다.

세 번째의 정회를 마치고 제각기 자리에 앉자 로젠스턴이 지친 얼굴로 입을 열었다.

"이제 그만 본론으로 들어갑시다. 우리는 남북한의 전쟁을 막을 방법을 찾기 위해서 이 자리에 모였습니다. 그것은 모두 인정하지요?"

그러자 모두 입을 열지 않았으므로 그는 서두르듯 말을 이었다.

"이젠 기탄없이 말해주시오, 조건이나 방법을. 우리는 시간이 없습니다."

최광이 헛기침을 하고는 상체를 세웠다가 머리를 돌려 김인채를 바라보았다.

"동무가 말하시오."

"예, 주석 동지."

김인채가 테이블을 둘러보았다. 어느 틈에 빼냈는지 그의 손에는 한 장의 종이가 들려 있었다.

"이것은 우리 공화국의 당과 수령 동지가 결정하신 조건이오. 남조선이 이 조건을 받아들이고 사흘 내에 이대로 시행했을 때 우리 공화국은 남조선의 평화 유지 의지를 인정하게 될 것이오."

영어였으므로 로젠스턴이 머리를 끄덕였다.

"말하시오, 미스터 김."

김인채가 커다랗게 헛기침을 했다.

"첫째, 휴전선에 배치된 남조선군을 즉각 후방 100킬로미터 지점으로 철수시킬 것. 단, 미군 기지는 여기에 포함되지 않습니다."

"지랄하고 있는데?"

고성국의 말이 컸으므로 로젠스턴이 머리를 들었다. 김인채는 눈을 부릅뜨고는 이를 악물 뿐 얼른 말을 뱉지는 않았다.

로젠스턴이 물었다.

"미스터 고, 당신 뭐라고 했소?"

"계속하시오."

입을 연 것은 김원국이다. 로젠스턴과 더글러스가 눈을 껌벅이며 그를 바라보았고, 조는 듯 눈을 내리깔고 있던 최광도 힐끗 김원국을 바라보았다.

숨을 들이마신 김인채가 서류를 다시 펼쳤다.

"둘째, 자위대는 이틀 내로 철수할 것. 그리고 일본에 대한 우리 공화국의 조처는 추후 조일 회담에서 토의될 것이오."

"……."

"셋째, 남조선 정부는 미국과 함께 우리 공화국을 50년 동안 위협하여 경제 발전을 막았고 공화국을 전쟁의 공포 속에 몰아넣었소. 보안법으로 애국지사를 처형, 투옥했고 북남 왕래의 길을 막았소. 이에 대한 공화국의 막대한 물적, 정신적 손해에 대한 보상이 있어야 되오."

"저걸 듣고만 있어야 합니까?"

고성국이 김원국을 바라보며 물었다. 기가 찬 듯 얼굴에는 웃음기가 떠올라 있다.

김인채가 말을 이었다.

"보상금 150억 달러를 일차로 지급해야 하는데 그 기간은 사흘이오. 그리고 매년 20억 달러씩 10년간 공화국에 보상금 명목으로 지급해야 됩니다."

김원국이 마침내 입을 벌리고 웃었다. 하회탈처럼 활짝 웃었다. 그러자 김인채가 차가운 얼굴로 그를 바라보았다.

"마지막으로 인질 문제인데, 회담이 끝남과 동시에 북미의 인질은 즉시 풀어주어야 하고, 인질범들은 공화국으로 수송되어야 합니다. 한국 정부는 그 일에 책임을 져야 하오."

김원국이 잠자코 머리를 끄덕이자 더글러스가 헛기침을 했다.

"물론 그 문제는 국제법에 따라 처리되어야 합니다. 우리 미국도 강력히 그것을 원하고 있소."

그 시간, 회양의 인민군 제1군단 사령부의 지하 벙커 안.

참모들과 작전 점검을 마친 최상욱 상장이 막 작전 상황실을 나가는데 이을설 차수가 들어섰다.

"사령관 동지, 주무시지 않았습니까?"

조금 당황한 최상욱이 비켜서며 묻자 이을설이 머리를 끄덕였다.

"작전 점검했나?"

"예, 사령관 동지. 작전에는 이상 없습니다."

그들의 좌우로 회의를 마친 참모들이 스쳐 지나갔다.

"평양에서 연락 온 건 없나?"

"없습니다, 사령관 동지."

이을설이 머리를 돌려 철근콘크리트로 지은 상황실을 둘러보았다. 통신 장치 부근에 당직 장교 서너 명이 앉아 있을 뿐 이제 넓은 상황실에 서 있는 건 그들 둘뿐이다.

"24부대의 스커트 발사대는 고쳤나?"

"예, 사령관 동지. 어젯밤에 수리가 되었습니다."

벽으로 다가간 이을설이 작전 지도를 올려다보았고, 최상욱이 잠자코 그의 옆에 섰다.

제24부대는 옆에 위치한 제27부대와 함께 미사일부대였다. 해발 600미터의 산악 지대에 암반을 뚫고 진지를 만들어놓아서 적

의 포격과 공습에도 견딜 수 있었는데, 공격 개시와 함께 두 미사일부대는 인근의 한국군 기지는 물론 서울 남쪽의 오산 비행장까지 초토화시킬 수 있을 것이다. 계획은 차질 없이 진행되고 있었다.

이을설이 지도에서 눈을 떼었다.

"파리에서 연락 온 것은 없나?"

"없습니다, 사령관 동지."

머리를 끄덕인 이을설이 몸을 돌렸다.

사령관으로 부임한 지 며칠밖에 되지 않았기에 작전 회의에 참석한 것은 부임한 날 참모들과 인사를 할 때 한 번뿐이다. 최상욱은 그를 철저히 따돌리고 있었는데 분위기를 알고 있는 참모들도 사령관 보기를 소가 닭 보듯이 하고 있었다.

이을설은 최상욱의 경례를 받으며 상황실을 나섰다. 파리에는 최광이 있었는데 그가 어떻게 하고 있는지 최상욱은 알고 있을 것이다.

밤 10시 10분의 파리, 한국 시간으로는 다음 날인 2월 8일 새벽 6시 10분.

전화기를 귀에 댄 김원국이 복도 끝의 벽에 기대서 있었고, 그의 앞을 박남호가 가로막듯 서 있었다.

회의실의 문 앞에서는 매클레인과 우정만이 못마땅한 얼굴로 그들을 바라보고 있었다. 통신을 하려면 회담장 안의 장비를 사용할 것이지, 밖에 나와서 무슨 짓을 하느냐는 표정이다.

"말씀하시오."

김원국이 말하자 임병섭이 잠시 말을 멈추었다. 일본 위성에서 중계되는 회선이라 전화의 상태는 바로 옆 동네에서 말하는 것 같다.

이윽고 임병섭의 말소리가 들려왔다.

―대통령 각하께서는 미국 측이 조정해 주기를 희망하고 계십니다. 한국군이 100킬로미터를 물러가면 북한 측도 물러가야 할 것 아니냐고 하십니다. 그리고 사흘의 기간은 너무 짧아요. 김 선생, 보상금 명목이 아니라 경제 보조금으로 금액을 조정해 볼 수도 있지 않느냐고 말씀하십니다.

"……."

―자위대는 철수할 수 있어요.

"……."

―김 선생, 듣고 있습니까?

"듣고 있어요."

―난 지금 대통령 각하와 함께 있습니다.

*   *   *

새벽 6시 15분의 도쿄.

정보국의 통신실에 앉아 있던 혼다 다카오 정보국 국장은 머리를 끄덕이며 자리에서 일어섰다.

"구로다, 그 녹음테이프를 이리 내라."

"예, 국장님."

구로다라는 사내가 서둘러 기계의 스위치를 누르더니 곧 성냥

갑만 한 녹음테이프를 빼내었다. 통신실에 둘러앉아 있던 사내들이 의자를 덜컹이며 자리에서 일어서고 있었는데 모두들 표정이 어두워 보였다.

"국장님, 한국이 항복할 작정이군요."

마침내 옆에 서 있던 요시하라가 입을 열었다. 정보국의 서열 3위인 제2차장이다.

"이 대통령은 뒷심이 없습니다. 그 사람, 역사에 남을 사람입니다."

"국민을 희생시키지 않으려는 거야. 단순하게 생각하지 마라."

그들은 통신실을 나와 곧장 현관에 대기시켜 놓은 승용차에 올라탔다.

하시모토 수상은 아직 등청하지 않았을 터이니 곧장 수상 관저로 갈 작정이었다. 차가 어둑한 새벽의 거리를 질주하기 시작하자 요시하라가 입을 열었다.

"미국은 조정 능력이 없습니다. 북한은 숨 돌릴 사이도 없이 밀어붙일 것이고, 한국은 그들의 요구 조건을 모두 들어주어야 할 겁니다."

"……."

"아니, 무혈로 남한을 점령할 수도 있습니다. 요구 조건을 들어준다면 그건 항복의 표시나 마찬가지니까요."

"어쨌든 남북한은 통일이 되겠지. 몇 사람의 처형이 있을 것이고."

"……."

"그래, 처음에 북한이 제시한 대로 미국 행정부와 군대, 인권 단체가 나서서 융화와 중화 작용을 해주면 생각보다 심하지는 않을 것이다."

"갑자기 이 대통령의 마음이 변한 이유가 뭘까요? 그리고 보수 우익이 그의 결정을 받아들일까요? 특히 군이 말입니다."

혼다가 입맛을 다시며 머리를 저었다.

"혼란이 온다. 그러면 분열이 오고. 그다음은 말할 필요도 없지."

"……"

"이 대통령은 겉으로는 강경책을 썼지만 그것이 과연 최선인가 자신할 수 없었던 거야. 전쟁으로 수백만을 희생시키느니 자신이 모든 책임을 지려고 했는지도 모른다."

"……"

"어쨌든 그는 김정일이보다는 국민을 사랑하는 지도자다. 그리고 우리는 지금 그를 평가할 수 없어. 언젠가 역사가 평가해 줄 것이다."

＊   ＊   ＊

"항복이 아니야, 임 부장."

대통령의 목소리가 방 안을 울렸다. 그는 충혈된 눈을 부릅떠 임병섭을 노려보았다.

"끝까지 최선을 다해야만 돼. 국민의 피해를 줄이기 위해서라면 나는 모든 것을 버릴 각오가 되어 있어. 그런 자세로 말한 거야."

"받아들이는 상대방에 문제가 있습니다, 각하. 그리고 이 시점에서 각하의 그런 말씀은 국민의 사기를 떨어뜨리고 국민이 분열되게 합니다."

"그래서 내가 임 부장에게만 말한 거야. 파리에 있는 두 사람하고. 군은 만반의 준비를 하고 있어야 돼. 침공에 대비해야 된단 말이야."

"각하, 놈들은 미국의 조정도 따르지 않을 겁니다. 기세를 잡았다고 생각해서 밀어붙일 겁니다."

"전쟁은 끝까지 막아야 돼. 놈들이 그런 조건을 내놓았다는 것에 대해서 나는 일말의 가능성을 보았는데 임 부장은 비관적으로만 생각하는군."

"각하, 우리가 받아들일 수 있는 게 어디까지라고 생각하십니까?"

갑자기 목이 메어왔으므로 임병섭은 배에 힘을 주고 물었다. 그의 목소리가 갈라졌다.

북한이 제시한 조건을 국무회의나 비상 회의에 내놓는다면 대다수는 강경한 분위기에 휩쓸려 격렬히 반대하게 될 것이다. 소수의 온건론자는 그들에게 눌려 입도 열지 못할 것이라는 사실을 임병섭도 알고 있었다.

그러나 대통령이 북한의 조건을 가지고 타협하려는 의도를 보이면 온건론자가 힘을 얻게 되고 국론은 분열된다. 침공 3일 전에 국가는 혼란에 빠지고 모처럼 단결되었던 군관민의 사기가 일시에 떨어지게 될 것이다.

임병섭은 이 비밀을 대통령과 둘이서 안고 있다는 사실에 갑자기 비참해졌다. 그러나 대통령에 대한 원망은 일지 않았다.

김인채는 턱을 올린 자세로 김원국과 고성국을 바라보았다. 어깨를 펴고 앉아 있는 그의 몸은 활력이 넘쳐 보였다.

"미국의 성의를 받아들여 조금 전에 우리의 경애하는 수령 동지께 연락을 올렸소. 셋째 조건부터 얘기하면, 그것은 변경될 수가 없습니다. 사흘 안에 150억 달러를 배상하고 10년간 매년 20억 달러를 지불해야만 해요."

그의 목소리가 방을 울렸다

"그리고 둘째 조건은 남조선 측에서 받아들이겠다니 허용하기로 하고, 첫째 조건을 이야기합시다."

그러자 더글러스가 입을 열었다.

"양쪽 군을 시간을 정해서 뒤쪽으로 물리기로 하고, 그것을 미국이 확인해 주면 되지 않을까요? 기지를 옮기는 것이 하루 이틀만에 되는 일은 아니니까."

"양쪽 군이 아니오, 장군."

김인채가 머리를 저으며 말했다.

"남조선군만 물러나는 겁니다. 우리는 물러날 이유가 없소. 왜냐하면 미군 기지는 그대로 두기로 했기 때문이오."

"그렇다면 당신들은 물러나지 못한다는 이야기군."

김원국의 말에 김인채가 머리를 끄덕였다.

"그렇소, 김 선생."

"당신네 수령의 지시요?"

"수령님의 지시요."

그러자 고성국이 김원국을 돌아보았다.

"김 선생님, 잠깐만 저하고."

자리에서 일어선 그들은 회담장의 구석 자리로 가서 마주 섰다. 고성국이 손바닥으로 이마의 땀을 씻었다.

"이건 항복이나 다름없습니다."

"하는 데까지는 해봅시다. 놈들도 전쟁을 피하려 할 수도 있지 않소?"

"놈들이 물러나지 않는다면 우리는 무방비 상태가 됩니다. 놈들은 무혈점령하려는 겁니다."

"그건 나도 알고 있어요, 고 장군."

"미국의 조정 역할을 기대할 수가 없다는 걸 대통령 각하께서 아셔야 할 텐데요."

고성국이 어깨를 늘어뜨리며 길게 숨을 내쉬었다.

김원국이 서울에서 온 전화를 받고 나서부터 회담은 겉으로는 회담답게 진행되었지만 고성국은 기가 꺾여 있었다. 군인인 그로서는 당연한 일이었다. 상대방인 김인채가 기세를 올릴수록 그는 이를 갈면서 땅 밑으로 꺼져 들어가고 있었다.

그들이 다시 자리에 돌아와 앉자 김인채가 다그치듯이 말했다.

"당신들의 대통령에게 다시 연락을 해보는 것이 어떻소? 남조선의 국방군 대신 미군이 남아 있도록 수령님께서 배려해 주신 거요. 우리는 당신들이 그것에 대해서 이의를 제기하리라고는 생각하지 않습니다."

김원국이 머리를 들어 김인채를 바라보다가 시선을 최광에게로 옮겼다.

그는 두꺼운 눈시울을 움직여 김원국의 시선을 받았는데 눈을 한번 껌벅이면서 시선을 다른 곳으로 옮겼다. 무표정에 말수도 적었다. 마치 늙은 거북을 보는 것 같은 기분이다.

＊　　　　＊　　　　＊

2월 8일 오전 6시 30분, 서울. 파리 시간으로는 2월 7일 밤 10시 30분.

계엄사령부의 정문을 들어선 승용차는 헌병이 탄 장갑차의 인도를 받아 벙커의 입구에서 멈추어 섰다.

무장한 병사 두 명이 벙커의 입구에서 돌덩이처럼 굳어 있다가 차에서 내리는 강한기 소장을 향해 경례를 올려붙였다.

강한기는 서둘러 벙커로 들어섰다. 두 시간 전에 이곳에서 사령관과의 회의를 마치고 의정부의 미사일 기지로 가는 도중 되돌아온 것이다. 강한기가 상황실의 철제문을 밀치고 들어서자 뒷짐을 지고 서서 지도를 내려다보고 있던 이케다 소장이 머리를 들었다.

"무슨 일이오?"

바깥의 찬 기운을 뿜으며 다가간 강한기가 물었다. 이케다는 시급한 일이라고만 했지, 그것의 내용을 말해주지는 않았다.

그의 앞에 멈춰 선 강한기가 상황실을 둘러보았다. 상황실에는 당직 장교들만 있을 뿐 고급 장성은 이케다 한 명뿐이다.

"파리 회담에 문제가 있소."

이케다가 그를 쏘아보며 낮은 목소리로 말했다.

"한국의 대통령 각하께선 북한의 요구 조건을 받아들이라고
하고 있소."

"북한의 요구 조건이라니?"

"그것은 항복이나 마찬가지인 조건이오."

"어떤 조건이란 말이오?"

이케다가 낮은 목소리로 빠르게 설명해 주자 강한기가 숨을 크
게 들이마시고는 한동안 뱉지 않았다.

"당신은 그것을 어떻게……."

겨우 숨을 뱉으며 그가 물었다.

"우리 위성을 사용한 통신이오."

"각하와 안기부장 둘이서 추진하고 있는 겁니까?"

"지금으로서는 그렇소."

"파리에서는 뭐라고 합니까? 우리 참모장은?"

"각하의 명령이오. 북한 측의 조건을 절충하고 있습니다."

"절충이라니?"

마침내 강한기의 얼굴이 시뻘겋게 달아올랐다.

"우리더러 100킬로미터를 물러나고 보상금을 내라고? 그것을 50킬
로미터로 절충하고, 150억 달러는 50억 달러로 줄인다고?"

"아직 그런 이야기는 나오지 않았소, 강 장군. 북한은 절충하려
고 하지도 않습니다."

머리칼이 곤두선 듯한 모습으로 강한기가 이케다를 바라보았
다.

"우리 각하가 지금 실수하시는 것 같은데, 이케다 소장."

"한국에서 이 정보를 전해줄 사람은 강 소장 당신밖에 없습

니다."

"물론 일본의 고위층은 이 사실을 알고 있겠지요?"

"아마도. 그리고 당신네 안기부장도 이 정보가 우리 고위층에게 전달되리라는 것을 예상하고 있을 겁니다."

"……"

"본래 일본의 위성을 이용해서 통신하기로 되어 있었으니까요."

"……"

"그는 이 정보가 우리를 통해 당신에게 전달되리라는 것도 예상하고 있을 겁니다."

강한기가 머리를 돌려 주위를 둘러보았다. 고급 장교 서너 명이 들어섰다가 그들을 보더니 한쪽으로 몰려갔다.

이윽고 그가 이케다를 바라보았다.

"사령관은?"

"아직 모르고 계시오. 우리 가토 중장은 알고 계시지만."

"……"

"보고를 하든 안 하든 그것은 당신 소관이오, 강 소장."

다케다 요시하루 소장이 산기슭에 급조된 벙커에 들어서자 모여 있던 단위 대장들이 일제히 부동자세를 취했다. 벙커는 시멘트가 매끈하게 다듬어지지는 않았으나 철근을 실하게 넣어서 단단했다.

다케다 요시하루는 작달막한 체격에 어깨가 넓고 팔이 길어서 일본 전국시대의 무장과 같은 인상이었는데 실제로 그는 다케다 신겐의 후손이라는 설도 있었다.

"여단장 각하, 전원 집합했습니다."

참모장인 곤도 란마루 대좌가 기운차게 보고를 하자 그는 머리를 끄덕이며 주위에 둘러선 장교들을 바라보았다.

일본 육군의 제78기갑여단의 작전 회의는 매일 아침 7시에 시작되었는데 내일부터는 열리지 않을 것이다. 이틀 후로 닥쳐 온 북한의 침공에 대비하여 내일부터는 전투 상황으로 변경되고 작전 지시와 보고는 무선으로 대체되기 때문이다.

그의 시선이 왼쪽의 중간 부분에 서 있는 장교에게 머물자 시선을 받은 장교가 턱을 내밀고 가슴을 폈다. 주변의 장교들과는 다른 군복이고 가슴에는 수류탄 두 개가 매달려 있다. 한국군 보병지원대대장인 오진갑 중령이었다.

"좋아, 시작하지."

다케다가 짧게 말하자 곤도가 벽에 걸린 지도 앞으로 다가갔다. 장교들이 지도 양쪽에 벌려 선 다케다와 곤도의 주위를 둘러쌌다.

제78기갑여단은 최신형 74식 MBT(Main Battle Tank) 180여 대를 주력 전차로 하고, 지원부대로는 대대급으로 기갑보병대대, 기갑포병대대, 보병대대가 있고, 중대급으로 미사일중대, 기갑정찰중대, 대전차중대, 고사포중대, 병참과 공병, 그리고 대전차미사일을 장착한 헬기 14대로 구성된 항공중대가 있다.

오진갑은 78여단의 전위보병대대 소속이었는데, 그의 표현을 빌리면 공격 시에는 자위대 전차의 길을 닦아주고 후퇴 시에는 몸으로 막아주는 역할이었다.

곤도는 회의에 참석한 한국군 장교들을 위하여 영어로 브리핑을 해주고 있었다. 너무 들어서 외우고 있는 작전이었지만 말하는 자, 듣는 자 모두 긴장해 있었다.

오진갑의 옆에 서 있던 조명훈이 힐끗 이쪽을 바라보았다. 영어가 짧아서 알아듣지 못한 단어가 있는 눈치였지만 오진갑은 잠자코 서 있었다. 이쪽의 중대장 회의에서 한국말로 질리도록 되풀이한 작전인 까닭이다.

곤도가 말을 이었다.

"따라서 A중대의 전방에 있는 인민군 1개 중대는 분계선 감시용 병력에 불과합니다. 북한은 제24, 27미사일부대의 포격으로 동부전선으로의 침공을 시작할 것이고, 그와 동시에 이 지점에 있는 제15전차사단이 A중대의 전방으로 우회해 옵니다."

그때에는 A중대의 병력 반수 이상이 피해를 입을 것이다. 따라서 전투력은 50퍼센트 이상 감퇴된다.

오진갑은 곤도의 얼굴을 똑바로 바라본 채 시선을 돌리지 않았다.

조명훈은 남은 병력으로 78여단이 진군해 올 때까지 버텨야 한다. 물론 그 뒤쪽의 오진갑이 지휘하는 한국군 B, C중대도 마찬가지였지만 조명훈이 선봉이었다. 제일 먼저 부딪치는 부대인 것이다.

2월 7일 밤 11시 30분, 파리. 한국 시간으로는 8일 오전 7시 30분.

크리용호텔 4층 412호실의 소파에 조웅남이 두 다리를 길게 뻗고 앉아 있다. 손에는 코냑 병이 쥐어져 있다.

"지기미, 웬 놈의 회의가 이렇게 길다냐?"

조웅남이 이맛살을 찡그리며 앞쪽에 앉아 있는 고트와 홍진무를 바라보았다. 고트는 알아듣지 못했으므로 시선을 돌렸으나 홍진무는 헛기침을 했다. 그러나 곧 입맛을 다시고는 입을 다물었다.

"어이, 거그."

조웅남이 홍진무에게로 턱을 들며 그를 불렀다.

"거그는 얼매쯤 낼 수 있을 거 같혀?"

"얼마쯤이라니?"

홍진무가 깊숙한 눈빛으로 조웅남을 바라보았다. 금테 안경은 그랑팔레에서 벗겨졌으므로 지금은 맨눈이다.

"그게 무슨 말이야?"

"몸값 말여."

"몸값?"

그러자 방문 옆에 기대서 있던 고동규가 힐끗 그들을 바라보았다. 그는 아까부터 자주 이쪽을 힐끗거렸다. 불안한 모양이었다.

"그려, 몸값. 느그덜은 돈이 없을 턴디, 느그 두목이 돈 낼라고 허까?"

"건방진……."

홍진무가 잇새로 으르렁거리듯 말했다. 아까부터 조웅남이 툭툭 건드리는 말에 대꾸를 하지 않고 참았지만 이제는 참을 수 없는 것이다.

"말을 삼가라."

"야가 인자 정신이 든 모양인디. 눈깔 똑바로 뜬 걸 봉게로 말여."

조웅남이 술병을 탁자 위에 내려놓았다.

"야, 이 씨발 놈아, 이 드러운 공산당 놈아. 아래층에서 회담형게로 금방이라도 나갈 것 같으냐?"

"형님."

문 옆에서 고동규가 머리만 이쪽으로 돌리고 그를 불렀다. 그러나 다음 말을 잇지는 않는다.

"좆같은 소리 말라고 혀. 너는 내 맘여. 확 쥐어 뻗진 담에 송장만 떤져 줄 수도 있단 말여, 이 씨발 놈아."

"허."

기가 막힌다는 듯 홍진무가 상체를 뒤로 눕혔다.

"이런 몰상식한 자가 있다니……."

"허어, 나보고 몰상식허다네. 야, 동규야. 야가 나보고 몰상식허단다."

조웅남이 입을 쩍 벌리면서 손을 들어 홍진무를 가리키며 소리쳤으나 고동규는 목을 움츠리고는 바깥을 바라보았다. 코냑 병을 움켜쥔 조웅남이 크게 세 모금을 마시자 병이 비었다.

"나는 인지까지 느그덜 욕헌 적이 없고, 느그덜한티 신세 진 일도 없다."

술병을 방바닥으로 내던진 조웅남이 조리 있게 말했다. 병이 고트의 발 앞에서 멈추자 고트가 발끝을 움직여 한쪽으로 치워놓았다. 불안한 표정이다.

조웅남이 말을 이었다.

"먹고살기 바빠서 삼팔선 너머에 너처럼 좆같이 생긴 놈이 있다는 것도 몰랐단 말이여, 이 씨발 놈아."

말이 격해지면서 가래가 목에 걸린 조웅남은 헛기침으로 목을 진정시켰다.

"그런디 이게 웬일이여? 졸지에 쳐들어온다니? 응? 내 가게들은 문을 닫고. 응? 대홍이 같은 놈은⋯⋯."

그러다가 조웅남이 말을 멈추고는 커다랗게 숨을 들이마셨다. 그러자 얼굴이 잔뜩 부풀었다.

"이 씨부랄 놈들, 이놈들, 내가 대홍이 웬수를 갚어야지."

그가 주먹을 들어 탁자의 귀퉁이를 치자 반대쪽 귀퉁이에 놓여 있던 재떨이가 튀어 올랐다가 방바닥으로 떨어졌다.

"응? 만만한 게 홍어 좆이라고, 씨발 놈들아, 우리가 느그덜 사는 디 훼방 놓은 거 있어? 쳐들어갈라믄 느그덜 북쪽으로 옛날 고구려 땅이나 쳐들어가서 빼앗지, 왜 우리헌티 지랄이여, 이 개새끼들아!"

"대단하군, 이자는. 그만두자. 너하고는⋯⋯."

홍진무가 입술 끝을 비틀면서 말하자 조웅남이 눈을 번쩍 치켜떴다. 그러자 문 앞에 서 있던 고동규가 몸을 완전히 이쪽으로 돌리고 그들을 바라보았다.

한동안 그 표정으로 눈을 껌벅이며 홍진무를 바라보던 조웅남이 턱을 내렸다.

"봐라, 동규야."

조웅남이 손을 들어 홍진무를 가리키면서 말했다.

"이런 놈들한티는 내가 임자여. 무신 말인지 알겠냐?"

"예, 형님. 알 것 같습니다."

"잡어서 주리를 틀어야 되는 거여. 무식헌 놈들한티는 매가 약이니라."

조웅남이 시계를 내려다보았다.

"아따, 12시가 다 되었는디 아직도 안 끝났고만. 허긴 그려. 즈그덜이 무신 돈이 있겠냐? 입으로나 때울라고 허겠지."

"내일 아침에 다시 하는 게 어떻소? 밤이 늦었습니다."

로젠스턴이 시계를 내려다보며 말하자 최광이 머리를 끄덕였다.

"남조선도 생각할 시간을 가져야 할 테니 그게 낫겠소."

"우리도 이의가 없습니다."

김원국이 그들을 향해 말했다.

"내일 아침 9시에 이곳에서 다시 만나기로 합시다."

"그런데 오늘 회담을 마치기 전에 우리가 제안할 것이 있는데."

로젠스턴이 테이블에 두 팔을 얹고 김원국을 향해 상체를 굽혔다.

"인질을 풀어주시오. 이제 당신의 목적이 달성되었으니 더 이상 데리고 있을 의미가 없을 것 같은데."

고성국이 힐끗 김원국을 바라보고는 헛기침을 했다. 최광과 김인채의 시선이 그에게로 모아졌다.

이윽고 김원국이 얼굴에 웃음을 띠었다.

"북한 측 조건대로라면 회담이 끝나면 자연히 인질은 풀려나고 난 평양으로 끌려가게 되어 있는데."

"그건 알고 있소, 미스터 김. 하지만 만일 회담이 결렬되었을 때, 그때도."

로젠스턴이 다그치듯 말했다.

"인질은 풀어주어야 합니다. 그것을 약속해 주시오."

"풀어주겠소. 회담이 결렬되더라도."

김원국이 주위를 둘러보았다.

"인질은 지금이라도 풀어주고 싶지만 그렇게 되었을 때는 당장 저 문을 차고 프랑스 경찰과 미국과 북한의 요원들이 들이닥칠 테니까."

"잘 아시는군."

김인채가 얼굴에 웃음을 떠었다.

"당신이 내일 그들을 풀어준다니까 믿어보겠지만 어쨌든 당신은 어제 일에 대한 책임을 져야 될 거요."

로젠스턴과 더글러스가 자리에서 일어섰다.

"그럼 내일 아침에 다시 만납시다."

"잠깐만."

김원국이 그들을 바라보았다.

"이 회담은 비밀로 되어 있습니다. 외부에서는 인질 석방에 대한 회담으로 알고 있어요."

"물론이오, 미스터 김."

로젠스턴이 얼굴에 웃음을 떠었다.

"회담 내용이 비밀에 부쳐져야 한다는 것을 말하고 싶은 모양이군, 당신은."

"그렇소. 약속을 지켜주시오."

"노력하겠소."

"내용이 알려지면 인질의 생명을 보장할 수 없다는 걸 알아두시오."

"이런."

로젠스턴이 입맛을 다셨다.

"그렇게 되면 회담도 성사가 안 될 텐데. 그러면 당신 대통령도 실망할 것이고."

그러자 더글러스가 나섰다.

"염려 마시오, 미스터 김. 입을 닫겠소."

그들이 방을 나가자 잠자코 앉아 있던 최광이 자리에서 일어섰다. 테이블 위의 서류를 챙긴 김인채가 서둘러 그를 따라 나가자 방 안에는 두 사람만 남게 되었다.

고성국이 가늘게 숨을 내쉬었다.

"이 사실이 한국에 알려지면 큰일 납니다. 군의 사기는 말할 것도 없고, 정부에 대한 국민의 불신감이 폭발할지도 모릅니다."

"……."

"될 수 있는 대로 빨리 매듭을 지어야 합니다. 시간을 끌수록 우리가 불리합니다."

"만일 내일 합의가 이루어진다면 나는 그 항복 문서에 사인을 하고 이 자리에서 죽겠습니다."

고성국이 얼굴에 쓸쓸한 웃음을 띠었다.

"상황이 이렇게 될 줄은 예상하지 못했습니다. 놈들이 그런 제의를 하고, 대통령 각하가 절충하라고 하실 줄은……."

"대통령의 입장이 되면 우리와는 다른 생각을 하게 됩니다, 고장군."

"사령관께서는 알고 계실까요?"

김원국이 머리를 저었다.

"모르겠소."

"대통령이 실수를 할 수도 있습니다."

"우리가 따질 일이 아니오."

"적어도 충분한 검토를 거쳐야… 여러 사람이……."

"늦었어요."

"놈들이 이틀 후에 쳐내려온다는 보장도 없습니다. 공갈일지도 모릅니다."

"이제 내일이라도 쳐내려올 구실이 충분히 있어요."

고성국이 어깨를 늘어뜨리며 테이블을 내려다보았다.

"전쟁을 하면 우리가 이깁니다."

"수백만 명이 희생될 거요. 그리고 경제는 몇십 년 퇴보할 것이고."

"어느 놈을 위한 경제 보전입니까?"

"……."

"나는 죽어도 눈을 감지 못할 겁니다. 눈을 뜨고 죽을 거요."

그러자 회담장 문이 열리더니 김인채가 들어섰다. 빠른 걸음으로 그들에게 다가온 김인채가 테이블에 두 손을 짚고는 그들을 내려다보았다.

"남조선이 먼저 군대를 물린다면 우리도 고려해 볼 수 있소. 이것은 내가 선의로 제안한 조건이니까 오늘 밤 검토해 보시오."

고성국이 쓴웃음을 지으며 김인채를 바라보았다. 놈은 술수를 쓰고 있었는데 이쪽을 어린아이로 취급한다. 그는 그런 제안을 할 만한 위치가 아니었다. 김정일을 제외하고는 아무도 할 수 없었다.

　김인채가 말을 이었다.

　"당신들은 먼저 우리에게 우리를 침략하지 않는다는 증거를 보여야 되오. 오늘 밤 안으로 결정해 주시오. 100킬로미터를 먼저 후퇴할 것. 그것을 확인해야 우리 공화국의 인민군이 움직일 거요."

제4장

항복의 조건

밤의
대
통
령

방으로 들어선 강동진 대장은 곧장 임병섭에게로 다가가더니 소리치듯 물었다.

"파리에선 지금 무얼 하고 있는 거요?"

임병섭이 예상하고 있었다는 듯 그를 바라보았다.

"협상을 하고 있어요."

"인질 협상이 아니지요?"

"아닙니다."

그러자 그들은 서로 마주 본 채 한동안 입을 열지 않았다. 안기부장의 집무실이 있는 남산의 지하 벙커에 한일연합군 사령관 강동진이 찾아온 것이다. 아침 10시가 조금 넘은 시간이었으나 벙커 안은 전등을 켜놓고 있었다.

"일본 측에게서 들으신 모양이군요, 사령관은."

이윽고 임병섭이 입을 열었다. 그가 손으로 벽 쪽에 놓인 소파를 가리켜 보이고 자리에 앉자 강동진도 앞자리에 앉았다.

"각하께서는 최후의 순간까지 최선을 다하시겠다는 의도인 겁니다. 나로서도 충고해 드릴 명분이 없었습니다."

임병섭의 말에 강동진이 다시 언성을 높였다.

"그런 조건으로 말이오? 그게 항복의 조건이지, 어디 동등한 관계의 협상이라고 볼 수 있습니까?"

"각하는 북한이 그런 조건이라도 내놓은 것에 대해서 희망을 가지셨던 모양이오."

"그것은 굴복한 거요, 이미 패배를 시인한 태도란 말입니다. 우리 군은 그 협상을 받아들일 수 없습니다."

"그래서 비밀로 한 겁니다. 회담이 결렬될 경우를 생각해서."

"내가 알기로는 놈들의 조건을 거의 수용하려는 것 같던데, 무슨……."

"내일 다시 회담을 계속하기로 했어요. 한국 시간으로 내일 새벽 1시에."

"내일이면 2월 9일이오, 임 부장."

"합의가 이루어지면 날짜는 의미가 없어요. 우리는 2월 10일에 너무 얽매여 있습니다."

"놈들은 더 이상 기다리지 않아요. 미국은 이제 등을 돌렸고, 시간이 지날수록 이쪽이 뭉쳐지고 있다는 걸 압니다."

"하루만 더 기다려 봅시다, 사령관."

"각하를 만나 말씀을 드려야겠습니다. 이런 회담은 있을 수가 없어요."

그러자 임병섭이 머리를 저었다.

"말리지는 않겠지만 각하는 듣지 않으실 거요. 그리고 이 일을 철저히 비밀에 부치라고 지시하셨어요. 만일 이 내용이 군과 국민들에게 알려진다면 끝장입니다."

"잘 아시는군. 폭동이 일어날 거요. 나로서도 군을 책임지지 못합니다."

"그러면 좋아할 사람이 누구겠소?"

그 시간의 청와대.

이영만 대통령이 집무실에서 일본의 하시모토 수상에게서 온 전화를 받고 있었다. 대통령은 일본어가 능숙해서 오가는 대화는 일본어였다.

"수상 각하, 우리만 먼저 군대를 뒤로 물릴 수는 없습니다. 그것은 절대로 받아들이지 못합니다."

대통령이 정확한 발음으로 말을 이었다.

"그것 외의 조건은 검토해 볼 수 있지요. 보상금이라든가 나머지 조건은 말입니다. 어쨌든 나는 그자들이 우리에게 협상의 조건을 제시하였다는 것에 의미가 있다고 생각했습니다."

─대통령 각하, 우리의 의견을 말씀드린다면, 그자들에게는 협상하려는 의도가 전혀 없습니다. 불가능한 조건을 제시해서 자신들의 성의만 과시하고 한국의 국론을 분열시키려는 계략으로 우리는 보고 있습니다.

"……"

─그리고 대통령 각하, 미국은 이제 중재자가 아닙니다. 클린트

는 요즘 급격히 악화된 반한 여론을 계산에 넣고 있습니다. 그들에겐 오히려 북한 측의 기도가 국익에 바람직할 것입니다.

"내일 아침에 결정됩니다, 수상 각하. 다시 한 번 말씀드리지만, 군대는 양국 군이 동시에 물러나는 조건으로 합의할 것이고, 그것이 결정되면 회담 내용을 국민에게 공개할 예정입니다. 그리고 나머지 조건은 수용하는 방향으로 합의하겠습니다."

대통령이 다짐하듯 말했으므로 하시모토는 대답을 하지 않았다. 대통령이 말을 이었다.

"그렇게 되면 정부는 정식 대표단을 파견해야겠지요."

"이게 뭐야?"

대한일보의 외신부 이기팔 기자가 팩스 용지를 바라보며 소리치자 주위에 있던 동료들이 모여들었다.

"아니, 이것, 파리의 회담 내용 아냐?"

대한일보 워싱턴 지사에서 팩스로 보내온 것인데 한글로 되어 있어서 모여든 사내들은 금방 읽어 내려갔다.

"이런 개 같은!"

누군가가 소리쳤고, 여러 개의 손이 뻗어 나와 팩스 용지를 잡아채다가 귀퉁이가 찢겨 나갔다. 소란이 일어난 것이다.

계엄령 선포 이후로 엄격한 보도 통제가 이루어지고 있었는데 언론 매체들은 정부의 시책에 적극 호응하고 있었다. 전쟁 이외의 선택이 없다는 것에 그들 모두가 공감하고 있었으므로 국론 통일과 애국심, 북한에 대한 적개심 고취를 위해 각 언론사는 스스로 방법을 개발하여 국민을 단결시키고 있는 중이었다. 그리고 그것은 놀랄 만한 성과를 이루었다.

국민은 전쟁을 치를 준비가 되어 있었고, 조국을 위해 목숨을 바칠 각오가 다져지고 있던 것이다.

편집국장 안현식이 들어섰을 때 외신부 안에는 다른 부서의 기자들까지 들어차 있어서 그는 겨우 사람들을 헤치고 이기팔에게로 다가갔다.

수십 명이 모여 서 있는 외신부에 무거운 정적이 깔렸다. 안현식이 팩스 내용을 읽어 내려가는 동안 그 정적은 더욱 깊게 사무실에 내려앉았는데 이기팔은 그것을 더 이상 견딜 수가 없었다.

대부분의 동료들은 내용을 듣는 순간 분노의 고함을 치고 거친 욕설을 뱉었지만 그것은 잠깐이었다. 그들은 곧 망연자실한 표정으로 서로의 얼굴을 바라보거나 초점 없는 시선으로 서 있었다.

안현식이 머리를 들었다.

"워싱턴 포스트의 호외라니, 믿지 않을 수가 없군. 더욱이 뉴스 제공자는 로젠스턴이고."

공허한 목소리다.

"다른 일간지에도 팩스가 들어왔겠어, 미국에서."

확인해 보나마나였다. 워싱턴의 한국 신문 지사들이 그것을 놓칠 리가 없었다.

"이건 당분간 통제해. 내가 정부 쪽에 알아볼 테니까."

"알아보나마나요, 국장님."

누군가가 뱉듯이 말했다.

"씨팔, 이완용 같은 놈. 우릴 팔아먹으려고 하고 있어."

구석 쪽에서도 거친 목소리가 들려왔다.

"이런 조건으로 합의를 하다니."

"이건 항복이야, 조건은 무슨 조건."

"정부를 전복시켜야 돼."

이런 말까지 들리자 안현식이 손을 내저으며 소리쳤다.

"조용히 해! 우린 아직 정부의 의도를 정확히 모른다! 경솔하게 처신해선 안 돼!"

"휴전선 100킬로미터 이남으로 군을 철수시키는 것에 무슨 의도가 있겠습니까?"

옆에 선 기자가 사납게 대들었다.

"사흘 안에 150억 달러를 내고, 10년 동안 20억 달러씩을 내라니! 이건 항복이오!"

다른 기자가 악을 썼다.

사람들을 헤치고 겨우 방을 나온 안현식은 핏발 선 눈으로 책상 사이를 헤치며 걸었다.

가슴이 답답해져 왔다. 두 눈을 부릅뜨고 있었으나 그에게는 사물이 정확히 보이지 않았다. 두 다리에 맥이 풀려 휘청거리며 걷던 그는 아랫입술을 악물었다.

비밀 회담의 내용을 폭로한 미국의 의도는 도대체 무엇인가?

*　　　　　*　　　　　*

"친애하는 국군 장병 여러분, 지금 파리에서 열리는 북미 회담에 참가한 남조선 대표가 제의한 협상 조건을 말씀드리겠습니다."

고성능 스피커에서 다시 쩌렁쩌렁한 목소리가 울려 나왔다. 오전 10시 반, 아침의 추위가 어느 정도 가시고 햇살이 조금씩 피부에 스며드는 시간이다.

참호에 서 있던 장영환 병장이 머리를 돌려 양만호 일병을 바라보았다.

"저 미친놈들, 꿈같은 소리를 하고 있구만. 희망 사항이야, 저것은."

"우리가 100킬로미터를 물러나면 어떻게 된다는 겁니까?"

양만호가 묻자 장영환이 피식 웃었다.

"물러나긴, 뭘? 말도 안 되는 소리야. 100킬로미터라면 서울, 수원은 말할 것도 없고, 춘천, 강릉이 다 들어가는데, 미쳤냐? 우리가 항복 문서에 서명하러 갔냐, 인질 잡고 흥정하러 갔지?"

"그런데 보상금은 뭐고, 인질은 풀어주고 김원국 씨는 평양으로 데려간다는 건 또 뭡니까?"

"저 새끼들의 희망 사항이라니까 그러네. 저 새끼들 말끝에다 했으면 좋겠습니다, 라는 말을 붙여서 들어."

장영환이 어깨를 움츠리며 주위를 둘러보았다.

30미터쯤 떨어진 왼쪽의 참호에서 상반신을 드러내 놓고 서 있는 소대장의 모습이 보인다. 그도 북한의 대남 방송을 듣고 있는 모양인지 앞을 바라본 채 움직이지 않았다.

신호음이 짧게 울리자 이한성 소위는 머리를 돌려 옆에 놓인 무전기를 집어 들었다.

"예, 제1소대장 이한성입니다."

―중대장이다.

조명훈의 목소리다.

"예, 중대장님."

―방송 듣고 있나?

"예, 듣고 있습니다."

20분 전부터 반복되는 방송이라 이제 외우고 있다.

―그 쌍놈의 새끼들이 교란 작전을 펴고 있는 거다. 소대원 단속 잘해.

"알았습니다, 중대장님."

―이쪽 전선 전체에 똑같은 방송을 해대고 있는 모양이야. 대대장님한테서도 단단히 경계하라고 지시가 내려왔다.

"말이나 되는 소리를 해야 흔들리거나 말거나 하지요."

무전기를 내려놓은 이한성이 주위를 둘러보다가 이쪽을 보고 있는 장영환과 시선이 마주쳤다. 그러자 장영환이 먼저 머리를 돌렸으므로 이한성도 앞쪽의 능선으로 시선을 주었다.

밋밋한 능선 중간에 드문드문 배치된 인민군 초소가 마른 갈대의 저지대 너머로 아스라이 보였는데 희끗한 점은 인민군 병사일 것이다. 제51사단 수색중대의 감시초소였다.

제3소대장 오연식 중위는 망원경을 눈에서 떼었다. 남조선군의 사기는 땅에 떨어져 있을 것이다. 계엄령이다 뭐다 하고 전쟁 준비를 하는 것 같더니만, 결국에는 항복 문서에 조인을 하려 하고 있다. 후방 100킬로미터 지점으로 후퇴한다면 저곳은 빈 땅이 될 것이다.

옆에서 발소리가 들리더니 김덕천 상사가 다가왔다.

"소대장 동지, 담배 인수해 왔습니다."

"수고했소."

"전사들에게 모두 한 갑씩 배분했습니다."

"잘했소."

김덕천은 종이에 싼 길쭉한 뭉치를 그의 옆 시멘트 받침대에 내려놓았다.

"열 갑 남았습니다, 소대장 동지."

"아니, 상사 동무는 나눠 갖지 않소?"

"전 한 갑이면 충분합니다."

그들은 시멘트 참호에 나란히 섰다.

며칠 전에는 소주 배급이 있었고, 오늘은 담배가 소대별로 40갑이 넘게 지급되었다. 일 년에 한두 번이고, 그것도 1인당 반 갑도 안 되게 나눠 주던 담배를 한 갑씩이나 받게 된 전사들은 흥분해 있을 것이다.

"남조선군이 물러간다면 우린 저 땅으로 걸어 들어가겠습니다."

김덕천이 턱으로 앞쪽을 가리켰다. 4킬로미터 전방이지만 이쪽은 그들보다 고지대에 있어서 거뭇거뭇한 국군의 참호가 한눈에 들어왔다.

"그것뿐이오? 보상금을 받게 되지 않소? 150억 달러를 쌀로 치면 얼마나 될 것 같소?"

"글쎄요, 나는 계산해 보지 않았습니다."

"나도 계산은 안 해보았지만 엄청난 양일 거요."

그들은 서로 얼굴을 마주 보고 웃었다.

"그런 돈을 내는 걸 보면 남조선 놈들이 잘살기는 하는가 봅니다, 소대장 동지."

김덕천의 말에 힐끗 시선을 들던 오연식이 머리를 끄덕였다.

"미국 놈들한테 꼬리를 쳐서 돈을 많이 뜯어낸 모양이오."

그들의 옆쪽 참호에서 병사들의 웃음소리가 들려왔다. 전투에서의 승리에 필수적인 게 사기라면 인민군의 사기는 충천해 있다고 오연식은 믿었다.

인민군의 위력 앞에 드디어 남조선의 국방군은 항복의 의사를 보인 것이다.

제1군단 사령부의 작전상황실 벙커 안.

오전 11시가 되자 회의를 마친 사단장과 여단장들이 제각기 부대로 돌아갔고, 최상욱 상장도 자신의 방으로 들어섰다. 시멘트벽에 걸어놓은 달력은 2월 8일까지 검게 지워져 있어서 9일이 더욱 두드러져 보였다.

최상욱이 막 자리에 앉는데 노크 소리가 들리더니 이을설 차수가 들어섰다. 작전 회의는 최상욱의 주관으로 마쳤고, 이을설에게는 연락도 하지 않은 터였지만 알고는 있을 것이다.

"사령관 동지, 웬일이십니까?"

자리에서 일어선 최상욱이 눈을 크게 떠 보이며 물었다.

"날 초대소에서 이곳으로 데려온 것은 밀착 감시를 하기 위해서인가?"

이을설이 주름진 얼굴을 들고 묻자 최상욱이 잠시 당황한 듯 눈을 껌벅이더니 이윽고 입술을 비틀며 웃었다.

"뭔가 오해를 하셨습니다, 사령관 동지. 작전 회의는 제 소관이기 때문에 신경 쓰이게 해드리고 싶지 않았습니다."

"보고는 해주어야 할 것 아닌가? 나는 이제까지 회의 결과를 한 번도 보고받아 본 적이 없어."

"거의 똑같은 내용입니다, 사령관 동지."

최상욱이 자리를 권하자 이을설이 소파에 앉았다. 딱딱하던 얼굴이 조금은 풀린 것처럼 보였다.

"수령께서는 사령관 동지의 건강을 염려하고 계십니다."

"난 지금도 전쟁을 치를 수 있어."

"파리에서 우리 공화국이 내놓은 조건을 남조선이 거부하지 못하고 있습니다."

"그것도 부관한테서 들었어."

"내일 새벽에 결판이 납니다, 사령관 동지. 남조선은 후방 100킬로미터를 물러나는 조건만 절충하면 다른 조건은 받아들일 것 같은 분위기라고 합니다."

"잘된 일이군."

이제 이을설의 표정도 부드러워졌다.

"그렇다면 우리 공화국의 완전한 승리인데."

"위대하신 수령님의 승리지요."

"파리의 최광 동지가 애를 쓰겠군."

"……."

"최광 동지를 파리로 보내고 나를 초대소에서 이곳으로 끌고 내려와 허수아비로 만든 이유를 동무는 잘 알고 있겠지?"

그에 피부가 뻣뻣해진 최상욱이 잠자코 그를 바라보았다.

"돌아가신 수령 동지를 받들어 인민군을 만들던 사람은 이제 나와 최광 동지밖에 없어. 군 생활 50년이 되었단 말이야."

"……"

"그만하면 내가 이렇게 구차한 목숨을 이을 수 있는 이유가 뭔지를 동무도 알겠구만."

"사령관 동지."

최상욱이 그의 얼굴을 똑바로 바라보았다.

"앞으로는 특별한 경우 외에는 제 방으로의 출입을 삼가시기 바랍니다."

"허, 참모장이 사령관에게 명령하는 건가?"

"더 이상 반동적인 대화를 나누고 싶지 않습니다."

그러자 이을설이 웃음 띤 얼굴로 자리에서 일어섰다.

"수령 동지께 내가 한 말 그대로 보고하도록 하게. 물론 시키지 않아도 하겠지만."

*　　　　*　　　　*

"상관할 것 없어."

김정일이 자르듯 말하고는 얼굴을 펴고 웃었다.

"그 영감탱이, 이번 일이 끝나면 어떻게 될 줄 알고 있는 거야."

그의 앞에 앉아 있는 사내는 인민군 부참모총장이자 최고사령부 부사령관인 김강환이다.

"어쨌든 능구렁이 같은 자야. 제 말대로 50년 군 생활을 하면서 산전수전 모두 겪었고, 제 놈들의 기반을 굳혀왔어. 아직도 군에는 놈들의 세력이 많아."

김정일의 말에 김강환이 머리를 끄덕였다.

"그렇습니다, 수령 동지. 반동 세력이 아직도 많습니다."

그들은 군의 반동 세력들이 전시 상황인 지금은 준동하지 못하지만 평시에는 불평과 불만의 무리로 변하고 견제 세력 집단이 된다는 것을 알고 있었다.

남조선으로의 침공은 그들에게 여유를 주지 않고 이쪽에게는 체제를 정비할 기회를 준 일석이조의 방법이다. 그리고 남조선의 굴복을 받아낸다면 군의 완전한 장악은 물론 정치 경제적으로 북한은 급성장하게 될 것이다.

김정일이 손을 뻗어 탁자 위의 서류를 펼쳤다.

"이제는 계획대로 김인채 동무에게 연락해서 북남의 군대가 동시에 50킬로미터씩 물러나는 것으로 양보하라고 하지. 그만하면 남조선 놈들은 기뻐 날뛸 거야."

"두말하지 않고 승낙하겠지요, 수령 동지."

"자위대의 철수와 배상금 문제는 양보할 수 없다고 하고."

"물론입니다, 수령 동지. 동시 철군으로 우리가 양보했으니 그것은 합의해야 할 것입니다."

"암호로 보내고 있지? 일본 놈들의 도청을 조심해야 돼."

"예, 수령 동지."

"남조선의 분위기는 어때?"

"로젠스턴의 인터뷰 내용이 미국 언론에 보도된 직후 한국의 언론도 모두 회담의 내용을 알게 되었습니다."

"보도를 통제하고 있겠지."

"하지만 군과 정부 관리들의 불안과 동요가 극심합니다. 아마 오늘내일 중으로 남조선 인민들이 모두 알게 되겠지요."

"이영만은 로젠스턴이 터뜨릴 줄은 생각지도 못했겠지. 그것으로 놈은 이제까지의 경력에 치명상을 입고 역적이 될 거야."

김정일이 얼굴에 웃음을 띠었다.

"남조선이 동요하고 혼란스러워질수록 이영만은 협상에 매달릴 거야. 전쟁에서 이길 가능성이 없으니까."

"그렇습니다, 수령 동지."

"내일 이영만이 승낙하면 공식 회담으로 변경시켜서 양국의 실무 대표단을 파견해야 돼."

자리에서 일어선 김정일이 창가로 다가가 창밖의 잔디밭을 바라보았다. 마른 잔디로 덮인 넓은 정원에 꿩 한 무리가 모여 있는 것이 보인다. 날짐승은 담장을 넘어 날아가므로 양쪽 날개를 묶어 꿩을 닭처럼 기르고 있었다.

2월 8일 새벽 4시의 파리. 서울 시간으로는 오후 1시다.

김원국이 방문을 열고 나오자 문 앞에 서 있던 박남호가 그를 복도 한쪽으로 안내해 갔다. 복도의 끝 쪽에 서 있던 김칠성이 힐끗 이쪽을 바라보았다.

그의 옆에는 안기부 요원으로 보이는 사내 한 명이 있었다. 반대편 복도 끝에도 한 명이 보인다.

"김 선생님, 미국에서는 회담 내용을 발표했습니다. 로젠스턴이 기자에게 알려주었어요. 워싱턴 포스트입니다."

박남호가 다급하게 말했다.

"부장님한테서 연락이 왔습니다. 휴전선의 대남 방송도 회담 내용을 계속 떠들고 있답니다. 아직까지는 보도 통제로 누르고 있지만 곧 소문이 급속도로 퍼져 나갈 것이라고."

"……."

"당했습니다, 미국과 북한 놈들한테. 이런 상태로 며칠 더 갔다 가는 전쟁도 안 됩니다."

"그건 임 부장이 전하라고 한 말이오?"

"부장님은 미국과 북한이 회담 내용을 공개했다는 사실만 전하라고 하셨습니다."

"……."

"그리고 김 선생님을 믿겠다는 말씀도 전하라고 하시더군요."

"……."

"부장님은 아침 9시 정각에 청와대에서 각하와 같이 계실 거라고 하셨습니다. 회담 상황을 수시로 보고해 달라고……."

"알았습니다."

김원국이 그의 말을 자르고는 숨을 크게 들이마신 후 천천히 뱉어내었다.

"박 보좌관은 요원을 몇 명이나 데리고 있습니까?"

"안기부 요원 말입니까? 지금 호텔 주위에 배치된 요원만 30명이 넘습니다."

자신 있는 목소리로 박남호가 말했다.

"호텔 경비는 철저하니까 경비를 세우지 않고 주무셔도 됩니다. 412호실은 누구도 들어갈 수가 없습니다."

"……."

"일본 정보국의 시바다 씨도 이곳에 있습니다. 그 사람들도 적극 협력하고 있지요. 미국과 북한 요원들도 있지만 이젠 우리를 건드리지 못합니다."

"……"

"엊그제 광장 구석에서 일본 요원과 같이 북한 놈 두 명을 없애고 우리 요원 한 명을 빼내었습니다. 알고 계시지요? 지희은이라는 여자 요원인데."

이야기가 길어지자 방 안에 있던 조웅남이 문을 열고 머리만 이쪽으로 내놓았다. 눈을 끔벅이며 이쪽을 바라보던 그는 잠자코 머리를 밀어 넣고 문을 닫았다.

베개를 세워놓고 침대 머리에 등을 붙이고 앉은 박은채는 앞쪽 벽을 응시한 채 오랫동안 움직이지 않았다.

자신의 숨소리가 귀에 들렸고, 배를 덮은 흰 시트는 숨소리에 맞춰 천천히 오르내리고 있다. 벽의 한쪽에 붙은 둥근 거울에 자신의 상반신이 비쳤다. 얼굴은 보이지 않았다.

고풍스러운 방이다. 조그맣고 둥근 탁자와 두 개의 의자는 금박을 입혔고, 바닥에 깔린 양탄자는 오래되었지만 깨끗이 손질이 되어 있어서 얼룩 한 점 보이지 않았다. 인터콘티넨털 파리는 1800년대에 건축된 건물로 나폴레옹 3세 황제 때 황후가 자주 들른 곳이다.

박은채는 김원국과 헤어진 날 저녁부터 이곳에 머물고 있었다. 새벽 4시가 넘었으므로 호텔 앞 거리에는 차량의 통행이 적었지만 가끔씩 들리는 엔진음이 방 안의 정적을 깨었다.

그녀의 시선이 머문 탁자에는 전화기와 항공표가 놓여 있다. 자카르타에서 국내선 비행기를 타고 반자르마신 공항에 내린다. 김원국은 그곳에서 카질이라는 사내를 만나 수상 비행기를 전세 내어 만탄 섬으로 가는 코스를 자세히 일러주었다.

김원국이 지도를 펴놓고 손가락으로 짚을 때의 콧날과 입술, 잘 다듬어진 둘째 손가락이 머릿속에 떠올랐으므로 박은채는 이제 숨도 죽였다.

"이곳에서 기다려. 따뜻하고 좋은 곳이야."

그가 그렇게 말했다.

"착하고 부지런한 사람들이야. 고기를 잡으면 제일 큰 놈은 꼭 나한테 가져온다."

그렇게 말할 때의 그의 표정은 부드러웠다.

"바닷가에 집이 있어. 그곳에서 머물도록."

김원국은 그렇게 말해주었는데 그녀가 만탄 섬에 간다는 것을 들은 조웅남의 평은 달랐다.

"깨벗고 댕기는 것들여. 딴 건 볼 만헌디 젖통 처진 것들은 못 보긋더라."

하며 고개를 설레설레 저었고,

"우리 형님이 괴기잡이 어선을 세 척이나 사다 주었어. 세상에 그 숭악헌 촌놈들이 졸지에 떼부자가 된 것이여."

하다가 갑자기 심각한 표정을 짓고는,

"거그 우리 형수님허고… 거시기 몇 명을 묻어놓았는디… 나도 언지 가봐야 헐 턴디."

하고는 자리에서 일어났다.

박은채는 시트를 걷고 침대에서 일어섰다. 아무 생각 없이 일어난 것이라 우선 거울로 다가가 자신의 모습을 들여다보았다. 흐린 조명 아래 화장기 없는 창백한 피부는 더욱 어두워 보였다. 긴 머리는 어깨를 지나 가슴 위로 흐트러졌고, 검은 눈동자는 요즘 들어서 더욱 커 보였다.

회담은 오늘로 끝나게 될 것이다. 먼저 인질을 잡고 시작한 회담이어서 설령 회담이 잘 끝나게 된다고 해도 그의 안전은 보장되지 않았다. 애초 한국 정부와는 관계가 없는 것으로 이야기가 되었다. 그러니 한국 정부가 보호해 줄 수도 없을 것이다.

박은채는 머리를 돌려 다시 시계를 올려다보았다. 그는 그렇게 음지에서 살아왔다. 스스로 빛을 내지도 않고 빛을 받지도 않으면서, 어둠 속의 바람처럼 지나가는 사람이었다

박은채는 그의 말을 듣지 않고 이곳에 남아 있는 자신을 한 번도 돌아보지 않았다.

*　　　　　*　　　　　*

2월 9일 오전 9시, 파리. 서울로 치면 2월 9일 오후 5시다.

크리용호텔의 현관 앞과 콩코르드 광장을 가득 메운 구경꾼들과 기자들은 모처럼 화창하게 갠 날씨를 반기며 호텔을 바라보았다. 프랑스혁명 때 이곳에 설치된 단두대에서 마리 앙투아네트 왕비가 처형되었을 때도 구경꾼이 이렇게 모여들었을 것이다.

사람들은 타인의 비극을 보면서 자극과 생기를 동시에 느낀다. 동정심의 바탕을 이루는 것은 선의의 충동이고, 그것은 곧

자극이다.

회담장에는 어제의 여섯 명이 모여 앉아 있었다. 한국 측 대표들은 어제와는 달리 제일 먼저 회담장에 들어섰고, 다음이 미국과 북한의 순서였다.

김인채는 오늘도 회담의 주도권을 잡으려는 듯 생기가 있어 보였다. 그는 분주히 테이블 위에 서류를 늘어놓았다. 그 옆에 앉은 최광의 앞에 백지 몇 장이 놓여 있는 것과는 대조적이었다.

로젠스턴이 입을 열었다.

"회의를 시작합시다. 밤사이에 모두 본국과 충분히 협의를 하였으리라고 믿습니다."

옆자리에 앉은 더글러스 대장이 힐끗 그를 바라보고는 담배를 입에 물었다.

"문제는 한국이 북한의 조건을 그대로 받아들일 것이냐, 또는 북한이 한국의 요구 조건, 특히 양국 군의 동시 철수 안을 승낙하느냐인 것 같소."

고성국이 김원국에게로 몸을 돌렸다.

"역사에 남을 회담이 될 겁니다, 김 선생."

그의 말소리가 조금 컸으므로 김원국의 옆쪽에 앉아 있던 최광이 무거운 눈시울을 들어 올렸다. 검은 눈동자가 이쪽으로 모아졌다가 옮겨갔다.

"그럼 한국 측의 의견부터 말씀해 보시오."

로젠스턴이 김원국을 바라보았다.

"남북한 양국의 군대가 동시에 같은 거리를 철수해야 합니다. 그것이 한국 정부의 공식 입장입니다."

김원국의 말에 김인채가 머리를 들었다.

"어제하고 조금도 변한 것이 없군. 당신들은 도대체가 성의가 없소. 우리 공화국은 전쟁을 피하기 위해 최대한 양보를 한 것이오."

김원국과 고성국이 잠자코 있자 그가 말을 이었다.

"그렇다면 자위대 철수 등 나머지 조건부터 이야기합시다. 그건 어떻습니까?"

"고려해 볼 수 있습니다."

고성국이다. 그는 지난밤 잠을 자지 못했는지 충혈된 눈으로 김인채를 바라보았다.

"동시 철군만 합의된다면 나머지 조건은 고려해 볼 수 있소."

"고려하다니, 그런 말이 어디 있소? 하면 한다, 아니면 아니다지."

"하되 절충해 보자는 말이오."

"이 사람들 말재간 부리는 것 좀 보라우."

김인채가 헛웃음을 짓더니 금방 얼굴을 일그러뜨렸다.

"분명히 말하시오. 나도 분명히 할 테니까. 우리가 동시에 철군한다면 나머지 조건을 그대로 받아들일 거요, 이런 식으로 이야기가 되어야지, 동시 철군도 하고 나머지 조건도 절충한다면 회담은 없는 것으로 합시다."

"그렇다면 양쪽 대표가 잠시 양국 정부와 협의할 시간을 갖도록 합시다."

그렇게 나선 것은 로젠스턴이다.

"한국은 북한이 동시에 철군한다면 나머지 조건을 그대로 받아들일 것이냐를 결정해야 하고, 북한은 한국이 나머지 조건을 모두 받아들이면 동시 철군을 할 것인지를 결정해야 되겠소. 그러면 서로 양보한 셈이 되겠지요? 그렇지 않습니까?"

고성국과 김인채는 대답하지 않았으나 서로의 얼굴을 바라보는 것으로 상대방의 의중을 읽을 수 있었다. 그렇다면 남은 것은 본국의 승인이다.

"자, 그러면 본국에 연락을 해보시지요, 여러분."

로젠스턴의 말에 입맛을 다신 고성국이 일어서자 김인채가 뒤를 따랐다. 옆쪽에 설치된 직통전화기로 가는 것이다.

로젠스턴이 그들을 바라보다가 김원국과 시선이 마주치자 슬쩍 웃었다. 잘되어간다는 의미의 웃음이다. 그의 옆쪽에는 제각기 전화기를 귀에 댄 고성국과 김인채가 서로 등을 돌리고 앉아 있었다.

*   *   *

2월 8일 오후 5시 45분, 서울. 대통령의 집무실 안.

오늘은 대통령의 테이블 앞에 안기부 부장 임병섭과 한일연합군 사령관 강동진, 비서실장 박종환이 나란히 앉아 있다. 방금 파리의 고성국과 통화를 마친 후여서 집무실의 분위기는 열기에 차 있는 것처럼 보였다.

대통령이 임병섭을 바라보았다. 모처럼 생기를 띤 표정이다.

"그들이 동시 철군에 합의하다니, 뜻밖이야. 50킬로미터씩 철군하면서 전쟁을 피한다면 반대하는 국민은 한 사람도 없을 거야."

"그건 그렇습니다만, 각하."

"보상금 문제 말이오?"

"그렇습니다. 사흘 안에 150억 달러와 10년간 20억 달러씩 지급하는 조건은……."

대통령은 의자의 팔걸이를 손끝으로 두들기며 임병섭을 바라본 채 한동안 입을 열지 않았다. 강동진이 입을 열 듯 숨을 들이켰다가 내쉬면서 다시 닫았다.

박종환이 벽에 걸린 시계를 올려다보았다. 10분 후에 다시 파리의 고성국과 통화하기로 되어 있는 것이다. 그때까지 한국 정부의 결정 사항을 전해주어야 했다.

이윽고 박종환이 침묵을 깨었다.

"1994년에 체결된 북미 간의 경수로 회담 때는 한국은 참석도 하지 못하고 내용도 모른 채 자금만 대었습니다. 어쩌면 지금이……."

그러고서 말을 멈추었는데 그때보다 지금이 낫지 않느냐고 말할 참이었을 것이다.

강동진이 입맛을 다시고는 머리를 돌렸다. 북한은 한국이 제공한 30억 달러가 넘는 자금으로 중국과 러시아, 프랑스 삼국이 공동 제작한 경수로를 건설하고 있었다.

북한을 자극하지 않으려는 미국의 클린트 정권과 미국의 정책에 거슬리지 않으려는 한국 외교가 낳은 결과였다.

박종환의 말에도 일리는 있다. 지금도 돈은 내게 되었지만 1994년 경수로 회담 때처럼 회담에 참석도 하지 못하고 돈을 내는 것은 아니다.

강동진이 무겁게 입을 떼었다.

"각하, 서부전선에서는 인민군의 준동이 시작되었습니다. 일본의 위성 관측에 의하면 토산과 연안 근처의 인민군 특수 공정부대가 비행장으로 집결하고 전차사단들이 작전 지역을 이동하고 있습니다."

"……"

"물론 놈들은 즉각 충동할 수 있게 훈련되었지만 지금 움직이는 것은 시위입니다."

"……"

"각하, 군의 지휘관 대부분은 각하께서 북한과 협상하고 계시다는 것을 알고 있습니다. 이것은 대단히 중요한 일입니다. 각하, 군의 사기가 땅에 떨어지고 있습니다."

대통령이 머리를 들었다.

"군의 사기가 그렇게 중요한가?"

"군은 나라를 지키는 힘입니다. 다시 말하면 기둥입니다."

"군인도 대한민국 국민이야. 목숨을 가진 시민이라구."

"나라가 망하면 군인이나 시민이 무슨 필요가 있습니까, 각하?"

"말을 삼가시오, 사령관."

대통령의 눈썹이 추켜 올라갔다.

"전쟁을 피하기 위해서라면 나는 어떤 굴욕도, 내 이 늙은 목숨도 기꺼이 버리겠어. 그래, 김정일이에게 무릎을 꿇으라면 꿇고, 발을 핥으라면 핥아주겠어. 나는 6.25와 같은 동족 간의 참상이 내 나라에 다시 일어난다는 것이……"

숨이 차올랐으므로 대통령은 잠시 말을 멈추고 숨을 진정시켰다. 수건을 꺼내어 이마의 땀을 닦고 난 대통령이 말을 이었다.

"대한민국은 망하지 않아. 나는 요 한 달이 내 인생에 있어서 가장 자랑스럽고 벅찬 날이었어. 국민들은 나를 의지했고, 군관민은 일체가 되어서 침략에 대비했어. 나는 그들을 희생시키고 싶지 않아."

"각하, 김정일 일당을 각하의 기준으로 생각하시면 안 됩니다."

강동진의 얼굴도 상기되었는데 임병섭의 눈에는 그가 기를 쓰고 있는 것처럼 보였다. 그가 말을 이었다.

"이런 어처구니없는 침공 선포 사건을 받아들이는 미국의 자세를 보십시오. 결국 우리는 북한에게 항복한 것이나 다름없게 되었고, 미국은 조정자의 능력도 없을뿐더러 그럴 의사도 없는 것이 확인되었습니다. 각하, 북한은 결코 이번 일로 그치지 않을 겁니다."

"개방이 될 거요, 우리의 자금으로. 그러면 곧 중국처럼 되어요. 러시아처럼 되든지."

대통령이 가라앉은 목소리로 말했다.

"그래, 전쟁을 일으키는 것은 쉽습니다. 난 한 달 동안 잠을 제대로 자본 적이 없소. 우리는 일사불란하게 전쟁 준비를 해왔고, 승리의 가능성도 있다고 생각되었어. 하지만 그것만이 능사가 아니야. 그것은 대통령으로서 너무 가벼운 처신이야. 요즘 나는 나를 희생시켜서 할 수 있는 일이 무엇인가를 생각하게 되었어."

"……"

"진정한 용기는 희생이야. 김정일이가 제 자리를 지키려고 이

짓을 했다면 나는 국민을 지키기 위해서 모든 굴욕을 뒤집어쓰겠어, 죽으라면 죽겠어."

"각하, 그것이……."

강동진이 입을 열었다가 닫으면서 침을 삼켰는데 임병섭은 그의 부릅뜬 눈에서 눈물방울이 흘러내리는 것을 보았다.

강동진이 다시 입을 열었다.

"각하, 그렇게 단순한 일이 아닙니다."

"이것은 항복이 아니오, 동포에 대한 원조라고 선전합시다."

"북한은 이것으로 그치지 않습니다."

"개방된 북한은, 그리고 북한 국민은 머지않아 내 뜻을 이해하게 될 것이오."

"그때까지 기다려 주지 않습니다, 각하."

"노력하는 거요, 끝까지."

"적화통일로 국민을 도탄에 빠뜨리게 됩니다."

"오히려 북한이 민주화가 될 거요."

그러자 임병섭이 헛기침을 했다.

"각하, 시간이 되었습니다."

머리를 끄덕인 대통령이 임병섭에게 말했다.

"받아들인다고 하시오, 임 부장."

"허락이 떨어졌습니다."

이케다 소장이 문을 열고 들어서며 말했다.

"방금 임 부장의 통화 내용을 듣고 오는 길이오."

소파에 앉아 있던 강한기가 잠자코 그를 바라보았다. 눈 밑의 주름살이 더 늘어진 것 같고, 코밑과 턱에는 희끗한 수염이 꺼칠하게 돋아나 있다. 한잠도 자지 못한 것쯤은 문제가 아니다. 정신적인 혼란이 문제였다.

"사령관께서는 지금도 각하와 같이 계신답니다. 하지만 이젠 끝났어요."

이케다가 몸을 던지듯 소파에 앉으며 말했다.

강동진에게 기대를 걸고 있었던 것이다. 사령부 내의 모든 참모들과 전방의 지휘관들은 사령관이 이영만 대통령을 설득하길 기대했다.

그러나 대통령은 전쟁보다는 굴욕적인 평화를 택했다.

"50킬로미터씩 동시 철군이면 서울은 무방비 상태가 돼요, 강 장군. 물론 서울 북쪽의 미군은 남아 있겠지만."

이제 이케다의 말투는 가벼워졌다.

자위대는 철수하면 그만이다. 한반도에 전쟁은 일어나지 않고, 당분간 비무장지대가 4킬로미터에서 50킬로미터로 넓어졌을 뿐이다. 굴욕은 그들이 입은 것이 아니고 보상금도 그들이 내는 것이 아니다.

"곧 통일이 되겠군요, 강 장군."

이케다의 말에 강한기가 머리를 돌려 그를 바라보았다. 그러나 이케다는 시선을 마주치려 하지 않았다.

언론 통제로 회담 내용은 발표되지 않았지만 한국은 매스컴이 세계적인 수준으로 발달한 나라였다. 주한 미군 방송과 일본의 햄(HAM) 통신, 그리고 미국과의 통신 채널은 개방되어 있었으므로 국민들은 오후가 되자 파리 회담의 내용에 대해서 신경을 곤두세우기 시작했다.

우선 방송국과 신문사로 문의 전화가 폭주했고 공무원과 시내 방위를 맡은 직장 예비군들이 동요하고 있었다. 국민들은 정부와 계엄사령부의 지시에 솔선수범하여 따르고 있었고, 계엄 이후로 시간이 지날수록 치안 상태는 안정이 되어 이제 범죄율은 사상 최저를 기록하고 있었다.

계엄 초기의 혼란기에 갖가지의 수단을 써서 국외로 탈출하려는 공직자, 부유층 등을 정부는 가차 없이 처형했는데 그 숫자가 수백 명이었다.

범죄에도 질이 있는 것이다. 평시에는 사기, 강도, 강간 등 대인 관계에서 일어난 범죄가 주종을 이루었는데 지금은 반역이 범죄의 잣대가 되었다. 평시에는 판가름할 수도 없고 표출되지도 않던 애국과 반역이 구분되는 상황인 것이다.

강도, 강간범이라고 애국심이 없으라는 법이 없고, 사기와 횡령을 했다고 해서 나라를 사랑하지 않는 것이 아니다. 반역의 유형은 해외 도피, 징집 회피, 주거지 이동 등이 주가 되었지만 이제는 체포되는 반역자도 드문 상황이었다.

전화기를 내려놓은 이기팔 기자는 옆에 앉은 동료를 바라보았다.

"왠지 허탈해. 가슴이 텅 빈 것 같단 말이야, 지금."

"군이 동요하고 있다고 들었어. 사령부에 나가 있는 강 기자가 그래."

동료가 뱉듯이 말했다.

"장교들이 삼삼오오 모여서 불평을 하고 있다는 거야."

그러자 이기팔이 입맛을 다셨다.

"할 수 없지. 대통령의 결단이니까."

"북한의 조건을 허락할까?"

"동시 철군이라도 받아들일 것이라고 미국에서 보도하지 않았어?"

동료가 시계를 올려다보았다.

"청와대에 사령관도 함께 있는 모양이던데, 지금쯤 파리에 연락을 했겠군. 받아들일지, 말지."

창가에 서서 이야기를 마친 이들이 자리로 돌아오자 로젠스턴이 웃음 띤 얼굴로 물었다.

"결정되었습니까?"

한국 측보다 일찍 평양과의 통화를 끝낸 김인채는 최광에게 무언가 귓속말을 하다가는 멈추고 앉았다.

담배 연기를 내뿜고 있던 더글러스도 이쪽으로 머리를 돌렸다. 김원국이 머리를 끄덕였다.

"한국은 동시에 철군한다면 나머지 조건을 받아들이기로 결정했습니다."

로젠스턴이 테이블에 상체를 바짝 붙였다.

"자위대의 철수도?"

"철수할 겁니다."

"배상금 150억 달러와 매년 20억 달러씩 10년간 지급하는 것도 물론."

"그렇소, 로젠스턴 씨."

"마지막으로 인질의 석방과 당신과 당신 부하들의 평양으로의 송환도."

그러자 김원국이 얼굴에 웃음을 띠었다.

"그것은 내 소관이오, 로젠스턴 씨."

김인채가 눈썹을 모으고 그를 바라보았다.

"그렇게 합니다."

김원국이 자르듯 말하자 김인채가 상체를 뒤로 물렸다.

"좋습니다."

로젠스턴이 밝아진 얼굴로 김인채를 돌아보았다. 북한 측의 수장은 최광이었지만 어제부터 회담은 김인채가 주도하고 있었으므로 이제는 눈길이 그에게로만 향했다.

"북한 측은 어떻습니까? 이의 없지요? 남북한 군이 휴전선으로부터 50킬로미터씩 동시에 철군하는 겁니다. 미군 기지는 그대로 남아 있기로 하고."

"이의 없습니다."

김인채가 다부지게 말했다.

"우리는 약속을 지킵니다."

"그럼 합의가 되었습니다. 이것은 역사적인 순간이오."

로젠스턴이 상기된 얼굴로 주위를 둘러보았다.

"이제 양국의 실무 대표단과 미국의 대표가 다시 모여서 세부적인 진행 절차를 협의해야 합니다."

"그것은 빠를수록 좋소."

김인채가 말을 받았다.

"우리는 지금이라도 기본 합의서에 서명할 수 있습니다."

그러자 김원국이 상체를 폈다.

"이왕 이렇게 되었으니 합의 사항을 발표하는 게 어떻습니까?"

그러자 로젠스턴이 김인채를 돌아보았다. 김인채가 크게 머리를 끄덕였다.

"당연하지요, 당연한 일이오."

"……"

"가능한 한 빨리 발표합시다. 남조선 인민들이 불안해하고 있을 테니까. 내일모레가 바로 2월 10일 아니오?"

로젠스턴이 머리를 끄덕이자 김인채가 말을 이었다.

"합의 사항을 세계 각국에 발표해야 됩니다. 한반도 인민뿐만 아니라 세계 각국의 인민들에게도 알려주어야 할 필요가 있습니다."

잠자코 머리를 끄덕인 로젠스턴이 힐끗 김원국을 바라보았다.

로젠스턴은 합의가 된다면 그 사실만 발표하고 구체적인 내용은 감추는 것이 당연하다고 믿고 있었다. 이제까지 미국이 북한과 협의하면서 써온 방법이다. 그런데 북한은 세부 사항까지 발표할 눈치였는데 불행하게도 발표 문제를 먼저 언급한 것은 한국 측이었다.

이윽고 로젠스턴은 한국의 다급한 입장이 이해가 되었다. 어떤 굴욕을 당하더라도 우선 전쟁을 피하겠다는 것이 정부의 의도였으므로 합의 사항을 국민에게 한시바삐 공식적으로 알려주어야 하는 모양이었다.

"발표는 미국 측 대표가 하는 걸로 결정합시다. 어떻소?"

김인채가 웃음 띤 얼굴로 김원국을 향해 물었다. 최광도 그를 바라보았고, 더글러스도 담배를 비벼 끄면서 그에게로 시선을 주었다.

"상관없소."

가볍게 말한 김원국이 로젠스턴을 바라보았다.

"기자회견 장소는 아래층으로 해주시오. 나는 인질범이라 밖으로 나갈 수가 없으니까."

*   *   *

안톤 모리스 기자가 남북한의 합의 사항 발표에 대한 기자회견 소식을 들은 것은 오전 11시가 조금 못 되었을 때다. 기자회견은 크리용호텔의 1층 로비에서 12시 정각에 시작될 것이라고 미국 대사관이 각 언론사에게 통보해 주었던 것이다.

"미국은 이번에도 생색깨나 내겠군그래. 남북한을 두들기고 달래서 합의를 이끌어낸 걸 보면 말이야."

동료 마이클 케넌이 광장을 가로질러 호텔로 다가가면서 말했다. 이마와 코만 빼고 털로 덮인 그는 지원차 나온 사내였는데 전쟁터만 돌아다닌 베테랑 기자였다.

"안톤, 지난번 네 기사는 김원국을 영웅으로 그려 놓았어. 그러니 널 호텔에 들여보내지 않을지도 몰라."

마이클이 그를 바라보며 이죽거렸다.

"그래? 그럼 관두지, 뭐. 로젠스턴이 잘난 척하는 꼴을 보기도 싫으니까."

그들은 남북한의 합의 내용을 대충 알고 있었다. 로젠스턴이 어젯밤 터뜨렸기 때문이었는데, 그는 이제 미국 내에서 가장 주목을 받는 정치인이 되어 있었다.

대여섯 명의 동양인 사내가 그들의 옆을 지나쳐 호텔 쪽으로 달려갔다. 방송용 카메라를 어깨에 메고 받침대와 부속품 가방을 제각기 든 것을 보면 방송국 사람들인 모양이다.

구경꾼들은 이제 여유 있게 잔디밭에 앉거나 조형물에 기대서서 크리용호텔을 바라보며 떠들고 있었는데 그 수는 어제보다 더 늘어나 있었다. 들리는 말에 의하면, 리옹이나 낭트 같은 곳에서도 구경꾼들이 몰려온단다.

"결국 한국이 항복을 하는군. 내 그럴 줄 알았어."

마이클이 카메라를 바로 메면서 말했다.

"그 국력으로 북한에 굴복한 것은 이유가 어떻든 간에 정권이 잘못되어 있기 때문이야. 남한은 곧 붕괴돼. 남한 내부에서 북한 동조 세력이 급속도로 팽창할 것이고, 북한은 이제 계속 남한에 압력을 가할 거라구. 미국은 방관할 것이고."

"이봐, 넌 전쟁이 일어나지 않아서 실망한 모양인데?"

안톤이 웃음 띤 얼굴로 묻자 마이클이 머리를 끄덕였다.

"서울로 들어갈 작정이었어, 안톤. 근사한 전쟁 사진을 찍을 생각이었는데. 스페인 병사의 죽음 같은 장면 말이야."

호텔의 현관 앞에는 수백 명의 구경꾼이 모여 있었고, 그들 앞에 늘어선 경찰들이 출입을 통제하고 있었다.

그들은 기자증을 내보이고 호텔 안으로 들어섰다.

로비에서는 미국 대사관 직원들이 분주히 회견장의 설치를 마무리하는 중이었는데, 방송국 직원과 기자들이 벌써 꽉 차서 시

끌벅적했다.

사람들을 헤치고 뒤쪽으로 다가간 안톤은 벽에 등을 기대고 섰다. 마이클은 어디 갔는지 보이지 않았다. 일본 기자 서너 명이 딱딱한 발음의 일본어를 뱉으면서 그의 앞을 지나갔다.

특종도 끝이다. 문득 그런 생각이 들어서 안톤은 자신도 모르게 얼굴에 웃음을 띠었다.

취리히에서부터 한국인을 따라다니면서 특종을 뽑아내었다. 조민섭 대사의 분사, 안승재 장관의 피살, 그리고 죽고 죽이는 사건들에 이어 파리의 그랑팔레 폭격과 인질 사건이 터져 나왔다.

그것들은 모두 특종 기사가 되었고, 자신의 성과를 높여 주었으며, 또한 오랜만에 성취감과 자신의 직업에 대한 긍지를 느끼게 해주었다. 그런데 이것으로 끝이다. 특종도 끝이고, 영웅의 시대도 끝이 난 것이다.

안톤은 문득 떠오른 자신의 착상에 만족하여 얼굴에 웃음을 띠었다. 이번 회담에 관한 기사의 타이틀을 평양으로 끌려갈 김원국에 맞출 생각을 한 것이다.

*   *   *

"이 정도의 공간이면 300명 정도는 입장할 수 있어."

매클레인이 로비를 둘러보며 말했다. 그는 말하는 순간에도 안전면도기를 열심히 얼굴에 문지르고 있었다.

"그런데 벌써 200명이 넘는 것 같구만. 이 지겨운 놈들이."

그러나 그의 표정은 밝았다. 북한 측 경호 책임자인 우정만이 그에게 다가왔다.

"이봐요, 매클레인 씨. 연단의 중심 부분은 높일 필요가 없습니다. 마이크와 연설대만 설치해 놓으면 되지, 왜 단을 높이는 거요?"

우정만이 손을 들어 로비 안쪽의 연단을 가리켰다. 로비 바닥보다는 1미터쯤 높게 설치된 연단 위에서 서너 명의 미국 측 사람이 마이크 시험을 하고 있었다. 그는 연설대 부근을 20센티미터쯤 높인 것을 말하는 것이었다.

"단을 치워주시오, 매클레인 씨. 옆과 똑같은 높이로 해야 됩니다."

입맛을 다신 매클레인이 손짓으로 지나가는 부하를 불러 세웠다.

"토니, 연설대 밑의 단을 치워라. 옆쪽과 높이를 똑같이 해."

"알겠습니다, 보스."

방송국 기자들이 기재를 끌고 다가왔으므로 그들은 옆쪽으로 자리를 옮겼다.

로비는 이제 기자들이 내뱉는 소음으로 가득 차 있었다. 준비된 의자는 200개 정도였는데 빈자리는 하나도 없었다. 서 있는 사람도 100명이 넘었다.

매클레인이 주위를 둘러보았다.

"미스터 박은 어디에 있소?"

"내가 압니까?"

"이봐요, 미스터 우. 아까부터 풀이 죽어 있던데, 신경 좀 써요."

"나는 그런 것까지 신경 쓸 만큼 한가하지 않소."

그러면서도 그의 시선은 매클레인을 따라 사람들을 훑어 나갔다.

"이거, 이제 20분 전이로군."

시계를 내려다본 매클레인이 말했다.

"역사적인 순간이야. 그렇지 않소?"

제5장

휴전선 돌파

밤의
대통령

2월 8일 오후 7시 40분, 서울. 파리 시간으로는 오전 11시 40분이다.

이영만 대통령의 집무실에는 대통령을 중심으로 강동진과 임병섭, 박종환, 김형태 국방장관, 이영규 한미연합사 부사령관 등이 앉아 있었는데, 그 외에도 30분 전에 들어선 두 사내가 엄숙한 표정으로 앉아 있었다.

그들은 한미연합사 사령관인 월슨 대장과 주한 미국 대사 마이클 그리피스이다.

대통령의 정면으로 대형 텔레비전이 설치되어 있었다. 아직 화면은 켜지지 않았지만 의자는 모두 그쪽을 향해 배치되어 있었다.

대통령이 헛기침을 했다.

"실무 대표단이 중요해요. 군과 정치, 금융의 전문가들로 구성되어야 할 거야."

"비서실에서 인선 작업 중입니다, 각하."

박종환의 대답이다.

"그리고 해당 부처에도 추천 의뢰를 보내도록 해서 2배수로 모은 다음 최종 인선을 하겠습니다. 오늘 밤 안으로 결정되도록 하겠습니다, 각하."

"각하."

입을 연 것은 그리피스였다. 그는 똑바로 대통령을 바라보고 있었다.

"미국 시민들에 대한 행동 제한을 즉시 철회해 주실 것을 부탁드립니다."

"알고 있소, 그리피스 씨."

대통령이 입술 끝만 올리며 웃었다

"당연히 그렇게 되어야겠지."

"한국에 대한 미국 시민들의 감정이 어떻다는 것을 알고 계시지요?"

"악화되었다고 하더군."

"최악입니다, 각하."

그러자 강동진이 헛기침을 하고는 그리피스를 바라보았다. 눈에 힘이 실려 있었다.

미국의 대한 여론은 어제 로젠스턴의 폭로가 있은 직후부터 급격히 악화되고 있었는데 한국이 북한의 제의를 받아들일지도 모른다는 발표가 그 기폭제 역할을 했다. 빈 몰이 폭사하고, 고트가 인질로 사로잡혔을 때 언론이 이를 대서특필했었다. 하지만 여론이 이처럼 나빠지지는 않았다.

남북 합의는 곧 한국 내의 5만 명에 가까운 미국 시민의 자유를 뜻한다. 또 남북 합의는 한국이 미군에 의해서만 나라의 명맥이 보존된다는 것을 의미했다. 그리고 남북 합의는 한국이 북한에게 철저하게 굴복당했다는 것을 말해주었다.

강자에게는 타협과 공존을 내세우며 미소 짓고, 약자에게는 잔인해지는 것이 인류 역사상의 국가 간의 관계였으며 인간 본연의 습성이다. 미국은 이제 경계와 자제를 풀고 있었다.

대통령이 머리를 들어 윌슨을 바라보았다.

"남북 동시 철군에 대한 세부 사항을 결정하려면 아무래도 주한 미군 측에서도 회담에 참석해 주셔야 할 텐데, 윌슨 장군."

윌슨이 육중한 몸을 대통령에게로 돌렸다.

"글쎄요, 아직 본국의 지시를 받지 않아서."

"……"

"그리고 한미방위조약도 문제가 있는 것 같고. 이제까지의 한국 정부의 태도를 보면 말입니다."

"……"

"어쨌든 본인은 본국의 지시를 받아야 움직입니다."

임병섭이 시계를 올려다보는 시늉을 하더니 입을 열었다. 의식적인 행동이었다.

"5분 전입니다, 각하. 텔레비전을 켜겠습니다."

파리의 회담장.

로젠스턴이 손에 들고 있던 서류로 테이블을 가볍게 두드리고 있다. 발표문의 작성이 막 끝나 남북한 양국의 확인을 받고 난 참이다.

"시간이 되었어요. 5분 전입니다."

그가 벽에 걸린 시계를 쳐다보며 말했다.

"아래층으로 내려가야 할 시간이오, 여러분."

"그렇군. 벌써 그렇게 되었나?"

대답한 것은 김인채이다. 몇 번이고 시계를 훔쳐보았으면서도 시치미를 떼고 있다.

최광이 머리를 돌려 김원국을 바라보았다. 두꺼운 눈시울에 가려진 흐린 눈이 그와 시선이 마주치는 순간 옆으로 돌아갔다.

"자, 그러면."

로젠스턴이 엉덩이를 들려고 상체를 기울일 때였다.

"잠깐, 조금만 더 기다립시다."

김원국이다. 그는 앉아 있는 사람들을 둘러보며 자리에서 일어섰다.

"아직 시간이 덜 되었소, 여러분."

"하긴 1층의 로비까지는 걸어서 3분도 되지 않아요. 서둘 것 없지."

로젠스턴이 머리를 끄덕였다. 극적인 분위기의 연출자는 결국 자신이 될 것이다. 기자회견장에서의 발표는 미국 대표인 자신이 하게 되어 있고 남북한은 배석만 할 뿐이다.

김원국은 머리를 끄덕이며 그에게로 다가갔다.

"아래층에서 연락이 올 때까지 기다립시다."

"연락이 오기로 되어 있소? 우린 정각에 내려가기로 했는데."

"연락이 옵니다."

김원국은 뒷짐을 지고 테이블 주위를 느린 걸음으로 돌았다.

"여러분, 우리는 합의를 발표하지 않을 작정입니다."

그러자 방 안의 사내들이 모두 머리를 돌려 그를 바라보았다. 그러나 선뜻 입을 여는 사람은 없었다.

김원국이 말을 이었다.

"우리는 합의를 거부합니다. 따라서 회담에 대한 발표도 없습니다."

"무슨 소리를……."

로젠스턴이 정신 나간 사람처럼 그를 바라보았다.

"그럼 지금까지 당신네 정부와 협의한 것은?"

"무효요, 로젠스턴. 나는 그런 개 같은 조건에 합의할 수가 없단 말이오."

김원국은 앞쪽에 등을 보이고 앉아 있는 김인채의 양쪽 어깨에 두 손을 올려놓았다. 김인채가 상반신을 흔들었으나 김원국의 두 손은 떨어지지 않았다. 김인채는 일어나려고 상반신을 들었지만 김원국에 의해 눌렸다.

앞쪽의 더글러스는 눈을 치켜떴고, 옆에 앉은 최광은 눈과 입을 함께 벌리고 있었다.

"이런 개 같은 놈에게 항복하지 않는다는 증거를 보일 테니, 자, 보시오."

말을 마치는 순간 김원국은 한쪽 손으로 김인채의 뒤통수를 덮었고, 다른 손으로는 그의 턱을 감싸 쥐었다.

김인채가 두 손으로 그의 손목을 쥐었다. 그 순간 김원국은 김인채의 머리통을 뒤쪽으로 힘껏 돌렸다.

두둑 하는 둔한 소리가 들렸고, 얼굴이 등 쪽으로 돌아간 김인채는 사지를 늘어뜨렸다. 목뼈가 부서진 것이다

바로 그 순간이었다. 아래층에서 호텔을 진동시키는 요란한 폭음이 울려 퍼졌다.

"연락이 왔군."

몸을 세운 김원국이 방 안을 둘러보았다.

"김 선생, 어서!"

자리를 박차고 일어난 고성국이 소리치듯 말했다.

"여기는 나한테 맡기시고, 어서!"

"고 장군, 경솔한 행동은 안 됩니다. 아시겠소?"

김원국도 소리쳐 말했다.

그들이 서둘러 문 쪽으로 다가갈 때 아래층에서 다시 폭음이 울려왔다. 이번에는 서너 번의 폭음이 연속해서 났고, 그 사이로 사람들의 아우성도 섞여 들려왔다.

폭음이 울리자 제일 먼저 뛰어 일어난 것은 조응남이다. 그는 육중한 몸을 가볍게 튕겨 일어났다.

"되었다. 가자!"

그는 머리를 돌려 의자에 앉아 있는 고트와 홍진무를 재빠르게 훑어보았다.

"느그덜은 살려주겄어."

홍진무는 알아들었으나 고트는 한국말을 몰라 알아듣지 못했

다. 그는 눈을 껌벅이며 조웅남을 바라보았다. 조웅남이 그의 시선을 받으며 말했다.

"형님이 그런 말 안 혔으면 그냥 쥑이고 갈 것인디."

미련이 많은 얼굴이다.

"형님, 갑시다!"

고동규가 방으로 뛰어들며 말했다. 그러자 조웅남이 총알같이 방을 빠져나왔다. 고동규가 그의 뒤를 따랐다. 계단의 입구에 서 있던 김칠성이 그를 보더니 앞장섰다.

3층 계단으로 내려가자 흰 연기가 자욱하게 덮여 있었다. 폭발의 영향이다. 그러자 앞쪽에서 어른거리는 사람의 그림자가 보였다. 그러고는 얼굴이 나타났다. 동양인이다.

"어서! 연막은 5분간 유지됩니다."

한국의 안기부 요원이다.

"제 뒤만 따라오시면 됩니다."

연기를 헤치고 내려가자 로비에서의 소란이 그들의 귀를 가득 메웠다. 비명과 고함, 욕설이 섞여 아수라장이 되어 있었다. 이내 다시 폭음이 울렸고, 소란은 더욱 심해졌다.

그러나 보이는 건 연기를 휘젓는 손과 머리 등 일부분뿐이었고, 몸을 부딪쳐야 상대방의 얼굴이 슬쩍 보였다가 연기에 가려졌다.

그들은 요원의 안내를 받아 연기 속을 헤치고 나아갔다.

폭음이 일어나 소스라치듯 놀란 매클레인이 머리를 들었다. 연단 앞의 기자석에서 자욱한 연기가 뿜어져 나오고 있었다.

"빌어먹을!"

연기가 금방 주위를 가득 메웠는데 기자들은 아우성을 치면서 사방으로 흩어지고 있었다. 곧 현관의 옆쪽에서 다시 폭음이 울려왔고, 안쪽의 계단에서도 뒤따라 무엇인가가 폭발했다.

"2층으로!"

매클레인이 고함을 쳤다. 그는 허리춤에 찬 전화기를 꺼내 들면서 사람들과 부딪치며 계단 쪽으로 다가갔다. 이미 로비에 연기가 자욱하게 깔려 있어서 눈앞에 있는 사람만 겨우 보였다.

폭발이다. 장관과 사령관을 구해야 한다. 매클레인은 본능적으로 움직이고 있었다. 겨우 2층의 계단으로 다가간 그는 소매로 이마의 땀을 닦았다. 곧 다시 폭발이 일어났고, 2층의 계단에도 연기가 구름처럼 덮였다.

매클레인은 전화기를 입에 대었다. 아우성과 비명으로 가득한 로비에서 얼마나 희생자가 났는지는 알 수 없었다.

"모두 2층으로!"

그가 전화기에 대고 악을 쓸 때 문득 연기를 헤치고 그의 앞에 나타난 얼굴이 있었다. 얼굴만 나타난 것이다.

놀라 입을 쩌억 벌린 순간 그는 턱에 격심한 충격을 받고 뒤로 넘어지면서 계단의 난간에 머리를 부딪쳤다. 가물거리며 꺼져 가는 의식 속에서 매클레인은 사내의 모습이 낯익다고 생각했다. 그러나 이름을 기억해 내기 전에 그는 의식을 잃었다.

우정만은 폭음과 동시에 펄쩍 뛰어 땅바닥에 엎드렸다. 왜냐하면 폭탄이 그의 바로 옆에서 터졌기 때문이다.

잠시 후에 그는 자신의 몸 위에 걸쳐져 있던 사내들이 태클해온 미식축구 선수처럼 떨어져 나가는 것을 느꼈다. 의자 위에 걸쳐진 다리를 내렸는데 다리는 멀쩡하게 움직였다. 손과 머리도 괜찮고 몸통도 상한 데가 없었다. 자욱한 연기 속에서도 그는 무의식중에 자신의 몸을 점검하면서 일어섰다.

폭음은 계속해서 들려왔고, 여전히 사람들의 아우성이 로비를 가득 채우고 있다. 운이 좋은 것이다. 재빠르게 엎드린 덕분에 살았다. 가슴을 편 그가 막 발을 떼었을 때 뒤통수에 격심한 충격이 왔고, 의식부터 잃은 그는 천천히 무릎을 꿇고 엎어졌다.

호텔의 현관 밖으로 흰 연기가 천천히 뿜어져 나오고 있다. 열린 창문으로도 연기가 피어올랐는데 2층의 창문도 마찬가지였다.

현관에서 쏟아져 나오는 사람들의 숫자는 이제 줄어들고 있었지만 호텔 밖도 수라장이 되어 있었다.

머리가 헝클어진 여자 아나운서가 텔레비전에 나왔다. 연기에 덮여 있는 크리용호텔을 배경으로 선 그녀는 흥분된 목소리로 말했다. 눈을 치켜뜨고 있었다.

"방금 들어온 소식입니다. 북한 측의 대표 김인채 상장이 목이 부러진 시체로 발견되었습니다. 가해자는 한국 대표인 김원국 씨였다고 미국 대사관의 허브 공보관이 밝혔습니다."

대통령이 의자의 팔걸이를 움켜쥐었다. 그러나 텔레비전을 향한 시선은 움직이지 않았고 입도 굳게 닫혀 있었다.

"인질범들은 계획적으로 도주한 것입니다. 로비의 여러 곳에 시한 연막 폭탄을 설치해 놓고 폭발이 일어난 사이에 도주했습니다. 이것은 프랑스 경찰의 구베르 서장이 말해주었습니다."

방문이 열리더니 잠시 밖으로 나갔던 임병섭이 돌아와 자리에 앉았다. 아나운서가 다시 말을 이었는데 표정에는 생기가 넘쳤고 말소리에도 활력이 넘쳤다.

"이것은 외부의 도움이 없으면 이루어지지 않을 일입니다. 프랑스 경찰 당국은 한국의 안기부 요원들이 이 일에 적극 가담하였다고 믿고 있습니다."

임병섭이 턱을 들고는 내리간 시선으로 아나운서를 바라보았다.

"신사 숙녀 여러분, 남북한의 회담은 결렬되었습니다. 이제 그들에게 남은 것은 원한과 증오밖에 없습니다."

대통령이 손을 들자 박종환이 텔레비전을 껐다. 그것이 신호라도 된 듯이 그리피스 대사와 윌슨 대장이 자리에서 일어섰다. 모두 굳은 얼굴이다.

"각하, 저희는 이만 실례할까 합니다."

대통령이 잠자코 머리를 끄덕이자 그들은 방을 나갔다.

한동안 방 안에 침묵이 흘렀는데 아무도 그것을 깨뜨리지 않았다. 낮고 어두운 정적이 꽤 오랫동안 흐르고 난 다음 대통령이 머리를 들었다.

"임 부장, 당신 짓이오?"

"아닙니다, 각하."

임병섭이 머리를 세차게 저었다.

"우리 정부와는 관계없는 일입니다."

"……"

"김원국 씨에게 그 일을 맡긴 것이 잘못이었습니다. 그는 누구에게도 통제받을 사람이 아니라는 것을 잊고 있었습니다."

"……."

"안기부 요원들은 아마 자발적으로 김원국 씨를 도와준 것 같습니다, 각하."

그러자 강동진이 헛기침을 했다.

"각하, 사태가 급박해졌습니다."

"……."

"북한은 가만있지 않을 것입니다."

"북한은 가만있지 않을 것이오."

강한기가 손바닥으로 탁자를 쳤다.

"하지만 이제 우리가 기선을 잡았어. 놈들은 지금쯤 당황하고 있을 겁니다."

"사령관을 빨리 청와대에서 돌아오시게 해야 합니다."

탁자에 몸을 붙인 이케다가 서두르듯 말했다. 그의 옆에 서 있던 가토 중장도 머리를 끄덕였다.

"강 소장, 우리에겐 사령관이 필요하오. 청와대에 잡혀 있으면 안 됩니다."

강한기가 핏발 선 눈으로 이케다와 가토를 쏘아보았다.

"참모장은 지금 프랑스 경찰에 의해 억류되어 있습니다, 여러분. 김원국 씨와 공모한 혐의로 구속될 것이라고 합니다."

난데없는 말이었으므로 이케다와 가토는 서로 얼굴을 마주 보았다.

"참모장은 나라를 위해 자신을 버리셨습니다. 대통령의 명령을 어겼지만 조국을 배신한 것은 아닙니다."

"……"

"그리고 사령관 각하께서는 지금 청와대에 계시니 상황이 발생해도 당장 움직이실 수가 없는 형편입니다. 그렇지 않습니까?"

＊　　　　　＊　　　　　＊

텔레비전을 끈 김정일이 주위를 둘러보았다. 그는 얼굴색이 하얗게 변해 있었는데 마치 병든 사람 같았다.

원탁에 둘러앉은 사내들은 북한의 실세였고, 휴전선 근처에서 온 군사령관들도 포함되어 있었다.

"이영만이가 속임수를 썼어."

김정일의 입에서 낮은 목소리가 흘러나왔다

"합의는 속임수였다. 놈이 우리를 속였어."

"수령 동지."

인민군 부참모총장 김강환이 무겁게 입을 열었다.

"안기부 요원들까지 합세한 것을 보면 이 일은 남조선 정부의 계략인 것이 틀림없습니다."

모두 김강환을 바라본 채 움직이지 않았다.

한동안 굳게 입을 다물고 있던 김정일이 머리를 끄덕였다.

"더 이상 말할 것이 없어. 남조선은 이제 놈들이 저지른 일을 책임져야 돼."

"당연하신 명령입니다, 수령 동지."

공화국의 위대한 승리를 전 인민에게 알려주기 위하여 파리로부터의 생중계를 준비해 놓은 참이었다. 다행히 크리용호텔이 연막탄에 휩싸인 장면은 인민에게 방영되지 않았지만 주석궁에 모여 앉은 실세들은 모두 보았다.

방문이 열리더니 주석궁에 상주하고 있는 호위 총국 소속의 소장이 서둘러 들어왔다. 손에는 전화기가 들려 있다.

"수령 동지, 파리에서 주석 동지의 전화가 왔습니다."

퍼뜩 눈을 뜬 김정일이 낚아채듯 전화기를 받았다. 방 안의 시선이 다시 그에게로 모아졌다. 사건 이후로 최광과 처음 통화가 된 것이다.

"여보시오."

―수령 동지, 최광입니다.

"동무, 어떻게 된 일이오?"

―김원국이가 판을 뒤집어 버렸습니다. 놈은 남조선 정부의 명령도 거역한 것입니다.

김정일이 억눌린 숨을 내쉬었다.

―수령 동지, 저는 지금 대사관으로 돌아왔습니다만, 조금 전에 남조선 정부로부터 연락이 왔습니다.

서두르듯 최광이 말을 이었다.

―정식 대표단을 파견할 예정이라고, 김원국이는 어쩔 수 없이 남조선 대표로 임명한 자라고 했습니다. 김원국이를 도와준 자들은 정부와 관계없다고 하더군요. 수령님이 허락하신다면 내일까지 남조선 대표단이 이곳으로 온답니다.

"개자식들."

―수령 동지, 어떻게 했으면 좋겠습니까?

"기다리시오, 그곳에서."

전화기를 내려놓은 김정일이 숨을 크게 들이마셨다가 천천히 뱉어냈다. 조금씩 얼굴에 화색이 돌았다. 이윽고 그는 머리를 들었다.

"남조선이 정식으로 대표단을 보낸다는 거요. 내일 다시 시작하자는데."

"놈들의 농간입니다, 수령 동지. 시간을 끌려는 이영만의 잔꾀입니다."

김강환이 다시 나섰다. 김강환뿐만 아니라 대부분의 군 실세는 남조선 군대에 대해 우월 의식이 있었고, 그것이 요즘의 회담으로 더욱 증폭된 분위기였다.

"수령 동지, 놈들에게 본때를 보여주어야 합니다. 이젠 미국도 우리 공화국의 우방이나 다름없습니다."

그러자 집무실의 문이 열리더니 호위 총국의 장군 한 명이 서둘러 들어왔다. 모자도 쓰지 않은 그는 김정일에게 다가와 허리를 숙이더니 귓속말을 했다.

'뭣이?'

그리 말을 한 것은 아니었지만, 옆쪽에 앉아 있던 보위사령관 안용준은 그의 입모양으로써 말하고자 하는 것을 유추할 수 있었다.

김정일은 눈을 치켜뜨고 한동안 장군의 얼굴을 올려다보더니 천천히 머리를 돌렸다. 얼굴이 오래된 석고처럼 굳어 있다. 그는 안경알 속의 눈을 깜박여 초점을 잡더니 입을 열었다.

"동무들, 남조선 국방군이 휴전선을 넘어 침공했소."

숨소리조차 들리지 않는 집무실 안에 그의 목소리가 다시 울렸다.

"동부전선이오. 놈들은 이미 24, 27미사일부대를 파괴했다고 합니다."

제6장

제78기갑여단

밤의 대통령

2월 8일 오후 8시 55분.

이한성은 땀으로 범벅이 된 얼굴을 손바닥으로 닦으며 갈대숲을 헤치고 앞으로 나아갔다. 공격 명령이 떨어진 지 이제 15분이 지났다. 전쟁인 것이다.

8시 35분에 비상이 걸렸고, 완전군장으로 집결한 것이 8시 40분. 그 순간 밤하늘을 가르며 수백 발의 포탄이 북쪽으로 날아갔다. 하늘을 가닥가닥 찢어발기는 것 같은 미사일과 다연장 로켓포의 굉음과 불줄기에 넋을 잃고 있을 때 공격 명령이 떨어진 것이다. 목표는 아침저녁으로 보아온 4킬로미터 전방의 인민군 51사단의 수색중대 진지이다.

"전달! 대형 유지!"

이한성이 좌우를 바라보며 소리쳤다. 짙은 어둠에 잠긴 갈대숲이어서 횡대로 선 부하들이 흩어질까 걱정이 된 것이다. 오른쪽에서 복창하는 이는 예비역 병장 장영환이다. 다시 한 무더기의 미사일과 포탄이 밤하늘을 가르고 날아갔다.

이한성은 가쁜 숨을 몰아쉬면서 뒤쪽을 돌아보았다. 어두워서 그런지 자위대의 전차는 아직 보이지 않았다. 그러나 곧 나타날 것이다.

"소대장님, 무전입니다."

뒤를 바짝 따르던 무전병 김 상병이 무전기를 이한성에게 넘겨주었다. 전방의 능선에서는 아직 사격해 오지 않는다. 이쪽과의 거리가 2킬로미터쯤 되었으므로 소총이나 기관총으로는 무리일 것이다.

이한성은 무전기를 귀에 대었다.

"제1소대장입니다."

─나야! 지금 어디야?

조명훈 대위가 악을 쓰듯 물었다.

"능선 전방 2킬로미터 지점입니다, 중대장님."

─네 뒤쪽 1킬로미터 지점에서 전차대가 따라온다. 속도를 늦춰.

"예, 중대장님."

─대전차지뢰반에게 길을 터줘라.

잡음과 함께 무전이 끊겼다.

중대장은 우측의 2소대와 함께 평행으로 나아가고 있었다. 이제 곧 놈들이 묻어놓은 지뢰밭을 통과해야 하는 것이다.

이한성은 좌우의 부하들을 향해 짧게 지시를 내리고는 걸음을 늦추었다.

"소대장님, 우리 뒤쪽으로도 꽤 많은 미사일이 날아갔습니다."

갈대를 헤치고 다가온 장영환이 말했다. 어둠 속에서 흰자위가 짐승처럼 번들거리던 그가 가쁘게 숨을 내뱉는다.

"사정거리가 긴 것이 아니면 좋겠는데."

그러면서 장영환은 흰 이를 드러내었다.

"하지만 이젠 후련합니다. 언제 당할까 불안하기만 했는데, 이제 결판을 낼 수 있으니까요."

뒤쪽에서 땅을 울리는 듯한 진동음이 들려왔고, 쇠가 부딪치며 찌걱대는 소리도 났다. 자위대 전차대인 것이다.

"74식 전차야, 그것들은!"

최상욱이 소리치듯 말하고는 핏발 선 눈으로 둘러선 참모들을 돌아보았다.

"24, 27부대는 이미 전투 능력을 잃었으나 제19자주포대대로 이쪽을 친다! 제33대전차부대도 이 지점으로 집결시켜!"

참모 하나가 옆쪽의 통신 지휘소로 달려가자 대좌 복장을 한 참모가 소리치듯 말했다.

"참모장 동지, 제98저격여단의 출동이 늦었습니다. 제일 먼저 움직여야 할 부대가 아직도……."

제98저격여단은 비행장 관제탑 등의 군사기지에 대한 기습 공격을 맡고 있는 공군 소속이다.

"참모장 동지, 15전차사단이 출동했습니다."

탁자 위의 한 지점을 짚으며 다른 참모가 말했다.

기습 공격 위주로 훈련해 왔고, 이쪽이 기선을 제압한다는 가정 아래 짜온 작전이다. 남조선이 먼저 공격을 해올 줄은 전혀 몰랐다. 그것도 군사 요지인 중부와 서부가 아닌 동부를 먼저 치고 들어온 것이다.

최상욱은 참모들의 표정에서 혼란과 당황스러움을 읽을 수 있었다. 그러나 동부의 남조선군 화력은 대단하지 않았다. 첫 기습에 이쪽이 상당한 피해를 입었지만 전열을 정비하여 반격하면 내일 아침에는 놈들을 격퇴하고 밀고 내려갈 자신이 있었다.

그에게로 총정치국 소속의 정치 군관 대좌 하나가 다가왔다. 그가 최상욱의 귀에 입을 대었다.

"참모장 동지, 수령 동지의 전화입니다."

머리를 끄덕인 최상욱이 몸을 돌렸다.

74식 전차는 일본의 주력으로 105밀리미터 포를 탑재하고 750마력의 공식 엔진을 탑재했으며, 도로 주행속도가 시속 50킬로미터, 항속거리는 300킬로미터이다. 따라서 90식 전차보다는 성능이 떨어지지만 세계 정상급 전차 중의 하나이다.

75식 전차에는 레이저 거리 측정 장치, 탄도 컴퓨터 등이 갖추어져 있고, 특히 74식에 주목할 만한 것은 자세 변경이 가능한 현가장치가 되어 있다는 점이다. 이러한 장치는 차체를 전후좌우로 기울여 능선 사격이 편리하도록 한 것인데, 그것은 산이 많은 일본의 지형 때문이다.

다케다 요시하루 소장은 1번 전차의 조종실에 앉아 화면에 나오는 전방의 능선을 바라보았다. 머리에 쓴 헬멧에는 무전의 송수신 장치가 부착되어 있어서 부대원들이 주고받는 무전 연락이 희미하게 들려오고 있다.

전차는 지금 남방 한계선을 지나 비무장지대로 진입해 들어가고 있었다. 저지대이고 갈대숲이 끝없는 평원이어서 달리기는 좋았으나 엄폐물이 없다.

다케다는 앞장을 서고 있는 대전차지뢰중대와 기갑정찰, 기갑보병부대가 군사분계선을 돌파하여 북방 한계선까지의 2킬로미터를 빠른 시간 안에 제압해 주기를 바랐다.

그 2킬로미터만 돌파하면 그다음은 능선이다. 인민군의 보병부대를 간단히 뭉개 버리고 나면 제15전차사단이 나타날 것이다. 소련제 T—62가 주종이 된 전차사단이다.

다케다는 야간 조명 장치가 설치된 화면을 노려보았다. 놈들에게 다케다 신겐의 후예가 어떤 사람이라는 것을 보여줄 것이다. 무법자 놈들에게는 따끔한 맛을 보여줄 필요가 있었다.

전차가 굴곡이 심한 땅을 지나는지 덜컹거리며 흔들렸다. 대전차지뢰중대는 이제 한국군 보병들과 나란히 진군하고 있을 것이다. 한국군 보병들은 경보병이어서 그야말로 미끼나 다름없었지만 지휘부에서 말리지 않았다면 따라잡기 힘들 만큼 진군 속도가 빠르다. 다케다의 전차여단은 그의 선조 신겐의 기마 무사 집단처럼 땅을 울리며 어두운 황야를 달려 나갔다.

회양의 인민군 제1군단 사령부의 참모장실.

막 방을 나서던 최상욱은 방문을 열고 들어서는 이을설과 마주치자 한 걸음 뒤로 물러섰다.

"무슨 일이오, 사령관 동지? 내 방에는 들어오지 말라고 말씀드렸을 텐데."

최상욱이 눈을 부릅떴다.

"당장 나가 주시오. 당신과 이야기할 시간이 없소."

"총공격인가?"

이을설이 문을 가로막고 서서 물었다.

"그렇다면 나도 시간이 없다."

그러면서 이을설이 허리에서 권총을 빼어 들었다.

"아마 지금쯤 우리 지역으로 남조선군이 밀고 들어오겠지. 물론 우리 포대는 대응 포격을 하겠고."

"다, 당신……"

권총의 총구가 자신의 가슴에 겨누어지자 최상욱의 얼굴이 하얗게 질렸다.

"당신은 지금……"

"이제부터 1군단은 사령관인 내가 장악한다."

순간 요란한 총성이 방 안을 울렸고, 최상욱은 가슴을 움켜쥐며 방바닥에 쓰러졌다. 그와 동시에 문이 세차게 열리더니 서너 명의 군관이 뛰어들어 왔다. 모두 기관총을 쥔 사나운 기세였다.

"이놈을 치워라. 볼썽사납다."

총을 권총집에 넣으면서 이을설이 뱉듯이 말했다.

"그리고 참모들을 모두 상황실에 집합시켜라."

군관들이 뛰어나가자 이을설은 책상으로 다가가 전화기를 집어 들었다.

"참모총장 동지, 사령부는 장악되었습니다."

대좌 계급장을 단 군관이 그의 옆으로 다가왔다.

"두어 명이 반항했습니다만 처치했습니다."

머리를 끄덕인 이을설이 전화기를 집어 들고 다이얼을 눌렀다.

그 시간의 주석궁 내 지하 상황실.

김정일이 상기된 얼굴로 좌우에 둘러앉은 사내들을 향해 말했다.

"동무들, 총공격이오."

그의 목소리는 열기로 들떠 있고 두 눈은 붉게 충혈되어 번들거렸다. 공격 준비는 모두 마쳐 놓은 터였으니 이제 그의 총공격 명령 한마디면 전쟁이 시작되는 것이다.

김강환이 자리에서 일어섰다.

"수령 동지, 명령을 내려주십시오."

테이블에 둘러앉은 백학림과 안용준 등도 대답을 기다리는 듯 그를 바라보았다.

김정일이 벽에 붙어 서 있는 군관에게 손을 들어 보였다.

"동무, 전화기를."

군관이 옆의 탁자 위에 놓인 전화기를 들고 다가왔다.

붉은색의 사각형 전화기는 14명의 육해공군 및 특수군단 사령관과 직통으로 연결되어 있어서 14명의 사령관에게 동시에 명령을 내릴 수가 있다. 인민군 최고사령관인 김정일만이 사용할 수 있는 전화였다.

호위 총국 대좌 계급장을 붙인 군관이 그의 앞에 전화기를 내려놓았을 때 다른 쪽에서 전화벨이 울렸다. 벽에 붙어 서 있던 또

한 명의 군관이 전화를 받더니 주춤거리며 김정일에게로 다가왔다.

"수령 동지, 1군단 사령관 동지십니다."

"뭐라구?"

김정일이 눈을 치켜떴다.

"누구라고 했어?"

"제1군단 사령관 이을설 차수입니다."

방 안의 사내들이 모두 군관이 쥐고 있는 검은색 전화기를 향해 머리를 돌렸다.

김정일이 수화기를 귀에 대었다.

"여보세요."

─수령 동지, 이을설입니다.

"동무가 웬일이오?"

─난 제1군단을 장악했소, 수령 동지.

이을설의 목소리가 커다랗게 수화기를 타고 울려왔다.

─참모장 최상욱이는 내가 처형했습니다, 수령 동지.

"동무, 지금 뭐라고 했소?"

이제 김정일의 얼굴이 하얗게 되었다.

"누구를 처형했다구?"

─최상욱이와 놈의 심복들 말이오, 수령 동지. 이제 우리 1군단은 당신의 명령을 받지 않소.

"……"

─그것을 알려주려고 전화한 거요. 이만 끊겠소.

끊긴 전화의 수화기를 들고 김정일은 좌우에 앉은 사내들을 멍한 시선으로 바라보았다.

"수령 동지, 무슨 일입니까?"

김강환이 참다못해 물었다. 그는 아직도 두 손으로 붉은색 전화기를 들고 있다.

"이을설이 배신한 것 같소."

이윽고 김정일이 입을 열었다.

"최상욱 상장을 처형하고 1군단을 장악했다는 거요."

"그럴 리가……"

백학림이 이맛살을 찌푸리며 말했다.

"도대체 왜……"

김강환이 전화기를 내려놓고는 서둘러 벽 쪽으로 다가가 가지런히 놓인 전화기 하나를 집어 들었다. 그러자 안용준도 의자를 밀치고 일어나 그쪽으로 다가갔다. 아랫입술을 깨문 김정일이 그들에게서 시선을 떼었다.

방 안은 한동안 김강환과 안용준의 악을 쓰는 듯한 통화 소리로 뒤덮여 있었다.

상황실에 모인 참모들은 모두 10여 명이었다. 모두 불안과 긴장으로 굳은 얼굴이었는데 최상욱과 그의 심복 참모들이 순식간에 살해되었을 뿐만 아니라 그들이 앉은 테이블 뒤쪽에서 무장한 군관들이 지켜보고 서 있었기 때문이다.

그들 중에는 보위부 복장을 한 군관도 있었고 특수부대의 휘장을 단 군관도 보였다. 평양 근처 강서에 있는 제3군단의 휘장을 단 군관도 있었는데 모두 이을설이 불러 모은 심복일 것이다.

이을설이 참모들을 둘러보며 입을 열었다.

"긴말하지 않겠다. 제1군단은 내가 장악하고 지휘한다. 이미 주요 부대의 지휘관들은 나의 명령에 복종하기로 되어 있으니 동무들은 반발해도 소용없다."

칼로 내려치는 것 같은 말투여서 참모들은 숨소리도 내지 않았다. 이을설이 말을 이었다.

"이것은 김 씨 부자의 세습 독재 기반을 굳히기 위한 전쟁이다. 인민은 제물이 될 것이고 수백만 명의 희생 위에 김 씨의 권력 기반이 다져지는 것이다. 나는 이것을 참을 수가 없다."

"······."

"포병단을 바꿔라. 내가 단장에게 직접 연락하겠다."

참모 한 명이 자리에서 일어나 벽 쪽의 통신실로 서둘러 다가갔다. 군관 한 명이 그의 뒤를 따랐다.

"남조선군의 위치는 지금 어디인가?"

이을설이 묻자 참모 한 명이 대답했다.

"조금 전에 군사분계선을 돌파했습니다, 사령관 동지. 그리고 제15전차사단은 20분 후에 그들과 접촉하게 됩니다."

"15사단장을 찾아! 어서!"

"예, 사령관 동지."

상황실 안의 분위기는 조금씩 열기가 더해갔다.

"51사단은 움직이지 말도록. 북방 한계선의 전위부대도 가능하면 철수시켜라."

"예, 사령관 동지."

이을설은 바쁘게 움직이기 시작하는 참모들을 바라보며 한동안 자리에 그대로 앉아 있었다. 참모들의 말소리와 통신음이 선명하게 들렸고, 그들의 움직임도 또렷하게 보였다.

만족한 듯 어깨를 늘어뜨리면서 길게 숨을 내쉰 그는 자리에서 일어섰다.

2월 8일 오후 9시, 동부전선 비무장지대.

74식 전차는 전투 중량이 38톤이었고, 주포는 105밀리미터에 12.7밀리미터와 7.62밀리미터의 기관총 두 정을 장착하고 있다. 일본이 최근 배치시킨 90식 전차보다 성능이나 주포의 위력은 떨어지지만 북한군의 주력 전차인 T—62에 비해서는 뒤지지 않는다. 더욱이 첨단 전자 장비를 갖추고 있어서 야간 전투에 있어서는 세계 어느 기종의 전차와도 견줄 만했다.

북한의 T—62가 115밀리미터의 주포를 사용하고 있지만, 74식 전차는 레이저 거리 측정 장치와 탄도 컴퓨터의 작동과 발사에 이르는 고초속화(高初速化) 기능에 있어서는 T—62를 능가하고 있었다. 또한 74식 전차는 야간에는 텔레비전 영상 대신에 암시 영상을 사용해서 야간 주행 사격도 가능했고, 90식과 같이 YAG 레이저 거리 측정 장치를 부착하고 있어서 전체적인 성능에서는 가히 세계 최고의 수준이었다.

갑자기 날카로운 쇳소리가 머리 위에서 들리더니 가까운 곳에서 강력한 폭발음이 들려왔다. 전차의 몸체에 두어 개의 파편이 부딪치며 튕겨 나갔고, 그것이 신호라도 된 듯이 주위에서는 폭발음이 계속되었다.

"지그재그로 대피하라!"

다케다가 소리쳤다.

"전대, 지그재그 대피!"

폭발음으로 보아서 미사일은 아니다. 아마 적의 후방에 위치한 포병단의 152밀리미터나 180밀리미터 자주포일 것이다.

—A대대, 여기는 A대대, 두 대가 전열을 이탈했습니다.

리시버에서 숨 가쁜 목소리가 들려왔다.

—계속 전진합니다. 오버.

—C대대, 보고합니다. 우리는 한 대가 당했습니다.

"전진!"

다케다가 자르듯 말했다.

"지그재그로 전진하라. 대전차지뢰중대의 뒤를 따를 것."

다시 뒤쪽에서 폭발음이 들렸고, 이번에는 뒤쪽이 들썩일 정도의 충격이 왔으나 그의 전차는 캐터필러를 요란히 굴리며 전진해 갔다. 그러나 뒤를 따르는 기갑보병들은 상당한 피해를 입었을 것이다.

브래들리 M2형의 전투 장갑차는 IFV(Infantry Fighting Vehicle)로 기관포와 대전차미사일까지 장착되어 있었고, 9명까지 탑승시킬 수 있는 기갑보병용이었지만 장갑이 약해 152밀리미터의 포탄 파편에도 치명상을 입을 수 있었다.

74식 전차여단은 폭발음으로 가득 찬 전장을 필사적으로 진격해 나아갔다. 이제 대대장들은 피해 상황을 보고하지 않았다. 예상하고 있던 적의 반격이었다.

다케다는 분계선을 돌파하여 북방 한계선에 도달할 때까지의 아군 피해를 30퍼센트로 잡고 있었다. 그것도 북한의 제24, 27미사일부대가 궤멸당했을 때의 경우이다.

다시 측면에서 요란한 폭발이 일어났고, 차체가 흔들렸으나 다케다는 스크린을 응시한 채 한동안 입을 열지 않았다. 엔진의 소음, 캐터필러의 쇳소리와 함께 다급하게 전열을 가다듬는 중대장, 소대장들의 교신음이 리시버에 가득 차 있다.

"500미터 전방입니다, 여단장님."

1번 전차의 전차장인 기혜이 상사가 스피커에 대고 말하면서 그를 바라보았다. 전차 내의 흐린 조명 아래에서 그의 두 눈이 번들거리고 있다. 군사분계선이 500미터 남은 것이다.

74식 전차에 탑재된 105밀리미터 포의 APDS(Amor Piercing Discarding Sabot : 철갑탄)는 사정거리 천 미터에서 320밀리미터의 장갑을 관통하고 3천 미터의 경우에는 120밀리미터로 떨어진다. T—62에 탑재된 115밀리미터 활강포의 APFSDS(철갑탄)는 사정거리 2천 미터에서 300밀리미터 장갑판을 관통한다.

따라서 북한의 T—62가 APFSDS를 사용하고 있다면 관통력이나 유효 거리에서 우위일 것이고, 포의 최대 속도에 있어서도 74식의 105밀리미터 활강포가 초속 1천5백 미터인 데 반해 T—62의 115밀리미터 활강포는 1천7백 미터이다. 그러나 활강포는 날개를 써서 포탄을 항공 역학적으로 안정시키기 때문에 바람의 영향을 많이 받아 2천 미터가 넘는 거리에서는 사격 정밀도가 급격히 떨어진다. 그것을 전자 장비로 커버하는 것이다.

다케다는 기혜이를 향해 머리를 끄덕여 보이고는 스피커의 스위치를 눌렀다.

"1열, 사격 준비. 2열부터는 5초 간격을 두고 발사한다."

아직 전방의 적 능선에서는 사격해 오지 않고 있었다. 군사분계선은 300미터 남짓 남아 있었지만 그들이 이쪽 전차부대의 공격을 모를 리가 없다.

제78기갑여단은 10여 대씩의 전차가 옆으로 벌려 선 대형으로 전진해 나갔는데 그것은 마치 신겐의 기마 무사 집단이 공격할 때와 비슷한 파도 대형이었다.

포탄에 맞은 장갑차가 다시 요란한 폭음을 내며 폭발하면서 불덩이를 하늘 높이 뿜어 올렸다.

하늘을 가르는 쇳소리에 이어 쉴 새 없이 포탄이 떨어지고 있었으므로 장영환은 헐떡이며 달렸다. 포탄은 뒤쪽의 전차대를 목표로 퍼부어지고 있었지만 점점 그에게로 가까워진다. 전차의 진군 속도가 그들보다 빠르기 때문이다. 전차의 캐터필러 소리가 폭음에 섞여 가까워지고 있는 것이 이제는 든든하지만도 않았다.

포탄 한 발이 옆쪽에 떨어져 폭발하였으므로 장영환은 저도 모르고 갈대숲으로 몸을 던졌다. 그러나 다음 순간 번쩍 상반신을 세웠다. 전차에 깔릴 수도 있었다.

"이런, 빌어먹을."

울부짖듯 소리친 그는 소총을 짚고 몸을 일으켰다. 그의 옆을 두 명의 검은 그림자가 스치고 지났지만 어둠 속이라 누군지는 알 수 없었다.

"공격! 공격! 앞으로!"

그러자 폭발음에 섞여 낯익은 목소리가 희미하게 들려왔다가 금방 폭음에 지워졌다. 소대장 이한성 소위의 목소리였다.

"전차의 앞으로 서라!"

다시 그의 목소리가 들렸고, 일어선 장영환은 갈대를 헤치며 앞으로 뛰었다.

"장 병장님!"

바로 옆쪽에서 고함치듯 부르면서 양만호 일병이 다가왔다. 어둠 속에서 두 눈의 흰자만 번들거리고 있다.

"3분대는 어디로 갔는지 보이지 않습니다!"

그와 나란히 달리면서 양만호가 소리쳤다. 뒤쪽에서 다시 연쇄적인 폭발음이 들려왔으나 그들은 돌아보지 않았다. 수백 개의 빛줄기가 밤하늘을 갈랐고, 고막이 터질 듯한 폭음이 계속되었다.

"전차의 앞으로 서."

이제 3분대는 상관할 일이 아니었다. 포탄 한 발에 당했을 수도 있고 이쪽이 그들보다 앞섰을 수도 있다.

그들의 앞쪽에 두 명의 사내가 달려가고 있다. 갈대를 헤치며 나아가는 그들의 철모 뒤쪽에 흰 동그라미가 붙어 있어 금방 눈에 띈 것이다.

"저거, 자위대다!"

장영환이 폭음 속에서 소리쳤다.

대전차지뢰중대원일 것이다. 그들과 함께 길을 닦고 전진하는 것이 임무였으므로 양만호는 헐떡이며 그들의 뒤를 따랐다. 다시 뒤쪽에서 포탄이 폭발하면서 후끈한 열기와 함께 폭풍이 그들의 몸을 밀었다. 주위가 화염으로 잠깐 밝아지면서 갈대와 앙상한

잔가지로 덮인 황량한 들판이 드러났다가 사라졌다.

온몸에서 땀이 흘러내리고 있다. 2킬로미터 가까이 뛰어왔으므로 심장은 격렬하게 박동했고 열기에 싸인 몸은 이미 추위를 잊은 지 오래였다. 앞에서 불어오는 겨울의 밤바람이 세차게 얼굴을 할퀴며 지나갔다.

폭음 속에서 다시 이한성의 고함 소리가 들려왔다.

"앞으로 전진! 전진!"

그 순간 옆쪽에서 번쩍이는 섬광과 함께 포탄이 폭발했고, 양만호는 몸이 하늘로 날아오르는 것을 느꼈다.

그것은 눈 깜짝할 동안이었지만 그에게는 꽤 오래 비행을 하는 것처럼 느껴졌다. 이윽고 그는 어깨부터 갈대숲으로 떨어져 내렸다.

"나 안 죽었다!"

눈을 부릅뜬 그는 목청껏 소리치면서 두 손으로 땅바닥을 짚었다. 갈대 줄기가 얼굴을 쓸고 어느새 철모가 벗겨져 맨머리가 되어 있었다.

"나는 끄떡없어!"

그가 다시 소리치며 상반신을 세워 올렸을 때 다시 폭음과 함께 뒤쪽에서 땅이 울리는 것이 느껴졌다. 전차다.

"어머니!"

땀으로 범벅이 된 얼굴을 힘껏 쳐들면서 양만호가 악을 쓰듯 외쳤다. 상반신은 세워지지 않았고, 쇠를 깎는 것 같은 전차의 캐터필러 소리가 점점 가까워졌다.

2월 8일 오후 9시 10분, 서울.

대통령은 눈을 치켜뜨고 방금 통화를 끝낸 강동진 사령관을 바라보았다. 그러자 집무실 안의 모든 시선이 그에게로 옮겨졌다.

전화기를 내려놓은 강동진이 천천히 몸을 돌려 대통령의 시선을 받는다. 굳은 얼굴이다.

"각하, 연락이 되지 않습니다."

대통령이 아무 대답 없이 잠자코 있자 그가 말을 이었다.

"계엄사령부와 한일연합군 사령부는 이미 강한기 소장과 가토 중장이 장악하고 있는 것 같습니다."

"반란이군. 이건 쿠데타야."

낮은 목소리였지만 방 안의 사람들은 모두 들었다. 무겁고 어두운 분위기에다가 이제는 찬물을 덮어쓴 것처럼 모두 눈을 치켜뜨거나 몸을 곧추세웠다.

"전쟁을 막아야 돼, 어떻게든."

그렇게 말하면서 대통령이 벌떡 일어서자 강동진이 그에게로 몸을 돌렸다.

"각하, 이제는 늦었습니다."

"늦다니, 그럼 군을 저대로 내버려 두란 말인가? 그리고 우리는 이곳에 모여 앉아 나라가 망해가는 꼴을 구경만 해야 한단 말이야?"

대통령은 목이 메어 말을 잇지 못했다.

테이블에 앉아 있던 임병섭이 자리에서 일어나 대통령에게로 다가갔다.

"각하, 아직 확전되지는 않고 있습니다. 동부전선의 1개 기갑여단이 밀고 들어간 것뿐입니다."

"미사일 기지들이 파괴당한 저들이 가만있을 것 같은가? 이제 곧 전면전이야. 놈들이 바라던 대로 끌려든 셈이라구."

"우선 고정하시고 앉으시지요, 각하."

그러자 대통령은 지친 듯 소파에 주저앉으면서 어깨를 늘어뜨리고는 긴 숨을 뱉어냈다.

"사령관, 어떻게든 연락해서 부대를 퇴군시키도록 해. 지금 당장!"

"예, 각하."

굳게 입을 다물고 서 있던 강동진은 대답은 했지만 움직이지는 않았다. 이미 수십 번이나 강한기와 통화를 시도했지만 연결되지 않은 것이다.

사령부는 이미 강한기를 중심으로 한 강경파 장교 그룹에 의해 장악되어 있었다. 자위대가 그들에게 적극 협력하고 있는 것은 말할 것도 없었다. 로젠스턴의 폭로와 휴전선의 대남 방송 등으로 위기의식을 느낀 그들은 순식간에 군부를 장악했는데, 장교 대부분의 적극적인 호응이 있었을 것이다.

문이 열리더니 비서실장 박종환이 전화기를 들고 서둘러 들어섰다. 사람들의 시선을 받으며 대통령에게로 다가간 그가 전화기를 내밀었다.

"각하, 하시모토 수상입니다."

잠자코 전화기를 건네받은 대통령이 귀에 대었다.

"수상 각하, 이영만입니다."

─대통령 각하, 그러지 않아도 연락드리려고 했습니다.

하시모토의 목소리도 긴장되어 있었다.

—우리 측이 치고 들어갔다던데요. 맞습니까?

"그렇습니다, 수상 각하."

—허어, 그런데 그것이 군 일부가 명령을 어기고 공격한 것이라고……

"그렇습니다, 수상. 연합군사령관은 지금 내 옆에 있습니다만."

대통령이 전화기를 귀에 댄 채 집무실 안을 둘러보았다. 모여 앉아 있는 임병섭과 강동진, 박종환, 김형태 등은 조금 전까지만 해도 한국의 지도자였지만 지금은 아니다. 지금은 허수아비처럼 나라가 망해가는 꼴을 구경만 하고 있을 뿐이다.

"그리고 수상, 유감스럽게도 북한을 공격하는 주력은 일본의 78기갑여단입니다."

—각하, 나도 들었습니다.

"가토 사령관이 군부의 반란 세력과 동조한 것입니다."

—각하, 그것은 아직 알 수 없는 일입니다. 작전지휘의 책임은 한국에 있으니까요.

"가토 사령관과 연락이 되었습니까?"

—우리도 아직. 하지만 중국의 장자량 주석과는 통화가 되었습니다. 한국군의 일부가 명령을 어기고 침입해 들어간 것이라고 했어요. 곧 퇴군시킬 것이니 북한 측과의 조정을 부탁했습니다.

"저도 조금 전에 연락을 했습니다, 수상."

—퇴군시켜야지요, 각하. 확전되면 안 됩니다.

"예, 수상 각하. 노력하고 있습니다."

이윽고 대통령이 헝클어진 머리칼을 쓸어 올리며 전화기를 내려놓았다. 그러자 집무실은 다시 무거운 정적에 휩싸였다.

같은 시간의 파리, 2월 8일 오후 1시 15분.

북한 대사관의 대사 집무실에 앉아 있던 최광은 대사가 건네 주는 전화기를 받아 귀에 대었다.

"최광입니다."

―최 주석, 로젠스턴입니다.

"웬일이십니까, 장관께서?"

―남한이 휴전선을 돌파했다고 들었는데, 물론 평양과 연락은 하셨겠지요?

"그거야……."

로젠스턴의 저의를 알 수 없었으므로 그는 말끝을 흐렸다.

로젠스턴이 말을 이었다.

―최 주석, 한국 정부에서 다시 회담을 하자는 연락이 왔습니다. 물론 비무장지대로 진입한 부대는 철수시킨다고 하더군요. 우리에게 꼭 회담을 성사시켜 달라고 부탁했어요.

"……."

―이번에는 총리급의 대표를 보내겠다는데, 최 주석과 격이 맞는 사람으로. 나는 그쪽 말을 전해줄 뿐입니다.

"나로서는 결정할 수가 없소, 로젠스턴 장관. 수령 동지에게 연락을 해야 합니다."

―그런데 최 주석, 이을설 장군은 대단히 신중한 사람인 것 같군요. 동부전선의 북한군이 적극적인 방어를 하지 않는 것을 보면 말입니다.

"……."

—최 주석, 혹시 그 이유를 알고 있습니까? 그걸 나에게 말해 준다면 도움을 드릴 수도 있겠는데.

"파리에 와 있는 내가 알 리가 있겠소? 난 그쪽 일은 모릅니다, 장관."

—그렇습니까? 하지만 한국군의 선제공격으로 미사일 기지 두 곳과 야포의 30퍼센트 정도가 파괴되었는데도 한국군의 진격을 막지 않고 있단 말입니다. 그건 좀 이상하지 않습니까?

"아마 그쪽의 작전이겠지요."

—최 주석, 한국과 미국은 지금도 동맹입니다. 한국이 어떻게 생각하건 말이오.

로젠스턴은 끈질기게 매달렸다.

—난 아무래도 납득할 수가 없습니다, 최 주석.

"……."

—최 주석과 이을설 장군이 북한군의 원로이고, 지금은 서로 뜻이 맞는 관계라는 것도 알고 있지요, 우리는.

"어쨌든 남조선 측의 회담 제의는 수령 동지께 보고하겠소, 장관."

—미국 정부의 입장은 한반도의 전쟁을 막기 위해서 최선을 다한다는 것입니다. 최 주석, 당신의 수령에게 꼭 그 말을 전해주시오.

전화기를 내려놓은 최광이 입맛을 다시고는 대사를 돌아보았다.

"남조선이 총리급 회담을 하자는군. 지금 치고 들어온 부대는 남조선의 반란군인 모양이야."

현만식 대사가 불안한 듯 눈을 껌벅이며 그를 바라보았다.

"그렇습니까? 반란군입니까?"

"한일 연합 반란군이지. 일본 1개 전차여단에 한국군 1개 대대 병력이니."

말을 멈춘 최광은 의자에 등을 묻고는 한동안 움직이지 않았다.

같은 날 오후 9시 20분, 한일연합군 사령부의 상황실.

전자 기기들의 작동음과 말소리가 상황실을 가득 채우고 있었지만 분위기는 활기찼다. 팽팽한 긴장감 속에서도 장교들의 움직임에서는 탄력과 생기가 엿보였다. 중앙 테이블 주위에 둘러서 있는 강한기, 이케다, 가토 등의 지휘부 장군 주위로 참모들이 끊임없이 몰려왔다가 명령을 받고는 재빠르게 물러갔다.

자위대 장교 한 명이 서두르며 중앙 테이블로 접근해 왔다.

"참모장님, 다케다 여단장으로부터 긴급 연락이 왔습니다."

중좌는 이케다를 향해 말했지만 테이블 주위의 모든 시선이 그에게로 모아졌다.

"무슨 연락이야?"

긴장한 이케다가 그를 쏘아보았다.

"예, 적의 포격이 갑자기 그쳤다고 합니다. 아군은 진군해 가고 있지만 적은 포격해 오지 않는답니다."

이케다가 머리를 돌려 가토와 강한기의 얼굴을 둘러보았다. 그러자 그들의 주위로 서너 명의 참모가 몰려들었다.

"과장님!"

이번에는 한국군 대령 한 명이 강한기를 소리쳐 부르며 다가왔다.

"제15전차사단의 이동이 멈추었습니다!"

사람들을 헤치고 테이블로 다가온 대령이 손가락으로 한 지점을 짚었다.

"이곳에서 멈췄습니다, 과장님. 위성 레이더에 분명히 잡혀 있습니다."

강한기는 그의 손끝을 바라보았다.

그의 손끝은 인민군 제51사단과는 비스듬한 위치를 짚고 있었는데 옆쪽에는 300미터 높이의 산맥이 가로놓여 있다. 51사단의 정면으로 돌진해 오는 78기갑여단을 막으려면 산맥을 우회하여 지나 51사단의 측면으로 다가가야 했다. 그러나 이것은 방어의 위치이지, 78기갑여단을 잡으려는 포진이 아니다.

강한기가 머리를 들었다. 그러자 그를 바라보고 있는 수십 개의 시선과 마주쳤다.

"강 장군, 다케다 부대는 지금도 진군해 가고 있소."

가토가 정적을 깼다.

"사령관과 참모장이 부재중인 지금 한국군에서 결정을 내릴 수 있는 사람은 당신이오. 당신의 의견을 말해보시오."

"진군합니다. 북방 한계선까지."

강한기가 다섯 손가락으로 51사단의 전면을 짚었다. 215라고 표시된 지점이다.

"이 능선까지 진격해서 이곳을 장악하고 멈춥니다."

"좋군. 위치가 좋소. 그곳에서 다시 경사면으로 내려가니 5킬로미터는 우리가 또 벌어들였어."

가토가 머리를 끄덕였다.

"그대로 진군하겠소. 그리고 그곳을 장악합시다."

자위대 중좌가 바람을 일으키며 몸을 돌렸고, 몰려든 참모들이 각자의 위치로 서둘러 돌아갔다. 모두 활기가 넘쳐흐르는 모습이다.

"포격과 전차사단의 이동을 멈춘 것은 전쟁을 할 의사가 없다는 것밖에는 다른 의미가 없습니다."

강한기가 가토와 이케다를 바라보며 말했다. 그러자 가토가 머리를 끄덕였다.

"모험이었소, 강 장군. 하지만 우린 이것이 실패로 끝났다고 하더라도 전력을 다해 전쟁을 치를 생각이었소."

"저는 꼭 해야 할 일이었다고 지금도 믿고 있습니다."

그들의 뒤쪽에서 장교 한 명이 다가와 강한기 옆에 섰다. 최우식 대령이다.

"과장님, 사령관께서 청와대에서 출발하셨다고 합니다."

한국말이었으므로 가토와 이케다는 테이블 위의 지도로 시선을 내렸다.

강한기가 머리를 끄덕였다.

"이제야 대통령께서 놓아준 모양이군. 예상하고 있었어."

"과장님, 사령관께서는 헌병 1개 중대 병력과 청와대 경호실의 요원들을 인솔하고 오십니다."

"당연한 일이야. 이상할 것 없다."

"지시를 내려주십시오. 우 대령이 밖에서 기다리고 있습니다."

우중철은 계엄사령부의 경비대장으로 제29연대장이다. 바짝 다가선 최우식의 얼굴을 힐끗 바라본 강한기는 잠자코 지도 위로 시선을 돌렸다.

이맛살을 찌푸린 최우식이 입맛을 다셨다.

"과장님, 대통령께서는 김두삼 중장에게도 출동 명령을 내리셨습니다. 사령부를 즉시 장악하라는 명령입니다."

김두삼 중장은 김포에 주둔하고 있는 공수특전단의 사령관이다. 계엄사령관인 강동진 대장과는 육사 동기인 고참 중장이었다.

강한기가 가토 쪽으로 몸을 돌렸다.

"가토 장군, 곧 연합군 사령관께서 이쪽으로 오십니다."

"……."

"헌병과 청와대 경호실 병력을 데리고 오시는 모양이오."

"그렇습니까? 회의가 이제 끝난 모양이군요."

"책임은 제가 지겠습니다. 연합군 작전참모로서 공격 명령을 내린 것은 납니다. 그것을 기억해 두시기 바랍니다."

한동안 강한기를 바라보던 가토가 시선을 테이블 위의 지도로 내렸다. 그의 시선이 꽂힌 곳은 215고지와 비무장지대 사이의 좁은 공간이었다. 지금 그곳을 78기갑여단이 한국군 1개 대대와 함께 공격해 들어가고 있었다.

같은 시간, 김포의 특전사령부 지하 벙커 안.

짧게 깎은 반백의 머리에 깊고 굵은 주름살로 뒤덮인 얼굴의 김두삼 중장은 전투복 차림으로 뒷짐을 지고 서 있었다.

긴 철제 테이블 끝 쪽에서 그를 바라보고 서 있는 것은 참모장인 한병옥 소장이다. 그는 김두삼과는 대조적으로 큰 키에 어깨가 딱 벌어진 사내였다.

김두삼이 입을 열었다. 왜소한 체격에 어울리지 않는 굵은 목소리였다.

"대통령 각하의 명령이야. 제2여단을 즉시 사령부로 출동시켜서 강한기와 일당을 체포해야 돼. 다른 말 할 것 없다."

"사령관님, 가토 중장과 이케다 소장은 어떻게 합니까?"

한병옥이 찌푸린 얼굴로 물었다. 두 사람의 말소리가 벽에 부딪치면서 벙커 안이 울렸다.

"그들을 내버려 둔다면 이치에 맞지가 않습니다. 215고지를 공격해 들어가는 것은 자위대 기갑여단입니다."

"공격 명령은 강한기가 내렸을 것이다. 물론 가토의 묵인하에 내려졌겠지만."

"가토 중장의 독단이 아닙니다, 사령관님. 일본 정부의 묵인이 있었을 것입니다."

"어쨌든 가토와 이케다는 안 돼. 우선 강한기와 사령부에 있는 놈들의 일당만 잡는다."

"사령관님, 사령부 안에 있는 모든 장교를 잡아야 할 겁니다."

한병옥이 머리를 들고 그를 똑바로 바라보았다.

"사령부 전체가 강한기에게 동조한 것입니다. 강한기가 제105, 108포대에 포격 명령을 내렸을 때 제1군 사령부에서도 적극 협조를 했습니다. 그들은 사령관께서 청와대에 가 계신 줄도 알고 있었습니다."

"……."

"사령관님, 그렇다면 제1군 사령관인 박정찬 대장과 참모장 현규연 중장도 체포해야 합니까?"

"자넨 강한기와 육사 동기이던가?"

"제가 강한기 소장의 1년 후배 됩니다, 사령관님."

"대통령의 명령을 거역할 순 없어."

"군이 마비됩니다, 사령관님. 분열은 일어나지 않을 것입니다. 물론 반란도 없습니다. 왜냐하면 강한기는 순순히 잡힐 테니까요. 하지만……"

"그런 사고방식으로 내 선배들이 정권을 잡았었지. 잔말하지 마라."

김두삼이 눈을 부릅떴다.

"이것은 반역이다. 더 이상의 변명은 필요 없다."

"지금 78기갑여단은 밀고 올라가고 있습니다. 지휘부를 장악한다고 해도 그들을 멈추게 할 수는 없습니다."

"북한은 움직이지 않고 있어. 그놈들만 없어지면 원 상태로 돌아간다."

"사령관님."

얼굴이 상기된 한병옥의 목소리가 떨려 나왔다.

"대통령 각하께선 정상이 아닙니다. 놈들에게 항복하는 거나 다름없는 강화 조건을 받아들이려고 했고, 지금은 우리 군의 중추부를 무력화시키려고 합니다. 그 명령대로 했다가는 군은 궤멸됩니다."

그러자 방문이 열리면서 부관이 전화기를 들고 서둘러 다가왔다.

"사령관님, 제2여단장입니다."

김두삼이 잠자코 전화기를 받아 쥐었다.

"장 준장인가? 나야!"

김두삼의 때려 붙이는 듯한 목소리가 벙커를 울렸다.

"출동 준비는 되었나? 한 시간이면 사령부까지 진압할 수 있겠지?"

—사령관님, 저, 못 합니다.

"뭐라구?"

전화기를 고쳐 쥔 김두삼이 눈을 부릅떴다. 한병옥이 숨을 죽이고 그를 바라보았다.

"장 준장, 너 뭐라고 했어?"

—사령관님, 차라리 저를 쏘아 죽이십시오. 제 부대원을 사령부로 진입시킬 수는 없습니다.

"너, 항명하는 거냐? 이것은 대통령의 명령이야."

—항복할 수는 없습니다, 사령관님. 대통령은 우리 군을 불신하고 있는 겁니다.

"무엇이?"

—군을 믿지 못하고 있으니까 그런 똥 같은 조건으로 북한 놈들에게 항복하는 것입니다. 저는 못 갑니다.

"장규범이, 이놈!"

—차라리 저를 죽이십시오. 여기서 기다리고 있겠습니다, 사령관님.

김두삼이 전화기를 부관에게 던졌는데 넋을 잃고 있던 부관이 손을 뒤늦게 내미는 바람에 전화기가 시멘트 바닥으로 떨어졌다.

그러자 벙커 안에 한동안 괴괴한 정적이 흘렀다. 아무도 입을 열지도 움직이지도 않았다.

같은 시간, 주석궁 내 지하 상황실.

모여 앉은 인원의 변동은 없었다. 이쪽도 마찬가지로 숨소리조차 들리지 않는 정적이 이어지고 있었지만 방 안의 어디에선가 금방이라도 칼날이 내려쳐질 듯한 섬뜩한 분위기였다.

김정일은 석고처럼 굳은 얼굴로 앞쪽을 바라보았으나 눈의 초점은 없고 입술이 반쯤 벌어져 있다. 두 손으로 의자의 팔걸이를 움켜쥐고 있는데 숨을 쉬는 것 같지도 않다.

백학림과 안용준, 김강환 등의 표정도 마찬가지였다. 그들은 모두 먼저 정적을 깨는 것이 두려운 듯 눈동자만 굴리고 있었다.

이윽고 김정일의 두 눈이 안경알 속에서 두어 번 깜박였다. 그러자 눈의 초점이 잡히고 입술이 닫히면서 입가로 물기가 번져 나왔다. 고여 있던 침이다.

"이을설이, 이 반동분자 놈."

그의 목소리는 가늘었지만 모두에게 선명하게 들렸다. 그가 입술만 움직였더라도 그들은 알아들었을 것이다.

"회양으로 진격할 수 있는 부대로 어디가 좋겠소?"

김정일이 억양 없는 목소리로 묻자 방 안의 사내들이 모두 그에게로 머리를 돌렸다.

이을설이 최상욱을 사살하고 제1군단을 장악했다는 것은 여러 경로를 통해 사실로 입증되었다. 사령부를 빠져나온 정치 군관 몇 명은 거리에서 방황하고 있다. 주석궁은 그 이후부터 분위기가 흉흉해졌다.

김강환 등이 서둘러 1군단의 예하 부대인 4개 사단과 8개 여단의 지휘관들을 단속하였지만 연락이 안 된 지휘관이 다섯 명이나 되었다. 수령 동지의 직통전화라고 해도 전화를 받지 않는 사람은 곧 이을설의 일당이라고 보아도 될 것이다.

김강환이 입을 열었다.

"수령 동지, 회양 북방에 있는 제46산악여단의 방현수 소장이 믿을 만합니다."

그와 통화를 나눈 지휘관 중의 하나이다.

"그에게 군단사령부를 진압하라는 명령을 내리시는 것이 좋을 것 같습니다만."

"믿을 만하오?"

"예, 수령 동지. 제가 신임하고 있는……."

김정일의 시선이 둘러앉은 사내들을 하나씩 훑고 지나갔다.

조금 전까지만 해도 남조선군의 반란을 비웃으며 그들과의 강화조약에 더 무거운 짐을 얹어야 한다면서 득의에 차 있던 사내들이다. 그러나 지금은 김강환을 제외하고는 누구 하나 선뜻 나서서 적극적인 대책을 내놓지 않는다. 책임을 지지 않으려는 것이다.

어금니를 문 김정일이 테이블의 지도로 시선을 내렸다. 지금 자위대의 기갑여단과 한국군 보병대대는 포탄 한 발 맞지 않고 비무장지대를 진격해 들어오고 있다. 1군단의 2개 포병여단은 포격을 멈추었고 제15전차사단은 움직이지 않고 있었던 것이다.

"전쟁이야!"

갑자기 머리를 번쩍 치켜든 김정일이 소리치자 방 안의 사내들이 모두 몸을 굳혔다.

"총공격이야! 이제는!"

"수령 동지."

헛기침을 하며 백학림이 그에게로 몸을 돌렸다. 눈꼬리를 치켜세운 얼굴이다.

"침착하셔야 합니다. 지금은 그럴 상황이 아닙니다."

"무엇이? 침착하라구?"

이런 식의 말은 한 번도 들어보지 못한 김정일의 얼굴색이 다시 새하얗게 변했다.

"감히 나에게……"

그는 말을 잇지 못했다.

"수령 동지, 우선 1군단부터 수습하고 결정하셔도 늦지 않습니다."

백학림이 말을 이었다.

"만일 이 시점에서 총공격을 한다면 동부전선은 비게 됩니다. 그럼 한국군은 손상 없이 동쪽으로 침입할 것입니다. 그리고 제1군단이 놈들과 연합하게 될 가능성도 있습니다."

"……"

"우선 1군단을 진압시키고 나서 결정하시는 것이……"

"그렇다면 지금 치고 올라오는 전차부대는 어쩌란 말이오? 응? 만일 놈들이 1군단과 손을 잡게 된다면 동부전선이 뚫리는 건 마찬가지 아니오?"

"남조선 대통령이 퇴군시킨다고 약속했으니까 그 말을 믿어보시는 것이……."

그러자 김강환이 헛기침을 했다.

"이영만이가 제1군단의 이을설이가 반역했다는 것을 알게 된다면 마음이 변할지도 모릅니다. 그리고 이을설이가 이영만이에게 연락해서 한국군을 받아들일 가능성도 있습니다."

"그러니까 제1군단을 진압시키는 것이 우선이라고 말씀드린 거요."

백학림의 목소리가 커졌다.

"지금 섣불리 총공격을 해서는 안 됩니다, 수령 동지."

"그렇다면 제46산악여단을 보내서 사령부를 장악해야겠군요."

그렇게 말하며 나선 것은 보위부장 안용준이다.

"수령 동지, 지시를 내려주십시오. 회양의 보위부대도 합류하도록 하겠습니다."

앞쪽에서 폭음이 연속적으로 들려오는 이유는 지뢰 제거용 장갑차량이 지뢰밭을 향해 포탄을 쏘아대기 때문이었다. 앞장선 다섯 대의 장갑차는 제각기 롤러나 체인을 앞쪽에 매달고 지뢰를 폭발시키면서 나아갔다.

대전차지뢰는 일반적으로 130킬로그램 이상에서 200킬로그램 정도의 압력을 받아야 폭발하는 압력 발화 지뢰, 또는 진동에 의해 폭발하는 진동 발화 지뢰, 음향 발화 지뢰, 자기 발화, 원격 조정 발화, 시한 발화, 전기 발화 등으로 종류가 많은 데다 플라스틱제 지뢰는 베트남전에서 쓰인 PRS—3 탐지기로도 탐지되지 않는다.

따라서 다케다는 지뢰밭을 돌파하는 데 지뢰 제거용 장갑차를 전진시키면서 앞쪽을 무조건 폭파하는 적극적인 방법을 사용하고 있었다.

먹물 속에 잠겨 있는 것같이 어두운 밤이다. 지뢰 제거 장갑차의 뒤를 횡대로 따르는 한국군 보병대대의 뒤쪽에서는 APC나 IFV(병력 수송 장갑차)에 나눠 탄 자위대 기갑보병대대가 진군해 왔고, 그다음은 오늘 밤의 주역인 74식 전차대였는데, 포신을 치켜든 채 나아가고 있었다.

조금 전까지만 해도 하늘과 땅이 구별되지 않을 만큼 쏟아지고 터지던 포탄이 마치 꿈속에서 있었던 일처럼 일순간에 딱 그치자 이쪽은 대열을 정비하면서 질서를 잡았다.

그러나 묵묵히 나아가는 부대원들의 긴장과 불안감은 오히려 증폭되는 중이다.

"이런, 지기미. 어떻게 된 거야?"

조명훈이 뒤를 따르는 이한성을 돌아보며 소리치듯 말했다.

"저 새끼들이 모두 내뺐나? 이거 왜 이래?"

중대장이 모르는 일을 소대장이 어떻게 아느냐는 듯 이한성은 대답하지 않았다.

지뢰 제거 장갑차가 조금 속력을 내었으므로 그들은 헐떡이며 뛰다가 다시 빠르게 걸었다. 폭음이 앞쪽에서 다시 대여섯 발씩 한꺼번에 터져 올랐다.

이제 215고지는 1킬로미터도 남지 않았다. 그쪽의 기관총 유효 사정거리 안에 들어온 셈이지만 보병들의 총격은 없다.

"중대장님, 대대장님입니다."

뒤에 바짝 붙어 있던 무전병이 R—442의 송수화기를 조명훈 대위에게 건네주었다.

"조명훈입니다!"

그가 소리쳐 말하자,

—앞에 놈들이 있어!

오진갑도 대뜸 소리쳤다.

—놈들이 기다리고 있단 말이다! 마음 놓지 말란 말이야!

"알았습니다."

—기운 내. 얼마 남지 않았다.

그러고는 무전이 끊겼다. 폭발에 의한 파편 몇 조각이 후드득거리며 그들의 몸 위로 떨어져 내렸고, 장갑차의 검은 몸체와 갈대숲의 흰 줄기들이 화염 속에서 어른거리며 드러났다.

조명훈이 이한성을 다시 돌아보았다.

"기운 내라. 얼마 남지 않았다."

"뭐가 말입니까?"

헐떡이며 이한성이 물었다.

"죽을 시간이 얼마 남지 않았다는 말입니까?"

어깨를 추켜올린 조명훈이 다시 몸을 돌리며 서둘러 걸음을 떼었다.

이한성은 이미 소대원의 절반을 잃었다. 다른 소대도 마찬가지의 피해를 입었는데 인민군의 포격이 지금까지 계속되었다면 아마 성한 병사가 없었을 것이다.

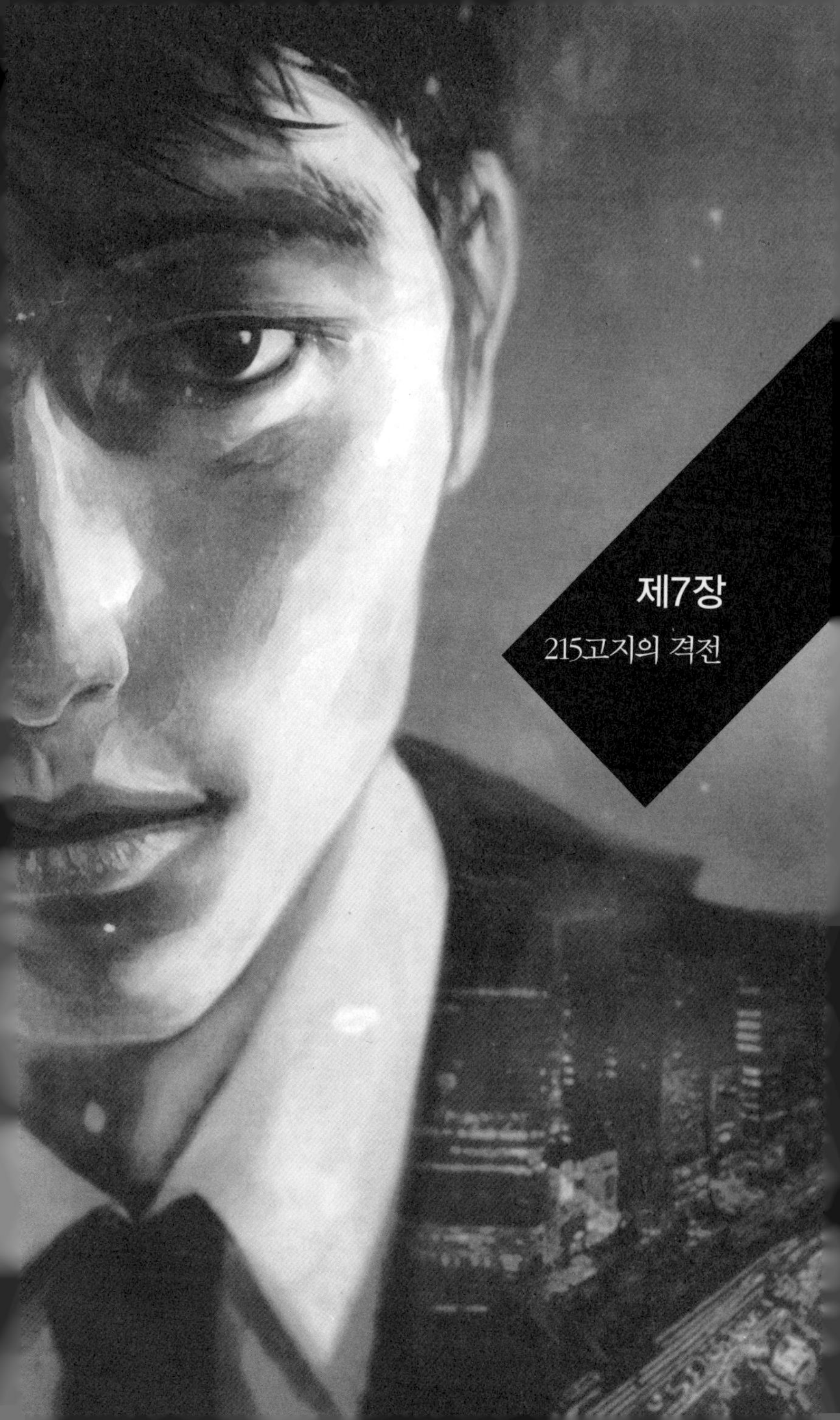

제7장

215고지의 격전

밤의
대
통
령

"조금만 더 기다려! 조금만 더!"

소리쳐 말한 한만규 대위는 망원경을 눈에서 떼었으나 무전기는 귀에 붙여두고 있었다. 망원경이 아니더라도 밋밋한 능선을 진격해 오는 다섯 대의 장갑차가 내려다보였고, 앞길에서 터지는 폭약으로 다섯 줄기의 종대 대형이 화염에 드러나 있다.

그가 송화기에 대고 다시 말했다.

"내가 사격 지시 할 때까지 기다려라. 아직 거리가 멀다."

그가 지휘하는 수색중대는 휴전선 감시부대로, 무장으로 구분하면 경보병중대로 분리될 것이다. 각 분대마다 한 정씩 PK 경기관총이 지급되어 있고, 대전차 무기인 RPG—7도 분대당 한 정이 지급되었다. 중기관총도 중대에 두 정 있었지만 그것으로는 충분한 방어가 되지 않는다. 본격적인 방어 장소는 5킬로미터 후방에 있는 사단 휘하의 연대 진지들이었는데 그곳은 지하 벙커와 은폐된 참호와 연결된 견고한 진지였다.

한만규는 땀이 밴 무전기를 고쳐 쥐었다.

"기관총도 쏘면 안 된다. 기다려."

3개 소대 병력이 횡대로 늘어진 참호에 들어가 있어서 벌어진 거리는 500미터 가까이 되었는데 그들의 정면으로 다가오는 부대는 기갑부대로 아마 1개 사단은 되어 보였다.

한만규는 힐끗 옆쪽을 바라보았다. 그는 사단 직속의 수색중대장이었으므로 사단의 명령을 받는다. 그러나 사단으로 통하는 무전기에서는 아직 연락이 없었다. 폭음과 장갑차의 소리가 점점 가까워졌고 윤곽도 더욱 뚜렷해졌다.

이번에 중대에 새로 지급된 두 대의 PRG—7V(대전차 척탄 발사관)의 유효 사정거리는 500미터였고, 구형 RPG—7은 100미터밖에 되지 않는다. 앞장을 선 장갑차와의 거리는 700미터가 넘었으므로 섣불리 발사했다가는 이쪽의 위치만 노출시키고 만다.

―중대장 동지, 왜 포를 때리지 않습니까?

제3소대장 오연식 중위의 악을 쓰는 듯한 목소리가 울려 나왔다.

―포를 때리면 놈들은 전멸당하게 되어 있습니다, 중대장 동지.

"닥쳐! 잠자코 기다리고 있으라고 했잖아!"

한만규가 소리치자 중대본부의 참호 안에 있던 병사들이 일제히 그를 바라보았다.

벽과 덮개가 철근콘크리트를 입힌 6인용 참호였지만 앞뒤가 휑하게 뚫려 있어서 바람이 휘몰려 통과하고 있다. 바람결에 짙은 화약 냄새가 느껴졌다.

"500미터까지 접근시켜라! 반복한다! 500미터가 되면 사격한다!"

한만규는 무전기를 던지고는 앞쪽을 노려보았다.

황야는 전차의 소음과 폭음으로 가득 차 있다. 이쪽의 포격은 10분쯤 전에 딱 그치고는 단 한 발도 날아가지 않았다. 포격이 그쳤을 때 가슴이 덜컥 내려앉은 한만규가 사단 사령부에 연락을 하자 참모는 이유도 설명해 주지 않은 채 곧 지시를 내리겠다면서 무전을 껐다. 거창한 포신과 압도적인 우세를 자랑하던 갖가지의 포가 일제히 침묵을 지키고 있는 것이다.

한만규의 옆에서 철컥이며 노리쇠를 당기는 둔한 금속음이 들려왔다. 중대본부에 배치된 칼라시니코프 중기관총을 장탄하는 소리였다. 유효 사정거리가 800미터인 PKM(프레메트 칼라시니코바 모텔지도바니)은 지금이라도 장갑차를 맞힐 수가 있지만 7.62mm× 54R탄으로는 장갑을 뚫을 수가 없다.

무전병이 부스럭대며 다가왔다.

"중대장 동지, 제145박격포중대장 동지입니다."

한만규가 서둘러 무전기를 받아 쥐었다. 145박격포중대는 같은 51사단 소속으로 그의 참호에서 300미터 후방에 위치하고 있다.

"이봐요, 김 대위 동무! 당신 왜 포를 안 쏘는 거야!"

한만규가 목청이 터질 듯이 소리를 쳤지만 저쪽에서는 대답이 없다.

"이봐요, 동무!"

─한 대위 동무, 우린 철수합니다.

"뭣이라고?"

―우린 지금 철수한단 말이오.

"아니, 이런……."

한만규가 참호에서 상반신을 세우다가 시멘트 천장에 머리를 부딪쳤다.

"도대체 누가 그런 명령을?"

―군단사령부에서 직접 받은 명령이오. 사단에서도 확인을 받았소.

"그러면 우리는……."

―동무는 명령을 받지 못했소?

이쪽이 잠자코 있자 박격포중대장 김경석 대위가 당황한 듯 입을 열었다.

―동무, 그럼 무전 끄겠소.

전차대는 점점 가까워지고 있다. 폭음과 함께 캐터필러의 금속 마찰음이 귀를 울렸고, 땅이 진동하는 것이 온몸으로 느껴졌다.

파노라마 식 조준 안경으로 밖을 내다보던 다케다 소장은 헬멧에 달린 마이크를 손으로 쥐었다.

"좋다! 사격 개시!"

이미 1번 열의 전차장들에 의해서 목표를 지시받은 포수들은 조준기의 중심선에 목표를 포착하고 있을 것이다. 야간 투시 장치를 이용해서 각종 데이터가 입력된 탄도 컴퓨터의 부양각도 결정되어 있어서 방아쇠만 당기면 된다.

순간 그가 타고 있던 1번 전차가 들썩하고 흔들리면서 고막을 울리는 발사음이 들렸다. 헬멧의 귀가리개를 하고 있어도 귀가 먹먹할 정도였다.

"목표 명중!"

포수가 조준 안경에 눈을 붙인 채 소리쳤다.

사정거리가 천 미터 미만일 때의 명중률은 95퍼센트였으므로 신기할 것은 없다. 탄약수가 빠르게 철갑탄을 재장전하고 있다.

뒤쪽에서도 요란한 포성이 울려왔다. 마치 철판을 해머로 연달아 두드리는 것 같은 소리이다.

74식 전차는 유기압 현가장치에 의해서 바퀴를 상하로 200밀리미터씩 움직일 수 있었는데 능선 사격을 위해 개발된 독특한 장치였다. 따라서 포의 부양각이 컸으므로 종대로 따라오는 전차들이 앞의 전차에 시야가 막혀 사격에 방해를 받는 일은 없었다.

포성은 밤하늘을 갈가리 찢고 있었다. 앞쪽 능선의 참호들은 불덩이가 되어 타올랐고, 아직도 포탄이 쉴 새 없이 작렬하고 있었다. 앞장선 장갑차 대열이 속력을 내었으므로 전차들도 뒤질세라 215고지의 비스듬한 능선을 달려 올랐다.

모두가 북한군의 포격이 갑자기 그친 것에 대해서 불안해하면서도 조급해져 있는 것이다. 10분가량 포격이 멈추었는데 그들이 아군에 의해서 포격 불능 상태가 되었다고 믿는 사람은 거의 없었다. 다케다조차도 그들이 무슨 꿍꿍이수작을 부릴지 몰라 신경을 곤두세우고 있는 형편이었다. 그러나 지금은 100여 대의 전차가 능선을 향해 일제사격을 하며 돌진하고 있다. 조각조각 찢겨져 나간 불덩이가 능선 위의 검은 밤하늘로 치솟아 올랐고, 폭음이 땅과 하늘에 가득 찼다.

오연식 중위의 참호가 송두리째 날아간 것을 본 김덕천 상사는 무전기의 스위치를 다급하게 눌렀다. 포탄 파편이 참호의 옆면을 부수면서 시멘트 덩이를 그의 몸 위로 흩뿌렸다.

"중대장 동지! 중대장 동지!"

잠시 후에 지글거리는 무전기의 울림과 함께 수십 명이 악을 쓰며 교신하는 소리가 섞여 들렸다.

"중대장 동지! 중대장 동지! 여기는 3소대 김 상사입니다!"

―말해라! 김 상사!

겨우 알아들은 한만규가 소리쳐 말했다.

"소대장 동지의 진지가 날아갔습니다!"

―알고 있어!

"중대장 동지! 소대 지휘는 누가……."

―1분대장 이광수 중사다.

"……."

―사수해라! 목숨을 바쳐서 진지를 지켜라!

그러고는 무전이 끊겼다. 이제 전차대와의 거리는 200미터도 되지 않았다. 뒤쪽에서 전차 포탄이 터지면서 뜨거운 불기운이 참호 안으로 휘몰려 들어왔다.

"이봐, 왼쪽이다!"

김덕천이 포신을 이쪽으로 돌리고 있는 전열의 전차를 향해 경기관총을 겨누며 소리쳤다.

이쪽에서 날아간 대전차 포탄에 맞은 전차 한 대가 불기둥을 사방으로 뿜으며 폭발하는 것이 보였다. 경기관총을 쏘아대던 김덕천은 문득 머리를 돌려 옆쪽을 바라보았다. 좌측 끝의 경기관총조는 적의 포격이 시작된 지 얼마 안 되어 포탄에 맞아 사수와 부사수가 모두 즉사했지만 조금 전까지만 해도 옆자리의 부하 전사는 미친 듯 소총을 쏘아대고 있었다.

"동무, 뭐 하는 거야!"

김덕천은 총을 겨눈 채 엎드려 있는 부하의 어깨를 밀었다. 다시 앞쪽에서 포탄이 폭발했고, 파편이 날아와 참호의 벽과 천장을 때렸다. 흙먼지를 가득 얼굴에 덮어쓴 김덕천이 기침을 하면서 참호의 바닥에 주저앉았다. 어느새 철모가 날아가 맨머리가 되어 있었다.

"동무, 이리 내려와."

그는 아직도 앞을 향한 채 엎드려 있는 부하 전사의 허리춤을 잡아당겼다. 이제 이쪽의 사격은 뜸해진 대신 놈들의 포격은 더욱 심해져갔다.

부하가 허리를 참호의 벽에 부딪치며 그의 옆으로 주저앉았다. 번쩍이며 터지는 포탄의 섬광에 그의 얼굴이 힐끗 보였다. 죽어 있었다.

"돌격! 돌격, 앞으로!"

장영환 옆으로 이한성 소위가 헐떡이며 다가왔다. 화염에 비친 얼굴이 땀에 젖어 번들거리고 있다.

"얼마 남지 않았어! 우리가 먼저 고지를 점령해야 돼!"

자신들의 뒤를 쫓듯이 다가오는 자위대의 기갑보병들을 의식하고 하는 말이다. 전차포가 머리 위를 스쳐 지나갔고, 불바다가

된 전방의 능선에서는 아직도 총탄이 쏟아지고 있다.

"장 병장, 네가 1분대를 맡아라! 김 하사가 전사했다!"

이한성이 헐떡이며 소리쳤다. 그들은 이제 완만한 능선을 휘청거리며 뛰어오르고 있었다. 갈대가 드문드문 나 있었지만 돌멩이가 발에 차이는 험한 지대였다.

"네 옆의 분대원을 모아! 어서!"

그들은 횡대를 이루어 돌격하고 있었지만 뛰는 속도와 지형의 차이 등으로 대열이 흐트러졌고 적의 공격으로 비게 된 곳도 많았다. 뒤를 따르는 자위대 기갑대대는 분계선을 넘을 때까지 장갑차 안에 들어가 있어서 포격으로부터의 피해가 적을 것이다.

"3분대를 불러!"

이한성이 다시 소리치자 장영환은 옆쪽의 어둠 속으로 머리를 돌렸다.

"어이! 3분대! 3분대!"

희끗한 사람 형체 두어 개가 갈대숲 위로 드러났다가 섬광에 의해 금방 시야에서 사라졌다.

"어이! 3분대 새끼들아!"

"어떤 씨발 놈이야!"

누군가가 바로 옆쪽에서 불쑥 소리쳤으므로 장영환이 총을 고쳐 쥐었다.

"나, 1분대 장 병장이다! 너는 누구야?"

"나, 김을수야!"

말년 병장 김을수였다. 그의 모습은 연막 속으로 다시 사라졌다.

장영환은 이제 자갈투성이의 경사면을 헐떡이며 기어올랐다. 기관총탄이 그의 옆쪽을 스치고 지나갔지만 조준해서 쏘는 것 같지가 않다. 전차에서 쏘아댄 연막탄이 능선 위를 가득 덮고 있었으므로 그들은 이제 안개 속을 헤쳐 나가는 것 같았다.

"돌격! 돌격, 앞으로!"

우측에 있던 이한성은 어느새 앞쪽으로 더 나아간 모양이다. 그의 목소리가 폭음 속에서 끊어질 듯 들렸다.

"김 병장! 3분대를 이쪽으로 모아! 소대장의 지시야!"

장영환이 소리쳐 말하자 연막을 뚫고 김을수의 모습이 불쑥 드러났다. 어둠 속에서 두 눈만 뚜렷하게 보이고 있다.

"젠장, 분대원이 어디 있어! 다 죽었어!"

"……."

"분계선 넘다가 포탄 맞아 다 죽고 나 혼자 남았어!"

그들은 다시 갈대숲으로 들어섰다. 총탄이 그들과 가까운 거리를 지나면서 섬뜩한 마찰음을 내었다. 다시 전방에서 요란한 폭발음이 들렸다.

"돌격! 1소대 돌격, 앞으로!"

목이 터질 듯이 외치는 이한성의 목소리를 다시 듣자 장영환은 자신도 모르게 가슴이 울렁거렸다.

"돌격!"

그도 갈댓잎에 얼굴을 스치면서 목청껏 소리쳤다. 폭발음과 총성에 섞인 목소리는 자신의 귀에도 제대로 들려오지 않았다. 이내 옆쪽에서 짧고 높은 외침들이 들려왔다.

"야아! 야아아!"

"돌격!"

살아남은 소대원들이 지르는 기합 소리였다. 이제 적의 참호는 100미터도 남지 않았을 것이다.

"돌격!"

장영환은 목을 길게 빼고는 어둠 속을 향해 목청껏 고함쳤다.

"1소대 1분대! 돌격! 앞으로!"

그러나 살아남아 그를 따르는 분대원이 몇 명인지는 알 수가 없었다.

9시 40분, 연막을 헤치고 나아가던 김을수 병장은 불길 사이로 부서진 시멘트 기둥들을 보았다. 시멘트 기둥에는 철조망이 뒤엉켜 있었는데 북쪽의 철책이었다. 바짝 마른 입안에서는 단내가 났고, 온몸은 땀으로 끈적거렸다.

김을수는 헐떡이며 가쁜 숨을 뱉어냈지만 머릿속은 맑고 두다리에는 아직도 힘이 남아 있는 것이 느껴졌다.

"돌격!"

"이야아!"

옆쪽에서 아우성치듯 고함치는 소리가 들려왔다. 조금 전까지 옆에 있던 1분대의 예비역 병장 장영환의 목소리 같았다. 김을수는 부서진 시멘트 조각을 밟고 비틀거리다가 입을 열어 고함을 쳤다.

"이야아!"

기합은 그에게 새로운 기운을 가져다주었다. 그는 M—16의 방아쇠를 당겨 앞쪽의 어둠 속을 향해 대여섯 발의 총탄을 쏘아댔다. 그러고는 기운차게 발을 내딛는 순간 온몸이 번쩍 하늘로 솟아오르는 것이 느껴졌다. 눈앞이 하얗게 되었으나 번쩍이는 의식은 자신이 지뢰를 밟았다는 것을 알아내었다. 고통은 없었다.

육체가 고통을 느끼기도 전에 그의 번갯불 같은 의식이 상황을 알려주었고, 그다음에 찾아온 것은 긴장감이었다. 김을수는 땅바닥에 나동그라지기도 전에 고통 없이 의식이 끊겼다.

옆쪽에서 지뢰가 폭발하면서 날아온 파편이 철모를 치고 날아가는 바람에 장영환은 잠시 아무 소리도 들리지 않았다. 그는 머리를 흔들면서 부서진 철책을 뛰어넘었다. 능선 위는 연막이 걷혀가는 중인 데다 화염에 휩싸여 있어서 참호와 막사의 윤곽이 뚜렷하게 드러났다.

"돌격! 앞으로!"

가까운 곳에서 누군가가 악을 쓰듯 소리치면서 소총을 갈겨대었다. 이곳저곳에서 환성과 같은 기합 소리가 들려왔다.

전차의 포격은 어느새 그쳐 있었고, 이제는 소총과 기관총의 발사음만 들려왔다.

"이야아!"

장영환은 저도 모르게 목청껏 소리를 지르면서 돌격해 나아갔다.

눈에 띄는 수상한 곳마다 무조건 총탄을 쏘아대면서 뛰어가던 그는 달리는 속도를 늦추었다. 앞쪽으로 크고 검은 입을 벌리고 있는 반쯤 부서진 참호가 보였기 때문이다.

"죽여라! 모두 죽여라!"

갑자기 쉰 목소리로 외치는 소리가 옆에서 들려왔다. 화염 속에 나타난 이한성의 모습은 처절했다. 철모가 날아간 얼굴은 피와 흙으로 범벅이 되어 있었는데 한쪽 어깨에 짊어진 무전기가 힘에 부친 듯 온몸이 그쪽으로 기울어졌다.

그들은 앞쪽의 참호로 헐떡이며 다가갔다. 주위에서 총성이 쉴 새 없이 들려오고 있었지만 적들은 이미 기가 꺾여 있었다. 이제 215고지를 점령한 것이다.

"장 병장! 이겼다!"

참호의 어두운 부분을 향해 M—16을 서너 발 쏘아댄 이한성이 장영환을 향해 소리쳐 말했다.

"우리가 점령했어!"

그의 번들거리는 두 눈과 함께 흰 이가 어둠 속에서 드러났다. 그들은 참호로 다가가 안을 내려다보았다. 뒤쪽에서 전우들의 함성이 들려왔다. 간간이 총성이 들려왔지만 이제 고지는 점령된 것이다.

참호 안에 서너 명의 인민군이 흙더미에 묻혀 있었다.

김덕천 상사는 붉은 기운이 어른거리는 어둠 속에서 자신을 내려다보는 두 명의 사내를 바라보았다. 한국군이다. 이제 진지는 놈들에게 점령당한 것이다. 그는 자신의 몸을 누르고 있는 동료 전사들의 시체에 묻혀 머리만 내놓고 있었다.

"모두 죽었구만, 이놈들은."

사내 한 명이 숨을 헐떡이며 말했다. 주위에서는 함성과 함께 총성이 들렸다. 전차의 엔진 소리도 가까워져 있었다.

그가 허리를 펴고 머리를 들자 김덕천은 손에 쥐고 있던 총의 총구를 위쪽으로 올렸다. 그 순간 옆쪽에서 불길이 뻗어 나왔다가 들어가는 바람에 사내의 얼굴이 뚜렷이 드러났다. 피투성이가 된 사내의 두 눈이 이제 참호의 뒤쪽을 바라보았다.

"1소대!"

사내가 목청껏 소리를 쳤다.

"1소대! 우리는 해냈다!"

그 순간 김덕천은 방아쇠를 당겼고, 날카로운 총성과 함께 사내는 시야에서 사라졌다. 이제 다시 김덕천의 시야는 틔었고, 참호 밖의 밤하늘이 보였다.

화염이 일렁이는 참호 밖은 총성과 폭음, 전차의 진동음으로 가득 차 있었지만 이쪽은 다른 세상처럼 느껴졌다. 그러자 무엇인가가 참호 안으로 굴러 들어왔다. 수류탄이다.

김덕천은 숨을 들이마시면서 눈을 부릅떴다. 그러나 더 이상 움직이기는 싫었다.

9시 45분, 한일연합군 사령부의 제3초소 앞.

초소장 허원갑 대위는 허리에 두 손을 짚고 길 한복판에 서서 다가오는 헤드라이트를 바라보고 있었다. 라이트의 숫자로 보아 차량은 대략 열서너 대 정도 될 것 같았는데 뒤쪽의 7, 8대는 트럭이었다.

과천의 지하 사령부는 허원갑이 선 곳에서 1킬로미터쯤 후방에 있었고, 200미터 간격으로 제2초소와 제1초소 등으로 3중의 경계망이 쳐져 있다. 따라서 그의 3초소는 방어 개념으로 말하면 최전방의 초소이다.

차량의 행렬은 점점 가까워졌고 엔진의 소음이 귀를 울렸다. 평시에도 차량의 통행이 드문 길이어서 다가오는 차량들을 바라보는 병사들의 시선은 긴장되어 있었다.

허원갑이 머리를 돌려 옆에 서 있는 소대장들을 바라보았다.

"모두 위치로."

세 명의 장교가 제각기 어둠 속으로 사라지자 주위는 더욱 긴장으로 팽팽해졌고, 차량의 소음은 더욱 크게 들려왔다.

그가 지휘하는 1개 중대의 병력이 숨을 죽이고 다가오는 차량들을 주시하고 있는 것이다.

네 대의 전차와 여섯 대의 중기관총, 그리고 100여 정이 넘는 각종 화기의 총구가 앞쪽으로 향해져 있다. 선도 차량은 기관총을 매단 헌병 지프였다.

요란한 브레이크 소리를 내며 차단용 철제빔 앞에서 지프가 멈추어 서더니 헬멧을 쓴 장교가 내렸다.

"이봐, 이것들을 치워라! 사령관 행차야!"

그가 소리치듯 경비병들에게 말했다.

"어서! 여기 책임자가 누구야?"

차량의 대열이 잇달아 멈춰 서면서 뒤쪽의 트럭에서 헌병들이 뛰어내리고 있다. 도로는 순식간에 헌병들로 메워졌다.

장교가 두 명의 부하를 뒤에 달고 이쪽으로 다가왔다.

"이봐, 귀관이 이곳 경비대장인가?"

그는 소령 계급장을 헬멧에 붙이고 있었다. 허원갑이 그에게로 한 걸음 다가섰다.

"그렇습니다, 소령님. 제가 이곳 지휘관입니다."

"사령관 행차라는 연락 못 받았어? 어서 바리케이드를 치우란 말이야!"

"받았습니다, 소령님."

"그런데 왜 이러는 거야?"

그러자 그의 뒤쪽에서 사복 차림의 사내 대여섯 명이 다가왔다.

"이봐, 대위! 어서 통과시켜!"

"뭐 하는 거야!"

허원갑은 머리를 끄덕이며 허리에 찬 권총을 뽑아 들었다.

"이 새끼들, 반항하는 놈이 있으면 이 자리에서 쏘아 죽일 테다."

그러자 길 양쪽의 조명등이 일제히 켜지면서 도로를 비추었다. 그러고는 좌우에서 총구를 겨눈 병사들이 모습을 드러내었다.

"사령관 차 외에는 통과할 수 없다! 단 한 대도, 단 한 대도 못 들어간다!"

그가 고함치듯 말하자 도로는 순식간에 조용해졌다. 그들은 환한 불빛에 완전히 노출되어 있을 뿐 아니라 강력한 화력을 가진 병력에 포위되어 있었다.

"이봐, 대위."

소령이 한 손을 내밀며 주춤 몸을 움직이는 순간 탕앙, 하면서 밤하늘에 총성이 울려 퍼졌다. 허원갑이 쏜 것이다.

"이 새끼야, 움직이지 말라고 했잖아?"

어깨를 한 손으로 움켜쥐고 비틀거리는 소령을 향해 허원갑이 소리쳤다.

"사령관 승용차만 빼고 모두 차를 돌려라!"

허원갑이 소리치자 차량의 행렬 뒤쪽에서 총소리가 났다.

타타타, 타타!

짧은 기관총의 발사음이 두어 번 계속되다가 멈추었다. 그러고는 고함 소리가 몇 번 들리더니 다시 조용해졌다.

"이봐요, 대위. 당신, 지금 무슨 짓을 하고 있는 줄 알아?"

신사복 차림의 사내가 허원갑을 바라보며 말했다.

"당신, 대통령의 명령을 거역할 셈인가? 당신은 대한민국 국군 아니야?"

"한 번만 더 입을 놀렸다가는 네 주둥이에 한 방 갈길 테다."

허원갑이 권총의 총구를 그를 향해 겨누었다.

"입 닥치고 돌아서."

주위를 둘러싼 병사들이 총구를 내밀며 그들에게로 한 걸음 다가갔다.

"우리가 대한민국 국군이니까 너희들을 살려주는 거야, 이 새끼들아."

그러자 그들을 헤치고 어둠 속에서 모습을 나타낸 사람은 강동진 대장이었다. 야전복 차림의 그는 거침없이 허원갑에게로 다가왔다.

"바리케이드를 치워라, 대위."

"사령관님, 저는 연대장님한테 명령을 받았습니다. 사령관님 외에는 들여보낼 수 없습니다."

"너는 네가 지금 무슨 일을 하고 있는지 알고 있는가?"

"알고 있습니다, 사령관님."

두어 번 눈을 깜박이며 허원갑을 바라보던 강동진이 몸을 돌렸다.

"모두 돌아가라. 나 혼자 사령부로 들어가겠다."

"사령관님."

그렇게 말한 것은 사복 차림의 사내였다.

"혼자 들어가시면 안 됩니다. 저희들이……."

"닥쳐!"

강동진의 목소리가 밤하늘을 울렸다.

"나는 사령관이야! 사령관이 사령부에 들어가는데 이상할 것이 있나! 너희들은 모두 철수해라! 명령이다!"

제46산악여단장 방현수 소장은 정치 군관 한기남 대좌와 함께 장갑차의 뒷좌석에 올라탔다. 앞자리에 앉아 있던 부관이 그를 돌아보았다.

"여단장 동지, 출발시키겠습니다."

"서둘러. 회양까지 30분 안에 도착해야 된다."

부관이 조종사의 어깨를 두드리자 장갑차가 요란한 엔진 소리를 내며 움직이기 시작했다. 그들이 타고 있는 장갑차의 앞에서는 선도 장갑차가 길을 텄고, 뒤에서는 차량 100여 대가 산악여단의 병사들을 싣고 따르고 있다.

그의 산악여단은 인민군의 특수부대로, 최신 화기로 무장된 정예였다. 게릴라전과 적의 후방 교란을 목적으로 조직된 부대였는데, 산악전에도 적응할 수 있도록 강한 훈련으로 단련되어 있다.

방현수는 지도를 꺼내 무릎 위에 펴놓고는 실내등을 켰다. 참모들과 작전 회의를 마쳤지만 다시 지도를 확인하려는 것이다. 마주 앉아 있던 한기남이 그를 바라보았다.

"여단장 동지, 51사단의 전초기지가 남조선군에게 점령당했다는데, 괜찮을까요?"

"이을설이 그 반역자가 포격을 중지시켰기 때문이야."

방현수가 지도에서 얼굴을 들었다. 거친 피부에 표정이 다부진 40대 후반의 사내이다.

"그놈은 우리 공화국을 남조선 놈들에게 팔아먹으려고 하는 것이다."

그가 말을 이었다.

"남조선군이 우리 동부전선 한 곳만 뚫고 들어온 것은 이을설과 최광이 짜고 남조선 놈들에게 길을 알려줬기 때문이야."

"남조선군은 215고지에서 움직이지 않는다고 합니다."

"곧 몰살당할 거다. 노동 1, 2호가 놈들에게 쏟아져 내릴 테니까."

"……"

"우리는 회양의 사령부를 쑥밭을 만드는 한이 있더라도 이을설이를 잡아야 돼. 죽여도 좋다는 수령님의 지시다."

앞자리에 앉아 있던 부관이 무전기를 한기남에게 건네주었다.

"정치 군관 동지, 참모장 동지의 무전이 왔습니다."

한기남이 무전기를 받아 쥐었다. 참모장 김명보 대좌는 바로 그들의 뒤차에 타고 있었다.

무전기를 귀에 댄 한기남이 머리를 끄덕이며 말했다.

"알겠소, 참모장 동지."

"무슨 일이야?"

방현수의 물음에 한기남이 무전기를 부관에게 건네주고는 그를 바라보았다.

"시작하자는 이야기요, 여단장 동지."

"무엇을 말이야?"

"당신을 처단하겠소."

어느새 꺼내 든 권총의 총구로 방현수의 가슴을 누르면서 한기남이 말했다.

"지금 당신을 처단하는 것이 우리 공화국의 인민을 살리는 일이야, 여단장 동지."

"이, 이런, 반역자 같은."

얼굴이 뻣뻣하게 굳은 방현수가 총구에 밀려 문짝에 어깨를 기댔다.

"이놈, 수령님의 명령을 거역하고……."

"그깟 수령 놈의 입장을 생각할 때가 아니다. 인민이 우선이다, 이 간신 같은 놈아."

몸에 바짝 붙은 채 발사되어 총성은 크지 않았지만 금방 옷 타는 냄새가 진동했다.

"참모장 동지, 끝냈습니다!"

앞자리의 부관이 무전기에 대고 커다랗게 말했다. 장갑차는 덜컹이면서 밤길을 요란하게 달려 나갔다.

강동진 대장이 목을 천천히 돌려 앞에 서 있는 장군들을 둘러보는 시간은 몇 초 되지 않았지만 그들의 뒤쪽에 물러서 있는 수십 명의 참모는 숨을 죽이고 있었다. 상황실에서는 기계음만 희미하게 들릴 뿐이었다.

이윽고 강동진이 입을 열었다.

"아직까지 전면전이 시작되지 않아서 천만다행이야. 한 시간 반 동안 김정일이를 진정시키려고 대통령께서는 온갖 수단과 방법을 동원하셨다. 파리에 있는 최광에게도 두 번이나 전화를 하셨어."

모두들 그를 바라본 채 입을 열지 않았다. 그의 표정은 굳어 있었지만 화를 내는 것 같지는 않았다.

"즉시 78기갑여단을 원 위치로 후퇴시켜라. 이것은 군의 통수권자인 대통령의 명령이다."

상황 테이블 건너편에 서 있던 강한기 소장이 그를 바라보았다.

"사령관님, 회양의 인민군 제1군단 때문에 김정일은 전면전을 일으키지 못합니다."

"무슨 소리야?"

강동진이 이맛살을 찌푸렸다.

"왜 전면전을 일으키지 못한다는 거야?"

"지금 1군단을 맡고 있는 이을설이 김정일에게 등을 돌렸습니다. 그가 우리 78기갑여단에게 길을 터주었기 때문에 215고지를 점령할 수 있었습니다."

"아니, 그건 또 무슨⋯⋯."

"실제로 그가 포격을 중지시키지 않았다면 우리는 분계선을 넘을 수도 없었습니다, 사령관님."

"……."

"이을설은 78기갑여단을 내버려 둘 겁니다. 하지만 우리가 더이상 진격해 들어가는 것도 바라지 않습니다. 현 상태로 있어 달라는 요청이 조금 전에 왔거든요."

"믿을 수가 없군."

어깨를 늘어뜨린 강동진이 얼굴을 찌푸린 채 가토 중장에게로 몸을 돌렸다.

"가토 중장, 사실이오?"

통역 장교의 귓속말로 그들의 대화를 듣고 있던 가토가 머리를 끄덕였다.

"사실입니다, 사령관 각하."

"이을설이가 우리에게 길을 터주었단 말이오?"

"처음 연락이 온 것은 파리에 있는 최광 차수였습니다. 최광이 우리에게 동부 지역을 부분 공격하라고 말해주었소."

"무엇이? 최광이?"

이제 강동진의 눈과 입이 함께 벌어졌다.

"최광이 우리에게 연락을 해왔단 말이오?"

그러자 강한기가 나섰다.

"그렇습니다, 사령관님. 회담장이 혼란스러워졌을 때 최광이 고성국 중장에게 쪽지를 건네주었습니다."

뒤쪽에서 그들을 힐끗거리고 있는 장교들을 의식한 강한기가 목소리를 낮추었다.

"우리는 고 중장의 연락을 받고 기갑여단을 진격시킬 결심을 한 겁니다, 사령관님."

"……"

"최광은 우리가 동부전선 한 곳을 뚫고 들어가면 이을설이 장악한 1군단이 길을 열어줄 것이라고 했습니다. 그러면 김정일은 즉각적으로 반격하지 못할 것이라고 했는데 그것이 사실로 입증되었습니다."

"그렇다면 왜 나에게……."

"사령관님은 대통령과 함께 계셨습니다. 대통령이 어떻게 생각하실지 사령관님은 잘 알고 계실 텐데요."

"강 소장, 그렇다고 네 행동을 정당화시킬 수는 없다."

"알고 있습니다, 사령관님. 각오하고 있습니다."

강한기가 어깨를 펴고 강동진을 똑바로 바라보았다.

"저를 체포하십시오. 하지만 215고지에 있는 병력을 철수시킬 수는 없습니다. 한국군의 18연대 1대대는 병력의 절반 이상이 전사했습니다. 그들의 죽음을 헛되게 할 수는 없습니다."

한동안 그를 바라보던 강동진이 시선을 상황판으로 내렸다. 그는 굵은 둘째 손가락으로 휴전선 부근을 이리저리 쓸더니 문득 움직임을 멈추었다.

"그렇군. 이곳의 제107연대를 215고지로 보내서 교대시키면 되겠다. 18연대는 뒤로 물린다."

입국 창구로 다가가던 고성국은 문득 걸음을 멈추고 앞을 가로막고 선 사내들을 바라보았다. 파리에서 서울로 날아온 대한항공은 10여 명의 승객밖에 싣지 않았으므로 입국 창구 앞은 한산

했다.

"고 중장님, 잠깐 저희들하고 같이 가주셨으면 합니다."

사내들 중 우두머리로 보이는 40대의 신사복 차림이 그를 향해 말했다. 근처의 이쪽저쪽에 벌려 선 사내들은 얼핏 보아도 7, 8명이 넘는 것 같았다.

"당신들은 누구요?"

"가보시면 압니다."

사내 두 명이 다가와 그의 양쪽에 섰다.

"안기부 직원들인가?"

"청와대에서 왔습니다."

나이 든 사내가 정중하게 말했다.

"각하께서 장군을 뵙자고 하십니다."

"좋소."

고성국이 머리를 끄덕였다.

"그것은 내가 바라던 바요. 잘되었어."

입국 수속도 생략한 고성국이 그들에게 에워싸여 VIP 통로로 들어섰을 때였다.

일단의 군인들이 바닥을 울리며 뒤쪽에서 뛰어왔다. 소령 계급장을 붙인 장교가 앞장을 섰는데, 10여 명이 넘는 병사는 모두 K—2 자동소총을 쥐고 있었다.

"정지!"

소령의 목소리가 건물의 벽에 부딪치며 크게 울렸다. 그들은 금방 고성국과 사내들을 둘러쌌다.

소령이 고성국을 향해 기운차게 경례를 올려붙였다. 모두 해병대 병력이다.

"참모장님, 모시러 왔습니다."

그는 상황을 눈치챈 듯 청와대 경호실 요원들을 향해 어깨를 펴고 말했다.

"난 계엄사령부 소속 엄기하 소령이오. 계엄사령관의 명령으로 참모장님을 모셔 갑니다."

소령의 목소리가 복도를 울렸다. 도전적인 태도였는데 그와 어울리게 부하 병사들의 표정도 잔뜩 긴장되어 있었다.

"이것 봐요, 소령."

나이 든 경호실의 사내가 소령에게 한 걸음 다가섰다.

"난 경호실의 이 과장이오. 나는 대통령 각하의 명령으로 참모장님을 모셔 가는 거요."

소령이 번쩍 눈을 치켜뜨고는 그를 쏘아보았다. 두어 번 눈을 껌벅이고 난 소령이 말했다.

"안 되겠어."

"뭣이? 안 된다구?"

이 과장이라는 사내와 경호실 요원들이 일제히 긴장했고, 그것을 본 병사들도 몸을 굳혔다. K—2의 방아쇠에 손가락을 거는 병사를 보자 고성국이 그들 사이로 들어섰다.

"소령, 난 청와대에 들르겠다. 사령관께 그렇게 말씀드리도록."

"참모장님, 저는……."

"귀관은 사령부로 돌아가도록. 알았나?"

"예, 참모장님."

"나도 대통령 각하께 보고드릴 일이 있어."

고성국이 청와대에 도착한 것은 그로부터 한 시간이 지난 후였다.

미리 연락이 되어 있었는지 그는 곧장 본관의 상황실로 안내되었다. 물론 지하 상황실이다.

평양의 주석궁 내 지하 벙커보다는 규모와 시설 면에서 떨어지지만 한국의 건설 기술을 총동원하여 만든 견고한 지하 요새였다.

그가 상황실의 문을 열고 들어서자 장방형의 테이블에 둘러앉아 있던 사내들의 시선이 그에게로 모아졌다. 위쪽 상석에 앉은 사람은 물론 이영만 대통령이었고 그의 좌우로 안기부장 임병섭, 국방장관 김형태, 임종호 당대표, 장영식 외무, 박종환 비서실장 등의 얼굴이 줄줄이 보였지만 계엄사령관 강동진의 모습은 보이지 않았다.

"자리에 앉아요, 고 장군."

대통령이 빈자리를 손으로 가리켰으므로 고성국은 머리를 숙여 보이고는 끝자리에 가 앉았다. 옆에 앉은 장영식이 몸을 바로 세우는 것이 느껴졌다.

"공항에서 바로 불러들인 것을 이해하시오, 장군."

대통령이 그를 똑바로 바라보았다.

"파리에서 있었던 일을 우리가 알아야겠소."

"예, 각하. 저도 말씀드리려고 하던 참입니다."

모두 긴장한 표정으로 대통령과 고성국의 대화를 듣고 있다.

고성국이 말을 이었다.

"각하, 회담이 결렬되고 김원국 씨가 회담장을 뛰쳐나가자 최광 씨는 몰래 저에게 쪽지를 한 장 건네주었습니다. 바로 이것입니다."

호주머니에서 구겨진 쪽지 한 장을 꺼낸 그가 테이블 위로 밀어놓았다. 장영식이 집어 들고 일어나 대통령의 앞에 내려놓았다. 손바닥만 한 종이였다.

대통령이 머리를 숙여 쪽지를 내려다보았다. 상황실은 잠깐 동안 정적에 휩싸였고, 이윽고 쪽지에서 시선을 뗀 대통령이 입을 열었다.

"내용은 사실인 것 같군."

"예, 각하."

대통령이 앞에 앉은 임병섭 앞으로 쪽지를 밀어놓았다.

"그렇다면 최광과 이을설은 김정일을 밀어내려고 진작부터 계획하고 있었군."

"그렇습니다, 각하."

말을 받는 것은 고성국이다.

"쪽지를 주면서 최광 씨는 회담 결렬의 소식이 전해져서 김정일이 움직이기 전에 이쪽에서 먼저 치고 들어가야 한다고 말해주었습니다."

"김원국 씨가 도망치고 나서 말인가?"

"예, 각하. 몇 분간의 시간이 있었습니다. 로젠스턴과 더글러스는 당황해서 우리에게 주의를 기울이지 않았습니다."

"최광과 이을설의 거사를 앞당긴 셈인가?"

"예, 각하. 실제로 김정일이 남침 명령을 내리게 되면 거사는 불가능해집니다. 한국군과의 전쟁에 전군이 전력투구할 수밖에 없습니다."

"그렇겠군."

"저는 쪽지를 읽고 그의 말을 믿었습니다, 각하."

"그래서 별 셋짜리 참모장이 북침 명령을 내린 게로군."

고성국이 입을 다물자 옆에 앉은 외무장관 장영식이 제일 나중에 쪽지를 읽고는 그에게로 밀어놓았다.

검은 사인펜으로 또박또박 쓰인 짧은 글이어서 고성국은 이제 외우고 있었다.

1. 1군단의 거사.
2. 동서의 대치로 남침 계획 저지.
3. 김정일 제거.
4. 평화조약, 연방 공화국.

다음 날인 2월 9일 오후 3시, 파리.

눈발이 희끗희끗 날리는 흐린 날이다.

생미셸 광장 근처의 자크 카냐 레스토랑 안. 주방 옆쪽의 밀실에는 굳은 표정의 김원국과 고동규가 나란히 앉아 있다. 그리고 그들의 앞에 앉아 있는 것은 북한의 최광이다. 테이블 위에는 먹음직스러운 가자미 요리가 놓여 있었지만 그들은 아직 손도 대지 않고 있었다.

이윽고 김원국이 입을 열었다.

"이곳에서는 마음을 놓으셔도 됩니다. 한국 기관원들이 단단히 경비하고 있으니까요."

"안기부 요원들이오?"

"그렇습니다."

"김 선생도 안기부와 관계가 있소?"

"아닙니다. 그 사람들과 협력하는 사이지만."

머리를 끄덕인 최광이 어깨를 늘어뜨렸다. 그가 한국 대사관으로 전화를 해온 것은 두 시간 전이었다.

정필섭 대사는 최광의 목소리를 전화로 듣는 것이 처음이지만 그것이 장난 전화가 아니라는 것은 알 수 있었다. 그는 김원국과 당장 만나기를 원했는데 30분 후에 다시 연락할 테니 시간과 장소를 정해 놓으라고 하면서 전화를 끊었다. 긴장과 흥분으로 머리칼이 곤두선 정필섭이 수소문하여 김원국과 연락이 닿은 것은 20분이나 지난 후였다.

김원국의 도주를 도운 안기부 요원들도 그의 행방을 모르고 있었는데, 대사가 눈에 불을 켜고 찾고 있다는 말을 전해 들은 김원국이 먼저 연락을 해온 것이다.

최광이 탁자 위의 잔을 집어 들어 한 모금 물을 삼켰다.

"난 이제 북한 대사관으로는 돌아가지 못하오, 김 선생. 평양에서는 날 잡으려 하겠지만."

"짐작하고 있습니다. 한국 정부는 주석님에게 최대한의 배려를 해드릴 것입니다."

김원국의 말에 최광이 머리를 저었다.

"남조선 정부의 신세를 질 생각도 없소. 나는 김정일의 독선과 체제에 반기를 든 것이지, 우리 공화국을 배신한 것은 아니오."

"하지만 주석님, 혼자 계시면 여러 가지로……"

"그래서 김 선생을 찾은 것이오."

"……"

"여러 가지로 생각해 보았는데, 김 선생이 날 보호해 주셨으면 해서. 이번 일이 끝날 때까지만 말이오."

그러자 김원국의 시선을 받은 고동규가 입을 열었다.

"주석님, 그것은 한국 정부의 보호를 받는 것과 마찬가지라고 생각됩니다만. 왜냐하면 저희들은……"

"알고 있소."

최광이 그의 말을 잘랐다.

"당신들이 안기부와 긴밀하게 협조하고 있다는 것을 압니다."

"……"

"나는 오늘부터 자취를 감추고 싶소. 아마 내가 남조선 정부에 공식적으로 망명해 간다면 당신들의 사기는 올라가겠지만 실익은 별로 없을 것이오. 내가 할 일들이 제한을 받을 거란 말이오."

"이을설 차수와 진행하시는 일 말입니까?"

김원국의 물음에 최광이 머리를 끄덕였다.

"그렇소. 난 그와 자유롭게 계획을 추진해야 하오."

"……"

"김정일은 정전회담을 거부했소. 그러니 파리에서 할 일은 없어졌소."

"북한이 정전회담을 하지 않는다면 곧 전면전을 하겠다는 뜻입니까?"

"아니, 그러지는 못할 거요."

최광이 늘어진 눈시울을 추켜올렸다.

"이제 김정일은 자신감을 잃었습니다. 동부전선이 이을설 차수에게 장악된 상황에서 전쟁을 일으키지는 못하지요."

"그렇다면 왜 회담을 거부했을까요?"

"지금 내부 수습으로 정신이 없을 거요. 그가 믿고 있던 제46산악여단도 이을설 차수의 부하들에 의해서 여단장이 처형되고 1군단에 합류했으니까."

"그렇다면 내분이 일어납니까?"

"벌써 일어나고 있어요. 문천의 미사일 기지 사령부, 함흥의 7군단, 그리고 동해 함대는 이미 우리 측이 되었소. 중부와 서부 지역의 군단들에는 김정일의 심복이 많지만 동쪽이 불안해서 전쟁을 일으킬 상황은 아니오."

최광이 머리를 들어 김원국을 바라보았다.

"김정일이 전쟁을 일으키려고 한 것은 사실이오. 하긴 우리 공화국은 40여 년 동안 전쟁 준비를 하고 있었으니까 지도자가 명령만 내리면 되었소."

"……"

"이번 사건의 책임은 남조선에게도 있소. 당신들은 우리 공화국에게 무시당할 행동들을 해왔소. 우리가 세계 나오면 당신들은 즉시 움츠러들었소. 말도 안 되는 통일론을 내세우며 말이오. 그것을 보면서 우리가 당신들을 멸시한 것은 당연한 일이오. 그래서 김정일은 남침 선포만 하면 남조선은 총 몇 방 쏘지 않고도 항복하리라고 믿고 있던 것이고, 실제로도 그렇게 될 뻔했소."

김원국이 잠자코 머리를 끄덕이자 최광이 말을 이었다.

"우리가 치고 내려갔다면 미국은 군대를 보내지 않았을 거요. 김정일이 실수한 것은 남침 선포를 하고 나서 열흘쯤 후에 남조선을 기습 공격하지 않은 것이오. 그때 미국은 이미 포기한 상태였고, 일본도 손을 쓰지 못했을 것이오. 그리고 남조선도 혼란스러운 상태였을 테고."

"왜 그렇게 하지 않았을까요?"

김원국이 나지막한 목소리로 묻자 최광이 보일 듯 말 듯 얼굴에 웃음을 띠었다.

"자만심 때문일 거요. 하지만 분명한 것은 그는 이미 시기를 놓쳤고, 이제 자신의 권력이 위협받고 있다는 것이오. 그는 자신이 신이 아니라는 것을 새삼 느꼈을 것이고, 이제 곧 기회를 놓쳐 역사상 패배한 수많은 지도자 중 한 사람이 될 것이오."

"78기갑여단에 한국군이 보충됩니다."

고동규가 말하자 최광이 머리를 끄덕였다.

"전쟁 없이 통일이 되어야 합니다. 그곳에서 머물라고 해주시오. 그들의 진격으로 우리 공화국 군부가 정신이 들었을 거요. 남조선군이 만만치 않다는 것을 느꼈을 테니까. 그것이 가장 큰 소득이오."

최광이 다시 얼굴에 웃음을 띠었다.

"오늘부터 나는 망명자가 되었소. 저쪽에서 눈치를 챈 모양이라 더 이상 공화국 대사관에는 들어갈 수가 없습니다."

"염려하실 것 없습니다. 우리가 준비를 해두었으니까요."

김원국이 따라 웃으며 말했다.

"그리고 외롭지도 않으실 겁니다."

같은 시간의 콩코르드 광장 근처에 있는 미국 대사관.

환하게 불이 켜진 대사의 집무실에 로젠스턴과 더글러스 대장이 앉아 있다. 탁자에 놓인 위스키 병은 반쯤 비워져 있고 술잔을 쥐고 있는 그들의 얼굴은 붉다.

"정신이 없군, 요즘 한 달은. 온통 한국 문제로만 시간을 빼앗기고 있어."

로젠스턴이 찌푸린 얼굴로 말했다.

"그 빌어먹을 남한 놈들이 휴전선을 돌파하다니. 이거 우리 체면이 말이 아니게 되었어."

"장관, 이러다가는 북쪽이 먼저 허물어질 가능성이 많습니다. 내분으로 말이오."

사복 차림의 더글러스가 소파에 등을 묻으며 그를 바라보았다.

"북한이 믿고 있던 중국은 움직이지 않아요. 1950년의 한국전쟁과는 상황이 다릅니다. 동서 냉전 시대는 끝났거든."

"조금 전에 중국 대사와 통화를 했는데 한국군이 더 이상 진격하지 않는다면 파병을 검토하지 않겠다고 했어요."

로젠스턴의 말에 더글러스가 피식 웃었다.

"이젠 예전의 중국과는 달라서 중앙정부의 명령이 먹혀들어 가지가 않습니다. 그리고 이제 한반도는 막대한 전비를 들여 수십만 병력을 파병할 만한 가치가 없는 지역이 되었어요."

잠자코 머리를 끄덕인 로젠스턴은 잔에 남은 위스키를 한 모금에 삼켰다.

그것은 중국과 미국이 비슷한 입장일 것이다. 소련의 붕괴 이후 동서 냉전의 흐름은 사라졌고, 이제는 보다 강해진 국가 이기주의 시대가 되었다.

중국의 입장에서 보면 한반도가 어느 쪽으로 통일이 되건 간에 안보상의 문제는 같다.

통일이 안 되어도 양쪽 한국과 정상적인 통상 외교 관계가 수립되어 있었으므로 해될 것도 없었다. 물론 그들과 50년 가까이 형제국의 관계를 가진 북한에 의해 한반도가 통일이 된다면 기뻐해 주겠지만 경제적으로 따져 보면 얻는 것보다 잃는 것이 많다. 한국과의 수십억 달러에 달하는 프로젝트가 중단될 위험성이 있는 것이다.

"일본이 중국에 로비를 했을 거요. 중국은 못 이기는 척 들어주고는 일본에게 빚을 안겨주었고."

로젠스턴이 입맛을 다시며 말했다. 북한이 회담을 거부했으므로 내일 아침 비행기로 워싱턴으로 떠나야 한다. 따지고 보면 한 달 동안 양쪽 한국 놈들의 농간에 놀아나 국가의 위신만 실추된 셈이다.

"CIA는 최광이 이을설과 공모하고 있다고 보고 있습니다, 장관. 그들이 안팎에서 손발을 맞추었다는 겁니다."

더글러스의 말에 로젠스턴이 머리를 끄덕였다.

"지금 생각하면 회담장에서도 수상쩍었소. 도무지 의욕을 보이지 않는 것을 나는 김인채에게 주도권을 뺏겼기 때문이라고만 생각했는데."

"미리 이을설과 계획을 세우고 있었을 겁니다."

"어쨌든 그의 거취도 궁금하구만. 혹시 우리에게 망명을 신청

해 올지도 모르겠군."

말을 멈춘 로젠스턴은 빈 잔에 위스키를 따라 한 번에 마셨다.
어쨌든 간에 그는 클린트와 함께 몇 달 후에는 정계를 떠나게 될
것이다. 사상 최악의 인기도를 기록하고 있는 클린트가 재선될
가능성은 없었고, 그것은 곧 그의 사직과 연결되는 까닭이다.

박은채가 샤를르 드 골 공항에 도착한 것은 오후 4시 반이었는
데 자카르타 행 가루다 에어라인의 출발 시간이 6시였으므로 알
맞게 온 셈이다.

조그만 옷가방 하나만을 어깨에 멘 그녀는 혼잡한 대합실을
지나 출국장으로 들어섰다. 가루다의 전광판이 켜진 데스크 앞에
는 사람들이 길게 줄을 서 있었지만 붉은 양탄자가 깔린 일등석
앞쪽은 비어 있었다.

일등석 데스크로 다가간 그녀가 여권과 탑승권을 내밀자 금발
의 여직원이 얼굴에 웃음을 띠었다.

"어서 오세요. 짐은 이쪽으로 올려놓아 주시구요."

"짐은 이 가방 한 개뿐이에요. 들고 가겠어요."

여직원이 빠르게 컴퓨터의 키보드를 두드리더니 티켓을 그녀에
게 내밀었다.

"여기 있습니다, 미에코 양. 일등석 라운지는 2층의 왼쪽에 있
습니다."

티켓을 받아 쥔 박은채는 몸을 돌렸다.

박은채는 에스컬레이터를 타고 3층의 출국 게이트로 향하면서
끼고 있던 안경을 벗었다. 도수가 없는 뿔테 안경이었지만 버릇이

되지 않아서 거북했던 것이다.

출국장이 점점 다가왔다. 출국 스탬프를 찍는 관리들의 여유 있는 몸놀림을 보자 그녀의 가슴도 조금은 안정이 되었다. 겉으로는 태연한 척하고 있었지만 잔뜩 긴장하고 있었던 것이다.

박은채가 코트의 주머니에서 여권과 비행기표를 꺼내면서 출국 데스크로 다가가는데 옆쪽에서 두 명의 사내가 다가오는 것이 보였다. 출국하는 사람들처럼 출국장을 향해 서 있던 자들이다. 출국장 로비를 가로질러 온 그들은 박은채의 앞을 가로막았다.

"잠깐 우리하고 같이 가시겠습니까?"

사내 한 명이 정중하게 물었다. 검은 머리에 눈동자가 파란 서양인이다.

"당신들이 누군데요?"

박은채의 물음에 사내가 주머니에서 신분증을 꺼내 보였다.

"파리 경시청의 형사입니다."

사람들이 그들을 힐끗거리고 지나갔다. 아랫입술을 깨문 박은채가 주위를 둘러보자 사내 한 명이 그녀의 팔짱을 끼었다.

"자, 어서 저쪽으로 갑시다."

"도대체 무슨 일로……."

"당신은 한국인이고, 성이 박이야. 공항에 들어설 때부터 파악하고 있었어. 잠자코 따라와."

그들이 박은채를 끌고 간 곳은 출국 게이트의 옆쪽에 있는 세관원 사무실이었다. 어수선한 분위기의 사무실에는 그들의 동료로 보이는 서너 명의 사내가 모여 앉아 있었다.

"일행은 없는 것 같습니다."

그녀를 끌고 온 사내 한 명이 안쪽의 의자에 앉아 있는 사내에게 말했다.

"탑승 직전에 데려왔습니다."

"자카르타 행, 가루다였지?"

"예, 반장님."

"김원국이의 은신처로 가는 거다. 가루다를 다시 체크해. 출발을 늦추더라도."

사무실에 있던 사내 두 명이 재빠르게 밖으로 나갔다. 박은채는 반장이라고 불린 사내의 앞자리에 앉혀졌다.

그러자 옆쪽 책상 위로 그녀의 가방이 뒤집히면서 내용물이 쏟아져 나왔다. 핸드백도 털리고 있었다.

"김원국이를 어디서 만나기로 했지? 이곳인가? 아니면 자카르타야?"

40대쯤으로 보이는 반장은 머리가 반질거리는 대머리였다. 그가 실눈을 뜨며 박은채를 향해 물었다.

"미인이군. 사진보다 실물이 더 낫다. 넌 김원국의 정부인가?"

힐끗 시선을 든 박은채가 그를 쏘아보다가 머리를 돌렸다. 사내가 붉은 얼굴에 웃음을 띠었다.

"아니면 다른 여자, 지 무엇인가 하는 여자가 정부야?"

"당신들은 머릿속에 그 생각밖에 없는 모양이군."

그러자 옆쪽에서 가방 속의 내용물을 뒤지던 사내들이 웃었다. 대머리도 붉은 입안을 보이며 웃었다.

"이봐, 장. 청장에게 전화를 연결하고, 이 여자 송치시킬 준비해."

자리에서 일어선 대머리가 시계를 올려다보았다.

"곧 파리가 떠들썩하게 될 거다. 김원국의 일당을 처음 잡았단 말이다, 우리가."

"세계가 떠들썩할 거요, 반장님."

옆쪽에서 누군가가 말을 받았다. 사무실은 들락거리는 요원들과 무전을 주고받는 소리로 소란스러웠지만 활기에 차 있었다.

우두커니 앉아 있는 박은채의 옆으로 사내 한 명이 다가오더니 팔을 끌어당겨 두 손에 수갑을 채웠다. 머리를 든 박은채와 시선이 마주치자 젊은 형사가 한쪽 눈을 살짝 감아 보였다.

"영광이오, 테러리스트 아가씨."

파리 교외의 베르사유에 있는 2층짜리 아담한 호텔 방 안이다. 가구는 오래되어 낡았지만 잘 닦여져 반들거렸고 방 안 구석까지 깨끗하게 정돈되어 있어서 마치 중세 귀족의 거실 같은 분위기를 풍겼다.

2층 방이어서 창밖의 호텔 앞마당이 내려다보였는데 그늘진 정원에는 녹지 않은 눈더미가 쌓여 있다.

창가의 의자에 앉아 있던 최광이 머리를 들어 앞에 서 있는 최성산을 바라보았다.

"내가 동무에게 분명히 해둘 것이 있다. 나는 지금 조국을 버린 것도, 남조선 쪽에 붙은 것도 아니다. 내가 여기 김 선생에게 몸을 의탁한 것도 그런 이유 때문이야."

그의 목소리는 낮았으나 힘이 실려 있었다.

"나는 이을설 차수와 손발을 맞추어 우리 공화국을 김 씨 부자의 압제에서 해방시키기로 결심했어. 이것은 김일성 주석이 죽고 나서부터 계획된 일이야. 내 말 알아듣겠나?"

"네, 주석 동지."

최성산이 굳은 표정으로 대답했다.

"주석 동지라는 말도 듣기 싫다. 나는 내 힘으로 차지한 무력부장이라는 직책이 차라리 듣기 좋다."

"네, 무력부장 동지."

"동무는 과업에 실패하고 조국에 등을 돌린 사람이야. 그렇지 않나?"

"네, 그렇습니다, 무력부장 동지."

"호위 총국의 백학림의 밑에 있었고?"

"네."

최성산의 이마에서 진땀이 배어 나왔지만 그는 손을 들어 땀을 훔쳐 낼 엄두도 내지 못했다. 나라를 떠났고 권력도 없는 늙은 몸이지만 아직도 최광에게서는 방 안을 압도하는 기백과 경륜이 뿜어져 나오고 있는 것이다.

"좋다."

한동안 창밖을 바라보던 최광이 다시 최성산 쪽으로 머리를 돌리고 말했다.

"동무는 군인이야. 그렇지 않나?"

"네, 무력부장 동지."

"동무가 충성을 맹세한 것은 김정일 수령이었다. 그렇지?"

"그렇습니다, 무력부장 동지."

"그것은 실패했다. 그것은 동무의 배신으로 끝난 것이다."

"……."

"하지만 마지막 기회가 있다. 나와 함께 인민을 위해 싸우는 것, 인민을 압제에서 해방시키는 싸움에 동참하는 것, 그 일을 동무에게 맡기겠다."

"무력부장 동지."

"동무에게는 어쩔 수 없는 선택인지도 모른다. 하지만 이것은 남조선 측의 일을 하는 것보다, 그리고 유랑 생활을 하는 것보다 훨씬 가치 있는 일일 것이다."

"목숨을 바치겠습니다, 무력부장 동지."

눈을 치켜뜬 최성산이 목멘 소리로 말하자 최광은 차가운 시선으로 그를 쏘아보았다.

"나는 아직 동무를 믿지 않는다. 이러한 사명을 주었는데도 또다시 배신을 한다면 동무는 군인은 물론이고 사람도 아니다."

"……."

"나와 함께 큰일을 하자. 그리고 조국과 인민을 위해 목숨을 바치도록 하자."

"예……."

최성산은 말을 잇지 못하고 시선을 내렸다.

최광이 다시 창밖으로 머리를 돌렸으므로 방 안은 한동안 정적에 휩싸였다. 그러나 아까처럼 가라앉지는 않았다.

그 시간에 우정만은 이마의 땀을 소매로 닦으며 북한 대사관의 대사 집무실로 들어서고 있었다. 책상 앞에 서서 전화를 받고 있던 현만식 대사가 전화기를 내려놓고 다급하게 물었다.

"찾았소?"

"없습니다, 아무 곳에도."

"큰일 났구만."

현만식이 어깨를 떨어뜨리면서 두 눈을 크게 떴다.

"남조선 측의 동향은 어떻소?"

"CIA 사람들한테서 들었는데, 남조선 쪽은 수상한 낌새가 없답니다."

"그렇다면 도대체……"

그들은 서로 얼굴을 마주 보고는 제각기 시선을 돌렸다.

최광이 행방을 감춘 지 세 시간이 지났다. 오늘 아침 홍진무는 혼자서 귀국했다. 최광이 움직일 수 없을 정도로 기력이 떨어졌기 때문이다.

우정만이 어금니를 악물고 앞쪽의 벽을 노려보았다.

오전에 병원으로 최광을 호위해 간 것은 그였는데, 입원실에 누워 있던 최광의 심부름으로 현만식에게 쪽지를 전해주고 돌아와 보니 침대는 비어 있었다. 병실을 지키고 있던 두 명의 부하는 움직이지 말고 있으라는 최광의 지시를 받고 꼼짝도 하지 않았다.

그들은 최광의 명령을 거역하거나 행동에 제동을 가할 신분이 못 되었다. 그것은 우정만도 마찬가지였다.

"그렇다면 어디로……"

현만식이 혼잣소리처럼 중얼거렸다.

최광이 자의로 사라졌다는 것은 확실했다. 그런 그가 남조선 측에 가지 않았다면 어딘가로 피신한 것이다.

그때 방 안의 정적을 깨고 전화벨이 요란하게 울렸으므로 현만식이 서둘러 전화기를 집어 들었다.

"여보세요."

—나요.

날이 선 목소리의 주인을 알고 있는 현만식이 번쩍 허리를 폈다.

"네, 수령 동지. 현만식입니다."

—동무, 찾았소?

"수령 동지, 아직 찾지 못했습니다."

우정만은 하얗게 질린 얼굴로 현만식을 바라본 채 움직이지 않았다.

—그놈은 반역자요. 그 자식 놈과 가족이 1군단의 관할 지역으로 넘어가 있는 것을 보면 계획적으로 이을설이와 반역을 꾀한 거요.

김정일의 말소리는 격앙되어 있었다.

—동무, 무슨 수단을 쓰더라도 그놈을 잡으시오. 데려올 수 없다면 그곳에서 처리해도 좋소.

"잘 알겠습니다, 수령 동지."

—미국으로 넘어간다면 미국과의 관계가 악화될 것이라고 전하시오. 받아들이면 안 된다고.

"예, 수령 동지."

현만식은 끊긴 전화를 한동안 그대로 들고 있다가 조심스럽게 내려놓았다.

"잡으라는 명령이오. 잡지 못하면 처치해도 좋다고 하셨소."

"알겠습니다. 아마 파리를 벗어나지 못했을 겁니다."

"수령께서는 격노하고 계시오. 서둘러야 합니다, 동무."

그가 말을 끝내기도 전에 우정만은 서둘러 방을 나갔으므로 현만식은 의자에 무너지듯 엉덩이를 내려놓았다.

제8장

분열되는 한반도

밤의
대통령

몽테뉴 거리에 있는 아담 부티크 앞에는 행인이 많았다. 파리의 패션 거리였는데 관광객들의 걸음은 여유가 넘쳤다.

택시에서 내린 고동규가 행인들을 헤치고 부티크 앞으로 다가가자 어느새 동양인 한 명이 그의 옆으로 바짝 붙어 왔다.

"이쪽입니다, 선생님."

키는 작았지만 단단한 몸매의 사내였다. 사내가 그를 안내해 간 곳은 아담 부티크에서 50미터쯤 떨어진 길가의 조그만 카페였다.

어둑한 실내를 헤치고 들어선 고동규는 벽 쪽의 테이블에 앉아 있는 시바다 겐지를 알아보았다. 병맥주를 테이블에 세워놓고 있던 그가 다가오는 고동규를 향해 이를 드러내며 웃었다.

"어서 오십시오, 고 선생."

시바다가 그의 손을 잡아 앉히면서 말했다.

"이제 우리가 한잔할 때도 되지 않았습니까?"

안내해 온 사내는 어디로 사라졌는지 보이지 않았으므로 그들은 마주 보고 앉았다.

카페는 꽤 넓었지만 빈자리가 없을 정도로 사람들이 들어차 있었다. 술 냄새와 담배 연기에 숨 쉬기가 거북할 만큼 공기가 탁했다. 웨이터가 시키지도 않은 맥주병을 테이블 위에 내려놓고 돌아갔다.

시바다가 맥주병을 들었다.

"우선 연합군이 서전에서 승리한 것을 위해 건배를 합시다."

시바다의 밝은 분위기에 마침내 고동규도 얼굴에 웃음을 띠었다.

"이제 시작이오, 시바다 씨. 우리는 겨우 휴전선을 돌파했습니다."

"하지만 형세는 역전이 되었지요. 지금 북한은 동서로 나눠지려는 판이니까."

그들은 맥주병의 주둥이를 부딪쳐 건배를 했다.

맥주 한 모금을 삼키고 난 고동규가 시바다를 바라보았다.

"그동안 신세 많았습니다, 시바다 씨. 우리 큰형님께서도 인사를 전하라고 하셨습니다."

"새삼스럽게 인사는 무슨. 동맹국끼리 당연한 일이지요."

시바다가 테이블 위에 두 팔꿈치를 짚고는 상체를 고동규 쪽으로 기울였다.

"내가 고 선생을 보자고 한 것은 다름이 아니라 박은채 양 때문입니다."

"……"

"박은채 양이 몇 시간 전에 공항에서 프랑스 경찰들에게 체포되었어요."

"몇 시간 전에 말입니까?"

"그래요. 자카르타로 출국하기 직전에 체포되었습니다. 지금 경시청에 잡혀 있어요."

고동규가 손바닥으로 굳은 얼굴을 쓸었다.

"박은채 씨는 며칠 전에 떠난 줄 알고 있었는데."

"파리에 남아 있었던 모양입니다."

"야단났군."

"그럴 리는 없겠지만, 그 여자가 털어놓을 이야기가 많지는 않겠지요?"

"없어요. 하지만 우리 일행이었다는 것은 다 알고 있을 것 아닙니까?"

"물론이오. 내일 아침의 신문과 방송이 특종으로 보도할 겁니다. 오늘 밤은 철야 조사를 벌일 것이고, 내일 매스컴에 선을 보일 계획인 것 같습니다."

"……"

"프랑스 법원에서 재판을 받겠지요. 스위스와 미국 정부에서도 그 여자를 심문할 것이고. 어떻게든 당신들을 찾아내려고 그 여자를 이용할 겁니다."

"……"

"안됐어요, 그 여자가 말이오."

고동규가 굳은 얼굴로 시바다를 바라보았다.

"가서 큰형님에게 말씀드려야겠습니다."

"경계가 삼엄해서 다른 생각은 안 하시는 것이 낫습니다."

"그건 알고 있어요."

"그리고, 고 선생."

시바다가 다시 고동규에게로 상체를 기울였다. 카페 안의 소음이 컸으므로 그들의 목소리도 컸다.

"최광 씨는 당신들과 같이 행동할 생각이던가요?"

"그런 모양이오."

"한국이나 미국, 또는 우리 일본 정부에 망명할 의사는 없었습니까?"

"그것은 아직 모릅니다."

"이을설 차수와 자주 연락을 하겠지요?"

"예, 자주."

"최광과 이을설이 무슨 계획을 가지고 있는지 알고 있습니까? 무슨 말 하지 않던가요?"

"나는 모릅니다. 그 사람과 직접 이야기해 보지를 않아서."

"고 선생, 그것을 알아내야 합니다. 대단히 중요한 일이오."

시바다가 눈을 치켜뜨고는 또박또박 말했다.

"그래야 우리 연합군이 이을설 씨의 1군단과 손발을 맞출 수가 있단 말입니다. 우리 연합군 사령부에서는 그 계획이 필요합니다. 아시겠소? 그들은 계획 없이 움직일 노인이 아니란 말이오."

"알겠소. 큰형님에게 말씀드리겠소."

"우리는 최광 씨의 정보로 기갑여단을 진격시켰소. 그리고 그것이 성공했고. 이제는 다음 계획을 말해줘야 우리가 손발을 맞출 수가 있습니다. 이대로 군대를 멈춰 두고만 있다가는 기회를 놓칩니다. 회담도 북한이 거부했으니 말이오."

시바다의 두 눈이 흐린 불빛을 받아 번들거렸다.

안내해 온 안기부 요원이 방문 앞에서 몸을 돌리자 지희은은 숨을 들이마시고는 노크를 했다.

그러자 곧 방문이 안에서 열리면서 김원국의 모습이 나타났다.

"들어와."

옆쪽으로 비켜서면서 그가 말했다. 문을 닫은 김원국이 주춤거리는 지희은을 보며 의자를 가리켰다. 그녀가 자리에 앉자 김원국도 앞자리로 가 앉았다.

"부친의 장례식은 잘 치렀지?"

"네."

날카로운 김원국의 시선이 직선으로 부딪쳐 오자 그녀는 머리를 돌렸다.

"우리 일을 도우려고 왔다면서?"

"네. 하지만……."

더 이상 말할 필요도 없다. 일을 돕기는커녕 콩코르드 광장을 얼쩡거리다가 하마터면 북한 공작원에게 끌려갈 뻔한 것도 김원국이 알고 있었다.

"부친의 복수를 하고 싶었나?"

김원국이 묻자 지희은이 머리를 들었다.

"그것도 그렇지만, 네, 그래요."

"가족의 복수는 옛날 우리나라에서도 허용해 주기는 했지. 가장 치열한 감정이 생기는 법이니까."

"……"

"그런데 날 보자고 한 것은 무엇 때문이야?"

"전 이제 스위스를 떠났어요. 돌아가고 싶지 않아요."

"그렇다면 한국으로 들어갈 셈인가?"

"아직 그럴 생각은 없습니다."

김원국이 잠자코 있었으므로 그녀가 말을 이었다.

"저에게 일을 주세요. 일을 하겠어요."

"그것 좋은 생각이야. 나라를 위해 일할 생각이라면 이곳 파리에서도 할 수 있을 거야. 내가 주선해 줄 테니까."

"같이 일하고 싶어요. 절 데리고 있어주세요."

"이건 직장에 들어오는 것하고는 달라. 너도 잘 알고 있겠지만."

얼굴이 굳은 지희은이 김원국을 바라보았다.

"다른 곳은 가지 않겠어요. 전 같이 일하려고 이곳까지 따라온 겁니다."

"……"

"무엇인가 일을 해야 돼요. 그렇다고 평범한 일을 한다면 아마 미쳐 버릴 거예요. 전 선생님과 여러분에게 갚을 빚도 있어요."

"……"

"절대로 폐를 끼치지 않겠습니다. 저를 데리고만 있어 주신다면요."

한동안 그녀를 마주 보던 김원국이 이윽고 머리를 끄덕였다.

"옆방에 북한의 최광 주석이 있다. 최성산 대좌와 함께. 우리가 보호하고 있는데, 네가 맡아라. 감시도 하고, 심부름도 하는 역할이다."

"고맙습니다, 선생님."

지희은의 얼굴이 금방 환해졌다.

"실망시키지 않겠습니다."

"칠성이를 만나 나와의 이야기를 하도록 해. 아래층에 있을 거야."

김원국이 턱을 들어 올리자 지희은이 몸을 일으켰다. 들어설 때와는 달리 그녀의 몸놀림에는 생기가 섞여 있었다.

이을설 차수는 상황판 위에 펼쳐 놓은 지도를 내려다보며 서 있었다. 그의 옆에 있는 장군은 어제저녁 함흥에서 날아온 제7군단의 참모장 강백진 상장이었는데 그는 이제 이을설 휘하 부대의 참모장이 되었다.

제7군단은 3개 사단과 5개 여단을 거느린 2선 부대였지만 동군(이을설 부대의 약칭)의 허리 역할을 했다.

7군단 사령관 송연철은 최광의 측근이었는데, 군단의 거사 소식을 듣자 즉시 부대를 장악하고 강백진을 보낸 것이다. 그것은 이을설과의 사전 합의에 의한 것이었지만 회양의 1군단 사령부는 강백진의 등장으로 사기가 부쩍 오르는 중이었다.

2월 11일 오후 9시, 입춘이 지났지만 아직도 날이 쌀쌀했다. 남조선과 일본의 연합군 1개 부대가 휴전선을 밀고 들어온 지 만 사흘이 지난 밤이었다.

한일연합군은 제51사단의 전위부대인 수색중대 1개 중대를 전멸시키고 그들의 거점인 215고지를 빼앗아 진지를 보강하는 중이다. 그들은 이미 1개 사단에 가까운 병력을 공화국의 영토로 진주시켰지만 이을설은 코앞의 그들을 내버려 두고 옆쪽의 제5군단에 대한 경계를 강화시켰다.

이을설이 입을 열었다.

"제6군단의 38, 42사단이 우리 측과 합류한다면 이미 합류 의사를 밝힌 2개 여단과 합해서 6군단의 반 이상이 우리의 전력이 된다."

"그렇습니다. 유사시에는 42사단을 시켜 6군단 사령부를 점령할 수도 있습니다."

강백진이 대답하자 이을설이 머리를 저었다.

"6군단 사령관이 곧 연락해 올 것이다. 조금 기다렸다가 움직여도 그쪽은 문제 될 것이 없다."

각각 3개의 사단과 여단을 보유하고 있는 제6군단의 부대 중 사령관이 장악한 것은 사단과 여단 각각 하나씩이었다. 더욱이 부대가 함경북도 김책 근처에 있어서 이쪽과는 거리가 멀었다. 그러나 원산의 동해 함대 사령부와 공군기지, 미사일기지는 모두 이쪽에 의해서 장악되고 있다.

북한의 19개 군단 중에서 이미 다섯 개의 군단이 이을설의 지휘를 받고 있었는데 그렇다고 나머지 군단이 김정일에게 충성하는 것은 아니었다. 상황에 따라서 군사령관들은 얼마든지 마음을 바꿀 수가 있었다.

북한은 지금 양분되는 중이었다. 이을설과 김정일은 제각기 빼앗고 빼앗기지 않으려는 치열한 설득과 회유 작업에 매달리고 있었다.

김정일이 제46산악여단으로 이을설을 제거하려다가 실패한 것이 알려졌고, 양광도의 제9군단 사령관이 이을설에게 연락을 해 온 것은 오늘 새벽이었다. 그것은 그가 흔들리고 있다는 증거였는데 김정일과 이을설 중 하나를 선택해야 한다는 기로에 서게 되었을 때 대부분의 지휘관은 강한 쪽에 붙는다는 것을 이을설은 잘 알고 있었다.

제9군단에서도 이을설과 최광의 심복들은 움직이고 있는 중이다.

"문제는 이놈이야."

이을설이 손끝으로 지도의 한 곳을 짚었는데 그곳은 바로 옆쪽에 있는 평강이다.

평강의 제5군단에는 5개의 사단과 8개의 여단이 있었는데 전차와 야포 등 화력에 있어서도 이쪽보다 월등했다. 사령관 이무성 대장은 지난가을에 당의 정치국 후보 위원으로 추천받은 김정일의 심복이다.

"이놈이 우리를 압박하기 전에 장악해 놓아야 돼."

"참모총장 동지, 제105여단은 곧 결과를 알 수 있을 것입니다. 김 대좌가 오늘 밤에 여단장을 만나기로 되어 있으니까요."

그들에게 참모 한 명이 다가왔다.

"참모총장 동지, 파리에서 무력부장 동지의 연락입니다."

이을설은 잠자코 그가 건네주는 헤드폰을 썼다. 그는 이제 자연스럽게 이전의 직책인 참모총장으로 불렸다. 최광도 마찬가지였다.

"최광 동지, 이을설이오."

이을설이 생기 있게 말하자 최광의 목소리가 선명하게 들려왔다.

—이을설 동지, 진위 수상에게 연락이 되었소. 그 사람과 꽤 오랫동안 이야기를 했습니다.

"그렇습니까? 객지에서 고생이 많습니다, 최광 동지."

—필요하다면 내가 북경에 들어가 해명하겠다고 했더니 지금은 시기가 좋지 않다고 하더군요. 하지만 당 원로회의에 우리 입장을 전해주겠다고 했습니다.

"수고하셨소, 최광 동지. 국경 근처에 있는 부대들에게 좋은 소식이 되겠습니다."

전화를 끊고 나서 이을설이 강백진을 바라보았다.

"자강도의 제10군단에게 중국은 움직이지 않을 것이라고 전해라. 김정일을 도와주지 않을 것이라고 말이야."

"흔들릴 것입니다, 참모총장 동지. 다른 군단에게도 알려주도록 하겠습니다."

강백진이 활기차게 말했다.

"하긴 중국은 김정일을 위해 군을 일으킬 수 없을 것입니다. 상대가 우리니까 말입니다."

"이제 김정일은 남한을 침공할 수 없어."

혼다 다카오 일본 정보국장이 녹음기의 스위치를 끄면서 말했다.

"중국 측은 오히려 최광과 이을설에게 호의적이야."

다다미방에 정좌를 하고 생각에 잠겨 있던 무라야마 고지 외상이 머리를 들었다.

"최광쯤 되는 인물이면 이 무선통신이 우리에게 도청당할 것을 알고 있을 텐데."

"물론이지. 우리뿐만 아니라 한국과 미국, 그리고 김정일이한테도 말이야. 마치 상관없다는 태도야."

"트릭이 아니고?"

"이 내용은 사실인 것 같아."

"그렇다면 당신 말대로 북한은 동서 전쟁이 일어나겠는데."

"김정일 측의 군 세력이 위축되겠지. 그렇지만 아직 놈의 세력은 막강해. 동부는 거의 이을설한테 침식당했지만."

"사전에 치밀하게 계획해 놓고 있었어. 이을설과 최광이."

"김일성 시대부터 갖은 풍파를 견디고 정상에 오른 놈들이야. 교활하고 군의 요소에 심복이 많아."

"디데이를 회담의 결렬 시기로 잡아놓은 것도 적절했어."

"어쨌든 순식간에 형세가 역전되었어. 이제 김정일이는 남조선으로의 침공은커녕 제 자리를 지키기도 힘들어졌단 말이야."

그들은 한동안 마주 보고는 입을 열지 않았다.

밤 11시가 넘어 있었지만 무라야마 저택의 바깥마당에서는 수선거리는 사람들의 인기척이 들려왔다. 마당이 좁고 장지문이라 소리가 금방 전해져 온다. 아마 혼다의 수행원들일 것이다.

"이봐, 무라야마. 수상께는 내일 아침에 보고드려도 상관없을 거야. 오늘 밤에 무슨 일이 일어나지는 않아."

혼다가 손바닥으로 마른 얼굴을 쓸어내렸다.

"피곤하군. 한 달이 넘도록 제대로 잠을 자지 못했어."

"최광이 중국의 진위에게 무슨 말을 했을까? 그것, 녹음하지는 못했나?"

무라야마가 묻자 혼다가 머리를 저었다.

"못했어. 최광이 공중전화를 쓰는 바람에. 그리고 중국 놈들의 도청 방지 기술이 수준급이어서."

"김원국이는 이제 최광의 보호자가 되었군그래."

"지금 상황으로는 김원국이가 제일 믿음직하고 부담 없는 사람이지. 우리 연합군에게도 행운의 부적 같은 존재이고."

혼다가 탁자 위의 녹음기를 집어 들고는 자리에서 일어섰다.

"그럼 무라야마, 내일 아침에 수상 집무실에서 만나자구. 수상에게 점수를 따기 위해 이걸 처음 듣는 것으로 해도 난 모른 척하겠네."

＊　　　　＊　　　　＊

한일연합군 사령부의 지하 상황실.

넓은 상황실 중앙의 등근 테이블에 연합군의 수뇌부가 모여 앉아 있다.

강동진을 중심으로 좌우에 앉은 사내들은 고성국과 강한기, 가토와 이케다 넷이었다. 그들의 뒤쪽으로 참모들이 바쁘게 움직이고 있는 것이 보였고, 전자 기기들의 소음이 들려오고 있다.

강동진이 옆에 앉은 고성국을 향해 입을 열었다.

"교활한 늙은 여우 두 마리에게 희롱당하고 있는 기분이야. 우리는 지금 이을설의 후방 부대 역할을 하고 있는 것 같다."

"사령관님, 성급하게 생각하실 필요가 없습니다. 우리 입장은 점점 나아지고 있으니까요."

"이건 이웃집 싸움 구경을 하는 것이 아냐."

쓴웃음을 지은 강동진이 고성국을 바라보았다. 그는 청와대에서 한 시간 만에 사령부로 보내졌는데 그것은 강동진이 대통령에게 부탁했기 때문만은 아닐 것이다.

고성국의 행동은 남북의 형세를 역전시키는 계기가 되었으니 명령 체계를 떠난다면 상을 받을 일이었다. 그리고 고성국을 처벌한다면 강한기와 이케다 등 연합사령부의 고위 간부들이 줄줄이 처벌되어야 했고, 대통령의 명령을 어긴 특전사의 지휘관들도 예외일 수가 없었다.

고성국을 내보내 주었지만 대통령은 기꺼운 표정이 아니었다.

"사령관님, 최광과 이을설은 우리를 끌어들일 생각이 아니었습니다."

강한기가 입을 열었다.

"최광이 전해준 쪽지를 보아도 한국군을 끌어들여 김정일을 축출한다는 내용은 아닙니다."

일본인들과 합석한 자리였으므로 그들은 영어를 사용했다.

이케다가 강한기의 말을 받았다.

"그렇습니다, 사령관님. 이을설이 우리에게 응원을 청하지 않는 것도 그런 맥락으로 추측됩니다."

강동진이 가토에게로 머리를 돌렸다.

"가토 장군, 한국 안기부에서는 이미 이을설, 최광과 중국 사이에 묵계가 이루어져 있다고 보고 있습니다. 일본 측은 어떻게 판단하고 있습니까?"

"중국은 김정일과도 동반자 관계를 흐뜨리지 않고 있는 상황입니다. 중국은 누가 집권하건 상관하지 않겠다는 입장인 것 같습니다."

"우리 연합군이 이을설의 혁명군과 함께 북한을 정복해도 상관하지 않을까요?"

"현재로서는 그렇습니다, 사령관 각하. 중국군은 김정일의 측근 부대와 합류해서 한일연합군과 이을설의 혁명군을 상대하지는 않을 것입니다. 이것은 일본 정보국이 내린 결론입니다."

강동진이 머리를 끄덕였다.

"우리 안기부에서도 그런 결론을 내렸습니다, 가토 장군."

"이을설은 북한 정권을 장악하면 연방제가 어쩌고저쩌고했는데 그걸 믿을 수는 없습니다, 사령관님."

강한기가 나섰다.

"그들은 정권을 잡기 위해서 우리를 이용하고 있다고 봐야 됩니다. 그들이 남북한 통일이라는 원대한 이상과 북한 주민들의 압제와 빈곤에서의 해방을 생각해서 일을 일으켰다고 볼 수는 없습니다, 사령관님."

고성국이 머리를 끄덕였다.

"동감이오. 이것은 권력 다툼이오. 최광과 이을설은 김일성의 측근으로 적화통일을 외치던 사람들이었습니다."

입맛을 다신 강동진이 허리를 폈다.

"대통령 각하는 피를 흘리지 않는 결과를 바라고 계시니 여러분은 그것을 명심하도록."

모두들 그의 얼굴을 바라본 채 말을 멈추었다. 순식간에 테이블 주위의 분위기가 식어버린 것이다.

"각하는 이번의 전투에서 희생된 한일 양국 군 400여 명에 대해서 가슴 아파하셨어. 전쟁 없는 평화통일이 각하의 목표이고 정부의 방침이야."

"몇 년 전에 배가 한 척 뒤집혀서 몇백 명이 죽은 적이 있었지요. 가스가 폭발해서, 배에 불이 나서, 비행기가 떨어져서, 그리고 다리가 끊어져서 떼죽음을 당한 적도 있습니다."

강한기가 상기된 얼굴로 말하자 강동진이 눈을 부릅떴다.

"닥쳐, 강 소장!"

"예, 사령관님. 하지만 이번은 그런 것들보다 몇 배나 값진 죽음이었고 당사자들도 장렬하게 전사했습니다. 가슴 아파하실 일이 아닙니다. 그건 전사자들에 대한 모욕입니다."

"닥치라니까!"

강동진의 목소리가 높아지자 뒤쪽의 참모들이 움직임을 멈추고 이쪽을 바라보았다. 넓은 상황실이 갑자기 조용해졌다.

고성국이 헛기침을 하고는 입을 열었다.

"사령관님, 이을설이 궁지에 몰리게 되면 우리에게 응원을 요청할 가능성도 있습니다. 그것에 대비는 해야 될 것 같습니다."

강동진이 머리를 끄덕였다. 그러나 그럴 확률이 지금은 희박하다는 것을 둘러앉은 모두는 알고 있었다. 이을설 측이 하루에도 수천 통씩 주고받는 무선 내용을 모두 보고받고 있는 것이다. 지금 이을설은 빠르게 세력을 확장하고 있었다.

강동진이 고성국을 바라보았다.

"파리의 김원국 씨에게 연락해서 최광을 단단히 잡아두라고 해. 그리고 그의 생각이나 계획을 알아낼 수 있는 데까지 알아내서 보고해 달라고 해."

"알겠습니다, 사령관님."

"놈은 교활하게도 한국 정부 사람이 아닌 김원국에게 몸을 의탁하고 우리를 따돌리고 있는데, 잘못 보았어. 김원국은 우리 사람이야."

다음 날 아침의 베르사유.

호텔 아래층의 커피숍에 앉아 있던 조웅남이 눈을 둥그렇게 뜨고 의자에서 상반신을 일으켰다.

"저것들, 어디 가는 거여?"

앞자리의 김칠성이 그의 시선을 따라 머리를 돌렸다.

최광과 지희은이 호텔 현관문을 나서고 있는 것이 보였다. 두꺼운 코트 차림의 최광은 방한모에 목도리까지 둘렀으므로 얼굴이 반쪽만 드러나 있고 지희은은 스키 파카에 흰색 털모자를 썼다.

"동규가 알아서 내보냈겠지요, 뭐."

그렇게 말은 했지만 김칠성도 엉거주춤 의자에서 일어섰다. 이내 고동규와 최성산이 2층의 계단을 내려오더니 밖으로 나갔다. 그에 김칠성이 그러면 그렇지, 하는 표정으로 다시 자리에 앉았다.

"산책 나가는 모양이오, 형님."

"영감태기가 방구석에 처박혀 있을 것이지, 산책은 무신."

"저래 봬도 북한의 이인자였고, 지금은 김정일이와 한판 벌이고 있는 사람이오, 형님."

말이 커피숍이지, 테이블이 대여섯 개밖에 놓여 있지 않는 좁은 공간이었다. 옆의 로비도 손바닥만 해서 로비 안쪽의 프런트에서 있는 김 씨가 전화 받는 소리까지 들린다.

조웅남이 입맛을 다시고는 의자에 등을 묻었다.

"빌어먹을, 그 지집애가 말썽이여. 진작 빠져나갔으면 되었을 턴디."

박은채를 말하는 것이다. 어제 아침에 프랑스의 대부분의 언론이 박은채의 검거 사실을 보도했다. 그녀의 모습이 텔레비전을 통해 시간마다 방영되었으니 마음이 편할 리가 없었다.

"지집년이 문제여. 속을 안 썩이는 년이 없고만."

투덜거리는 조웅남에게서 신경을 끈 김칠성은 현관 쪽을 바라보았다. 정원 건너편의 호텔 입구에는 조기식이 있을 것이다. 이제 안기부 요원은 조기식과 다른 두 사람을 포함해서 세 명밖에 없다.

베르사유의 아늑한 호텔에서 변두리에 있는 이곳으로 숙소를 옮긴 것은 어제 아침이었다.

호텔 주인 김 씨가 한국인이고 손님이 한 명도 없다는 것이 김원국의 마음에 든 모양이었다.

조웅남이 입이 찢어질 듯 하품을 하는데 김 씨가 다가왔다.

"2층의 김 선생님이 두 분더러 올라오시랍니다."

서둘러 일어선 그들은 잠시 후 김원국과 마주 앉았다.

김원국은 들고 있던 커피 잔을 내려놓더니 그들을 번갈아 바라보았다.

"이곳도 오래 있기에는 위험하다."

조웅남은 머리를 끄덕였고, 김칠성은 잠자코 움직이지 않았다.

"그러니 준비되는 대로 한국으로 출발한다."

그러자 김칠성이 머리를 들었다.

"최광 씨도 데리고 갑니까?"

"물론이야. 그는 탐탁지 않게 생각했지만 결국은 같이 가기로 했다."

"아니, 뭐가 어쨌다고 탐탁지 않다는 거요?"

조웅남이 눈썹을 치켜세웠다.

"영감태기가 분수를 알어야지. 우리가 지 보다가든가? 가자믄 가야지."

"어차피 최광 씨는 이곳에 혼자 남지 못한다. 그는 우리의 보호를 필요로 하는 사람이야."

"그렇다면 최광 씨는 한국으로 망명하는 것입니까?"

김칠성이 묻자 김원국이 머리를 저었다.

"비공식이 될 것이다. 물론 우리도 떳떳하게 이름을 쓰고 김포 공항에 내릴 수는 없지. 아무리 한국이 전시 상태라 해도 우리를 공식적으로 받아들이지는 못한다."

"……."

"처음부터 각오한 일이야. 안기부장 임병섭 씨가 도와는 주겠지만 그것도 한계가 있어."

"최광 씨까지 데리고 나가려면 신경이 많이 쓰이겠는데요."

"그렇다고 프랑스에서 빈둥거릴 수는 없다. 한국에서는 최광과 이을설의 정확한 의도를 모르고 있어. 그리고 연합군 사령부는 그들과 직접 이야기를 하고 싶다고 했다."

"잘되었군요."

조웅남이 헛기침을 했다.

"거시기, 형님, 박은채는 어뜨케 헐 거요?"

김원국이 잠자코 있자 조웅남은 입맛을 다셨다.

"갸는 내비리 두고 떠날 거요?"

"할 수 없다."

"방법이 있을 턴디. 여러 가지로."

"잔소리 말아라."

김원국이 자르듯 말하자 머쓱해진 조웅남은 다시 입맛을 다신 뒤 머리를 돌렸다.

"어제 신문에 났던 그 여자, 당신 일행이었지?"

갑작스러운 최광의 물음에 지희은은 머리를 들었다. 마른 잔디가 썰렁하게 느껴지는 넓은 공원은 아침 시간이어서 인적이 드물었다.

"네, 일행이었어요."

"김원국 씨와 어떤 관계였나?"

지희은이 퍼뜩 시선을 올렸다가 내렸다.

"동료였습니다."

"흠……."

입을 다문 최광이 얼어붙은 조그만 연못가의 벤치에 앉았다.

그의 옆에 주춤거리며 선 지희은이 머리를 돌려 뒤쪽을 바라보

있다. 비둘기 떼에게 모이를 주고 있는 여자 옆쪽에 고동규와 최성산이 서 있었다.

"이봐, 여기 앉아."

최광이 손바닥으로 옆자리를 두드렸다. 인자한 할아버지 같은 표정이다.

"고향이 어디야? 서울인가?"

그가 옆에 앉은 지희은에게 물었다.

"아닙니다. 저는 스위스에서 태어났습니다."

"호오!"

최광이 눈을 껌벅이며 그녀를 바라보았다. 그와 이렇게 이야기하는 것은 처음이어서 가슴이 두근거리는 그녀에게 최광이 다시 물었다.

"부모님은 스위스에 계신가?"

"네."

"부모님 고향은 어디야?"

"남쪽이에요."

그러면 그렇지, 하는 표정으로 최광이 머리를 끄덕였다.

"남조선 사람들이 해외에 많이 퍼져 나갔다고 들었어. 그건 잘된 일이야. 국토가 좁은 데다 인구가 많으니."

"……"

"북남이 통일되면 우리 조선은 동북아시아에서 강대국이 되지. 그렇지 않나?"

"전 통일 같은 건 잘 모릅니다. 바라고 있지도 않구요."

마침내 지희은이 머리를 들고 그를 바라보았다.

"지겨워요. 그런 이야기."

"……."

"스위스에서 자라면서 남북한이 싸우는 것을 보고 친구들과 함께 웃었어요. 저는 스위스 국적을 가지고 있거든요."

"그렇군."

"처음에는 창피하고 화도 났지만 커가면서 잊게 되더군요. 전 한국에 대해서 지금도 애착이 없습니다."

"호오, 그럼 왜?"

"휘말렸어요."

최광은 더 이상 묻지 않았다. 마른 낙엽 두어 개가 바람에 날려 잔디 위를 구르다가 멈춘다. 바람 끝은 여전히 차가웠지만 추위는 많이 풀려 있었다.

"하지만 동무는 남조선 측이 주도한 통일을 바라고 있겠지. 안 그런가?"

이윽고 최광이 다시 입을 열었는데, 주름살이 가득한 그의 얼굴에 지친 기색이 역력했다.

"생각해 보지 않았어요."

지희은이 머리를 저었다.

"가족을 희생시키면서, 그리고 자신의 이익과 권리를 빼앗기면서까지 그런 것을 바라는 사람이 얼마나 있을지 모르겠군요."

"남조선은 지금 똘똘 뭉쳐 있다고 하던데."

"빼앗기지 않으려는 것이지요. 강도에게 당할 수만은 없으니까요."

최광이 주름진 얼굴을 펴고 웃었다.

"강도에게 당할 수는 없단 말이지."

"정신병자라고 해도 맞을 거예요."

"……"

"지금 지구상에 이런 민족은 없어요. 저는 한민족이라는 것이 어떨 땐 부끄러워요."

"그건 우리 때문인가?"

지희은이 대답하지 않자 최광도 입을 다물었다. 비둘기 떼가 그들 쪽으로 몰려왔다가 소득이 없자 다른 곳으로 옮겨갔다.

＊　　　＊　　　＊

시바다 겐지가 차에 오르자 앞자리에 타고 있던 사쿠라이가 몸을 돌려 그를 바라보았다.

"조장님, 혼다 국장님께 전화하실 시간입니다."

"알고 있어."

승용차는 경시청의 정문을 빠져나와 혼잡한 차도로 들어섰다. 사쿠라이는 시바다의 안색이 좋아 보이지 않아 더 이상 입을 열지 않았다.

"사쿠라이, 다케무라한테서는 연락이 없나?"

시바다가 거친 목소리로 물었다.

"예, 조장님. 없습니다."

"빌어먹을."

다케무라는 파리 주재 한국 안기부의 책임자인 박남호와 만나기로 약속이 되어 있었다.

"아마 아직 이야기가 끝나지 않은 모양입니다, 그쪽은."

조심스러운 목소리로 사쿠라이가 말했다. 승용차가 신호에 걸려 멈춰 섰다.

"박은채는 CIA의 취조를 받고 있더구만. 프랑스 경찰의 입회하에 말이야."

시바다가 던지듯이 말했다.

"그 여자는 묵비권을 행사하고 있었어. 내가 붙여준 변호사가 아니더라도 잘해나갈 것 같아. 보기보다 다부진 여자야."

그러자 차 안에 장착된 무선전화기가 울렸다. 사쿠라이가 전화를 받더니 금방 몸을 돌려 시바다를 바라보았다.

"조장님, 김원국 씨입니다."

번쩍 상체를 세운 시바다가 전화기를 넘겨받았다.

"김 선생님, 시바다올시다."

—시바다 씨, 도청될 염려는 없지요?

"아마 불가능할 겁니다."

그러면서도 시바다는 전화기에 매달린 도청 방지 장치의 푸른 불빛을 확인했다.

"지금 경시청에서 나오는 길입니다, 김 선생님."

—그 여자가 알고 있는 것은 중요하지 않습니다.

"묵비권을 행사하고 있더군요. 변호사도 옆에 있었습니다."

—……

"CIA의 취조를 받고 있었는데, 오후에는 북한 측 사람들이 올 것 같습니다."

—시달리겠군.

"프랑스 측은 중립적이지만 상대들이 원체 피해가 커서요."

―……

"그래서 제 부하가 KCIA의 박남호 씨를 만나러 갔습니다. 아무래도 정부 차원에서 나서는 것이 나을 것 같아서요."

―어쨌든 고맙소, 시바다 씨.

"당연한 일입니다. 그런데 김 선생님, 본국에서 연락을 기다리고 있습니다. 현재의 휴전선도 불안한 상태이고, 이을설과는 연락도 되지 않는 상태여서 말입니다."

―그렇겠지요.

"그렇다고 최광 씨가 시원하게 입을 열지도 않고 해서요."

―우리 대통령은 더 이상 전투는 없을 것이라고 성명을 발표했던데.

"그건 압니다만, 사령부에서는 이을설과 최광의 의도를 알고 싶어 합니다. 한일연합군과 손을 잡으려는 것인지 아닌지에 대해서도 말입니다."

―최광은 아직 말해주지 않았소.

"입을 열게 해야 합니다, 김 선생님."

―우리는 이곳을 떠나 서울로 가기로 했습니다, 시바다 씨.

시바다가 전화기를 고쳐 쥐었다.

"최광과 함께 말입니까?"

―그렇소. 그도 동의했소.

"그렇다면 망명입니까?"

―아니오. 이곳이 불안하니까 비공식으로 들어가는 겁니다. 어차피 우리도 떳떳이 움직일 입장이 아니니까.

"……."

—이곳으로 와주시오, 시바다 씨. 당신과 상의할 것이 있습니다.

통화가 끝나자 시바다는 전화기를 사쿠라이에게 건네주었다.

"다케무라를 당장 사무실로 들어오라고 해. 같이 베르사유로 간다."

"알겠습니다, 조장님."

"그리고 혼다 국장께 전화를 연결해라. 보고드릴 것이 있다."

호위 총국장 백학림이 호위 총국 산하의 평양 경비사령부에 들어서자 부총국장인 안홍수 대장이 그를 맞았다.

백학림 밑에는 다섯 명의 부총국장이 있었는데 모두 계급이 대장이었고 참모부와 정치부, 보위부, 평양 방어사령부, 평양 경비사령부를 각각 책임지고 있다.

그들은 잠자코 안홍수의 사령관실로 들어가 자리를 잡고 앉았다. 넓은 사령관 집무실의 한쪽 벽은 평양과 인근 지역의 지도로 덮여 있었는데, 황금색으로 칠해진 주석궁이 번들거리며 빛을 내었다.

평양 경비사령부는 두 개의 기계화보병사단으로 이루어진 평양 내부의 경비를 맡는 부대였다.

백학림이 머리를 들어 안홍수를 바라보았다. 두 볼의 근육이 늘어진 게 피로한 듯했다.

"동무, 하남철 상장은 이제까지 이을설에게 두 번 무선 연락을 받았다는 증거가 있소. 내가 참모부 1국장을 불러 확인해

보았소."

"총국장 동지, 하남철 동무는 이을설의 무선을 받고 즉시 저에게 보고를 했습니다. 그 내용에 대해서도 감춘 것이 없었습니다."

굳은 얼굴의 안홍수가 말을 이었다.

"하남철 동무의 당과 수령 동지에 대한 충성심은 제가 보장합니다, 총국장 동지. 이을설에게서 무선 연락이 왔다는 것이 죄가될 수는 없습니다."

50대 후반의 안홍수는 김일성과 김정일의 신임을 얻은 소련 유학파 군인이다. 왜소한 체격과는 달리 기개가 출중했으므로 특히 김일성에게는 총애를 받았다.

백학림이 조그맣게 머리를 끄덕였다. 이런 상황에서 하남철을 두둔한다는 것은 대단히 위험한 행동이다. 잘못하면 하남철과 연루될 수 있었고, 만일 그리된다면 옷을 벗는 선에서 끝나지 않을 것이다.

"새 사단장으로 참모부 2국장인 조세일 상장이 올 거요. 하루라도 사단장 자리를 비워놓을 수는 없으니까."

"……"

"내가 수령 동지께 직접 선처를 호소해 보겠소. 그동안 동무는 자숙해 주시오."

안홍수가 어깨를 늘어뜨리며 시선을 내렸다.

이을설은 전후방의 각 부대장뿐만 아니라 호위 총국의 지휘관들에게까지 연락을 해왔다. 지휘관급 장성들은 대부분 비밀 직통 전화를 갖고 있었는데 참모총장인 이을설이 그것을 모를 리 없었다.

평양 경비사령부의 제3사단장인 하남철도 그의 전화를 받았고, 즉각 안홍수에게 보고했다. 전군의 지휘관에게 이을설과의 연락을 금지시켰고, 만일 연락이 온다면 즉시 보고하라는 명령을 지킨 것이다. 그러나 그는 오늘 아침 참모부 소속의 제1호위부 장교들에 의해 연행되었다.

"물론 이을설이 우리를 분열시키려는 의도로 연락한다는 것을 알고 있소. 하 상장이 결백하다면 곧 풀려나올 것이오."

백학림이 뒤쪽의 벽에 동상처럼 서 있는 부관에게로 몸을 돌렸다.

"그걸 가져오게."

부관이 다가와 서류 가방 안에서 흰 서류를 꺼내 백학림의 앞에 내려놓았다.

"이걸 읽고 우선 부총국장 동무부터 결재를 해주시오."

백학림이 서류를 안홍수의 앞으로 밀어주었다.

"수령 동지에 대한 충성의 서약서요. 정치부의 정일 대장은 혈판을 찍었습니다."

"……"

"사령부 내의 참모급 이상 군관들의 서약서는 부총국장 동무가 받아주시오."

"예, 그렇게 하겠습니다."

서류를 든 안홍수가 자리에서 일어났다.

"모두 기꺼이 서약할 것입니다."

책상으로 다가간 그는 서랍을 열고 조그만 칼을 꺼내더니 망설이지 않고 둘째 손가락 끝을 베었다. 피가 방울져 책상 위로 떨어지자 한동안 기다리고 있던 그는 고인 피 위에 손바닥을 덮어 문질렀다. 서약서의 뒤쪽 백지에 혈판을 찍고 난 안홍수가 휴지로 손을 닦자 백학림이 자리에서 일어섰다.

"부총국장 동무, 나는 내 가족 모두를 주석궁으로 보내기로 했소."

안홍수가 움직임을 멈추고 그를 바라보았다.

"지휘관급 이상의 동무들은 모두 자진해서 가족을 주석궁으로 보내는 모양이오. 가족을 수령님께 맡겨놓으면 마음 놓고 싸우다 죽을 수 있지 않겠소?"

그들의 시선이 잠깐 동안 부딪쳤다가 떨어졌고, 안홍수가 커다랗게 머리를 끄덕였다.

"당연한 일입니다, 총국장 동지. 저도 즉시 가족을 모아 주석궁으로 보내겠습니다. 수령께서 받아주신다면 그런 영광이 없습니다."

*   *   *

정오가 되었으나 215고지를 훑고 가는 바람결은 칼날같이 선뜻하게 피부에 와 닿았다.

고지의 9부 능선에 집결한 18연대 수색중대의 병력은 추위에 떨면서 옹기종기 모여 있었다. 그들의 옆으로 깨끗한 방한복을 입을 보충부대의 병사들이 지나갔다.

캐터필러의 삐걱거리는 쇳소리를 내면서 한국군의 K-1 전차 넉 대가 능선을 올라오고 있다. 아래쪽의 비무장지대는 이제 연합군의 통로가 되어 있어서 이쪽으로 전진해 오는 전차부대와 장갑차의 긴 대열이 이어지고 있었다.

장영환은 방한복의 호주머니에 두 손을 찌르고 아래쪽을 내려다보고 있었다. 보병들은 전차의 측면에 횡대로 서서 구불구불한 긴 줄을 만들며 행군해 오고 있다.

"저, 장 병장님."

옆으로 다가선 최 상병이 담배 한 개비를 그에게 건네주었다. 분대원 중에 남아 있는 이는 이제 그와 둘밖에 없었다. 이번 작전에 참가한 여덟 명의 분대원 중 분대장 김형만 하사 이하 네 명이 전사했고 두 명이 부상으로 후송되고 남은 것이 그들이다.

장영환이 담배에 불을 붙여 물자 최 상병이 그를 바라보았다.

"이제 여기가 우리 땅이 되었구만요."

그의 목소리는 가라앉아 있었다.

"안 그래요? 매일 망원경으로만 바라보던 곳이 말입니다."

장영환이 머리를 끄덕이자 그는 가래침을 소리 내어 뱉었다.

"그 양만호 일병 놈이 살았으면 좋았을 텐데요, 장 병장님."

"……."

"괜히 기분이 더럽구만요."

그러자 앞쪽에서 2소대장 김정환 소위가 나타났다. 그는 중대에서 살아남은 유일한 장교였는데 총상을 입은 팔을 목에 걸고 있었다.

"준비되었나?"

그의 목소리가 찬바람을 타고 들려왔다.

"인원 확인했어?"

초췌한 얼굴의 그가 3소대의 중사에게 물었다. 앳된 얼굴의 그는 살아남은 중대원의 선임하사관이다.

"예, 총원 48명. 이상 없습니다."

"그럼 출발이다."

열을 맞추지도 않았으나 중대장 대리인 김정환은 상관하지 않았다. 그들은 둘씩, 셋씩 무리를 지어 215고지를 내려가기 시작했다. 150명 가까이 되던 중대 병력이 전사자와 부상자를 100명이 넘게 내고는 교체되는 것이다. 내일 사단 본부에서는 살아남은 병사들에게 한 달간의 포상 휴가를 줄 것이다. 그리고 전사자와 부상자를 포함한 중대원 전원은 일 계급씩 특진된다.

횡대로 늘어서서 215고지로 올라가던 병사들이 무표정한 얼굴로 그들을 흘끗거렸다.

*   *   *

김포공항의 경비대 소속 윤한경 대위가 제2공항의 대합실로 들어서자 안에서 기다리고 있던 이갑석 중사가 다가왔다.

"중대장님, 사무실로 데려다 놓았습니다."

그들은 대합실을 가득 메운 사람들을 헤치고 안쪽의 사무실로 향했다.

승객들의 대부분은 미국인들로, 어제 아침에 대통령이 발표한 미국민과 미국 정부에 대한 성명에 의해 억류에서 풀려난 것이다. 그들은 옆을 스치는 윤한경 등을 향해 곱지 않은 시선을 주었으나 노골적인 행동은 하지 않았다.

윤한경이 사무실에 들어서자 이쪽저쪽에 모여 있던 병사들이 움직임을 멈추고 그를 바라보았다.

"어디 있나?"

그렇게 물었지만 윤한경의 시선은 이미 구석의 의자에서 일어서는 50대의 사내에게 돌려져 있었다. 사내는 말쑥한 양복 차림이었는데 표정에 흔들림이 없었다.

그는 사내에게로 다가갔다.

"파리로 가실 예정이지요?"

"그렇소. 난 정식 허가증을 갖고 있습니다."

머리를 끄덕인 윤한경이 옆방을 턱으로 가리켰다.

"저쪽으로 가시지요. 말씀드릴 것이 있습니다."

"난 4시 비행기를 타야 합니다."

"비행기는 언제든지 타실 수 있으니까. 자, 어서."

사내는 마지못한 듯 윤한경을 따라 옆방으로 들어섰다. 책상 두 개와 소파가 놓여 있는 썰렁한 분위기의 방이다. 그들은 소파에 마주 앉았다.

"박도영 씨 맞지요? 박은채 씨의 아버님 되시는."

윤한경이 부드러운 어조로 묻자 박도영이 굳은 얼굴로 머리를 끄덕였다.

"그렇소. 내가 아비 되는 사람입니다."

"그런데 파리에는 웬일로⋯⋯."

"웬일이라니?"

눈썹을 추켜올린 박도영의 목소리가 높아졌다.

"그걸 몰라서 묻습니까? 내 딸을 만나러 가는 거요."

"가서도 별로 도움이 안 될 텐데요."

"이봐요, 대위. 당신이 상관할 일이 아니오. 도와주지는 못할망정 가지도 못하게 하는 법이 어디 있소?"

그의 목소리가 컸으므로 바깥의 사무실이 갑자기 조용해졌다.

"내 딸이 김원국 씨 일당으로서 잡혔다는 뉴스를 듣고 정부 쪽에 연락을 안 해본 데가 없소. 그런데 모두 모르는 일이라고만 했어. 외무부는 아예 전화를 받지도 않아."

그러자 방문이 열리더니 신사복 차림의 40대 남자가 들어섰다.

윤한경이 자리에서 일어나 그를 맞아들였으나 박도영은 움직이지 않았다.

"처음 뵙습니다. 난 안기부의 권만섭이라고 합니다."

사내가 손을 내밀자 박도영이 그의 손을 잡았다.

"진작 연락을 드리려고 했는데 늦는 바람에 이곳에서 뵙게 되었습니다."

"안기부에도 연락을 했었습니다. 그런데 담당관이라는 사람이 모르는 일이라고 합디다."

권만섭이 얼굴에 웃음을 띠었다.

"어쩔 수 없었을 겁니다. 그렇게 말할 수밖에요."

"그렇다면 내 딸은 정부의 일을… 당신들과 함께……."

"그렇습니다, 박 사장님. 나라를 위해 일하다가 잡혔습니다."

"……."

"모르고 계셨나요?"

"전혀."

박도영은 어깨를 늘어뜨리고 허탈한 표정을 지었다.

"난 싱가포르에 가야 할 애가 도착하지 않아서 걱정했는데 갑자기 스위스에서 연락이 왔습니다. 그래서 그냥 제 말대로 여행을 하는 것이려니 했소. 그런데 걔가 김원국 씨와 함께 있었다니, 지금도 믿겨지지가 않습니다."

"훌륭한 일을 했습니다."

"그런데 그 애는 어떻게 하다가 그렇게 되었습니까?"

"공항을 나갈 때 문제가 좀 있었지요."

"……."

"계엄군에게 끌려가게 되었다고 합니다. 허가증 문제로."

"……."

"그것을 김원국 씨 일행이 우연히 보고 데리고 나간 것으로 알고 있습니다."

"그랬습니까."

박도영의 어깨는 더욱 늘어져서 이제는 머리를 들 힘조차 없어 보였다.

권만섭이 말을 이었다.

"파리에서 이미 변호사를 고용해 두었습니다. 그리고 우리와 일본 정부 양국이 백방으로 공작을 하고 있습니다. 물론 표면에 드러낼 수는 없지만요."

"……."

"심정은 이해합니다. 하지만 그곳에 가시는 것은 백해무익합니다. 제가 수시로 연락을 드릴 테니 댁으로 돌아가시지요."

임병섭은 청와대로 들어가는 차 안에서 박도영의 귀가 조치 결과를 보고받았다. 공항 책임자인 권만섭과 차장 선에서 처리해 놓고 결과만을 보고했는데 그것은 당연한 조치였다.

그가 청와대의 지하 상황실에 들어선 것은 회의 시간 5분 전인 5시 55분이었다.

국가 비상 회의는 이틀에 한 번씩 대통령의 주재로 열렸고, 참석자는 총리와 계엄사령관, 안기부장, 국방과 외무, 내무, 비서실장이었고, 필요에 따라 해당 각료가 추가될 수도 있었다.

임병섭이 먼저 도착한 사람들과 가볍게 인사를 마치자 안쪽의 문이 열리더니 대통령이 들어섰다. 모두 자리에서 일어나 대통령을 맞은 후 그와 함께 자리에 앉았다.

"김 장관, 몸은 어때요?"

갑자기 대통령이 국방장관 김형태를 바라보며 물었으므로 모두의 시선이 그에게로 모아졌다. 김형태가 놀라며 몸을 굳혔다.

"아, 예, 일하는 데는 지장 없습니다, 각하."

"위가 나쁘면 첫째로 식이요법을 쓰는 것이 좋습디다. 나도 젊었을 때 고생을 해봐서 잘 알아요."

"예, 각하. 그래서 저도……."

대통령이 강동진에게로 머리를 돌렸다.

"그곳, 215고지는 배치를 끝내었소?"

"예, 각하. 완전히 끝냈습니다."

김형태가 상체를 뒤로 물리자 강동진이 말을 이었다.

"인민군 1군단의 경계 지역인 휴전선 15마일은 개방된 것이나 다름없습니다, 각하. 그 구간의 대남 방송도 중지된 지 오래되었습니다."

대통령이 잠자코 머리를 끄덕이자 강동진은 자리에서 일어나 벽에 붙은 대형 지도 앞으로 가서 섰다. 그는 옆에 놓인 지휘봉으로 회양 부근의 휴전선을 짚었다.

"각하, 정보에 의하면 이곳의 이을설 차수는 이미 북한의 동부 지역을 장악하고 있는 것 같습니다. 현재 김정일 측과 서로 치열한 세력 확보전을 벌이고 있는데 시간이 지날수록 이을설 측이 유리할 것으로 추측됩니다."

그러자 임병섭이 헛기침을 하고는 강동진의 말을 받았다.

"김정일은 부대 지휘관들에게 혈판이 찍힌 서약서를 받고 사령관급의 가족들을 주석궁으로 데려오고 있다는 정보도 있습니다. 이것은 일본 정보국에서 받은 정보입니다."

"그런가?"

대통령이 치켜뜬 눈을 서너 번 껌벅여 보였다.

"그것, 인질이군. 볼모야."

"그렇습니다, 각하. 그것은 부하들을 믿지 못한다는 증거도 됩니다. 그만큼 자신이 없다는 뜻입니다."

강동진이 대통령의 주의를 돌리려고 지휘봉으로 지도를 가볍게 쳤다.

"각하, 이곳 15마일에 대한 진입을 허락해 주십시오."

각료들의 시선이 일제히 그의 지휘봉 끝으로 모아졌다. 인민군 제1군단의 휴전선 경계 지역이다.

"비무장지대 4킬로미터의 지뢰밭을 청소하여 진입로를 만든 다음 북방 한계선의 1군단 지역까지 북상한 뒤 멈추겠습니다, 각하."

대통령이 입을 다물고 있었으므로 김창덕 총리가 상체를 세웠다.

"사령관, 그것은 이을설 씨와 합의한 일입니까?"

"아닙니다. 이을설 씨와는 연락이 되지 않습니다."

"그렇다면 만일에……"

"1군단이 연합군을 공격해 올 가능성은 거의 없습니다, 총리님."

학자 출신의 김창덕 총리는 힐끗 대통령에게 시선을 주었다가 다시 물었다.

"내 생각입니다만, 그것은 위험한 일 같습니다. 잘못되면 그들이 집안싸움을 그치고……"

"잘못되지 않습니다, 총리님."

강동진이 그의 말을 잘랐다.

"지금 이을설은 우리를 이용하고 있습니다. 배후에 한국군이 있는 것으로 선전하여 자신의 세력을 확장하면서 정작 우리에게는 아무런 언질도 주지 않습니다. 이것은 휴전선은 그대로 고착시켜 놓고 북한의 정권을 탈취하겠다는 의도로밖에 볼 수 없습니다. 그러다 곧 이을설과 최광에 의해 북한이 정복되면 다시 예전의 긴장된 남북 관계로 돌아갈 것입니다."

"그렇다면 사령관, 15마일의 휴전선을 돌파하여 북방 한계선에 우리 진지를 구축한다고 합시다. 그다음엔 어떻게 할 작정이오?"

이번에 물은 것은 김형태였다.

그러자 강동진이 서슴없이 대답했다.

"우리도 이을설을 이용하는 것입니다. 그는 한국군을 치지 못

합니다. 이을설이 싫건 좋건 동부 지역을 흡수하고 작전을 같이 하겠습니다. 이을설이 상승기류를 타고 있을 때 그와 같이 움직여야 합니다. 그가 기반을 굳힌 후에는 늦습니다."

그러자 대통령이 가볍게 기침을 하였으므로 모두의 시선이 그에게로 모아졌다.

"사령관, 그것은 일본 측과는 상의한 작전인가?"

"아닙니다, 각하. 저희 한국군 참모들하고만 협의했습니다."

왜냐고 묻는 듯 대통령이 바라보고 있자 그가 말을 이었다.

"각하, 저와 사령부의 참모들은 일본이 한반도의 통일을 원하지 않을 것으로 생각하고 있습니다."

그러자 상황실의 분위기가 숨소리조차 들리지 않을 정도로 무겁게 가라앉았다.

"일본이 우리를 도운 것은 북한에 의해서 한반도가 통일될 것이 우려되었기 때문이라고 저희들은 믿고 있습니다, 각하. 그 반대의 상황도 마찬가지라고 믿습니다."

말을 마친 강동진이 지친 듯 어깨를 늘어뜨리고는 대통령을 바라보았다.

그러자 임병섭이 입을 열었다.

"저도 사령관의 의견에 동감합니다. 사령부의 정보도 저희들과 일치하고 있고 판단도 같습니다. 각하, 저는 지금이 절호의 기회라고 생각됩니다. 각하께서 염려하시는 희생이 없는 통일의 기회입니다."

"그것은 모험이야."

대통령의 한마디에 모두는 몸을 굳혔다. 단호한 얼굴로 대통령이 말을 이었다.

"이을설과 합의를 했다고 해도 김정일과의 전쟁 위험이 있는데 합의도 없는 상태에서 올라갈 수는 없어. 나는 가능성만을 믿고 국민을 전쟁으로 끌고 갈 수가 없어."

"……."

"더욱이 자위대와도 협의를 하지 않았다니, 연합군 내에서도 갈등이 생긴다면 어떻게 할 셈인가? 다시금 분열이 일어날 것인데, 당신들 말대로 일본이 통일을 싫어한다면 말이야."

"하지만 각하, 대세를 거스를 수는 없습니다. 일본은 저희 군이 충분히……."

대통령은 강동진의 말을 손을 들어 막았다. 대통령은 상체를 세우고 주위의 사람들을 둘러보았다.

"조금 전에 김정일이한테서 직접 연락이 왔어요. 나하고 통화를 했는데."

모두가 숨을 죽이고 대통령을 바라보았다.

"남북한 평화 회담을 맺자는 거요. 불가침조약과 이산가족의 자유 왕래, 정상적인 통상 관계에까지 합의할 용의가 있다고 했소. 우리가 원한다면 며칠 내로 대표단을 파견한다는 거요. 장소는 서울도 좋다고 했고."

"각하."

강동진이 한 걸음 다가서며 불렀으나 대통령은 말을 이었다.

"우리는 그것에 대해서 논의해 보기로 합시다. 평화 회담에 대해서 말이오."

                    *   *   *

　가토와 이케다는 간단히 도시락으로 저녁을 먹고 있었다. 연합
군 사령부 벙커 내에 있는 자위대 사령관의 집무실이었고, 뒤쪽
의 테이블 옆에는 한일 양국의 대형 국기가 엇갈리게 꽂혀 있다.

　된장국 그릇을 들어 한 모금을 마시고 난 가토가 이케다를 바
라보았다.

　"김정일의 진면목을 보는 것 같군. 평화 회담을 제의해 올 줄은
정말 몰랐어."

　"저도 놀랐습니다, 사령관님. 아무래도 우리는 김정일의 호전성
만을 의식하고 있던 것 같습니다."

　이케다가 젓가락을 내려놓았다.

　"그의 성격이 변화무쌍하다는 것을 잊었습니다. 한없이 비굴해
질 수 있다는 것도 말입니다."

　"전형적인 한국인의 성격이지. 약자에겐 강하고 강자에겐 비굴
한 것."

　"이영만 씨가 김정일의 제의를 받아들일까요?"

　"지금쯤 청와대에서 갑론을박하고 있을 거야. 강경파는 강동진
과 임병섭이고, 국방장관은 무조건 강동진의 의견에 반박할 거야.
총리와 외무, 내무는 입장 표명을 하지 않을 거고."

　"강경파가 많건 적건 간에 이영만 씨가 결정할 것입니다, 사령
관님."

　다시 된장국을 한 모금 삼킨 가토가 머리를 끄덕였다.

　"이번의 진격 사건으로 이영만이 군부를 잔뜩 경계하고 있을

거야. 그 사람, 독점욕이 대단한 성격이니까."

"고집이 세다고 들었습니다. 쇼맨십이 강하고."

"몇십 년 전의 통치 스타일이지. 내 추측이지만 이영만은 김정일의 제의를 받아들일 것 같아."

"설마 그럴까요? 잘만 하면 통일이 될 기회인데요."

"이제까지 군부에 주도권을 빼앗겨 의기소침해 있던 차에 김정일에게 직접 제의를 받은 거야. 이영만은 드디어 자신이 나설 때를 만나 흥분되어 있어."

"그렇군요. 군사작전의 설명은 이해도 잘 안 될 테니까. 자존심도 상한 판에 말입니다. 평화 회담을 성사시키고 나면 통일의 기회를 놓쳤다는 비난은 얼마든지 뭉개 버릴 수 있습니다, 사령관님."

그들은 서로 마주 보고 웃고는 도시락을 물렸다. 자리에서 일어난 그들은 옆쪽의 의자로 옮겨 앉았고, 이케다가 엽차를 따라 가토와 자신의 탁자 앞에 한 잔씩 내려놓았다.

"김원국이 최광을 데리고 곧 서울로 들어올 것 같습니다."

이케다의 말에 가토가 머리를 끄덕였다.

"우리 정보국 요원에게 일본 여권을 부탁했다면서?"

"예, 프랑스를 빠져나오려고 애를 쓰고 있습니다. 그쪽은 프랑스 경찰뿐만 아니라 미국과 북한 측도 눈에 불을 켜고 있으니까요."

한동안 찻잔을 두 손으로 감싸고 있던 가토가 머리를 들었다.

"최광이 한국에 오면 달라질 상황은 뭔가?"

"모리 대좌에게 그것에 대해 연구해 보라고 지시해 놓았습니다. 아마 정보국에서도 검토하고 있을 것입니다."

머리를 끄덕인 가토가 찻잔을 내려놓았다.

"서둘러 주게, 이케다. 김원국과 최광은 태풍의 눈이야."

제9장

기습 제의

밤의
대통령

2월 13일 오후 2시, 파리의 리용 역을 출발한 TGV는 금방 속력을 내었다.

창밖으로 오랜만에 눈부신 햇살이 내리쬐이는 파리 시가지가 보였다가 뒤쪽으로 밀려가자 황량한 겨울 들판이 불쑥 다가왔다. 시속 300킬로미터에 가까운 속도로 달리고 있는 것이다. 소음도 진동도 거의 느껴지지 않는 객실에서는 그야말로 총알을 타고 가는 듯한 속도감을 만끽하고 있다.

김원국은 창에서 시선을 돌려 앞자리에 앉은 최광을 바라보았다. 흰색의 파카에 등산모를 쓰고 코와 턱에 수염을 붙인 최광은 나이보다 20년은 젊게 보였다. 그의 옆에 앉은 지희은의 점퍼 차림과 어울려 여유 있는 관광객의 모습을 연출하고 있었는데 이것은 모두 시바다의 부하인 다케무라의 작품이다. 객실 뒤의 입구

쪽에 고동규와 마주 앉은 다케무라는 그들과 행동을 같이할 예정이다.

"베르사유를 떠나기 전에 서울에서 연락을 받았습니다. 알고 계시는지는 모르겠는데."

김원국의 말에 최광이 눈을 껌벅이며 그를 바라보았다.

"김정일 씨가 이영만 대통령에게 평화 회담을 제의했습니다. 직접 전화를 해왔다고 하더군요."

"그 사람다운 짓이오."

최광이 머리를 끄덕였다.

"머리 회전이 빠른 사람입니다. 성격이 섬세해서 반응이 예민하고 집착력이 대단하지요. 그런데 이영만 대통령은 그의 제의에 무어라고 대답했습니까?"

"받아들일 것 같습니다."

"……."

"대통령은 한시라도 빨리 지금의 상황에서 벗어나려고 하는 것 같습니다. 한 달이 넘게 전시 상황이 계속되고 있어서."

"듣기보다 참을성이 없는 사람이군."

"……."

"예전의 북남 관계로 돌아가겠다는 건가요? 그래서 남조선 군부는 잠자코 있을 생각입니까?"

"지난번과 같은 일은 일어나지 않습니다. 군은 대통령의 명령에 따를 겁니다."

최광이 머리를 돌려 스쳐 지나가는 창밖의 풍경에 시선을 주었다. 잠자코 그들의 이야기를 듣고 있던 지희은이 꿈지락거리더니 김원국을 바라보았다.

"저, 자리를 비켜 드릴까요?"

"괜찮아. 앉아 있어."

김원국이 최광에게 시선을 준 채로 말하자 그녀는 뻣뻣한 상체를 의자에 기대었다.

이윽고 최광이 머리를 돌려 김원국을 바라보았다.

"회담 조건은 아마 정상 외교 관계 수립, 이산가족 왕래, 불가침조약 등이겠지요?"

"대강 그렇습니다."

"시간이 급하군."

최광이 혼잣소리처럼 말했으나 김원국은 똑똑히 들었다.

"남조선 대통령이 호의적인 반응을 보였다면 마음 놓고 동쪽을 상대할 텐데."

"물론 김정일과 이을설 차수는 서로 상대방의 약점을 잘 알고 있습니다."

"······."

"지금은 세력전으로 나가고 있지만 약점이 커지면 위험하지요."

"그렇게 예상하고들 있습니다."

최광은 입을 다문 채 물끄러미 김원국을 바라보았다.

지희은이 조그맣게 헛기침을 하고는 옆에 놓인 프랑스 잡지책을 무릎 위로 펼쳤다가 이내 접었다.

김원국의 시선 끝에 객실의 반대편 입구 쪽 좌석에 앉아 있는 조웅남과 김칠성이 있었다. 그들의 옆에는 검은 테 안경을 끼고 신사복 차림을 한 최성산이 신문을 펼쳐 들고 있다.

TGV는 맹렬한 속도로 겨울의 산야를 달려 북쪽으로 향했다.

우정만이 응답이 없는 전화기를 막 내려놓으려고 할 때 매클레인의 목소리가 귀에 울렸다.

—여보세요.

"아, 매클레인 씨, 나 우정만이오."

짜증을 잊은 우정만이 전화기를 바짝 귀에 대었다.

"그래, 몸은 어떻소, 매클레인 씨?"

—괜찮소. 걱정해 줘서 고맙소, 미스터 우. 그런데 무슨 일이오?

매클레인의 분위기가 냉담했는데 그것은 예상한 일이었다. 미국 놈들에 대해서는, 어릴 때부터 증오심을 갖도록 교육받아 왔으니 오히려 그것이 정상이다.

"매클레인 씨, 내가 며칠 전 부탁한 파리 주재 KCIA의 자료 말이오. 그것 때문에 전화한 겁니다."

—뭐라구요? 파리 주재 KCIA의 자료라고 했습니까?

"그렇소, 매클레인 씨. 당신이 고려해 보겠다고 하셨는데."

—당신이 오해하신 것 같은데, 고려해 보겠다는 것이 아니라 다시 연락드린다고 한 것 같은데.

"아니, 그게 그 말 아니오?"

그러다가 말을 멈춘 우정만은 아랫입술을 물었다. 사흘 전의 분위기와 엄청난 차이가 있는 것이다.

"좋소, 매클레인. 없던 것으로 합시다. 내가 멍청한 짓을 했소."

—그렇습니까? 그럼 이만.

딸깍 소리와 함께 저쪽에서 먼저 전화를 끊자 우정만은 전화기를 천천히 내려놓았다.

매클레인에게 KCIA 요원들에 대한 정보를 요구한 사흘 전만 해도 동부전선의 반란은 문제가 아니었다. 수령 동지는 더 이상의 협상은 없다고 선언하고는 대표들을 철수시키고 당장에 남쪽과 동쪽을 깔아뭉갤 것처럼 강경한 입장을 보였던 것이다.

테이블 위에 두 팔을 짚고 서 있는 그의 등 뒤에서 문이 열리더니 발소리가 다가왔다.

"대좌 동지, 박남호가 대사관을 출발했습니다."

우정만이 선뜻 몸을 돌렸다.

"언제?"

"10분쯤 전입니다. 지금 동무들이 미행하고 있습니다."

"놓치지 말어, 그놈을."

"예, 동무. 네 명을 보강시켰습니다."

크리용호텔 사건 이후로 박남호는 첫날 조사를 받기 위해 경시청을 오간 것을 제외하면 일절 대사관을 떠나지 않았다.

"어느 쪽으로 가는 거야?"

"루브르 궁전 쪽 리볼리 거리를 지나고 있다고 들었습니다만, 지금은……."

우정만은 뒷말을 다 듣지도 않고 방을 나왔다. 어느 놈이건 손에 넣고 쥐어짤 생각인 것이다.

박남호가 경시청의 구치소 안으로 들어서자 문 옆에 서 있던 제복 차림의 경관이 잠자코 앞장섰다. 담당 경위로부터 미리 연락을 받은 모양이다.

구치소는 사방이 흰 페인트로 칠해진 깨끗한 건물이었지만 심한 악취가 났다. 향수와 오물이 뒤섞인 것 같은 독한 냄새여서 박남호는 입을 굳게 다물고 코로만 숨을 쉬었다.

앞장서서 대기실을 지난 경관이 막다른 복도 끝의 오른쪽 방문 앞에 섰다. 복도 끝의 철문은 굳게 닫혀 있었는데 수감자들이 들어가는 곳인 모양이다.

"이 방에 들어가서 기다리시오."

턱으로 방을 가리킨 경관이 몸을 돌렸다.

"보좌관님, 저는 여기서 기다리겠습니다."

그를 따라온 요원이 멈춰 서면서 말하자 머리를 끄덕여 보인 박남호는 방으로 들어섰다. 다섯 평쯤 되어 보이는 방에는 철제 테이블과 양쪽에 두 개씩 접는 의자가 있을 뿐 창문도 없고 가구도 없었다. 그는 문이 마주 보이는 위치로 다가가서 앉았다. 박은채는 처음 만나는 것이고, 한국인으로서의 면회도 처음일 것이다.

담배를 반쯤 태울 시간이 지나고 나서 문이 열렸다. 스웨터에 파카 차림의 박은채가 들어서면서 눈을 깜박이며 박남호를 바라보았다. 그 순간 박남호는 나이답지 않게 가슴이 뛰었다.

그녀는 생각한 것처럼 겁먹은 태도가 아니었고 그렇다고 낙망으로 풀이 죽은 모습도 아니었다. 화장기가 없는 얼굴이지만 피부는 반들거렸고 붉은 입술은 촉촉하게 젖어 있다.

그녀를 따라온 여경찰은 남자보다 더 덩치가 컸는데 찌푸린 얼굴이다.

"이봐요, 대화는 영어로 할 것. 알았소?"

박은채와 나란히 앉은 여경찰이 무뚝뚝한 목소리로 말했다.

"한국말은 안 돼. 그리고 시간은 10분이야."

박남호가 박은채를 바라보았다.

"저는 안기부의 보좌관으로 있는 박남호라고 합니다."

한국말이다.

여경찰이 손바닥으로 테이블을 쳤다.

"닥쳐!"

눈을 부릅뜬 여경찰이 말했다.

"한 번만 더 한국말을 썼다가는 당장 면회 취소야!"

"한 번만 더 소리를 질렀다가는 네 집을 오늘 밤에 폭파시켜 버릴 테다."

이것은 유창한 프랑스어였다.

"잠자코 있지 않으면 네 가족을 몰살시키겠어. 알아들어?"

낮았으나 칼로 베는 듯한 박남호의 프랑스어에 여경찰은 소리 내어 침을 삼켰다.

박남호가 둘째 손가락을 들어 벽의 모서리를 가리켰다.

"어차피 저것으로 내 행동과 말이 모두 녹화될 것이다. 그러니까 내가 간 후에 우리의 이야기를 번역해서 감상하도록 해."

그가 가리키는 모서리에는 주먹만 한 카메라가 매달려 있었다. 박남호가 다시 박은채에게 머리를 돌렸다.

"걱정하지 마십시오. 정부에서 최선을 다하기로 결정했으니까요."

"저는 괜찮아요."

박은채가 부드럽게 말했다.

"다만 저 때문에 폐가 되지 않았으면 좋겠어요. 그분한테."

"그렇지는 않습니다."

여경찰이 힐끗 카메라를 바라보고는 엉거주춤 자리에서 일어섰다.

그러자 카메라에 붙은 조그만 스피커에서 목소리가 흘러나왔다.

—몽펠 경사, 그 미친 작자를 그대로 둬. 그 작자 말대로 녹화해서 볼 테니까.

그 말에 이어 서너 명의 웃음소리가 들렸다. 얼굴이 시뻘겋게 달아오른 여경찰이 다시 자리에 앉았다.

"북한은 내분이 심해지고 있습니다. 이제 김정일이는 제자리를 지키는 것도 벅찰 겁니다."

박남호의 말에 그녀가 머리를 끄덕였다.

"잘됐어요. 변호사한테서도 들었습니다."

"박은채 씨는 김원국 씨의 애인이었을 뿐 적극적인 행동에 가담하지 않았습니다. 그러니 이제부터 묵비권을 행사하지 않아도 됩니다."

박은채는 퍼뜩 시선을 들었다가 곧 시선을 내렸다.

"김원국 씨의 애인이었다는 것이 죄가 될 수는 없습니다. 그렇지 않습니까?"

박은채가 다시 머리를 들었으나 대답하지는 않았다. 그러나 두 눈가가 붉게 달아올라 있는 것이 박남호의 눈에는 똑똑히 보였다.

TGV의 프랑스 종착역은 릴이다. 벨기에와의 국경에서 가까운 릴에서 다시 브뤼셀까지 달려야 한다. 파리를 출발한 지 한 시간이 못 되어서 TGV는 릴 근처로 다가가고 있었다.

화장실에 갔던 다케무라가 돌아와 자리에 앉으면서 말했다.

"고 선생, 릴에서 내려야 할 것 같습니다. 경비가 심하다는 연락이 왔어요."

"어디에서 말이오?"

고동규가 옆자리를 신경 쓰면서 묻자 다케무라가 입맛을 다셨다.

"릴에 먼저 가 있는 요원한테서요. 시바다 조장도 우선 릴에서 내리라고 했습니다."

그는 화장실에서 무선전화로 연락을 하고 나온 것이다.

고동규가 머리를 끄덕였다. 이번에도 집중적인 감시를 받고 있는 안기부 대신 일본 정보국이 탈출을 돕고 있었다.

"알겠소. 큰형님한테 보고를 해야겠소."

"어제만 해도 국철역에 기관원이 몇 명 없었는데 오늘은 수십 명이나 우글거리고 있다는 거요."

"정보가 샐 리는 없는데."

고동규가 자리에서 일어서며 언짢은 표정을 지었다.

긴장은 하고 있었지만 릴의 역사를 빠져나올 때 검문을 받지도 않았고 기관원같이 보이는 사람도 없었다. 그들은 둘씩, 셋씩 짝을 지어 역사를 나왔는데 지희은이 최광의 팔짱을 끼고 있었으므로 그들이 제일 자연스럽게 보였다.

앞장서서 걷던 다케무라가 호들갑스러운 몸짓을 하며 동양인 한 사람의 어깨에 팔을 둘렀다. 동료 요원인 모양이다. 그의 뒤를 따라가던 최성산이 힐끗 옆에 선 김원국을 바라보았다.

그리고 보니 최성산은 어젯밤에 합류한 다케무라와 이야기를 나누는 것을 보지 못했다. 김원국은 잠자코 몇 사람 건너 앞장서 가는 다케무라의 뒤를 따랐다.

"김 선생님, 남조선은 평화 회담을 맺을까요?"

최성산이 김원국과 나란히 걸으며 불쑥 물었다. 그러나 시선이 마주치자 그는 서둘러 머리를 돌렸다.

"글쎄, 대통령은 그럴 생각인 모양인데."

김원국이 말꼬리를 흐리자 그는 옆으로 바짝 다가섰다.

"저는 서울로 들어가면 이을설 차수께 가고 싶었는데요."

"……."

"평화 회담이 맺어진다면 힘들겠습니다. 그렇지 않습니까?"

"서울에서도 할 일이 있을 거야. 안 된다면……."

앞쪽에서 한 떼의 사람들이 다가왔으므로 최성산은 그에게서 떨어졌다. 파리를 출발할 때는 햇살이 환히 비치는 포근한 날씨였는데 릴의 하늘은 잿빛이었다. 그리고 금방이라도 눈이 내릴 것같이 습기를 띤 찬바람이 불고 있었다.

보부르 거리를 우회전한 승용차는 신호등에 걸려 멈추어 섰다. 이 차선의 일방통행 도로였고, 좌우로는 우중충한 건물들이 오후의 그늘 속에 묻혀 있다.

"보좌관님, 아직도 따라오고 있습니다."

운전석에 앉은 요원이 백미러를 바라보며 말했다.

"두 대인 것 같은데요. 뒤쪽의 회색 승용차도 아까부터 따라오고 있습니다."

박남호는 잠자코 무선전화기를 집어 들고 다이얼을 눌렀다. 신호가 바뀌자 그가 탄 한국산 대형 승용차는 불쑥 튀어 나가듯이 사거리를 가로질렀다. 승용차는 요란한 타이어의 마찰음을 내면서 다시 오른쪽의 일방통행로로 꺾어 들어갔다.

전화기를 귀에 댄 박남호가 머리를 돌려 뒤쪽을 바라보았다. 이제 뒤쪽의 차들도 노골적으로 따라붙는다. 차체를 한쪽으로 기울이며 급하게 꺾어져 들어오는 앞차에는 네 명의 사내가 타고 있었다.

―여보세요.

수화기에서 부하의 목소리가 흘러나왔다.

"나야. 준비해라. 놈들은 미행해 오는 게 아니다. 날 잡으려는 모양이다."

흔들리는 차 안에서 몸의 중심을 잡은 그가 다급하게 말했다.

"리볼리 거리 쪽으로 간다. 아마 10분쯤 후에 그곳을 지나갈 거야."

―알았습니다, 보좌관님.

전화기의 스위치를 끈 박남호는 앞좌석의 뒷면에 달린 포켓에서 베레타를 꺼내 혁대 사이에 찔러 넣었다.

"이놈들이 대낮에도 이러는 걸 보면 급했던 모양이군."

그러자 조수석에 앉아 있던 부하가 몸을 돌려 그를 바라보았다.

"평화 회담은 속임수라는 증거입니다, 보좌관님."

"그건 대단한 일도 아니야. 다만 내가 그 대상이 되니 기분이 좋지 않군."

"도대체 왜 보좌관님을……"

"내가 안기부의 책임자이기 때문이지."

"그거야 그렇습니다만."

"놈들은 내가 김원국 씨와 최광의 행방을 알고 있으리라고 믿는 모양이야."

승용차는 앞쪽 사거리의 빨간 불이 켜지자 곧장 우측으로 꺾어 들어갔다. 이제는 멈춰 서지 않으려는 것이다. 뒤쪽의 차량들도 서슴없이 뒤를 따른다. 이번 길은 차량의 통행이 드문 탓인지 행인들이 차도에 깔려 있다. 승용차는 앞을 가로막는 행인들에게 요란한 경적을 울리면서 아찔한 곡예 주행을 했다.

"나를 잡아서 족칠 작정이다, 저놈들은."

박남호가 웃음 띤 목소리로 말했다. 그러나 그들이 멀쩡한 대낮에 이런 식으로 달려들리라고는 미처 예상하지 못했다.

승용차는 길가의 쓰레기통을 들이받아 인도로 튕겨 올렸다. 그에 쓰레기가 흩뿌려졌다. 행인들의 놀라고 화난 외침이 순식간에 멀어져 갔다.

박남호는 머리를 돌려 뒤쪽을 바라보았다. 검은색과 회색의 승용차 두 대가 30미터쯤 뒤쪽에서 끈질기게 따라오고 있다. 그들 사이에는 차량 두 대가 끼어 있었지만 불쑥불쑥 좌우로 머리를 내미는 검은색 승용차는 곧 뒤쪽으로 바짝 붙어 올 것이다. 아직도 햇살이 남아 있는 시가지에서의 레이스였다. 박남호는 주먹을 펴고는 땀이 번지는 손바닥을 바지에 문질러 닦았다.

"이제 거의 다 왔습니다, 보좌관님."

운전석의 부하가 숨 가쁜 목소리로 말했다. 승용차는 차량들 사이를 지그재그로 빠져나가 리볼리 거리를 향해 달렸다.

"쌍놈의 새끼, 쥐새끼같이 잘도 빠져나가는군."

앞자리에 타고 있는 이현복이 앞쪽을 노려보며 말했다. 그는 현역 소좌로 이번 작전의 지휘자였다.

"바짝 붙어!"

소리치던 그는 앞쪽 신호등이 빨간색으로 바뀌는 것을 보았다. 그렇다면 남조선 놈은 다시 우회전해 들어갈 것이다.

이현복은 가슴의 권총 홀더에서 루거를 꺼내 손에 쥐었다. 차량의 대열이 주춤대며 속력을 떨어뜨리기 시작했고, 예상한 대로 앞쪽의 남조선제 대형 승용차는 이 차선에서 사 차선으로 급히 차선을 바꾸었다.

이쪽의 운전사도 앞차의 꽁무니를 스치면서 사 차선으로 들어섰다. 사거리가 50미터쯤 앞으로 다가왔을 때 이현복은 사거리 못 미쳐서 조그만 우측 샛길이 있는 것을 보았다. 그리고 그 순간 남조선 승용차는 샛길로 머리를 틀고 들어섰다.

"따라 들어가!"

이현복이 주저하지 않고 소리쳤다. 남조선 놈들이 샛길로 들어서는 게 그에게는 마치 쫓기다 힘이 다한 닭이 짚더미에 머리만 처박는 모습으로 연상된 것이다.

그들이 탄 검은색 피아트는 요란한 마찰음을 내면서 샛길로 들어서고는 다시 날카로운 쇳소리를 내면서 5미터쯤 미끄러지다가 멈추어 섰다. 뒤를 따라오던 회색의 르노 역시 급하게 브레이크를 밟았지만 피아트의 꽁무니를 들이받고 말았다. 그러자 밀려난 피아트는 1미터쯤 앞을 가로막고 선 트럭의 옆쪽에 머리를 슬쩍 부딪쳤다.

"이런, 쌍!"

이현복이 문을 열고 뛰쳐나가면서 욕설을 뱉었다. 차 두 대가 겨우 빠져나갈 수 있는 좁은 골목이었는데 트럭은 옆에 멈춰 서 있었다. 트럭의 운전석으로 뛰어오른 그에게 샛길의 끝을 막 돌아 나가는 남조선제 승용차의 모습이 잠깐 보였다가 사라졌다.

응접실의 유리문 밖으로 회색 하늘과 검은 사과나무 숲이 보인다. 오후 6시가 조금 넘었을 뿐인데도 주위는 어두웠다. 한두 점씩 흩날리던 눈발이 이제는 보이지 않았으나 방 안의 불빛이 닿은 유리창은 물기에 젖어 번들거리고 있었다. 응접실은 난방이 잘되어 있어서 따뜻했다. 가구는 정연하게 배치되어 있고, 집 안은 깨끗하게 정리되어 있어서 숙소로서는 더 바랄 것이 없었다.

릴 시내에서 10분쯤 떨어져 있었지만 이곳은 사방에 사과나무 숲과 마른 잡초가 무성한 들판이 펼쳐져 한적했고, 국도도 1킬로미터쯤이나 떨어져 있어서 피신하기에는 안성맞춤의 장소였다. 다케무라의 말에 의하면 집주인은 가족들과 함께 남쪽의 니스에서 여행 중이었다.

창밖의 사과나무 숲을 바라보고 있던 김원국은 머리를 들었다. 조웅남이 마루를 울리며 다가오고 있었던 것이다.

"형님, 출발은 내일이오?"

그가 앞자리에 털썩 앉으면서 물었다. 셔츠에 바지 차림이었는데 둥근 어깨를 감싸고 있는 옷감이 팽팽하게 당겨져 있다.

"그렇다믄 오늘 밤에 한잔히야겠는디."

"경비를 서라. 교대로."

"아따, 이런 들판에서."

그러다가 힐끗 김원국을 보고는 입을 다물었다. 바람이 앙상한 나뭇가지들을 휩쓸고 지나갔다. 유리창에 부딪치는 물기가 눈발인지 빗발인지 이쪽에서는 알 수 없었다.

조웅남이 입을 열었다.

"형님, 김정일이가 평화 회담인지 지랄인지를 허자고 했습니까?"

"그래, 정부에서 검토 중인 것 같다."

"검토는 무신 검토. 지랄들 허고 있네."

코웃음을 치고 난 조웅남이 말을 이었다.

"객지에서 좆 빠지게 일 맹그러 놓옹게로 악수허고 끝낼라고 허는 거요?"

김원국이 쓴웃음을 짓자 조웅남의 기세가 더욱 올랐다.

"그럴라믄 우리가 머 헐라고 이 고생을 한다요? 아예 여그서 고스톱이나 치다가 그 씨발 놈들이 일 끝내믄 돌아갑시다."

그러던 그는 번쩍 눈을 부릅떴다.

"응? 대통령 그 씨발 놈은 전쟁 안 헐라고 항복헐라고 혔잖여? 그 시키 몰아내야 헙니다. 김정일이한티서 돈 먹은 것이 틀림없어요."

"쓸데없는 소리 말아라. 무식한 놈 같으니."

"그것은 형님이 무식헌 거요. 영리허다고 허는 놈들은 너무 복잡허게만 생각형게로 뻔헌 일을 두 눈 뻔히 뜨고도 못 보는 거요."

"뭘 못 본단 말이냐?"

"뭐긴 뭐요, 남북통일이지?"

그러자 밖에 나갔던 다케무라가 현관문을 열고 들어섰다. 그는 김원국을 향해 머리를 숙여 보였는데 온몸이 물기에 젖어 있었다.

"비가 많이 올 것 같습니다."

그가 얼굴에 묻은 물기를 털어내면서 말했다.

"일기예보로는 이 비가 며칠 계속된다고 하는군요."

"준비는 다 됐소?"

김원국의 물음에 다케무라는 조웅남의 옆자리에 앉으며 머리를 끄덕였다.

"예, 브뤼셀에만 무사히 도착하면 거기에서 동경까지는 문제가 없습니다. 일본항공의 관광 전세기는 모레 아침 9시에 브뤼셀에서 출발하니까요."

김원국 일행은 관광객에 섞여 논스톱으로 동경까지 날아가게 되는 것이다.

그 시간의 한국. 프랑스와의 시차로 인해 다음 날 새벽 1시가 조금 넘은 시간이다. 청와대의 지하 집무실로 들어선 임병섭은 넓은 집무실에 앉아 있는 대통령을 보고는 숨을 들이마셨다.

대통령은 외로워 보였다. 상황실의 군 참모들도 침대에 누워 쉬는 시간이다. 일국의 대통령이 해야 할 일과 책임이 얼마나 막중하고 어려운가를 그의 분위기를 보면 한순간에 느낄 수가 있다.

"어서 와요, 임 부장. 이런 시간에 불러내서 미안해."

대통령이 낮은 목소리로 말했다.

"아닙니다, 각하."

임병섭이 커다랗게 머리를 저었다.

"그보다도 각하, 건강을 생각하셔야……."

"어서 앉으시오."

그가 장방형 테이블의 의자에 앉는데 문이 열리면서 비서실장 박종환이 들어와 그의 옆자리에 앉았다. 이제 더 이상의 구성원은 없는 모양인지 대통령이 헛기침을 하고는 임병섭을 바라보았다. 두 눈이 전등의 빛을 받아 번들거리며 빛을 내었다.

"임 부장, 김정일이 나에게 또 전화를 해왔소."

"……."

"내일, 아니 이제 오늘이군. 오늘 정오에 부수상 김달현을 대표로 하는 정상회담 대표단을 서울로 보낸다고 했소. 김달현을 수상으로 승격시켰더군."

"……."

"그쪽에서 내놓은 조건을 말해주었는데, 들어보시오. 첫째로 남북 불가침조약의 서명, 남북한 양군의 휴전선 철수, 비무장지대의 지뢰밭을 제거하고 다섯 곳의 통행로 설치, 양국 국민의 제한 통행을 당장에 실시하겠다고 했소. 우선 이산가족은 무조건 왕래를 허용하고, 석 달 후에는 통행증만 가지면 남북한을 왕래할 수 있소."

"······."

"서울과 평양에 대사관 기능을 확대한 대표부를 설치해서 외교, 국방, 통상에 관한 협의체를 즉시 구성하겠다고도 했소."

대통령의 얼굴은 점점 활기를 띠어갔고 목소리는 생기가 넘쳤다.

"이것은 김정일의 체제 전복보다 더한 소득이오. 우리가 바라던 것 이상의 결과요. 그렇지 않소? 물론 김정일은 동쪽의 이을설과 최광을 의식해서 우리에게 이런 제의를 했을 거요. 정권을 잃기보다는 개방을 해서 자신의 세력을 유지하려는 의도도 있을 거요. 그러니 우리는 지금 이 기회를 놓칠 수는 없소. 그렇지 않소?"

대답을 기다리는 듯이 대통령이 바라보고 있었으므로 임병섭은 입을 열었다.

"각하, 그러면 이을설은 어떻게 됩니까? 그리고 그와 동조해서 김정일에게 반기를 든 부대는요?"

"그 이야기는 하지 않았소."

"지금 우리를 겨누고 있는 수천 문의 미사일을 마음 놓고 모두 그쪽으로 쏘아버리겠군요."

"이을설은 우리에게 제대로 연락 한번 하지 않았소. 강 계엄사령관의 말대로 이을설은 우리를 이용해서 북한의 정권을 잡으려 하는 것이오. 그자가 정권을 잡으면 예전의 남북한 관계로 돌아간다고 당신들이 말하지 않았소?"

대통령의 얼굴에 열이 올랐다.

"나는 김정일을 택하겠어. 둘 중의 하나를 택하라면 말이야. 아마 임 부장도 같은 생각일 거야."

대통령이 존댓말로 시작했다가 반말로 맺는 것에 익숙한 임병섭이었지만 오늘은 그것도 마음에 걸렸다.

대통령이 말을 이었다.

"어차피 둘 중의 하나는 피를 볼 상황이야. 그것이 남북이 아니라 북쪽의 동서가 되었으니 나로서는 다행이고."

그는 지친 듯 의자에 등을 기대었다.

"나는 아직 남한의 대통령이야, 임 부장. 북쪽의 주민들에 대해서 신경 쓸 여유도 없고 능력도 없어."

"이을설을 제거하면 김정일은 배신합니다, 각하."

"김정일을 제거해도 마찬가지의 상황 아닌가, 지금이."

"그래서 지난번 강 사령관이 말씀드린 대로."

"하시모토 수상과도 이야기가 되었어, 임 부장."

임병섭이 눈을 치켜뜨자 대통령이 가볍게 헛기침을 했다. 그러자 이제까지 잠자코 있던 박종환이 입을 열었다.

"하시모토 수상이 먼저 전화를 해왔어요, 임 부장."

"……."

"각하께서 수상과 말씀을 나누다가 의견의 일치를 보신 겁니다. 일본은 연합군의 자격으로 회담에도 참석해서 북한 측의 서약을 받아낼 것입니다."

"각하."

임병섭이 머리를 들었다.

"오늘 아침에 비상 각료 회의에서 이 안건을 말씀해 주십시오.

여러 사람의 의견을 들으셔야 됩니다."

대통령이 임병섭을 바라본 채 조그맣게 머리를 끄덕였다. 그때 임병섭은 그의 두 눈이 퀭하니 파여 있는 것을 보았다. 조금 전까지의 열은 이제 가셨다.

*　　　*　　　*

새벽 2시, 청와대의 지하 상황실 앞으로 승용차 두 대가 헌병들의 호위를 받으며 다가와 멈추어 섰다. 2월 중순이었지만 아직 영하의 차가운 날씨였으므로 차에서 내리는 사내들은 입김을 뿜어내었다.

어둠 속에서 어깨의 별판 계급장을 희게 번쩍이며 일단의 장군들이 서둘러 벙커의 계단을 내려갔다. 앞장선 것은 연합군 사령관인 강동진이고 고성국과 강한기가 그의 뒤를 따르고 있다.

"각하께서 무리를 하고 계셔. 건강이 걱정돼."

고성국이 옆을 따르는 강한기에게 낮은 목소리로 말했다.

"이제 일흔여섯인데, 요즘 밤잠을 제대로 주무시지 못한다는 거야."

"어쨌든 큰 결정을 하셨습니다, 이번에. 하지만 절대로 후회하시지 않을 겁니다."

"당연하지. 하지만 우리가 목숨을 바친다는 식의 기개만으로는 부족해. 철저한 대비와 운용이 동반되어야 돼."

고성국의 말은 자신에 차 있었다. 머리를 끄덕인 강한기는 쥐고 있는 육중한 가죽 가방을 다른 손에 바꿔 쥐었다.

대통령이, 강동진이 제안한 이을설과의 연합 계획을 검토하고 싶다고 한 것이다. 박종환으로부터 그런 연락이 왔을 때 강한기는 이를 악물고 기쁨의 탄성을 삼켜야만 했다.

복도의 중간 부분에는 조그만 테이블이 놓여 있었는데 자리에 앉아 있던 경호실 요원이 그들을 보자 잠자코 일어섰다. 낯익은 젊은 경호원이다.

"최광 씨도 곧 이쪽으로 올 테니까 문제없습니다. 더욱이 그들도 김정일의 평화 회담 제의에 충격을 받고 있을 테니까요."

테이블 위에 권총 혁대를 풀어놓으면서 강한기가 낮은 목소리로 말했다.

그들은 상황실로 다가갔고, 문 양쪽에 서 있던 경호원들이 잠자코 문을 열어주었다. 방 안에 들어서자 그들의 눈에 띈 것은 테이블에 혼자 앉아 있는 박종환이다.

"어서 오십시오, 사령관님."

박종환이 자리에서 일어섰다. 언제나 깔끔한 옷차림이던 그는 피로 때문인지 넥타이의 매듭을 풀어놓고 있었다.

"안기부장은 어디 가셨습니까? 먼저 와 계시다고 들었는데."

강동진이 자리에 앉으며 묻자 박종환이 머리를 끄덕였다.

"먼저 가셨습니다."

강한기가 옆자리의 고성국을 바라보았다. 그러나 고성국은 시선을 돌리지 않고 박종환을 바라보고만 있었다.

강동진이 헛기침을 했다.

"각하께서는?"

"들어가셨습니다. 피곤하셔서."

눈썹을 추켜올린 강동진이 막 입을 열려는데 문이 열리며 경호실 요원들이 들어섰다. 앞에 선 사내는 경호실의 이인자인 문한수 차장이고, 그의 뒤를 7, 8명의 요원이 따랐다. 장군들의 얼굴이 딱딱하게 굳어졌다.

"무슨 일이야?"

배에 힘을 넣은 강동진이 굵고 높은 목소리로 박종환과 문한수를 번갈아 바라보았다.

"당신들은 왜 들어온 거야?"

문한수를 향해 다시 물었지만 어깨를 편 그는 대답하지 않았다. 박종환이 자리에서 일어섰다.

"사령관님, 각하께서는 오늘 자로 사령관님의 직위를 해제하셨습니다."

"뭐라고?"

강동진이 벌떡 일어서자 경호실 요원들이 그의 뒤쪽으로 바짝 다가섰다.

박종환이 말을 이었다.

"후임으로는 이영규 대장을 임명하셨습니다. 그리고 거기 두 분도."

그가 자리에서 일어서 있는 고성국과 강한기를 바라보았다.

"모두 직위가 해제되었습니다. 후임도 임명이 되었고."

"이 개새끼!"

소리친 것은 강한기였다. 그는 주먹으로 테이블을 힘껏 내려쳤다.

"이영만 그 비겁한 개새끼!"

경호실 요원 두 명이 다가와 뒤쪽에서 그의 양쪽 팔을 잡았다.

"당신들, 실수하는 거야."

고성국이 박종환을 쏘아보며 말했다. 그는 입술을 뒤틀며 비웃듯이 웃었다.

"이영만이 이렇게 비열한 놈일 줄은 몰랐어."

"닥쳐! 고성국 중장!"

박종환이 소리쳤다.

"군인의 입장으로만 각하를 판단하지 말란 말이야. 각하는 심사숙고하셨어."

"우리를 어떻게 할 셈이냐?"

강한기의 물음에 박종환이 문한수를 바라보았다.

"모시고 가요, 문 차장. 당신들은 당분간 모처에서 생활하게 될 거야. 며칠 쉬고 있으면 명예롭게 퇴진할 수 있도록 각하께서 배려하실 거야."

"평화 회담을 할 작정인가?"

어깨를 편 강동진이 묻자 다가선 요원들이 주춤하며 움직임을 멈추었다. 박종환이 머리를 끄덕였다.

"북한에서 대표단이 내려오기로 되어 있어요, 사령관."

"안기부장도 체포했겠군. 이런 식으로."

"당신들은 각하와 정부의 명령을 어기고 국가를 전쟁 상황으로 끌고 갔소."

"비겁한 놈!"

처음으로 강동진의 입에서 욕설이 터져 나왔다.

"국민을 위한다는 가면을 벗으라고 이영만에게 전해라. 그놈은 국가를 이끌 지도자로서의 자격이 없다. 그놈이 지금 노심초사하는 것은 제 권력의 누수 방지에 대한 것이다. 군에게 주도권을 빼앗기고 있기 때문에 잠을 자지 못한 것이야."

"말을 삼가라, 강동진!"

박종환이 맞받아 고함을 쳤다.

"이것은 시대의 조류다. 일본과 미국이 각하의 결정을 전폭적으로 지지하고 있단 말이다."

"그렇군. 그럴 줄 알았다."

군은 얼굴의 강동진이 천천히 머리를 끄덕였다.

"그랬겠지. 제 나라의 충성스러운 군인을 믿지 못하고 일본과 미국 측과 상의했겠지. 놈은 김정일과 똑같은 놈이다. 분하다."

강동진이 손등으로 눈을 닦았다.

"정말 분하다. 내가 지금 이 자리에 서 있는 것이 원통하고 부끄럽다."

"사령관님."

고성국이 손을 뻗어 강동진의 손을 잡았다.

"사령관님, 가시지요. 저도 이곳이 싫습니다."

그의 눈도 붉게 충혈되어 있었다. 경호 요원들이 다가와 그들의 팔짱을 끼었고, 박종환은 그 자리에 서서 그들의 뒷모습을 바라보았다.

이영만 대통령은 그 시간에 복도 끝 쪽의 대통령 집무실에서 전화기를 귀에 대고 있었다. 소파에 등을 묻고는 두 다리를 앞쪽으로 길게 뻗은 자세였다.

"가토 중장, 귀국의 수상한테서 연락을 받았지요?"

그가 일본어로 묻자 가토의 딱딱하지만 공손한 대답이 들려왔다.

—예, 대통령 각하. 수상 각하로부터 지시를 받았습니다.

"이영규 대장이 오늘 아침부터 연합군사령관을 맡게 되었습니다. 가토 중장의 협조가 필요해요."

—각하, 염려하지 마십시오. 최선을 다하겠습니다.

"참고로 말씀드리는데, 박종환 비서실장이 안기부장 직을 맡게 되었소."

—아아, 예.

"내일 오후 2시에 북한에서 평화 회담 대표들이 내려옵니다. 우리 연합군은 그자들에게 단결된 강한 인상을 보여주어야 합니다."

—그렇습니다, 각하.

"미국의 클린트 대통령도 내 결정을 전폭적으로 지지하고 있습니다. 그는 주한 미군 사령관인 윌슨 대장에게 한국 정부를 적극 후원하라는 지시를 내렸습니다."

—당연한 일입니다, 각하.

"그럼 이만 끊겠소."

전화기를 내려놓은 이영만은 길게 숨을 내쉬었다. 어깨가 쑤셔오고 머릿속이 무겁게 느껴졌지만 오랜만에 나른함이 온몸으로 퍼져 갔다.

그때 노크 소리가 들리면서 박종환이 들어섰다.

"각하, 일을 끝냈습니다."

다가온 그가 낮은 목소리로 말하자 대통령이 머리를 끄덕였다.

"불편한 점이 없도록 해. 그들은 죄인이 아니야."

"알고 있습니다, 각하."

"오늘 아침의 비상 회의 준비는 다 되었지?"

"예, 각하. 이상 없습니다."

"비상 회의가 끝나면 국회의 승인을 받아야 할 테니까 차질 없도록 해."

"그것도 오늘 오후에 끝내도록 하겠습니다. 국회에서도 만장일치로 가결될 것이 틀림없습니다."

"비상 회의에 여야의 대표에다 당의 5역도 추가시키게. 야당도."

"야당도 말씀입니까? 알겠습니다, 각하."

"국회에서 통과되면 내가 특별방송을 해야 할 테니까 시간을 맞춰야 돼."

"저녁 8시로 잡아놓겠습니다, 각하."

머리를 끄덕인 대통령이 소파에 등을 묻었다.

"일본의 무라야마 외상이 참석한다는 이야기를 듣고 클린트가 로젠스턴을 회담에 참석시켜 달라고 했어."

대통령이 얼굴에 웃음을 띠었다.

"한 달도 안 된 사이에 이렇듯 주객이 전도되다니. 북한이 평화 회담을 사정하고, 미국은 회담에 끼워달라고 부탁을 해오고 있어. 이것은 모두 우리 국민이 똘똘 뭉쳐서 국가의 저력을 보여주었기 때문이다."

"그렇습니다, 각하. 모두 각하의 위대한 영도력이 있었기 때문입니다."

"이것 보게, 낯간지러운 소리 그만해."

그러나 대통령의 얼굴은 밝았다.

"국운이 강했기 때문이야. 북한은 곪아 있었고. 김정일이 그것을 남쪽으로 터뜨리려다가 군부에게 뒤통수를 맞은 것이지."

"그렇습니다."

"어쨌든 회담에는 미국의 로젠스턴과 주한 미군 사령관 윌슨 대장, 그리고 일본의 무라야마 외상과 가토 중장이 참석할 거야. 그들은 배석자로서 한국의 위상을 빛내는 데 도움이 될 거야."

"김정일이 내려와서 각하께 서명을 해준다면 더 좋을 텐데요."

"할 수 없지. 그자는 움직일 수 없는 입장이니까."

회담의 한국 대표는 김창덕 총리였고, 연합군 사령관인 이영규가 부대표였다. 그리고 외무장관 장영식도 자리를 빛낼 것이다. 대통령이 가볍게 코웃음을 쳤다.

"클린트가 체면을 세우려고 안간힘을 쓰더구만. 가소로운 사람이야."

머리를 끄덕인 박종환이 대통령을 바라보았다.

"각하, 강동진과 고성국 등의 반발이 심했습니다."

"왜, 대항하던가?"

대통령이 이맛살을 찌푸리고 물었다.

"아닙니다. 순순히 경호실 사람들에게 끌려갔지만 분한 모양이었습니다."

"군 내부에 그들의 세력이 많아. 철저히 반발을 차단하도록."

"이영규 대장과 그의 연합사 참모들이 잘할 것입니다. 자위대와 미군이 도와줄 것이구요."

입맛을 다신 대통령이 머리를 두어 번 끄덕였다.

"군인들은 단순해. 자위대가 제 편이라고 믿고 있었단 말인가? 그들이 정략적으로 어떻게든 통일을 방해하려는 것을 모르고 있었단 말인가?"

"그럴 리는 없습니다. 하지만 그들은 한국군 단독으로도 이을설을 이용하면 통일이 된다고 믿었던 모양입니다."

"모험이야. 확신할 수 없는 일을 가지고 수백만의 희생을 치를 수는 없어."

대통령이 자리에서 일어섰다.

"실장, 아니 오늘부턴 부장이군. 내 특별 성명 원고에 각별히 신경 쓰도록 하게. 역사적인 발표가 될 테니까."

"염려 마십시오, 각하. 국민들은 모두 각하의 결단을 전폭적으로 지지하고 환영할 것입니다."

*　　　*　　　*

2월 14일 새벽 3시, 인민군 제1군단 사령부의 사령관실.

이을설과 강백진, 그리고 이번에 1군단 참모장이 된 양문석 중장이 테이블에 둘러앉아 있다. 침침한 형광등 불빛 때문인지 그들의 표정은 어두워 보였다. 강백진이 머리를 들고 이을설을 바라보았다.

"참모총장 동지, 김정일은 미쳤습니다. 놈이 지휘관의 가족들을 주석궁으로 끌어 모으는 한편 남조선에게 평화 회담을 제의하리라고는 예상하지 못했습니다."

그러면서 그가 얼굴을 찌푸리며 웃었다.

"그 미친놈이 이제는 지금까지 멸시해 오던 남조선 측에 엎드려 평화 회담을 애원하고 있습니다. 우리를 치기 위해서 말입니다."

"……."

"평양에서 보내온 정보에 의하면, 내일 오전에 회담 대표단을 서울로 파견할 계획이라고 합니다."

이을설이 잠자코 있자 강백진이 조그맣게 헛기침을 하고 말을 이었다.

"남조선 군부가 김정일의 제의를 선뜻 받아들인 것도 뜻밖입니다. 적어도 우리 측에 그런 상황을 이야기해 줄 수는 있었을 텐데요."

양문석이 그의 말을 받았다.

"남조선의 이영만은 파리에서 김정일에게 항복하려고 한 자입니다. 그에게는 좋은 기회였을 겁니다."

"……."

"참모총장 동지, 그렇게 되면 우린 고립됩니다. 방법을 찾아야 할 것 같습니다."

"……."

"남조선과 평화조약이 체결되면 이제까지 휴전선 방위에 배치되었던 제5군단과 2군단이 모두 이쪽으로 돌려질 것입니다."

"그렇게 걱정할 일은 아냐. 우리 1군단과 7군단 병력으로 놈들을 막을 수 있어. 쉽게 끝나지는 않아, 양 동무."

이맛살을 찌푸린 강백진이 말했다. 양문석도 지지 않는다.

"김정일은 기세를 타게 될 것입니다, 상장 동지. 이제까지 중립적인 입장이던 부대들이 그쪽으로 붙게 될 가능성이 많습니다."

"북부 지역의 몇 개 부대쯤은 붙어도 돼."

"남조선 측이 김정일의 제의를 받아들인 것은 우리를 믿지 못했기 때문입니다, 상장 동지."

그러자 강백진이 어깨를 굳히면서 그를 쏘아보았다. 양문석이 아픈 곳을 건드린 것이다.

남조선이 바라고 있던 것은 두말할 필요도 없이 통일일 것이다. 그들은 김정일에게 반기를 든 이쪽 세력이 연합해 오기를 기다려 왔다. 그러나 그동안 수십 번이 넘도록 대화를 시도한 남조선군에게 이쪽은 기다려 달라는 말만 반복했다.

이윽고 이을설이 입을 열었다.

"남조선군의 고성국 중장에게 연락해라. 평화 회담을 하는 건 실수라고. 이대로 열흘만 기다리면 김정일의 정권은 붕괴될 것이라는 것도 전해."

"제가 연락하겠습니다."

강백진이 말했다.

"하지만 그것만으로는 그들을 납득시킬 수 없습니다. 김정일처럼 난데없이 평화 회담을 제의하지는 않더라도……."

"동쪽을 해방시키겠다고 해."

강백진과 양문석이 몸을 굳혔다.

"어떻게 말씀입니까?"

긴장한 강백진의 물음에 이을설이 벽에 걸린 지도로 시선을 돌렸다.

"남조선의 기갑사단은 열 시간이면 원산까지 올라올 수 있을 것이다. 우리가 길을 터줄 테니까. 이제 우리 인민군은 남조선군과 연합군이 될 것이다. 상대는 김정일 하나다."

"……."

"김정일은 섣불리 우리를 공격하지 못할 것이다. 제 놈이 미사일을 쏘면 우리도 가만있지 않을 테니까. 놈은 자신감을 잃었다. 주석궁에 인질을 모으고 있는 게 그 증거다."

이을설의 두 눈이 열기를 띠어갔다.

"놈은 동쪽과 남쪽의 대군을 상대할 능력이 없다. 남조선군에게 동쪽을 맡기고, 우리가 평양을 압박하면 일주일이면 평양은 무너진다."

강백진이 자리에서 일어섰다.

"연락하겠습니다, 참모총장 동지."

"그래, 통일이 우선이야. 다른 것은 나중이다."

2월 14일 새벽 3시 30분, 연합군 사령부의 지하 상황실.

참모와 함께 자료를 내려다보고 있던 이케다는 상황실로 들어서는 일단의 군인들을 보고는 자리에서 일어섰다.

"대장 각하, 이케다 소장입니다."

이케다가 앞장선 이영규 대장을 향해 절도 있게 경례를 올려붙였다. 그와는 오래전부터 안면이 있었다.

머리를 끄덕인 이영규가 다가와 잠자코 테이블의 상석에 앉았다.

"이케다 소장, 이쪽은 유진영 중장이고, 저쪽은 채일주 중장이오. 앞으로 같이 일해갈 사람들이니 인사나 하시오."

그가 좌우의 장군들을 가리키며 말하자 이케다가 예의 바르게 경례를 했다.

"많이 가르쳐 주십시오, 장군."

부관과 참모들이 뒤쪽으로 몰려갔다. 상황실은 잠시 그들의 소음으로 활기가 찼다.

이영규가 이케다에게로 머리를 돌렸다.

"가토 중장은?"

"잠깐 쉬러 가셨습니다. 곧 돌아오실 겁니다."

"사령부를 장악해 주어서 고맙습니다, 이케다 소장."

"제가 한 일이 아닙니다. 헌병대의 박 준장이 했습니다."

이케다가 가볍게 말했다.

새벽 2시 정각에 헌병 부사령관인 박준영 준장이 일단의 무장 헌병들을 이끌고 사령부로 진입해 들어온 것이다. 헌병부대가 밖에서 경비부대를 장악하는 동안 이케다는 자위대로 사령부 안을 통제하고 있었다.

경비연대장 우중철 대령은 강한기 소장의 심복으로 혁신 장교단의 일원이다. 그가 헌병부대에 저항하면서 사령부 내부의 동조자들과 합세한다면 상황이 위험해질 수도 있었다.

다행히 유혈 사태 없이 우중철과 경비연대의 지휘관들은 체포되었고, 자위대에 의해 통제되었던 사령부는 박준영이 들어와 참모들 중에서 10여 명을 골라내어 연행해 가는 것으로 정리되었다.

이것은 모두 가토와 이케다가 청와대의 지시를 받고 진행한 일이었는데 하시모토 수상의 승인이 있었기에 가능했던 것이다.

사령부는 이영규의 새로운 참모단으로 채워졌다. 통신이나 수송 등 기술과 관계된 참모들은 대부분 남아 있었지만 참모의 핵심인 작전참모는 대부분 새 얼굴이었다.

"오늘 오전에 윌슨 대장이 이곳으로 올 거요, 이케다 소장. 대통령 각하의 지시로 이제는 주한 미군도 연합군의 작전 회의에 참석하기로 되었습니다."

이영규가 차분한 목소리로 말했다.

"아직 한미방위조약이 유지되고 있으니 이상할 건 없습니다. 다만 연합군 사령관 직은 한국 대통령이 임명한 내가 맡습니다."

"당연한 일입니다, 사령관 각하. 우리 자위대나 미군은 지원군일 뿐입니다. 주력군의 사령관이 연합군 사령관을 맡는 것이 당연합니다."

그들은 곧 작전 회의에 들어갔다. 사령관이 바뀌었다고 해서 작전이 달라지진 않았다. 달라진 것이 있다면 정치적인 상황이다. 전선은 그대로 고착시켜 놓고 이영만과 김정일, 이을설의 게임이 시작되었는데, 클린트와 하시모토는 제 편이 이기게끔 열심히 훈수를 두었다.

"저, 긴급 무선이 왔습니다만."

대령 계급장을 붙인 정보장교가 이영규에게 다가와 말했다.

"북한의 강백진 상장입니다."

"강백진?"

이영규가 눈을 치켜떴다.

"그자가 왜?"

"고성국 중장이나 강한기 소장을 바꿔달라고 합니다."

"내가 받겠다."

그러면서 일어선 것은 이번에 고성국의 후임이 된 유진영 중장이다. 이케다가 따라 일어서며 말했다.

"잠깐, 장군. 장군보다 내가 받는 것이 낫겠습니다."

유진영이 두 눈을 껌벅이며 그를 바라보자 이영규가 머리를 끄덕였다.

"유 중장, 당신은 앉아. 이케다 소장이 받는 것이 낫겠어. 그들에게 당신은 생소한 사람이야."

이케다는 대령과 함께 상황실 옆쪽의 통신실로 들어섰다. 기다리고 있던 소령이 그에게 무전기를 건네주었다. 출력이 강한 일제 군용 무전기였다.

"여보세요. 나 이케다 소장입니다."

이케다가 일본 식 발음이 강한 영어로 말하자 저쪽이 금방 말을 받는다.

―난 강백진 상장이오, 이케다 소장. 당신 이야기 많이 들었소.

저쪽은 러시아 억양이 강한 영어다.

"그렇습니까? 나도 강 상장 이야기 많이 들었습니다. 어쨌든 반갑습니다."

통신실의 장교들은 이쪽으로 시선을 돌리지는 않았으나 촉각을 세우고 있다는 것이 느껴졌다. 옆에 서 있던 대령이 그에게 바짝 다가섰다.

―반갑소, 이케다 소장. 당신들의 전차여단은 꽤 세었소.

"고맙습니다, 강 상장. 그런데 갑자기 무슨 일입니까?"

그러자 장교들의 시선이 참지 못한 듯 그에게로 돌려졌다.

이을설 휘하의 강백진은 상장으로 한국군 계급으로는 중장이다. 이제까지 인민군 측으로부터 무선 연락이 온 적은 한 번도 없었다.

―이케다 소장, 중대한 일로 한국군의 고성국 중장과 이야기를 하고 싶소.

강백진의 말에 이케다는 숨을 들이마셨다가 천천히 뱉어내었다.

"강 상장, 고 중장은 지금 자리에 없습니다."

―미안하지만 빨리 그에게 전화를 연결해 줄 수 없습니까?

"그건 불가능한 일인데요, 강 상장. 대신 나에게 말씀해 주실 수 있습니까?"

―그럼 강한기 소장은 없습니까?

"그도 지금 고 중장과 함께 청와대에 들어가 있어서요. 사령관을 모시고 말이오."

―……

"나에게 말씀하시면 어떻게든 전해주지요. 급한 일이라면 말입니다."

잠깐 동안 망설이던 강백진이 입을 열었다.

―우리 통로로 연합군을 진입시켜 주시오. 우리는 서쪽으로 이동하겠습니다.

"……"

―원산까지 진격할 수 있을 겁니다. 당신들은 우리 인민군 진지에 주둔하면 됩니다. 시간이 없어요.

"원산까지 말입니까?"

—그렇소. 함흥까지도 가능하지만 전선을 그렇게까지 길게 뻗칠 필요는 없소. 평양만 점령하면 되니까.

"……."

—아침 8시까지 당신들의 세부 계획을 나에게 통보해 주시오. 우리도 준비해 놓을 데니까. 그리고.

강백진이 잠시 사이를 두고 나서 말을 이었다.

—그 뻔한 미친놈의 농간에 넘어가지 말라고 전하시오. 이만하면 농간에 넘어갈 이유도 없겠지만.

그러자 이케다가 입술 끝만으로 웃었다. 저쪽의 강백진은 보지 못할 것이었다.

    *   *   *

안기부의 제3차장 설정식이 소공동의 연락 사무소에 들어선 것은 새벽 4시였다. 헝클어진 머리에 두 눈을 치켜뜨고 있어서 당직으로 앉아 있던 직원 두 명이 놀라 일어섰다.

"기계 어디 있어?"

그는 대뜸 쉰 목소리로 물으면서 사무실을 두리번거렸다. 기계는 무전기를 말하는 것이다. 나이 든 직원이 정신을 가다듬으며 그에게로 다가왔다.

"차장님, 기계라 하시면… 저……."

"무전기 말이다."

"예, 저쪽 방에."

설정식이 이곳 연락 사무소에 온 것은 작년 초 시찰 방문 때였다.

그는 직원의 뒤를 따라 무전실로 들어섰다. 소공동의 연락 사무소는 외신을 받는 동시에 시내의 언론사 활동에 대한 지원과 보조가 주 업무였다.

설정식은 방의 한쪽을 메우고 있는 국산 SS-7 무전기 앞에 가 섰다.

"스위치를 켜라."

그가 말하자 직원이 자리 잡고 앉아 스위치를 켜고 주파수를 맞추었다.

"어디로 하시렵니까?"

"파리의 박남호 보좌관."

그는 지친 듯 테이블의 귀퉁이에 엉덩이를 걸쳤다. 의자가 바로 옆쪽에 놓여 있었지만 앉을 생각은 없는 모양이다. 전파의 발신음이 방 안을 가득 채웠고, 이내 직원은 박남호의 번호를 찾아내 곧장 연결시켰다.

"차장님, 됐습니다."

설정식은 직원이 건네준 무전기를 귀에 대었다. 서울이 새벽 4시면 파리는 전날 밤 8시. 신호가 다섯 번쯤 울리더니 딸각 소리와 함께 신호음이 끊겼다.

―여보세요.

박남호의 목소리였다.

"박 보좌관, 나야."

―예, 차장님.

"긴급 사태야."

의자에 앉아 있던 직원이 온몸을 굳혔다.

"대통령이 부장님과 연합 사령관을 체포했어. 안기부와 사령부의 급진 세력은 모조리 체포되었단 말이야."

설정식이 소리치듯 말하자 박남호는 숨을 죽인 듯 대답이 없다.

"대통령은 내일 김정일과 평화 회담을 하고 조약을 맺을 거야. 그는 상황을 이것으로 끝내려는 거야. 알겠나?"

─예, 차장님.

"김원국 씨와 최광은 서울에 오면 안 돼. 이제 최광의 가치도 없어졌고, 김원국 씨를 위해 방패막이를 해줄 사람도 없어."

설정식은 이를 악물고는 코로 깊게 숨을 들이마셨다.

"그를 막아! 어서! 우리가 그에게 해줄 수 있는 일은 그것밖에 없어."

─알겠습니다, 차장님.

"일본 측을 조심하도록 해. 물론 통신위성이 이 무전을 듣고 그들에게 전해주겠지만."

─알고 있습니다.

"대통령의 쿠데타를 도와준 것은 자위대야. 그자는 제 권력과 위상을 지키려고 자위대를 이용했어."

─이완용이 같은 놈입니다.

박남호의 말소리도 격렬해졌다.

─차장님, 제가 할 수 있는 일은 그것밖에 없습니까?

"분하지만 없어. 대통령이 그렇다고 조국을 등질 수는 없단 말이다."

―하지만 저는 이제부터 누구의 명령도 받지 않겠습니다, 차장님. 잠적하겠단 말입니다.

박남호의 목소리가 떨려 나왔다. 그가 다시 말을 이었다.

―그렇다면 우리는 우릴 믿고 있던 이을설을 배신한 셈 아닙니까?

"그것은 아니지만 하늘이 주신 기회를 놓친 것이야. 나는 그것이 분해."

그러나 대통령의 쿠데타였다. 그리고 그에게는 얼마든지 명분이 있었고, 곧 그것이 합리화될 것을 알고 있었으므로 설정식은 더욱 분했다. 이영만에게는 임병섭과 강동진 등이 국가의 명령을 어긴 반역자가 될 수도 있는 것이다.

"서둘러! 어서!"

설정식은 악을 쓰듯 말한 후 전화기를 내려놓았다. 직원이 힐끗 그를 바라보고는 손을 뻗어 무전기의 스위치를 껐다. 설정식이 그를 바라보았다.

"이봐, 어디 잠깐 눈을 붙일 곳이 없을까?"

"예, 차장님. 숙직실이 있습니다만, 누추해서……."

"잘되었어. 그곳에서 한숨 자야겠네. 사람들이 날 데리러 올 때까지만이라도 말이야."

설정식은 건들거리며 앞서가는 직원의 뒤를 따르면서 손목시계를 내려다보았다. 촉각을 다투는 요즘 들어 생긴 버릇이지만 이제는 그럴 필요가 없다는 생각이 들었으므로 그는 머리를 들었다. 그러나 그의 머릿속에서는 시곗바늘이 움직이고 있었다. 새벽 4시 반이었다.

제10장

파리 탈출

밤의 대통령

불빛 한 점 보이지 않는 어둠 속에서 나뭇가지를 스치는 바람 소리가 날카롭게 들려오고 있다. 습기를 띤 바람이어서 유리창에는 점점이 물방울이 맺혀 있고 중력을 이기지 못한 물방울은 아래로 미끄러져 내려갔다.

조금 전까지만 해도 아래층에서 조웅남의 목소리가 들려왔지만 지금은 조용했다. 그도 방에 들어간 모양이다.

창문의 커튼을 내린 김원국은 몸을 돌려 방 안을 바라보았다. 목제 침대 한 개와 사각형의 조그만 테이블이 대부분의 공간을 차지한 이곳은 아마 손님이나 일꾼들이 쓰던 방일 것이다. 벽에 걸린 금이 간 거울이 유일한 장식이었는데 윗부분에는 색연필로 뭐라고 낙서가 되어 있었다.

그는 테이블로 다가가 의자에 앉았다. 테이블 위에 풀어놓은 손목시계의 침은 밤 10시 10분을 가리키고 있다.

그때 먼 곳에서 땅이 울리는 듯한 진동이 느껴졌고, 그것은 곧 자동차의 엔진 소리로 바뀌었다. 바람 소리에 섞인 차 소리는 오히려 친숙하게 느껴졌는데 아마 기다리고 있었기 때문일 것이다. 최광과 고동규가 다케무라의 안내로 시내에 다녀오는 것이다.

차는 저택 아래쪽에서 멈추었고, 곧 현관문 열리는 소리, 발소리가 집 안의 정적을 깨었다. 아래층에 있던 조웅남의 목소리도 들렸다. 그들은 계단을 울리며 2층으로 올라오더니 노크와 함께 김원국의 방으로 들어섰다. 앞장선 것은 고동규였고, 최광이 그의 뒤를 따르고 있다.

"다녀왔습니다."

고동규의 말에 김원국은 잠자코 머리를 끄덕이며 최광을 위해 의자를 앞쪽으로 밀어놓았다.

"수고하셨습니다."

"천만에. 당연한 일을 한 것이지."

최광이 의자에 앉으며 말했다. 그는 다케무라의 주선으로 시내에 나가 이을설에게 전화를 하고 오는 길이다.

"이미 이을설 동지는 남조선 측에 연락을 해놓았더군. 앞으로 몇 시간 뒤면 남조선군이 원산까지 올라가게 될 것이오."

"이을설 차수가 누구에게 연락을 했습니까? 대통령입니까?"

"아니, 청와대에 할 필요는 없지. 이영만 씨를 설득하려면 시간이 조금 걸릴 테니까. 작전을 아는 군인들이 그를 이해시키는 것이 낫소. 그래서 이케다 소장에게 이야기를 했다고 합디다."

머리를 끄덕인 김원국이 고동규를 돌아보았다.

"다케무라 씨는?"

"시내에서 준비할 것이 있다고 남았습니다."

최광이 주름진 얼굴을 들어 김원국을 바라보았다.

"김 선생, 이번 일은 남조선 측이 너무 서둘렀던 것 같소. 난 이영만 씨가 김정일의 제의를 검토한다는 것에 충격을 받았습니다."

"그렇습니까?"

"우리가 연락을 하지 않았다고 해서 남조선 측에 등을 돌린 것은 아니지 않소? 우리 덕분에 당신들은 전쟁의 주도권을 쥐게 되었단 말이오."

"……"

"우리는 김 씨 부자의 독재를 끝내고 자연스럽게 개방하여 통일을 하겠다는 계획을 세워 두었습니다. 그것이 남조선 측에도 바람직하다고 생각하고 있었단 말이오. 우리도 당신들의 통일 논리에 익숙하니까."

"대통령은 국민의 생명을 책임지고 있는 분입니다. 너무 오랫동안 국가를 전쟁의 공포 속에 두었다고 생각하고 계셨을지도 모릅니다."

"그래서 다시 예전의 대치 상태로라도 돌아가자는 거였소? 김정일의 평화 회담 제의가 어떤 상황에서 나왔는지도 모른단 말이오?"

최광의 얼굴 근육이 가볍게 경련을 일으켰다.

"그래서 우리를 배신하고 김정일이와 평화조약을 체결하려고 했던 거요?"

"……"

"심한 말 같지만 이영만은 김정일이와 같은 종류의 독재자요. 오늘의 손톱만 한 이득을 위해서 어제의 적에게 붙는 행태를 보시오. 두 사람이 똑같이 주고받고 하는 것을 보란 말이오."

입맛을 다신 김원국이 머리를 돌리자 딴전을 피우고 있는 고동규가 보였다.

최광이 말을 이었다.

"어쨌든 우리가 열어준 통로로 연합군이 올라오겠지만 우리는 이영만 씨에게 실망하고 있습니다. 이것은 당신에게만 말해주는 것이오."

들판에 위치한 저택은 2층 목제 건물이었는데 아래층에는 거실과 주방, 응접실, 아이들의 놀이방이 있고, 2층은 창고와 두 개의 방이 있었다.

저택의 뒤쪽에는 농기구와 수확물을 저장하는 대형 창고가 있었는데 바람막이처럼 뒤쪽의 시야를 가로막고 있다.

주위는 5천 평이 넘는 사과나무 과수원이고 그 너머로는 잔나무와 자갈이 깔린 황량한 들판이 이어진다. 저택의 앞마당에서부터 과수원을 관통해 직선으로 뻗은 길을 2킬로미터쯤 나아가면 이 차선의 국도가 나온다. 간간이 승용차들이 지나는 한적한 길이었는데 왼쪽이 국경으로 가는 길이다.

밤이 깊어지자 비가 내렸다. 최성산이 경비 교대차 현관을 나섰을 때는 비바람 때문에 눈을 뜰 수도 없을 지경이었다. 2시 5분 전이다.

집주인이 입던 우의를 걸친 덕분에 그는 얼굴만 적시면서 앞마

당 끝에 주차된 낡은 도요타 승용차로 다가갔다.

먹물을 뿌린 듯한 어둠 속이었지만 저택에서 비치는 희미한 불빛에 차체의 철판이 번들거렸고, 그 덕분에 그것을 목표로 삼을 수 있었다. 최성산이 도요타로 다가가자 차의 앞쪽 문이 벌컥 열렸다.

"비가 세게 내리는구만. 어서 들어가."

그리 말하며 밖으로 나온 것은 김칠성이다.

"당신이나 나나 말년에 객지에서 고생이 많아."

그러고는 최성산의 대답도 듣지 않고 마당을 건너 현관 쪽으로 달려갔다.

최성산은 운전석에 들어가 앉아 온몸을 흔들어 물기를 털었다. 말년이란 남조선말로 조선 왕조의 말년이나 박정희 정권의 말년과 비슷한 의미의 단어일 것이다. 그렇다면 자신은 둘째로 치더라도 김칠성의 말년이란 무엇인가가 궁금해졌다. 깡패 생활의 말년인가, 아니면 객지에서의 고생 말년인가. 그의 머릿속에는 두 가지밖에 떠오르는 것이 없었다.

반쯤 하품을 하다가 삼킨 최성산은 흐린 유리창 밖을 바라보았다. 앞 유리에 가득 붙어 있는 물방울밖에 보이지 않았으므로 윈도 브러시로 닦아낼까 하다가 그러기 위해서는 시동을 걸어야 한다는 데까지 생각이 미쳤다. 그리고 유리창을 닦아낸다고 해도 앞에 보이는 건 어둠뿐일 것이다.

손수건으로 얼굴의 물기를 닦아내던 최성산은 숨을 깊게 들이마시고는 천천히 뱉어내었다. 그러고는 손을 뻗어 문의 손잡이를 쥐었다. 차 밖으로 나오자 세찬 빗줄기가 온몸을 때렸으므로 그는 머리를 숙이고 저택의 옆쪽으로 뛰어갔다. 대문도, 담장도 없는 과수원집의 경비를 본격적으로 하려면 1개 소대의 병력으로는 모자랄 것이다.

저택의 뒷마당으로 들어서자 고여 있던 물에 금방 구두가 젖었다. 지대가 낮아서인지 물이 빠지지 않기 때문이다.

그는 조심스레 발을 떼면서 뒷마당을 가로질러 창고 앞으로 다가갔다. 반쯤 열린 창고의 안에서는 비린 건초 냄새가 풍겼다. 몸을 돌린 그는 창고의 처마 밑에 붙어 서서 앞쪽의 저택을 바라보았다.

주방과 통하는 뒷문은 이미 닫혀 있고 불도 꺼져 있었지만 2층에서 흘러나온 희미한 불빛이 뒷마당의 일부분을 비추고 있다. 몸을 돌린 최성산은 창고 안으로 들어섰다. 비린 냄새와 함께 후끈한 기운이 피부에 닿았는데 습기에 건초가 썩고 있었기 때문이다.

그는 우의를 벗어 던지고는 발을 들어 주위를 짚어보았다. 밟히는 것은 물컹한 건초더미뿐이다. 어둠 속이어서 아무것도 보이지 않았지만 낮에 눈에 익혀두어서 크게 불편해지는 않다.

그는 건초더미에 몸을 묻고 앉아 다시 길게 숨을 내쉬었다. 혁대에 끼워 넣은 베레타가 허리에 걸렸으므로 고쳐 찌른 그는 이제 등을 기대고 편히 앉았다.

2층의 계단을 내려온 최광이 막 주방 안으로 들어섰을 때 뒤쪽에서 인기척이 났다.

"저, 무얼 드시려구요? 제가……."

지희은이 뒤쪽에 서 있다.

"아, 주스나, 아니면 시원한 냉수라도. 갈증이 나서."

"그럼 잠깐 기다리시겠어요? 오렌지 주스가 조금 남아 있어요."

그녀가 냉장고를 열고 주스를 잔에 따르는 동안 최광은 식탁 의자에 앉아 기다렸다. 지희은이 주스 잔을 들고 다가왔다.

"고맙소. 나 때문에 잠을 깬 건 아니오?"

최광이 잔을 받아 들며 그녀를 바라보았다.

"아니에요. 자지 않고 있었습니다."

"그렇다면 다행이군."

최광이 주위를 둘러보며 말했다.

아래층 거실과 응접실에 나누어 들어간 조웅남 등은 잠이 들었는지 조용했다. 지희은은 주방 옆쪽의 어린이 놀이방을 침실로 쓰고 있었다.

최광이 턱으로 식탁의 앞쪽 자리를 가리켰다.

"잠깐 나하고 이야기를 나누어도 되겠소?"

"네."

지희은이 자리에 앉자 최광이 주스를 한 모금 마시고는 잔을 내려놓았다.

"내가 듣기로는 부친이 우리 공화국의 요원들에게 피살당했다던데, 유감이오."

"……."

"최 대좌한테서 들었소. 당신이 고생한 이야기도."

"지난 이야기예요. 저는 그 사람에 대한 원한은 없습니다."

최광이 머리를 끄덕였다.

"통일이 되면 평양으로 오시오. 나도 그때에는 할 일 없는 사람이 되어 있을 테니까 내가 구경 많이 시켜줄 수 있소."

"고맙습니다."

"전쟁을 결정하는 위치에 있는 사람이 실제로 피해를 입는 인민의 입장이 된다는 것은 생각보다 어려운 일이야."

그가 혼잣소리처럼 말했다.

"아무리 마음을 비운다고 해도 나같이 나이 든 사람이 되면 저도 모르게 굳은 아집과 욕심에서 헤어나기가 쉽지 않아."

"……"

"남조선의 이영만 대통령을 만나게 되면 허심탄회하게 이야기해 보겠어. 그 사람에게 몇 마디라도 통일 사업을 조언해 주는 것이 지금의 나에게는 가장 큰 꿈이야."

건초더미에 머리를 기대고 누워 있던 최성산은 눈 뭉치가 웅덩이에 떨어지는 소리에 눈을 떴다. 그러자 다시 철벅이는 소리가 계속해서 들렸다. 저도 모르게 상반신을 일으킨 최성산은 창고 문 쪽을 쏘아보았다. 눈 뭉치가 떨어지는 소리가 아니다. 웅덩이를 밟는 소리인 것이다. 조심스럽게 움직이고 있었는데 빗소리에 섞인 발소리는 여럿이었다.

최성산은 뻣뻣하게 굳힌 몸을 건초더미 속에서 일으키면서 허리춤에 꽂은 베레타를 꺼내 쥐었다. 온몸을 선뜻한 기운이 훑고 지나가는 듯했고, 고동 소리가 밖에까지 들릴 것같이 심장이 크게 뛰었다. 철벅이는 소리는 잠시 그쳤다가 다시 이어졌는데 하나둘이 아니다. 웅얼거리는 듯한 그들의 말소리도 들렸다.

최성산은 베레타의 안전장치를 풀고 문을 향해 한 걸음 떼었다. 부스럭거리며 건초가 발에 밟혔고, 다시 한 걸음 나아가자 문틈으로 저택 2층의 불빛이 보였다. 그는 다시 한 걸음 나아가 창고 문짝에 몸을 붙였다. 이제 빗소리에 묻혀 발소리는 들리지 않았다.

다급해진 그는 문틈으로 머리를 내밀었다. 그러자 뒷마당에서 어른거리는 서너 개의 검은 그림자가 보인다. 그들은 이쪽으로 등을 돌린 채 주방의 뒷문 쪽으로 다가가는 중이었다.

숨을 들이마신 최성산은 한쪽 무릎을 천천히 꿇고는 그림자를 향해 베레타를 겨누었다. 시야에 들어온 검은 그림자는 셋, 아니 또 하나가 나타났으므로 넷이다. 그는 좌측에 선 사내를 향해 방아쇠를 당겼다.

총성이 울리자 최광과 지희은 번쩍 머리를 들었고, 또다시 총성이 울리자 의자에서 일어섰다. 응접실과 거실에 있던 김칠성과 고동규, 조웅남이 뛰쳐나왔는데 모두 눈을 치켜뜬 얼굴이다.

"형님."

조웅남의 입에서 터져 나온 첫마디였다. 그는 최광을 스치고 지나 계단을 뛰어오르다가 2층에서 내려오는 김원국을 보고는 멈추어 섰다.

총탄이 날아와 뒤쪽 주방의 유리창을 깼다. 그 순간 김칠성이 응접실의 전등을 껐고, 고동규가 주방으로 달려가 주방 불을 끄자 집 안은 어둠에 휩싸였다. 다시 총성이 울렸고, 뒤쪽의 벽을 뚫고 들어와 무엇인가를 깨뜨렸다.

"앞쪽이 비었다!"

김칠성이 소리쳤다.

"잠깐만 기다려!"

그것은 김원국의 목소리였다.

"불을 켜라!"

스위치 옆에 있던 김칠성이 응접실의 불을 켜자 그 순간 집 안 사람들은 현관문으로 들어서는 검은 복면의 사내들을 볼 수 있었다. 허리를 굽힌 그들은 막 좌우로 갈라서려던 엉거주춤한 자세였다.

탕, 탕, 탕!

고동규와 김칠성이 쥐고 있던 권총에서 일제히 불이 뿜어져 나왔다. 사내들은 온몸을 비틀면서 쓰러졌는데 그중 한 사내가 쓰러지는 순간에도 이쪽으로 기관총을 쏘아댔다.

타타타타타!

응접실과 주방의 가구와 유리그릇이 어지러운 소리를 내며 깨졌다. 김원국이 튕기듯이 일어나 쓰러진 사내에게로 다가가더니 손에 쥐고 있는 기관총을 빼앗아 들었다.

"불을 꺼라!"

다시 집 안은 코앞의 사물도 보이지 않는 짙은 어둠 속에 묻혔다. 뒤쪽에서 요란한 기관총 소리가 들렸다가 멈추었다. 다시 권총의 발사음이 들리자 김원국이 소리쳤다.

"뒷문으로! 동규와 칠성이가 먼저 나간다! 어서!"

김원국의 말이 떨어지기가 무섭게 고동규와 김칠성이 주방의 뒷문을 박차고 밖으로 뛰어나갔다.

"최 부장님, 어디 계시오?"

김원국이 숨 가쁜 목소리로 물었다.

"여기 있습니다."

의외로 가까운 곳이다.

"나가십시다."

"난 다리에 유탄을 맞았소."

최광의 말투는 침착했지만 옆쪽에 엎드려 있는 지희은에게는 체념한 것처럼 들렸다.

"웅남아! 네가!"

김원국이 짧게 소리치자 우당탕거리면서 조웅남이 일어나는 소리가 들렸다.

타타타타타!

그 순간 김원국이 어두운 현관 쪽을 겨냥하여 기관총을 쏘아 갈겼고, 조웅남의 씨근거리는 숨소리가 들려왔다.

"형님, 나 먼저!"

최광을 들쳐 업은 조웅남이 소리쳤다. 다시 우당탕거리며 집 안이 울렸다. 그가 뛰쳐나가는 것이다. 뒤쪽에서 다시 요란한 총성이 울려 나왔다.

"지희은이 어디 있어?"

김원국의 목소리가 집 안을 울렸다.

"어디야?"

"여기 있어요."

지희은은 그가 다가오기를 기다렸다.

그들은 나뭇가지에 얼굴을 긁히면서 나아갔다. 앞장을 선 것은 고동규였고, 그의 뒤를 최광을 한쪽 어깨에 둘러멘 조웅남이 따르고 있다. 지희은은 얼굴의 빗물을 손바닥으로 훔쳐 내었다.

빗발은 조금도 줄어들지 않고 끈질기게 퍼붓고 있다. 온몸의 열기가 조금씩 식어 체온이 떨어지고 있었다.

지희은은 이를 마주치며 온몸을 떨었다. 바지에 스웨터라도 입고 있어서 다행이었다.

앞쪽의 조웅남은 씨근거리는 숨소리를 내고 있었지만 기운차게 나아갔다. 그의 어깨에 걸쳐진 최광의 얼굴은 어두워서 보이지 않았다.

지희은은 머리를 돌려 뒤쪽을 바라보았다. 나뭇가지를 스치는 소리를 내면서 다가오는 그림자는 김원국이다. 김칠성과 최성산은 창고 뒤쪽에 모였을 때도 보이지 않았으므로 김원국이 대열의 끝이다.

가도 가도 끝이 없는 나무숲이라는 생각이 들었고, 얼음 줄기 같은 빗발을 맞아도 이제 감각이 없다. 목구멍으로 쇳소리를 내며 걷던 지희은은 나뭇가지에 발이 걸렸는지 땅바닥에 고꾸라졌다. 뒤쪽에서 김원국이 다가오는 소리를 들었으나 그녀는 몸을 일으키지 못했다.

"일어나."

옆으로 다가온 김원국이 낮은 목소리로 말했다. 지희은의 대답이 없자 김원국은 그녀의 옆에 한쪽 무릎을 꿇고 앉아 상반신을 일으켜 세웠다.

"이런, 몸이……."

그녀의 이마에 손바닥을 가져다 댄 김원국이 놀란 듯 말했다.

"옷을 이것밖에 안 입었다니."

지희은은 입을 벌렸으나 이만 마주칠 뿐 말을 뱉어내지 못했다. 그에 김원국이 입고 있던 파카를 벗어 그녀의 언 몸을 감싸주었다.

"자, 가자."

그녀를 번쩍 안아 든 김원국이 발을 떼었다. 빗발이 세차게 얼굴에 뿌려졌지만 지희은은 그의 체온이 남아 있는 파카가 따뜻하다는 것을 느끼면서 의식을 잃었다.

그들이 들어선 곳은 나무숲에 가려진 조그만 창고였다. 낡은 농기구와 쓰다 남은 비료가 한쪽에 쌓여 있는 것을 보니 부근에 농가가 있을 것 같았다.

조웅남이 최광을 벽에 기대 앉혀놓고 허리를 폈다. 여전히 짙은 어둠 속이었지만 이제 어둠에 익숙해져서 사물의 윤곽은 보인다.

"두 시간은 족히 걸은 것 같은디, 형님."

지희은을 내려놓은 김원국이 시계를 보았다. 야광침이 2시 반을 가리키고 있다.

"그렇다. 두 시간을 걸었다."

"그렇다면 10킬로미터는 걸었을 거요. 근디 여그가 북쪽여, 남쪽여?"

김원국이 문 앞에 기대서 있는 고동규를 돌아보았다.

"근처에 민가가 있는지 알아보아라."

"예, 형님."

고동규가 그림자처럼 어둠에 묻혀 사라지자 조웅남이 부스럭거리며 다가왔다.

"나도 칠성이 찾으러 갈라요."

"어딜 간단 말이냐?"

"온 길을 되짚어서 갔다가 올 거요."

"여기 있어."

"형님이나 있으쇼."

김원국이 조웅남의 어깨를 움켜쥐었다.

"웅남아, 기다리라고 했다."

"가서 송장이라도 지고 와야지."

조웅남의 목소리는 가라앉아 있었다.

"그 씨발 놈은 우리한티 길 터줄라고 남았던 거요."

"빠져나갔을지도 모른다."

"좌우당간 가서 확인을 헐 텡게로."

"말 들어, 이 자식아."

김원국이 낮으나 강한 목소리로 말하자 조웅남은 한동안 움직이지 않았다.

"동규가 올 때까지 좀 쉬어라."

김원국은 장승처럼 서 있는 조웅남을 버려두고 최광에게로 다가갔다.

"최 부장님, 괜찮습니까?"

"김 선생, 불을 좀."

최광이 가늘어진 목소리로 말했다.

"내 얼굴을 비춰주시오, 김 선생."

김원국이 바지 주머니를 뒤지다가 지희은에게로 다가가 파카 주머니에서 라이터를 꺼내었다. 지희은이 길게 숨을 내쉬자 문득 김원국의 움직임이 멈추었다.

"이제 견딜 만해?"

"네."

온몸에서 열이 났지만 상태가 나쁘지는 않았다.

김원국은 최광에게로 다가가 라이터를 켰다.

"어디 상처를 봅시다."

불빛에 비친 최광의 바지는 빗물에 흠뻑 젖어 몸에 들러붙어 있었다.

"여기야."

김원국이 무릎 위쪽을 가리키며 말했다. 바지에 총탄으로 뚫린 구멍이 있다.

"웅남아, 붕대. 지혈해야 한다."

주위를 두리번거리던 조웅남은 마땅한 것이 없자 파카를 벗어 던지고는 셔츠를 잡아 뜯듯이 벗었다. 옷감 찢어지는 소리가 날카롭게 울렸다.

"우선 지혈을 하고 병원에 갑시다, 부장님."

조웅남에게 라이터를 들게 한 김원국은 그의 허벅다리 안쪽을 동여매었다. 깜박이는 라이터 불 아래에서는 피와 빗물이 구분되지 않았다.

"서두르면 됩니다. 걱정 마시고."

"피를 너무 흘린 것 같소, 김 선생."

낮은 목소리로 말한 최광이 희미하게 웃었다.

"해방전쟁 때도 총 한 방 안 맞은 내가 유탄에 맞다니."

김원국이 머리를 돌려 창고 문 쪽을 바라보았다. 고동규를 찾는 몸짓이다.

"곧 민가를 찾게 될 겁니다. 그러면……."

라이터가 달아올라 조웅남이 발화 버튼에서 손가락을 떼었다. 어둠 속에서 최광의 목소리가 들렸다.

"계획된 습격이었소, 김 선생."

"……."

"우릴 습격한 놈들은 동양인이었지요?"

"그렇습니다."

"김 선생은 누구라고 생각하시오?"

"지금은 알 수 없습니다."

"나는 차라리 그들이 일본 놈이었으면 좋겠소."

"……."

"그래, 틀림없이 일본 놈이오."

조웅남이 다시 라이터를 켜자 최광의 얼굴이 드러났는데 불이 꺼지면서 곧 어둠 속으로 사라졌다. 그러나 그의 목소리는 다시 흘러나왔다.

"난 한숨 잘 테니까, 당신들이 떠날 때 깨워주시오."

고동규가 돌아왔을 때 라이터를 켠 그들은 최광이 벽에 기대 앉은 채 숨이 끊어져 있는 것을 보았다.

"잔다고 허드만, 죽었는디."

혼잣소리 같은 조웅남의 말에 김원국이 허리를 펴고 일어섰다.

"가자."

"이대로 두고 갑니까?"

고동규의 말에 그는 머리를 끄덕였다.

"아침에 프랑스 당국으로 연락하면 그들이 알아서 할 것이다."

그들은 창고를 나와 숲을 헤치고 나아갔다. 이제 이곳은 들판이 아니라 가파른 언덕이 있는 산길이었다. 빗발은 아까보다 가늘어져 있었지만 끈질기게 쏟아지고 있었다.

김원국이 뒤따르는 지희은을 돌아보았다.

"어때, 걸을 수 있겠어?"

지희은이 머리를 끄덕였다. 그러나 곧 어둠 속이라는 것을 깨닫고는 겨우 입을 열어 대답했다. 그에 김원국이 멈추어 섰다.

"업혀라."

그러고는 그녀 앞에서 상체를 숙이는가 싶더니 금방 들쳐 업었다. 조웅남이 뒤쪽으로 처져 있다 와서는 김원국과 나란히 걸었다. 그는 김원국의 등에 업힌 지희은은 본 척도 하지 않았다.

"형님."

낮고 굵은 목소리로 그가 말했다.

"나는 통일이 안 되도 좋으니 칠성이가 살아 있었으믄 좋겠소."

"……."

"형님."

"말해라."

"지금 우리는 어디로 가는 거요?"

"……."

"칠성이 찾을 때까지 난 아무 디도 안 갈 텡게 그렇게 아쇼."

"나도 안 간다. 우리를 친 놈이 누군지 알기 전까지는."

조웅남이 마음이 놓인 듯 길게 숨을 내쉬었다.

"형님."

"뭐냐?"

"갸, 무거울 틴디 나헌티 넹기쇼."

"괜찮다."

지희은이 김원국의 등에 대었던 뺨을 다른 쪽으로 바꿔 대었다.

"최성산이는 죽었습디다. 창고 문짝에 자빠져 있는 것을 내 눈으로 봤어요."

조웅남이 말을 이었다.

"서너 놈을 쏴 쥑였더구만. 그 시키가."

"그 사람 아니었으면 우리 모두 살아남지 못했다."

"도대체 어떤 놈이여? 아까 영감 말대로 일본 놈이 그런 거여?"

앞장서 가던 고동규가 걸음을 늦추었으므로 그들은 곧 그와 나란히 가게 되었다.

아래쪽은 밋밋한 비탈이다. 어둠에 묻힌 비탈 아래쪽으로 희끗한 벽과 담장의 윤곽이 드러난 농가가 보였다.

그들이 칼레에 도착했을 때는 아침 6시가 되어 있었다. 농가에서 강탈한 낡은 시트로엥은 잘 달려주었지만 빗길이어서 100킬로미터밖에 안 되는 칼레까지 두 시간 가까이 걸렸다.

해 뜨기 전의 어둑한 시가지로 들어서면서 핸들을 잡은 고동규가 힐끗 백미러를 올려다보았다. 차창에 머리를 기댄 지희은은 죽은 듯이 잠들어 있었지만 김원국은 눈을 뜨고 있어서 눈이 마주쳤다.

"가까운 여관에 대라. 몇 시간만 쉬었다 가자."

김원국이 입을 열었다.

"지희은이가 안 좋아."

앞자리에 앉은 조웅남이 머리를 돌려 지희은을 바라보았다. 그들의 말소리를 들은 지희은이 눈을 떴다가 다시 감았다.

"총 맞은 것도 아닌디 왜 그런다요?"

김원국이 잠자코 있자 조웅남은 입맛을 다시면서 돌아앉았다.

그들이 들어선 곳은 바닷가의 조그만 여관이었다. 로비에는 술병이 뒹굴고 있었고, 해진 소파에서는 사내 한 명이 엎어져 자고 있었다.

내의 바람의 주인이 찌푸린 얼굴로 그들을 맞았는데 이쪽의 험한 몰골에도 눈썹 하나 까딱하지 않았다. 그들은 방 두 개를 얻어 2층으로 올라갔다.

김원국이 지희은을 안다시피 하고 방으로 들어서자 뒤쪽에서 따라오던 조웅남이 눈을 껌벅이며 그를 바라보았다. 그의 얼굴을 앞에 두고 문을 닫은 김원국은 지희은을 침대에 눕혔다. 밝은 불빛 아래에서 본 그녀의 얼굴은 붉게 달아올라 있었고 숨결은 뜨거웠다.

노크 소리가 들렸으므로 김원국은 그녀가 걸친 파카를 벗기다가 허리를 폈다. 고동규가 방으로 들어섰다.

"형님, 차를 버리고 오겠습니다. 그리고 여러 가지 준비할 것이 있습니다."

"여기 있다."

김원국이 파카 안쪽 주머니에서 지갑을 꺼내 그에게 건네주었다.

"차도 한 대 준비해 오도록 해. 얘를 데리고 다른 것을 타기는 힘들다."

그가 침대에 누워 있는 지희은을 턱으로 가리켰다.

고동규가 나가자 김원국은 그녀에게로 다가가 물에 젖은 스웨터를 벗겨내었다. 그러자 브래지어로 젖가슴만을 가린 그녀의 상반신이 드러났다.

지희은이 가늘게 눈을 떴다가 소리 죽여 앓는 소리를 뱉으면서 다시 눈을 감았다. 브래지어도 흠뻑 젖어 있었으므로 김원국이 호크를 풀어 던졌다. 그러자 두 개의 아담한 젖무덤이 튕기듯 솟아올랐다. 그가 서두르듯 바지까지 벗겨내자 지희은은 금방 팬티 차림의 알몸이 되었다.

김원국은 침대의 흰 시트로 그녀의 몸을 감았다. 그러고는 시트 위를 손바닥으로 문지르기 시작했다. 그러자 얇은 시트 밑의 그녀의 몸이 뜨거워지고 그의 움직임에 따라 흐느적거리며 흔들렸는데, 반쯤 벌린 붉은 입술에서는 더운 입김이 뿜어져 나오기 시작했다.

어깨에서 양팔로, 다시 가슴에서 아랫배, 그리고 허리를 차례로 비벼 내려가는 김원국의 이마에 땀방울이 맺혔다. 지희은이 앓는 소리를 내며 몸을 꿈틀거리기 시작했다. 그의 힘이 들어간 두 손바닥이 허벅지를 비비기 시작하자 시트 밑으로 그녀가 두 주먹을 움켜쥐고 있는 것이 느껴졌다.

마지막으로 종아리와 발을 비비고 난 김원국은 허리를 폈다. 그러고는 땀으로 범벅이 된 시트를 걷어 젖히자 지희은이 두 손으로 가슴을 가리면서 눈을 떴다. 잠자코 새 시트를 그녀의 몸 위에 덮은 김원국은 그 위에 다시 두꺼운 이불을 덮어주었다. 그러고는 걷은 시트 자락으로 얼굴의 땀을 닦으면서 돌아섰다.

"이제 한숨 푹 자면 나을 게다."

그 시간의 회양.

제1군단 사령부의 상황실에서는 수십 명의 참모가 벽에 붙은 대형 지도 앞에 둘러서 있었다. 그들을 바라보고 서 있는 것은 이을설이다. 그가 입을 열었다.

"이영만이 우릴 배신했는데 가소로운 일이다. 김정일과 손을 잡으면 남쪽 걱정이 없는 그가 우리를 쓸어낼 줄 알고 있는 모양이야."

그가 입가에 쓴웃음을 지었다.

"따라서 우리는 김정일을 상대하느라 남조선에 신경을 쓰지 못할 것이라 생각할 것이다."

입가에 웃음은 띠고 있었지만 그는 두 눈을 부릅뜨고 있었다. 아침 8시에 남조선의 정변을 들은 그는 치를 떨었다. 강백진과 양문석 등의 만류로 겨우 진정은 했지만 이제 그의 당면한 적은 턱밑에 올라와 있는 연합군이 된 것이다.

긴장한 참모들을 향해 그가 말을 이었다.

"서로 약점을 샅샅이 알고 있는 김정일과 나의 전쟁은 어느 한쪽이 철저히 파멸당하는 것으로 끝이 날 것이다. 그래서 나나 김정일은 전면전을 피하면서 세력전으로 승부를 내려고 한 것이다. 이것은 양쪽의 공통된 작전이었다."

그는 번쩍 머리를 들었다.

"하지만 남조선은 다르다."

이을설의 말소리가 떨려 나왔다.

"기회주의자에게 그가 노린 기회라는 것이 얼마나 큰 착오였는지를 알려주어야겠다. 우리는 지금부터 한 시간 후 오후 3시 정각에 이곳을 친다."

그가 지휘봉 끝으로 가리킨 곳은 215고지였다.

"김정일이와 내일 평화조약을 맺는 남조선에게 선물을 주는 것이다. 지금 즉시 제15전차사단은 215고지로 출동한다. 전차사단이 215고지의 전방 3킬로미터 지점에 접근했을 때 미사일로 215고지를 폭격한다."

그가 지휘봉을 내리자 강백진이 그의 옆으로 다가가 참모들을 바라보았다.

"제18전차사단은 215고지의 후방 405거점으로 이동하고 51사단은 15전차사단과 함께 진격한다. 다른 부대는 현 위치에서 대기한다. 질문 사항 있나?"

참모 하나가 손을 들었다.

"참모장 동지, 남조선군이 김정일과 연합하여 전 전선에서 반격해 올 때의 대비책이 있습니까?"

젊은 중좌의 눈빛이 날카로웠으므로 그것을 본 이을설의 가슴이 두근거렸다. 강백진이 머리를 끄덕였다. 그도 중좌의 질문이 마음에 드는 모양이다.

"중좌 동무, 남조선군은 반격하지 못한다."

"왜 그렇습니까?"

"첫째로, 동부전선의 우리 인민군의 병력과 화력이 월등하기 때문이고."

강백진의 힘찬 목소리가 상황실을 울렸다.

"둘째로, 만의 하나 그들이 치고 올라올 경우 그 통로는 우리 동부전선뿐이라는 것이다. 김정일이가 중부와 서부 지역을 열어 주겠는가?"

"……"

"셋째로, 치고 올라온다면 미국과 일본이 반대할 것이다. 일본은 어느 한쪽이 크게 밀리면 약자를 돕는데, 그 이유를 동무는 알고 있을 거야. 그리고 미국은 확전을 반대할 것이 틀림없고. 그리고 중요한 것은."

그러면서 강백진이 입술 끝으로 웃었다.

"김정일이 남조선군의 북상을 반대할 것이야."

"만약 우리가 남조선을 치고 내려간다면 어떻게 됩니까?"

이렇게 물은 것은 대좌 계급장을 단 참모였다. 그 말에 옆쪽에서 있던 양문석이 나섰다.

"가능성이 있다. 그러나 아직 그것을 실행할 단계는 아니다. 이번 공격으로 남조선의 반응을 보고 결정해도 늦지 않다."

이을설이 헛기침을 했으므로 모두 그를 바라보았다. 이제 결론을 내릴 시간이다. 그는 지휘봉으로 215고지를 두드렸다.

"이곳의 연합군을 전멸시키고 비무장지대까지 군을 전진시킨다. 이상."

노크 소리가 나자 김원국은 눈을 떴다. 의자에 앉아 깜박 잠이
들었던 것이다.

"누구요?"

"접니다."

고동규의 목소리였다. 그러나 그는 김원국이 문을 열어줄 때까
지 밖에서 기다리고 있었다.

"들어와."

김원국이 문에서 비켜나며 그의 얼굴을 쏘아보았다.

"무슨 일이 있나?"

"형님, 한국에 정변이 일어났습니다."

방으로 들어선 고동규가 서두르며 말했다.

"사령관이 이영규 대장으로 바뀌었고, 강동진 대장과 참모들은
모두 체포되었다고 합니다. 그리고 안기부장도 박종환으로 바뀌
었습니다."

"……"

"평화조약은 한국 시간으로 내일 오후 2시에 서울에서 체결됩
니다. 체결 현장에는 미국, 일본의 국무장관과 군사령관들이 참석
한다고 했습니다."

"……"

"형님, 어젯밤 일도 이 일과 관련이 있습니다. 놈들은 우리를
제거해 후환을 없애려고 했던 것입니다."

고동규의 눈에는 핏발이 서 있었다.

"거기 앉아라."

김원국이 침대 옆의 낡은 의자에 앉으며 앞쪽의 의자를 가리켰다. 지희은은 침대에 곤히 잠들어 있었다.

"방금 말한 놈들이란 누구를 말하는 거냐?"

김원국이 묻자 앞자리에 앉은 고동규가 서슴없이 대답했다.

"이영만은 우리를 제거된 그들과 같은 부류로 생각하고 있을 것입니다. 더구나 이을설을 배신한 상황에서 최광을 데리고 있는 우리는 부담이 가는 존재였을 겁니다."

"……"

"정부에서 시킨 일입니다, 형님."

"최광 씨가 이 자리에 없는 것이 다행이군."

김원국이 씁쓸하게 웃었다.

"어젯밤의 일이 왜 일어났는지 짐작은 가지만, 우릴 친 놈들이 누군지는 아직 모른다. 동양인이라는 것밖에."

"우리의 거처를 알고 있는 것은 일본 정보국 요원들밖에 없습니다. 우리는 파리의 박남호에게도 보안상 거처를 알려주지 않았습니다."

"그렇다면 일본의 요원들이 우리를 쳤단 말인가?"

"다케무라가 시내에서 돌아오지 않았습니다. 놈이 직접 습격하지는 않았더라도 거처를 알려주었을 것입니다."

"……"

"일본은 이영만의 조약 체결을 환영하는 입장입니다. 우리는 그들에게도 걸리는 존재가 된 것입니다."

"파리의 박남호에게 연락을 해보도록."

김원국의 말에 고동규가 눈을 껌벅이며 그를 바라보았다.

"박남호에게 말입니까?"

"그래. 그리고 우리는 이곳을 떠난다."

머리를 끄덕인 고동규가 자리에서 일어섰다.

"밖에 나가서 연락하겠습니다."

고동규가 방을 나가자 김원국은 그가 놓고 간 가방을 풀어 탁자 위에 옷가지를 내려놓았다. 어디서 구해왔는지 여자용 바지와 스웨터, 오리털 파카까지 있다.

그는 머리를 돌려 침대 위의 지희은을 바라보았다. 순간적으로 김원국의 눈빛이 굳었다. 지희은의 눈과 마주친 것이다. 머리만 내놓은 채 누워 있는 그녀의 눈동자는 맑고, 피부는 반질거리며 윤이 났다.

"깼나?"

그가 묻자 지희은이 조그맣게 머리를 끄덕였다.

"네."

"이젠 괜찮아?"

"네."

"그럼 일어나 옷을 입어라. 떠난다."

박남호가 전화를 받은 곳은 몽마르트르 근처의 허름한 호텔이었다. 벌거벗은 몸으로 침대를 빠져나온 그는 비틀대며 옷걸이에 걸린 코트를 집어 들었다. 그러고는 주머니에 들어 있는 휴대폰을 꺼내 뚜껑을 열자 신호음이 그쳤다.

"여보세요."

허리를 펴며 침대 쪽으로 돌아선 그가 갈라진 목소리로 말하자 저쪽은 잠시 대답이 없었다. 어지럽게 시트가 젖혀진 침대 위에는 어젯밤에 끌고온 혼혈 여자가 사지를 뒤튼 채 엎드려 자고 있다.

"여보세요."

─박남호 보좌관이시오?

한국말이었으므로 그는 정신이 번쩍 들었다.

"그렇습니다. 그런데."

─나 고동규올시다.

"아, 고 형."

그와는 안기부 내에서의 직급이 비슷했고 서울에서부터 안면이 있었다. 박남호가 다급히 물었다.

"지금 어디 계시오?"

─그건 내가 묻고 싶은 말인데. 당신은 숙소에도 없습디다.

"사정이 생겨서."

─무슨 사정 말입니까?

"고 형, 서울에서 일이 터졌습니다. 바로 어젯밤에 말이오."

─나도 방금 뉴스를 들었소.

박남호가 벽에 걸린 시계를 올려다보았다. 아침 7시가 되어가고 있다.

"아아, 뉴스로 나갔겠군. 난 어제저녁에 들었습니다. 부장님과 강동진 사령관, 그리고 참모들은 대통령에게 속아서 청와대로 들어갔다가 당했습니다. 난 서울의 설정식 차장에게서 연락을 받았습니다."

연락을 받고 김원국의 거처를 찾으려고 동분서주하다가 새벽녘에야 길거리에서 만난 여자를 끌고 이곳에 들어왔다. 지금은 여자와 위스키를 몇 병 마셨는지, 섹스를 했는지도 기억이 나지 않았다.

"고 형, 어젯밤 내내 당신들을 찾으려고 수소문했습니다. 서울의 설 차장이 체포당하기 전에 연락을 해와서요. 설 차장은 김 선생과 최광 씨를 서울에 오게 하면 안 된다고 했습니다."

—어젯밤 몇 시에 연락을 받았소?

"저녁 8시가 조금 지났을 때요. 서울 시간으로 새벽 4시경이지요."

—…….

"사건이 일어난 지 두 시간쯤 지났을 때입니다, 고 형."

—늦었군.

"그래도 설 차장은 최선을 다했소. 나에게 연락을 마치고 난 후 그는 그 자리에서 체포되어 끌려갔다고 합디다."

—내 말은 우리에게 연락이 늦었단 뜻이오.

"아니, 내가 당신들의 연락처를 모르는데 어떡합니까? 일본 정보국 애들하고만 돌아다녔으면서."

—…….

"시바다한테도 물어보았단 말이오. 그자도 모른다고 합디다."

—우리는 어젯밤에 습격당했소. 최광은 총상을 입고 죽었습니다.

그 말에 숨을 멈춘 박남호는 한동안 입을 열지 않았다. 고동규가 말을 이었다.

—우리 측의 피해가 큽니다, 박 형.

"그럼 김 선생은?"

—무사하시오.

"습격한 자는?"

—그건 아직.

박남호는 이를 악물고 한동안 벌거벗은 몸으로 서 있었다. 온몸에 싸늘한 한기가 들고 있었지만 선뜻 입을 열기도, 움직이기도 싫었다.

제11장

재편되는 연합 전선

밤의
대통
령

2월 14일 오후 2시 40분, 연합군 사령부의 상황실.

작전 지도를 펴놓은 테이블에는 10여 명의 군 간부가 모여 있었다. 유진영 중장이 찌푸린 얼굴로 머리를 저었다.

"경계 태세를 강화하도록. 하지만 도발하면 안 된다. 각하의 명령이다."

"하지만 15전차사단은 51보병사단과 함께 215고지의 전방을 압박해 오고 있습니다, 참모장님."

대령 계급장을 붙인 참모가 지도 위의 한 점을 손가락 끝으로 짚었다.

"위성 관측에 의하면, 제18전차사단은 이 지점으로 이동하고 있습니다. 215고지의 78기갑여단과 2사단 병력으로는 방어하기가 벅찹니다."

그러자 옆에 서 있던 채일주 중장이 입맛을 다셨다. 그는 사령관의 특별보좌관이었는데, 그것은 대통령에 의해 이번에 신설된 보직이다. 그의 임무는 작전의 확인과 감독으로 인민국 조직의 군 정치국장과 같은 역할을 한다.

"이봐, 김 대령. 움직이면 공격이고 가만히 있으면 방어라는 사고방식은 버려. 놈들이 평화조약 체결 때문에 예민해져 있는 것은 사실일 테지만 우릴 공격하지는 못한다."

육중한 체구의 채일주는 생긴 대로 목소리도 우렁찼다.

"이을설은 서쪽과 남쪽의 연합군을 한꺼번에 상대할 만큼 만용을 부릴 자가 아니야."

"보좌관님, 만약의 경우에 대비해서라도."

"만약의 경우에 어떻게 한단 말인가?"

그러자 대령은 주춤 입을 다물었다. 만약의 경우란 인민군의 공격이고, 그것에 대한 이쪽의 적극적인 대비는 선제공격이 될 것이다. 이제까지 잠자코 있던 이영규가 입을 열었다.

"물론 적의 공격 시에는 즉각 반격한다. 그것에는 이론이 없다. 따라서 동부전선의 각 부대들은 반격 준비를 갖추고 있도록."

이제는 동부전선으로 긴장 상태가 옮겨진 것이다. 참모들은 잠자코 그를 바라보았다.

이것은 시소의 한쪽이 올라가고 내려가는 것처럼 간단한 일이 아니었다. 이제까지 중부와 서부전선을 긴장시켰는데 그것을 잠깐 동안에 동부전선으로 옮긴다는 것은 아무리 전투 준비가 완벽하게 되어 있다손 치더라도 힘든 일이었다.

그리고 말이 반격이지, 선제공격을 받는 쪽은 치명적인 피해를 입기 때문에 반격은 소용이 없다. 그것은 일주일 전 이쪽의 공격에서 사실로 입증되었다. 이을설의 제1군 미사일부대들은 미처 손을 쓰지도 못하고 아군의 미사일 공격에 궤멸되었던 것이다.

이영규가 주위를 둘러보았다.

"전군 비상 대기시키고, 대통령 각하께도 보고하도록. 그리고."

그의 시선이 가토에게서 멈추었다.

"장군은 하실 말이 없습니까?"

"네, 없습니다. 다만."

가토가 몸을 바로 세우고 말을 이었다.

"정치적인 개입이 필요한 것 같습니다. 아직 조약을 체결하기 전이지만 김정일을 시켜 동쪽을 압박시킨다든지."

"보고는 합니다. 그러나 그것은 각하께서 결정하실 일이오."

머리를 끄덕인 가토가 입을 다물자 유진영이 손바닥으로 지도를 두드렸다. 북한의 동쪽과 서쪽을 두드리는 것이다.

"이제까지 김정일과 이을설은 서로 견제하면서 전면전을 피하려는 기미를 보였습니다. 그런데 이것은 김정일이 이을설을 치는 계기가 될 수도 있겠습니다."

이영규가 머리를 끄덕였으나 표정이 밝지는 않았다. 동쪽이 남쪽을 치면 서쪽이 동쪽을 친다는 말이었는데, 그때는 한반도가 모조리 전쟁에 휩말릴 것이다.

대통령이 머리를 한쪽으로 기울이며 벽을 쏘아보았다. 이윽고 그는 전화기를 고쳐 쥐었다.

"이을설이 우리에게 배신감을 느끼고 있는 것은 당연해. 하지만 그렇게 무모한 짓을 벌일 수는 없을 것 같은데."

—저도 그렇게 생각합니다, 각하.

목소리 주인은 이영규 대장이다. 그가 말을 이었다.

—하지만 각하, 저는 전군에 비상경계령과 함께 적의 공격에 즉각 반격하라는 명령을 내렸습니다.

그것은 이미 대통령의 명령으로 내려진 것이므로 당연한 일이었다.

—각하, 참모들은 각하께서 김정일에게 연락해 이을설을 압박하도록 하는 것을 건의해 보라고 했습니다만.

"내가 말이오? 김정일이에게?"

—예, 각하. 조약 체결이 내일이니만큼.

대통령이 입맛을 다시고는 테이블 건너편에 앉아 있는 외무장관 장영식을 바라보았다.

"이봐요, 사령관. 이을설이가 공격해 올 가능성은 얼마나 있소?"

—각하, 만약의 경우에 대비한 방법입니다. 가토 중장도 그런 의견을 내었습니다만.

"남한이 이을설의 침공 위협을 받고 있으니 도와달라고 하란 말이오?"

—……

"지금 김정일이 어떤 조건으로 우리와 조약을 맺으려 하는지 사령관도 잘 알지요?"

—알고 있습니다, 각하.

"민족의 숙원인 평화가 오고, 이산가족이 조약 체결과 동시에 남북으로 왕래하게 된단 말이오. 석 달 후에는 통행증만 가지면 남북의 국민들이 휴전선을 통과할 수 있고."

—…….

"내가 그런 제의를 한다면 김정일이가 어떻게 나올 것 같소?"

—…….

"틀림없이 뭔가를 조건으로 내놓을 거요. 지금은 그자가 궁지에 몰려 있으니만큼 우리는 그 기회를 놓치면 안 된단 말이오."

—그렇습니다, 각하.

"우리 군은 만약의 경우에도 충분히 반격할 수 있어요. 그렇지 않습니까?"

—물론입니다, 각하.

"클린트 대통령과 하시모토 수상에게는 내가 연락해서 이야기하겠소. 이을설을 위협하는 것에 대해서 말이오."

전화기를 내려놓은 대통령이 길게 숨을 내쉬었다.

"이제는 이을설로 바뀌었나?"

그 시간, 다케다 소장은 215고지의 지하 벙커에서 한국군 제2사단장인 변영호 소장과 마주 앉아 있었다. 철근콘크리트로 급조된 벙커는 완공된 지 하루도 지나지 않은 탓에 벽에서는 비린 듯한 시멘트 냄새가 났지만 꽤 넓었다. 한국의 건설 기술이 유감없이 발휘된 건물이었다.

"인민군 15전차사단은 소련 식으로 편제되어 있어서 3개 연대, 약 350대의 T—62 전차가 주력입니다."

벙커를 둘러보던 다케다가 입을 열었다.

"전투 병력은 약 만 명, 장갑차를 포함해서 지원 차량이 2천5백 대 가까이 되는 기계화부대지요."

변영호가 머리를 끄덕였다.

"우리 사단의 대전차부대를 전진 배치시켰습니다. 놈들의 진입로를 차단시키는 동안 공군과 포병의 폭격이 있을 겁니다."

"그다음이 우리 차례로군. 한국전 최대 규모의 전차전이 되겠는데."

"염려하지 마시오, 다케다 장군. 우리도 한몫을 단단히 할 테니까."

변영호의 말에 다케다가 머리를 끄덕였다.

"피아간에 손실이 클 겁니다. 보병부대가 더욱. 이곳은 지형이 완만해서 은폐할 곳도 마땅치 않은 데다 토질이 약합니다."

"그건 어쩔 수 없는 일이오. 하지만 우리는 빨리 움직일 테니까 놈들의 고정표적이 되지는 않을 것이오."

215고지는 둥글고 밋밋한 능선으로 남쪽을 바라보기에는 좋았지만, 북쪽에서 내려다보면 경치 좋은 묘지일 뿐이다. 다케다가 자리에서 일어서면서 그를 향해 손을 내밀었다.

"그럼 건투를 빌겠소, 변 장군."

"끝나고 술이나 한잔합시다."

악수를 마친 다케다가 상황실을 나가자 변영호의 옆으로 대령 계급장을 어깨에 붙인 참모가 다가왔다.

"사단장님, 사령부의 전화입니다."

그는 대령이 건네주는 무선전화기를 귀에 대었다.

"사단장 변영호입니다."

―나, 유진영이오.

"예, 참모장님."

―상황은 어떻소?

"놈들은 공격 대형으로 다가오고 있습니다. 거리는 3킬로미터 가까이 되었습니다."

―15전차사단의 뒤를 따라 51사단이 이동하고 있고, 후방에는 18전차사단이 있습니다. 참고하시오.

"공격해 온다면 우린 진격해 갑니다. 이곳은 방어할 만한 조건이 안 됩니다."

―알고 있어요. 78기갑여단과 호흡을 잘 맞추어야 할 거요.

"방금 다케다 소장하고 이야기를 끝냈습니다, 참모장님. 지원이나 잘해주십시오."

78기갑여단은 15전차사단과 그리고 그의 2사단은 인민군 51사단과 마주치게 되는 것이다.

변영호는 숨을 들이마시고는 어깨를 폈다. 적의 선제공격으로 다소 피해를 입겠지만 한국군과 인민군의 보병사단이 반세기 만에 처음으로 부딪치는 것이다. 그는 78기갑여단이 15전차사단만 맡아준다면 해볼 만하다고 믿고 있었다.

그 시간의 주석궁, 김정일의 지하 집무실 안.

소파에 앉은 김정일이 머리를 끄덕이며 김강환을 바라보았다. 며칠 사이 수척해진 모습이었지만 안경알 속의 두 눈에는 생기가 있었다.

"이을설이 남조선을 치는 것에는 한계가 있습니다, 수령 동지.

그가 운용할 수 있는 부대는 제1군단의 3, 4개 사단밖에 되지 않습니다."

앞자리에 앉은 김강환이 말을 이었다.

"따라서 남조선의 대응도 제한적일 가능성이 많습니다. 이영만의 성격으로 보아도 동부전선에 있는 군단의 병력을 모두 투입해서 북으로 밀고 들어올 것 같지는 않습니다."

"스커트나 이을설이 가지고 있는 노동 1호로 서울을 때려도 좋은데. 그러면 어쩔 수 없이 이영만이도 가지고 있는 미사일로 이을설이를 칠 테니 말이야."

"그때는 공군이 날아가겠지요. 남조선과 일본의 공군이 본격적으로 투입되면 전면전이 됩니다, 수령 동지."

김정일이 손가락 끝으로 소파의 팔걸이를 가볍게 두드리다가 멈추었다.

"이을설과 남조선의 전쟁이 시작되면 평화조약은 보류해야겠군."

"당연한 일입니다, 수령 동지. 서둘러서 내려갈 필요가 없습니다."

"다행이야. 남조선의 군 지휘부가 바뀌어서. 그로 인해 우리가 기회를 얻게 되었어."

"남조선은 기회를 잃었지요. 모두 수령 동지께서 놈들의 의표를 찌르는 평화조약을 제의하셨기 때문에 일어난 일입니다."

"어쨌든 두 놈이 치고받는 것을 두고 보면서 기회를 보기로 한다. 우린 손해 볼 것이 없으니까."

그때 방문이 조심스럽게 열리더니 호위 총국 소속의 대좌가 무선전화기를 들고 들어왔다.

"수령 동지, 이을설 차수입니다."

김정일이 눈을 치켜뜨고는 대좌의 얼굴을 바라보다가 김강환을 바라보았다. 김강환의 목울대가 내려갔다가 올라왔다. 그러나 입을 열지는 않았다. 그도 이을설이 전화를 해오리라고는 전혀 예상하지 못한 눈치였다.

잠자코 손을 내밀어 전화기를 받아 쥔 김정일이 숨을 들이마셨다.

"여보세요."

—동무, 나 이을설이오.

동무는 대개 윗사람이 아랫사람을 부를 때 쓰는 말이다. 김정일이 어금니를 물었다가 풀었다.

"동무가 웬일이오?"

—나는 다섯 개의 군단에 일곱 개의 미사일 기지, 그리고 네 개의 비행단과 동해 함대 대부분을 장악하고 있소, 김정일 동무.

앞에 앉은 김강환이 눈을 크게 뜨고 김정일을 바라보았다.

이을설이 말을 이었다.

—동무와 나는 서로 치명상을 입을 일은 하지 않고 있었소. 그렇지 않소?

"이 반동분자 같으니."

김정일이 낮은 목소리로 말했다.

"용건을 말해라."

—동맹을 맺을 것을 제의하오, 김정일 동무.

"……"

―남북이 아닌 동서 동맹이오.

"미친놈."

―잘 생각해 보시오, 김정일 동무. 흥분하지 말고 현실을 직시하란 말이오. 한쪽이 강할 때는 다른 두 쪽이 연합하던 것이 옛날부터 우리 조상들이 해온 처신이었어.

"……."

―불행하게도 북쪽이 동서로 쪼개졌지만, 서쪽만으로 남쪽과 대항하기에는 힘에 부쳐. 그렇다고 남쪽과 연합하기에는 합병당할 가능성이 높고.

"……."

―우리 한반도는 삼국으로 나누어졌을 때가 가장 진취적이었고 문화의 성장도 빨랐소, 김정일 동지. 긴장 상황에서 서로 경쟁을 했으니까. 그래서인지 영웅도 많이 배출시켰지.

"헛소리 그만해."

―당분간 동서의 동맹을 맺고 남쪽을 견제합시다. 남쪽의 정권을 전복시킬 때까지. 그다음에 동서가 패권을 다투어도 동무에게는 이득이오. 나보다 20년은 젊으니까.

*   *   *

인민공화국 제15전차사단의 1연대장 장성무 대좌는 T—62 전차의 해치에 서서 망원경으로 앞쪽을 바라보았다.

그가 자랑스럽게 여기는 T—62는 115밀리미터 활강포를 장착한 중전차로 포구경이 일본의 74식 전차의 105밀리미터보다 컸고 철갑탄은 사정거리 2천 미터에서 300밀리미터 장갑을 관통할 수 있는 위력을 가지고 있다.

전차연대는 땅을 울리면서 전진해 나아갔다. 캐터필러에 잔 나무가 이겨지면서 깔려 들어갔고 조그만 돌들은 가루가 되어 사방으로 흩어진다.

제15전차사단의 3개 전차연대 모두가 산야에 펼쳐져 있는 위용은 장관이었다. 정면에 횡대로 늘어선 것은 그의 제1연대와 2연대의 200대에 가까운 전차단이었고, 그것이 돌격 대형으로 나아가고 있는 것이다. 제3연대는 중심 부근에서 500미터쯤 후방으로 처져 있었는데 예비대로 보이지만 상황에 따라서 선봉대가 될 수도 있는 대형이다.

1개 전차연대는 95대의 전차와 전투 장갑차 10여 대가 주력이다. 그리고 지원부대로는 기갑정찰, 기갑보병, 대전차, 기갑포병을 실은 장갑차 500여 대, 그리고 1개 보병대대가 배속되어 있었다.

제15전차사단은 역삼각형의 대형을 이루면서 천천히 215고지로 접근해 나아갔다. 산야는 340여 대의 T-62 전차와 2천여 대의 장갑차로 가득 메워져 있었다.

장성무는 해치의 손잡이를 쥐고 어깨를 폈다. 215고지와의 거리는 이제 2킬로미터로 좁혀지고 있었다. 그러자 헬멧의 리시버에서 잡음과 함께 사단장인 이경산 중장의 목소리가 들렸다.

―1, 2연대 정지하라.

전차대가 진격을 멈추자 자욱한 먼지바람이 연막처럼 전차대를 덮어씌웠다. 이경산이 다시 말했다.

―사단, 정지하라.

먼지바람이 가시면서 전방의 215고지가 오후의 하늘 아래 선명하게 드러났다. 밋밋한 능선에 개미집처럼 흩어져 있는 벙커가 육안으로도 보였고, 능선 위에는 먹구름이 한가하게 떠 있다.

장성무는 해치를 닫고 전차 안으로 들어가 앉았다. 이제 곧 전쟁이다. 후방의 포병들이 215고지를 때리는 것으로 전쟁이 시작될 것이고, 그 시간은 3시 정각이다.

다시 장성무는 손목시계를 내려다보았다. 시계는 2시 55분을 가리키고 있었다.

변영호 사단장은 벙커 안에서 앞쪽을 바라보는 자세로 한동안 움직이지 않았다.

고지의 2부 능선에 있는 그의 벙커에서는 아래쪽의 아군 벙커들과 멀리 산기슭을 돌아 나와 구릉과 골짜기를 새까맣게 덮고 있는 전차들도 보였다. 부연 먼지가 전차대 위를 덮고 있어서 검은 덩치들이 더욱 선명하게 드러났고, 가끔씩 햇빛에 반사된 유리가 이쪽저쪽에서 반짝이고 있었다.

하늘은 흐렸지만 해는 커다란 햇무리를 만들면서 능선 위를 덮어주고 있었다. 천둥이 울리는 것 같은 전차의 소음은 아직도 그치지 않았지만 조금 전보다는 줄어든 것 같았다.

"기다려라! 조금만 더!"

옆에 선 참모장 이필원 준장이 무전기에 대고 소리쳤다. 그의 이마는 땀으로 번들거리고 있었다. 변영호는 망원경을 내리고 이필원을 바라보았다.

토우(Tow) 미사일중대는 고지의 8부 능선에 배치되어 있었는데 이미 적의 전차사단은 사정거리 내에 들어와 있었다. 사정거리가 3,750미터인 토우용 BGM71A 미사일은 길이가 1미터가 조금 넘을 뿐이지만 장갑 관통력은 50센티미터였다.

"전차와의 거리는 얼마야?"

변영호가 묻자 이필원의 옆에 서 있던 중령이 대답했다.

"18연대 대전차중대와 1킬로미터 정도 떨어져 있습니다."

18연대 대전차중대는 아군의 최전방 부대로 215고지의 아래쪽 벌판에 참호를 파고 들어가 있었다. 대전차중대의 장비인 무반동포는 유효 사정거리가 400미터밖에 되지 않는다.

"놈들은 정지했다."

다시 앞을 바라본 변영호가 혼잣소리처럼 말했다. 자욱하게 하늘로 치솟아 오르던 구름 같은 먼지도 걷혀 가고 있었다. 그들은 산야를 가득 덮고 있는 검은 전차 집단을 바라본 채 잠시 입을 열지 않았다.

이윽고 변영호의 목소리가 무거운 분위기를 깨었다.

"포병단에게 연락을. 적 전차가 움직이면 포격하라."

"예, 사단장님!"

뒤쪽의 누군가가 힘차게 대답했고, 변영호가 다시 말을 이었다.

"전투 개시다."

"예, 사단장님."

참모들이 무전기를 귀에 대고 고함치듯 그의 명령을 전달하고 있을 때 참모 한 명이 그의 옆으로 다가왔다.

소령 계급장을 붙인 그가 얼빠진 표정을 짓는 것을 본 변영호는 와락 얼굴을 찌푸렸다. 월남전에 맹호부대 소대장으로 참전하였다가 중대장이 되어서 돌아온 변영호였다. 그는 적전에서 겁에 질린 얼굴을 구분할 수 있었다.

"뭐야, 소령?"

기합을 넣듯이 변영호가 소리치자 소령은 부동자세가 되었다.

"예, 사단장님. 자위대의 대전차부대가……"

"어쨌단 말인가?"

"후퇴하고 있습니다."

그 순간 벙커 안이 숨소리조차 들리지 않을 만큼 조용해졌다. 그리고 그다음 순간 참모들은 우르르 총안 쪽으로 몰려갔다. 변영호도 총안의 우측 아래에 있는 자위대 대전차부대 쪽을 바라보았다. 6부 능선쯤의 위치에 제17연대의 대전차부대가 있는 쪽에 그들의 진지가 있었지만 이곳에서는 잘 보이지 않는다.

"17연대를 바꿔라!"

그가 소리쳐 말하자 소령은 준비하고 있던 듯 무전기를 건네주었다.

"나, 사단장이야. 거기 누군가?"

때려 붙이듯이 그가 묻자 참모들이 옆으로 모여들었다.

―예, 17연대 참모 박병태 중령입니다.

"자위대가 어쨌다구?"

―지금 철수해 올라가고 있습니다, 사단장님.

"철수해?"

―예, 다케다 소장의 명령을 받았다고 합니다.

그러자 밖을 내다보고 있던 참모 하나가 소리쳤다.

"저기다! 저기, 올라오고 있다!"

무전기를 귀에 댄 채 변영호도 밖으로 시선을 돌렸다. 이열 횡대로 올라오고 있는 일단의 군인들이 보였다. 그들이 어깨에 메고 있는 것은 칼 구스타프 대전차포로 사정거리가 700에서 1천 미터가량 되고 장갑 관통력이 40센티미터나 되는 강력한 무기였다.

"사단장님, 놈들을 잡을까요?"

두 눈을 부릅뜬 이필원이 소리치듯 말하자 변영호가 맞받아 소리쳤다.

"다케다를 바꿔라! 어서!"

그러면서 그는 머리를 돌려 전방을 바라보았다. T—62전차사단은 아직 움직이지 않고 있었다.

"어떻게 된 일이야!"

눈을 부릅뜬 유진영이 소리치자 이케다가 가슴을 펴고 그를 똑바로 바라보았다.

"진정하시오, 장군. 제15전차사단은 공격해 오지 않을 테니까."

"무엇이?"

둘러서 있던 한일 양국의 참모들이 모두 숨을 죽이고 그들을 바라보았다. 이영규 대장은 어금니를 문 채 이케다를 바라보았고, 가토 중장은 턱을 세워 들고 그의 옆에 서 있었다.

"이을설과 우리가 합의를 했소. 215고지에서 예전의 비무장지대 아래로 내려가는 것으로 말이오."

"그렇다면 왜 이제 와서?"

"합의가 바로 조금 전에 되었기 때문이오."

"내 말은 왜 그런 일을 우리에게 상의하지 않고 자위대 단독으로 진행했느냔 거요!"

"이을설이 당신들을 믿지 않기 때문이었소."

"무엇이라구?"

"장군, 흥분하지 말고 차분히 생각해 보시오."

두 손으로 테이블을 짚은 이케다가 말하자 한국군 참모들 사이에서 투덜거리며 불평하는 소리가 들려왔다.

유진영이 낮으나 굵은 목소리로 말했다.

"적전에서 배신을 한 것과 같소, 당신네 자위대는."

"배신이라니. 말을 삼가시오, 유 장군."

그러자 이영규가 헛기침을 하고는 이케다를 바라보았다.

"이을설과의 합의가 끝나자마자 78기갑여단에게 연락했단 말이오?"

"그렇습니다, 사령관님."

"그렇다면 왜 나에게 알리지 않았소?"

"알려드리려고 했습니다만, 바로 조금 전에 이을설 측으로부터 통보받은 일이라서."

"이을설이 우리를 믿지 않기 때문에 보고하지 않았다는 것은 말도 되지 않는 소리요."

"사령관님, 그것은 우리가 한 일이 아니오. 우리 일본 정부에서 접촉한 것입니다."

대답한 것은 가토였다. 그가 말을 이었다.

"정부는 이을설과 김정일의 통화 내용을 위성을 통해 알아내었습니다. 그리고 나서 이을설과 접촉한 것이오."

"당신 정부도 그렇지."

유진영이가 토를 쏘아보았다.

"어떤 내용을 들었는지는 모르지만 그것도 우리에게 알려주어야 했어요."

"이을설이 김정일과 동맹을 맺자는 내용이었소. 그것을 당신들에게 알려주었다고 해서 도움이 되었을까요?"

가토가 말을 받았다. 어깨를 편 그의 마른 몸이 커 보인다.

"우릴 따라 철수하기를 요청합니다, 사령관. 은폐물도 제대로 없는 능선 위에서 수만 명의 희생자를 내면서까지 버티고 있을 명분도, 실리도 없습니다."

"……."

"이런 상황에서 보고를 했느니 안 했느니 하고 따지는 일부터가 적전 분열이오, 사령관."

끝 쪽에 서 있던 참모 중의 한 명인 민정구 대령은 어금니를 문 채 길게 숨을 내쉬었다. 사령관과 유진영 참모장의 원칙도 맞는 말이었고, 가토와 이케다의 주장도 일리는 있었다. 이쪽은 아직도 이을설이 전면전을 하리라고 생각지 않아서 소극적인 방어 태세만 갖추고 있는 것이다. 그러한 상황에서 215고지에 있는 2만 명에 가까운 병력은 애꿎은 희생양이 될 가능성이 많았는데 그것은 후퇴의 명분도 없었기 때문이다.

드디어 침묵을 깨고 이영규가 입을 열었다.

"2사단을 철수시켜라."

참모들이 말없이 흩어지기 시작했다. 그러자 그들의 등 뒤에서 가토의 목소리가 들려왔다.

"남방 한계선의 예전 자리로 돌아가는 것이야. 그렇게 지시하도록."

그 순간 민정구는 자신의 가슴이 가라앉아 있는 이유를 알 수 있었다. 그것은 이제 상황실 안의 연합군이 자위대에 의해 지배되고 있다는 느낌 때문이었다.

능선 위쪽으로 일단의 군인들이 올라가고 있다. 그것은 마치 개미 떼가 행군하는 것처럼 긴 줄을 만들고 있다. 이경산은 해치 위에서 몸을 틀어 다른 쪽으로 망원경의 초점을 맞추었다.

그쪽에서도 대여섯 개의 줄이 위쪽으로 올라가고 있다. 그가 보고 있는 사이에도 개미집에서 나온 개미들처럼 구멍 속에서 기어 나온 검은 점들은 위쪽으로 새로운 줄을 만들고 있었다. 그는 헬멧의 스위치를 켰다.

"각 연대는 들어라. 엔진을 끄고 현 위치에서 대기할 것."

전방의 연대들은 능선 위의 상황을 그보다도 더 잘 알고 있을 것이다. 그는 허리에 찬 무전기를 꺼내 스위치를 켰다. 사령부와의 직통 무전기였다.

"사령부, 여기는 15전차사단."

그러자 기다렸다는 듯 누군가가 무전을 받는다.

—여기는 사령부. 말하라.

"나는 이경산 중장이다. 참모장을 바꿔라."

숨을 두어 번 뱉고 나자 무전기가 울렸다.

—참모장이오.

"참모장 동지, 남조선군은 퇴각합니다."

―당연하지. 어쨌든 피 한 방울 흘리지 않은 승리요.

"질서 있게 능선을 넘어가고 있습니다, 참모장 동지. 시간이 꽤 걸리겠습니다."

―기다리시오. 서두를 것 없으니까.

"시간이 길수록 저희들 전리품이 없어지는 건 아닙니까?"

―자위대는 진지에 여단의 1개월분 식량과 기름을 남겨 놓는다고 했소. 천천히 가도 접수할 수 있을 거요.

이경산은 가슴이 뛰었다. 식량과 기름보다 더 기쁜 전리품은 없었다. 이제 전사들과 전차는 배를 채우게 되었다.

―아마 한국군도 식량은 두고 갔을 거요, 사단장. 이건 추측이지만.

그에게는 강백진의 말소리도 조금 들떠 있는 것처럼 느껴졌다. 무전기의 스위치를 끈 이경산은 다시 망원경을 들어 능선을 바라보았다. 이제 능선은 새까맣게 병사들로 덮여 있었다. 능선의 윗부분으로 대여섯 대의 헬리콥터가 날아오더니 내려앉았다. 이제 본격적인 후퇴가 시작되는 것이다.

다케다는 해치에 서서 남쪽으로 진군해 가는 전차대를 지휘하고 있었다. 제78기갑여단은 지난번의 공격에서 21대의 전차가 파손되었지만 아직도 100여 대의 74식 전차가 위용을 자랑하듯 뒤를 따르고 있다. 그는 허리를 숙여 안에 있는 전차장으로부터 무전기를 받아 들었다. 사령부에서의 연락이다.

"다케다 소장이오."

―다케다 소장, 나 가토야.

"아, 사령관님! 지금 철수 중입니다!"

엔진의 소음이 컸으므로 그는 목소리를 높였다.

—지금 군사분계선 부근을 넘어 내려가고 있습니다.

"한국군이 보이나?"

다케다는 몸을 돌려 뒤쪽을 바라보았다. 자욱한 먼지를 일으키며 전차대가 따르고 있어서 215고지는 잘 보이지 않는다.

—여기서는 잘 보이지 않습니다, 사령관님.

"그들도 철수하고 있어, 다케다."

—그렇습니까? 잘되었군요.

"사단장이 고집을 피워서 사령부에서 꽤 애를 먹었어."

다케다가 흰 이를 드러내며 소리 없이 웃었다. 그것은 쓸데없는 만용이다. 보병사단만으로는 전차사단과 그 뒤를 따르는 기계화보병사단을 당해내지 못한다.

"기름과 식량은 남겨두었지?"

—예, 사령관님. 고스란히 남겨두었습니다.

"그들에게 좋은 선물이 될 것이야."

가토의 목소리가 밝았으므로 다케다의 기분도 가벼워졌다. 무전기를 내려놓은 다케다는 해치에 버티고 서서 앞쪽을 바라보았다.

한반도의 원정군에 참여하게 되었을 때 그가 세운 첫째 목표는 기갑여단의 실전 참여로써 전투 능력을 배양시키는 것이었고, 둘째는 자위대의 위상을 높이는 것이었다. 솔직히 한반도가 삼국으로 나누어지든 육국이 되든 그것은 그에게는 관심 밖의 일이었다.

                    *   *   *

2월 14일 오후 3시 50분의 주석궁.

전화기를 귀에 댄 김정일이 상석에 앉아 있고 그의 좌우에 앉아 있는 것은 백학림과 김강환이다.

"놀랍습니다, 하시모토 수상님. 일본이 이을설과 남조선의 전쟁을 막았다니 말입니다. 한민족을 위해 좋은 일을 하셨습니다."

김정일이 말하자 통역이 열심히 말하는 소리가 그의 귀에 들려왔다. 귀에 리시버를 끼고 있던 백학림과 김강환이 머리를 끄덕였다. 이제는 하시모토가 말할 차례여서 그의 느린 일본말이 흘러나왔고, 곧 통역이 된다.

―우리가 한반도에 자위대를 파견한 것도 전쟁을 막으려는 의도였고, 지난번 기갑여단의 진출도 수령께서도 아시다시피 어쩔 수 없었습니다.

"그렇습니까?"

―그렇습니다. 이을설 씨와 최광 씨의 협조가 있었지만 그것으로 한반도의 남북 전쟁은 보류되지 않았습니까?

"결론은 그렇게 되었군요, 수상."

―그래서 내일의 평화조약에서도 우리 일본은 남북한 양국의 조정자로서 힘껏 도와드릴 생각입니다.

"고맙습니다, 수상."

―일본이 남한과 방위 동맹을 맺고 자위대를 파견한 것도 전쟁을 막기 위해서였습니다. 우리 일본은 남북한 양국과 예전처럼

균형 있는 관계를 맺고 싶은 겁니다, 수령.

"그렇습니까?"

—어려운 일이 있으시면 말씀해 주세요. 일본이 힘껏 도와드리겠습니다.

"동지들과 상의해서 연락드리지요."

—그럼 기다리겠습니다.

김정일이 전화기를 내려놓자 백학림과 김강환도 리시버를 벗었다. 그러나 그들은 한동안 입을 열지 않았다. 하시모토가 전화를 해온 것은 뜻밖이었던 것이다.

이윽고 백학림이 머리를 들었다. 그는 이을설, 최광 등과 같이 노장 빨치산 세대로 자위대에 대항하여 독립 투쟁을 한 사람이다.

"남조선군이 몇 명 안 되는 자위대에게 휘둘리는 모양입니다, 수령 동지."

잠자코 그를 바라보는 김정일을 향해 그가 말을 이었다.

"이대로 두면 남조선은 일본의 꼭두각시가 되겠습니다. 일본은 우리와 이을설을 적절하게 이용하여 남조선을 압박할 테니까요."

"……"

"구한말에도 비슷했지요. 이런 무력은 없었지만 우유부단한 왕과 러시아, 중국, 일본을 등에 업은 매국노들. 결국 일본은 몇만 명 안 되는 군대를 한반도에 진주시켜 나라를 빼앗았지요. 지금 남조선이 그 꼴이구만."

김강환이 헛기침을 하였지만 노장의 눈치를 보고는 입을 다물었다.

"이을설이는 일본의 속셈을 알고 있는 놈이라 어쩌면 일본 기갑여단 앞으로 전차사단을 들이대고 시위를 했는지도 모르겠습니다. 일본 놈들은 쓸데없는 손해를 보지는 않을 테니까요."

"그렇다면 우리도 당분간은 일본 놈들을 이용해야겠구만."

김정일의 말에 백학림이 커다랗게 머리를 끄덕였다.

"그래야 됩니다. 하시모토가 우리에게 저러는 것은 남조선이 일단은 우세하다고 생각하기 때문이오. 우리가 우세했을 때는 놈들은 남조선에 군대를 파견해서 균형을 맞추었지요. 이제 놈들은 우리를 도울 겁니다, 수령 동지."

2월 14일 오후 4시, 인민군 제1군단 작전 지역인 강원도 고성 근처의 바닷가.

구팔만 소좌는 구형 무전기를 바위 위로 내던져 버리고 싶은 충동을 애써 참으며 귀에 대고 있었다. 그의 옆에는 부관과 무전병이 초조한 표정으로 그와 바다 쪽을 번갈아 바라보며 서 있다.

"이 쌍놈의!"

마침내 구팔만이 버럭 고함을 지르며 무전기를 무전병에게 던지듯이 건네주었다. 무전기가 불통인 것은 아니다. 소련제 TR—426 송수신기는 고정 간의 통신 거리가 150킬로미터였지만 흐린 날이나 전파 방해를 받았을 때는 원산 아래쪽에 있는 동해 함대사령부와의 교신도 안 될 때가 많았다. 그리고 지금이 그런 경우였다. 하필이면 위급한 상황이 되었을 때 또 불통이 된 것이다.

"포대장 동지, 일본 전투함입니다! 미국은 아닙니다!"

아래쪽에 있던 부하 한 명이 커다랗게 소리치자 그는 앞에 놓인 망원경에 눈을 대었다. 이제 배가 보였다. 모두 네 척의 함대로 날카로운 선수 양쪽으로 흰 물결이 갈라지는 것도 보인다. 그리고 앞장선 것은 유도 구축함이 틀림없었다.

"동무! 함대 사령부를 날래 바꾸라우!"

그가 다시 악을 썼다.

"그게 안 되면 회양의 사령부로 해!"

지시를 받아야지, 무조건 미사일을 쏘아대고 몰사할 수는 없었다. 앞장선 두 척은 일본 해군의 대형 전투함이다. 5천 톤이 넘는 미사일 함대이다. 일본 해군은 대형 전투함 위주의 전단이어서 잠수함이나 어뢰정, 상륙정 등 경비함과 해안 전투함으로 구성된 북한 해군과는 크게 차이가 난다.

구팔만은 어금니를 물었다. 하루에도 몇 번씩 앞바다를 지나던 소주급 유도탄정들은 오늘따라 그림자도 보이지 않는다. 스틱스 미사일 4기를 장착한 그놈들이라도 앞바다에 있었다면 마음이 조금은 놓였을 것이다.

"아직도 안 돼?"

그가 버럭 소리를 치자 무전병은 대답이 없다. 그도 대책이 없어 답답한 모양이다.

"전투 준비!"

그가 부관에게 말하자 부관이 복창을 하며 몸을 돌렸다. 곧 낮고 짧은 경보 사이렌이 울리기 시작했다. 아래쪽에서 병사들이 제각기 위치로 뛰어들어 갔고, 금방 주위는 조용해지면서 사이렌 소리도 멈추었다.

30킬로미터 앞 해상을 항진하던 네 척의 일본 군함이 이쪽으로 다가오기 시작한 것은 20분 전이다. 레이더에 잡힌 네 척의 함대가 해안으로 다가오자 포대는 소동이 일어난 것이다.

일본과 한국 해군은 서너 척씩, 또는 대여섯 척씩 공해 상을 시위하듯 떠다녔지만 이제까지는 위협적인 존재가 아니었다. 동해 함대 사령부가 이을설의 세력과 합류된 것과 함께 동해안이 거의 이을설의 세력권에 들게 되자 구팔만의 포대도 자연히 동군이 되었다.

그렇게 되고 나니 남조선과 일본의 연합군은 우군이 된 분위기였고, 그들 함대도 스쳐 지나가는 북한의 소형 함대를 소 닭 보듯이 하기는 했지만 적의를 보이지는 않았던 것이다.

그러나 지금은 다르다. 구팔만은 제1군단이 휴전선 아래로 밀고 내려간다는 것을 알았고, 함대 사령부로부터도 한일연합군을 특별 경계하라는 지시도 받은 터이다.

아래쪽의 미사일 발사 장치 부근에서 어지럽게 발사 준비를 하는 소리가 들려왔다. 바닷가의 암반 위에 시멘트를 입혀 만든 포대는 단단하기는 했지만 바다에서 보면 훤히 노출되어 있는 것이 흠이다.

그의 포대가 보유하고 있는 실크웜 미사일은 모두 10기였는데 발사 가능한 것은 7기였다. 실크웜은 사정거리가 95킬로미터였으므로 10킬로미터 전방의 군함들은 사정거리 안이다.

그러나 이쪽에서 미사일이 날아가자마자 일본 군함에서 수십 발의 미사일이 날아올 것이고, 그것으로 끝장날 것이다. 아마 바다 위에서 격추되지 않은 미사일이 운 좋게 일본 군함에 맞는 것도 보지 못하고 이쪽은 가루가 되어버릴지도 몰랐다.

그때 무전병이 펄쩍 뛰어오르듯이 그에게로 다가왔다.

"포대장 동지, 회양의 군단 사령부입니다. 참모장 동지가 나왔습니다."

그 시간, 이영만 대통령은 연합군 사령부의 사령관실로 들어서고 있었다. 그가 청와대를 떠나 과천의 연합군 사령부에 온 것은 처음 있는 일이다. 그러나 도열해 선 의장병도, 대통령을 위한 공식 행사도 없는 썰렁한 분위기였지만 그의 표정은 밝았다.

사령부의 첫 방문이 말해주다시피 이제 그는 북쪽의 위협에서 벗어났다는 것을 주위 사람들에게 보이고 싶어 했는데, 그것은 어느 정도 사실이었다. 내일 오후에는 북한의 대표단이 서울에서 평화조약에 서명할 것이다. 한 시간 전에 북동의 새로운 적인 이을설은 배신감으로 날뛰면서 금방이라도 남쪽으로 내려올 것처럼 하더니 215고지에 쌓아놓은 식량과 기름을 받아 안고 조용해졌다. 그가 만족할 만도 한 상황이었다.

그가 테이블의 상석에 앉자 연합 사령관인 이영규가 옆자리에 앉았고, 유진영, 채일주가 따라 앉았다. 일본 측은 가토와 이케다가 사령관실로 들어와 있었는데 또 한 사람의 장군이 있었다. 그는 청와대에서부터 대통령을 따라온 주한 미군 사령관인 윌슨 대장이었다.

대통령이 밝은 표정으로 이영규를 바라보았다.

"2사단 장병들에게 포상을 해주고 싶은데, 사령관이 생각해 보시오."

"예, 각하."

이영규가 앉은 채로 머리를 조금 숙였다.

"제가 조치하겠습니다."

"그리고 그쪽도."

대통령이 가토 중장에게로 머리를 돌렸다. 그는 이번엔 일본말을 썼다.

"78기갑여단이 처음부터 혁혁한 공을 세웠어요. 여단장에게 훈장을 주고 싶소."

"영광으로 생각할 것입니다, 각하."

가토가 정중히 머리를 숙였다.

"연락이 늦게 되어서 한일 양국 군의 철수에 다소 차질이 있었습니다, 각하."

대통령이 웃는 얼굴로 손을 저었다.

"이야기를 들었소. 하지만 모두 잘되라고 한 일이니 그 일에 대해서는 언급하지 맙시다."

"감사합니다, 각하."

"내가 이곳에 온 이유는 양국 군의 결속과 사기 진작에 도움을 주었으면 했기 때문이오."

모두 잠자코 대통령의 얼굴을 바라보았다. 215고지 철수 문제로 양군 지휘부의 충돌을 듣고 난 그가 격려하고 무마시키기 위해서 찾아왔다는 말이다.

"자, 그럼 이왕 이곳에 왔으니 내일 평화조약에 들어갈 군사적인 상황에 대해서 이야기해 봅시다."

대통령의 시선이 한국군과 자위대 지휘부의 얼굴을 훑다가 월슨에게서 멈추었다.

"그것에 대해서 월슨 대장도 주한 미군 사령관으로서 하실 말씀이 있을 것이오, 여러분."

월슨이 얼굴에 웃음을 띠었는데 그를 바라보는 한일 양군 지휘부의 표정은 흔들리지 않았다. 모두 처신에 있어서는 백전노장이었기 때문이다.

유진영은 대통령의 다음 말을 기다리면서 소리 죽여 숨을 천천히 뱉어내었다.

이영만 대통령은 이제 자위대를 견제하려고 미군을 끌어들이고 있었다. 그러나 이런 상황에서 기득권을 가진 자위대가 견제를 당할지, 아직도 영향력이 막강한 미국이 밀려 나갈지는 아직 알 수 없는 일이다.

붉은 휘장이 늘어진 접견실의 중앙에 앉은 장자량 주석은 찻잔을 내려놓고 진위 수상을 바라보았다.

진한 향냄새가 거대한 접견실을 가득 메우고 있는 것은 향이 공기를 정화시키는 효과가 있다고 장자량이 믿고 있기 때문이다.

"수상, 김정일이 이영만과 평화조약을 맺을 모양인데 양국이 불가침 선언을 하고, 또 뭐라더라……"

"저도 들었습니다. 거 어린애 장난 같은 수작들이지요."

진위가 쓴웃음을 지으며 말했다.

"그 조그만 땅덩이가 한시도 조용해질 때가 없군요. 부끄러운 줄도 모르는 족속입니다."

"대국 사이에 끼어 있는 반도인의 운명이야. 지리적인 문제도 있어요."

"주석, 이대로 내버려 두어도 되겠습니까? 일본은 이을설에게 지금 물자를 공급해 주고 있습니다."

"글쎄, 상무위원들은 뭐라고 합디까?"

"양광 같은 노인은 그거야 잘된 일이라고 떠들어대고 있습니다."

"그 영감은 아직도 이을설을 옛날 공산군 시절의 부하로 여기고 있는 모양이군."

"방간개는 연길에 있는 제8군을 이을설에게 보내는 게 어떠냐고 했습니다만."

그러자 장자량이 머리를 저었다.

"김정일이 오해할 소지가 있어요. 8군을 지원군으로 여길 게요."

"그래서 통화에 있는 제16군을 같이 김정일에게로 보내자고 하더군요. 그러면 공평하지 않느냐고."

"방간개는 아직 젊어. 나이 예순이 넘었으면 조금 진중해져야지."

그는 허리를 펴고 진위를 똑바로 바라보았다.

등소평 사후에 장자량과 진위는 권력을 나누어 갖게 되었지만 그래도 군 상임위원장을 맡고 있는 장자량의 권한이 강한 편이었다.

장자량은 지방의 행정은 각 성에서 자치하도록 맡겨둔 반면에 군의 지휘부는 하나씩 자신의 세력으로 포섭해 나아갔다. 이제 그의 권력 기반이 굳혀지고 있었다. 행정의 수반 격인 진위 또한 영리한 사내였다. 재빠르게 권력의 흐름을 감지한 그는 장자량의 수족이 되어가는 중이었다.

장자량이 입을 열었다.

"이제 곧 한반도에서 미국과 일본 간의 세력 다툼이 일어날 거요. 일본의 세력 확장을 내버려 둘 미국이 아니니까."

"그렇습니다. 자위대가 진주해 있는 마당이라 이제는 한반도에 적극 개입할 것입니다."

"남한이나 북한, 이율설도 제각기 머리를 쓰겠지. 모두 미일 양국과 관계를 맺는 것이 자국의 존속을 보장받는 것으로 느낄 테니까."

"그렇지요. 우선 받아들이고 보겠군요."

"약소국들의 전형적인 국가 보존 수단이지."

진위가 머리를 끄덕이자 장자량이 말을 이었다. 웃음 띤 얼굴이다.

"그들은 제각기 자신의 영토에서 미일 간의 세력 균형을 맞추도록 애를 쓸 거요. 균형이 깨어지면 나라가 흔들리니까 미일은 주도권을 잡기 위해 전력투구할 것이고."

"볼만하겠습니다, 주석."

"그 피투성이의 싸움이 절정에 이르렀을 때라든지, 아니면 한쪽이 주도권을 잡았을 때 우리가 개입하여도 늦지 않소. 구한말의 러, 일, 중의 관계를 되풀이하게 될 텐데, 상대와 상황이 조금 바뀌었을 뿐이지."

머리를 끄덕인 진위가 탁자 위에 내려놓은 서류를 바라보았다. 오늘 아침에 자신이 주재한 정치국 상무위원회의 회의 내용이 적힌 서류였다.

"주석, 아침의 회의 결과는……"

진위가 입을 열자 장자량이 손을 저었다.

"알고 있소. 당분간 두고 보기로 했다는 것. 내 생각도 같소."

상무위원 내의 그의 측근인 화인봉이나 이봉 등이 나서서 맺은 결과였다.

장자량이 다시 찻잔을 들며 얼굴에 웃음을 띠었다.

"내버려 두고 보면 가관이 될 것이오. 동, 서, 남의 세 나라로 나누어진 반도에 일본과 미국이 제각기 세력을 뻗치려고 들 것이고, 이것은 얼른 결판이 나지 않는 긴 싸움이 될 것이오."

이쪽에는 하둥 피해가 없는 일이었으므로 진위도 의자에 등을 붙이고는 편하게 앉았다. 장자량이 말을 이었다.

"그 긴 싸움에 지치고 익숙해지면 아마 남쪽이 또 세 나라로 쪼개질 가능성도 있어요. 그쪽은 동, 중, 서라고 할까?"

"그러면 모두 다섯 조각입니까?"

"글쎄, 그런가? 하도 조각이 많아서."

그들은 서로 마주 보고 웃었다.

*　　　　*　　　　*

일본 외무성의 장관실.

무라야마 외상은 앞자리에 앉아 있는 혼다 국장의 잔에 엽차를 따라주었다. 혼다가 예고도 없이 찾아온 것이지만 그들 사이에 그런 일은 자주 있었고 요즘은 이것저것 따질 상황도 아니었다.

"이영만이 연합군 사령부에 윌슨을 데리고 갔어."

혼다가 잔을 내려놓으며 말했다.

"그 병신 같은 윌슨은 얼씨구나 하고 따라나섰고."

그러자 무라야마가 입술로만 웃으며 머리를 끄덕였다.

"당연하지, 이영만의 스타일로는. 예상하고 있던 일이야."

"하지만 너무 속이 들여다보인단 말이야. 너무 서둘러, 그자는."

"전형적인 조센징이지. 자네도 조선 말기의 역사를 찬찬히 읽어 보게나. 요즘 사태와 비슷한 일이 많을 테니까."

무라야마가 소파에 등을 기대고는 느긋한 표정을 짓자 혼다가 머리를 끄덕였다.

"하긴 앞으로 우리 자위대가 한반도에 진주해 있을 테니까 그런 상황이 불가능한 것만도 아니지."

"그런데 혼다, 이을설에게 보낼 사람은 결정해 놓았나?"

"결정했어. 이을설과 친분이 있는 조총련계 거물이야. 작년에 김정일과 사이가 틀어져서 은둔하고 있는 파칭코 업계의 대부지. 야마다라고, 한국 이름은 박 아무개."

"그자는 나도 알아. 야쿠자의 자금줄이기도 하지, 아마?"

혼다가 머리를 끄덕이며 찻잔을 쥐었다.

"야마다는 자신하고 있어. 원산에 일본 해군기지를 두는 것과 육상 자위대 2개 사단쯤을 동부 지역에 받아들이게 할 자신이 있다는 거야."

"이을설로서도 자위대의 주둔이 체제를 유지하는 수단이 될 테니까 그럴 만도 하지. 아마 이영만보다도 더 절실할지도 몰라."

"그리고 야마다는 이을설의 동부 지역이 한반도의 삼국 중에서 발전 가능성이 제일 높다는 거야. 관광 자원과 노동력, 그것에 다 일본 식의 기업 경영을 합하면."

그러고는 혼다가 자리를 고쳐 앉았다.

"무라야마, 문제는 미국이야. 클린트가 뒤늦게 정신을 차렸는지 우리의 행동에 촉각을 곤두세우고 있어. 놈들을 경계해야 돼."

"그자들은 전에도 우리가 음식을 다 만들어놓았을 때 간섭하다가 꽁무니를 뺐었지. 내가 그들과 오랫동안 상대한 경험에서 얻은 교훈은 강하게 부딪친다는 거야. 그렇게 하다가 실속 없는 일이라는 판단이 서면 쉽게 그 일에서 손을 떼지."

"이영만이 미국을 끌어들이고 있어. 우리의 견제 세력으로."

그러자 무라야마가 코웃음을 쳤다.

"이제 일한방위조약이 한미방위조약보다 우선이야. 일한방위조약에 의해 자위대가 진주하면서 미군은 자동적으로 제3의 세력으로 밀려났다구. 미군 기지의 사용권도 이제 우리에게 있고. 그리고 중요한 것은 미국은 이번 한반도의 사태에 아무런 도움도 주지 못했다는 거지. 그것은 세계가 알고 있는 사실이야. 그것이 중요해."

두 척의 수송선이 이쪽에 측면을 보이면서 나란히 멈추어 섰을 때 부관이 구팔만에게로 다가왔다.

"포대장 동지, 상륙정에서 10분 후에 도착하겠다고 연락이 왔습니다."

"다섯 척 맞나?"

"예, 포대장 동지."

구팔만은 수송선 위에서 바쁘게 움직이고 있는 일본 해군들을 바라보았다. 거리는 200미터 정도여서 망원경을 쓰지 않아도 한 눈에 보인다. 전투함 두 척도 수송선 뒤쪽의 바다에 가지런히 정박해 있다.

아래쪽에서 병사들의 떠드는 소리가 들려왔다. 제1군단 사령부에서 보내온 수십 대의 트럭이 백사장에서 하물을 기다리고 있는 것이다.

"저기 보입니다, 포대장 동지."

부관이 손을 들어 북쪽의 바다를 가리키며 말했다. 검은 점같이 보이지만 해군의 상륙정이었다. 그러자 아래쪽에서 무전병이 올라왔다. 무거운 무전기를 등에 메고 있었지만 얼굴에는 활기가 있다.

"포대장 동지, 사령부의 참모장 동지입니다."

구팔만은 송수화기를 받아 쥐었다.

"포대장입니다, 참모장 동지."

─화물은 내리고 있나?

강백진의 목소리도 활기에 차 있는 것처럼 느껴졌다.

"지금 상륙정이 도착했습니다, 참모장 동지."

─쌀 천 톤이 일차로 도착한 것이야. 앞으로 화물은 그곳으로 운반될 테니까 동무의 책임이 크다.

"예, 참모장 동지."

─일주일 후에는 3천 톤의 각종 화물이 도착할 것이다. 1개 중대의 지원 병력을 보낼 테니 하역장 관리를 책임지도록.

"예, 참모장 동지."

구팔만은 송수화기를 건네주고는 앞쪽의 바다를 바라보았다. 상륙정은 곧장 수송선으로 다가가고 있었고, 수송선의 크레인에는 이미 집채만 한 덩어리의 하물이 매달려 있다.

"포대장 동지, 51사단은 남조선군이 남겨놓고 간 식량을 서른 트럭분이나 수거했다고 합니다."

옆에 서 있던 부관이 말했다.

"15전차사단은 자위대가 남긴 기름과 식량을 가졌다는데 사단의 두 달분 공급량이랍니다."

"내려가 보자우."

구팔만이 권총집을 바로 잡으며 말했다. 자위대가 갑자기 왜 식량과 기름을 이쪽으로 날라다 주는지는 말단 지휘관인 그로서는 알 수가 없었고 알 필요도 없었다. 그러나 어쨌든 이것은 힘이 나는 일이었으므로 그는 부관과 함께 백사장을 향해 시멘트 계단을 기운차게 내려갔다.

이을설은 잡곡이 3할쯤 섞인 밥을 떠 입에 넣었다. 식탁에 놓인 반찬은 무말랭이에 김치, 고등어 한 토막과 배춧국이다.

그의 앞에 앉아 맛있게 식사를 하고 있는 사내는 함흥의 7군단 사령관인 송연철 대장이다. 그는 얼굴이 주름투성이인 예순이 넘은 군인이었지만 이을설보다는 10년이나 아래였다.

"다음 수송선이 오면 그 반의 물량은 직접 함흥으로 보내도록 하겠소. 아마 쌀 2천 톤에다 다른 양곡이 천 톤쯤 될 거야."

이을설이 입안의 것을 삼키고서 말하자 송연철이 크게 머리를 끄덕였다.

"그게 낫습니다, 참모총장 동지. 고성에서 육로로 올라오면 오히려 시간이 더 걸립니다."

그는 이번에 회양에서 300톤의 쌀을 가지고 함흥으로 올라갈 것이다. 송연철은 이제까지 자신의 참모장이던 강백진을 이을설에게 보내고는 움직이지 않았다. 그러나 그는 저녁 무렵이 되자 회양으로 오겠다는 전문을 치고는 헬리콥터로 날아왔다.

이을설은 자신의 앞에서 승전 인사를 늘어놓는 송연철이 무엇 때문에 왔는지를 잘 알고 있었다.

평양에서의 집중 지원이 끊겨 각 부대 단위로 저장하고 있던 식량이 바닥을 보이고 있을 것이다. 215고지에서 수백 톤의 식량을 수거했다는 소문을 그가 듣지 못했을 리 없고, 때맞추어 고성 앞바다에 도착한 일본 수송선에 대한 정보도 모두 그의 귀에 들어갔을 터였다.

"동무가 함흥에서 북부 지역의 물자 배분을 책임져 줘야 되겠소. 앞으로도 계속 공급될 테니까."

이을설의 말에 그는 서둘러 국그릇을 내려놓았다. 배춧국이 입가로 조금 흘러내렸다.

"책임지겠습니다, 참모총장 동지."

"전사들의 식량 배급을 두 배로 늘리시오. 잡곡은 1할만 섞어도 충분합니다."

그러자 송연철이 자신의 깨끗이 비워진 밥그릇을 내려다보았다. 이제까지 잡곡이 1할만 섞인 식사는 부하들에게 먹여본 적이 없다. 목이 멘 그가 잠자코 있었으므로 이을설도 가슴이 벅차올라 입을 열지 않았다.

이윽고 송연철이 헛기침을 했다.

"참모총장 동지, 만일의 경우 일주일 후에 함흥에 배가 들어오면 제10군단 지역의 일부 부대에 몇 트럭쯤 양곡을 보내는 것이 어떻겠습니까?"

10군단은 자강도의 한복판에 위치하고 있는 후방 부대이다. 자강도의 중심 도시인 강계에는 미사일 공장이 있어서 주변의 몇몇 부대는 대우와 급식이 좋았지만 나머지 부대들의 사정은 형편없었다.

이을설이 머리를 끄덕였다.

"좋은 생각이오. 동무가 알아서 하시오."

"74사단 같으면 우리 쪽으로 흡수시킬 수도 있습니다, 참모총장 동지."

제74사단은 함경남도의 국경 근처에 있는 부대로 지금 지휘관들이 동서 양쪽으로 나누어져서 격렬한 내분에 휘말려 있다. 이런 상황에서의 양곡 지급은 그들에게 어떤 기폭제 역할을 할 수도 있었다.

식탁에서 일어난 그들이 복도를 걸어 사령관실로 들어서자 기다리고 있던 강백진이 자리에서 일어섰다.

"보고드릴 일이 있습니다."

"말하게."

그러자 굳은 얼굴의 강백진이 입을 열었다.

"무력부장 동지께서 프랑스 국경 근처의 시골에서 돌아가셨습니다."

"……"

"숲 속의 헛간에서 발견되었는데 사인은 총상입니다."

"김원국이는?"

이을설이 가라앉은 목소리로 묻자 강백진이 머리를 저었다.

"행방불명입니다, 참모총장 동지."

"……."

"10킬로미터쯤 떨어진 들판의 저택에서 총격전이 벌어진 흔적이 있었습니다. 그리고 그곳에서 최성산 대좌의 시체도 발견되었습니다."

"최성산이?"

"예, 지난번 취리히에서 실종되었던 호위 총국 소속의 해외 공작반원입니다."

"도대체 어느 놈이."

그렇게 말한 것은 송연철이다. 그러나 그는 이을설의 얼굴을 훔쳐보고는 곧 입을 닫았다. 나무껍질처럼 단단하게 굳어 있던 이을설의 입술이 조금 벌어졌다. 두 눈은 크게 뜨고 있었지만 초점은 없었다.

"부장 동지는 돌아오는 중이었는데. 그렇지 않나?"

"……."

"외국의 헛간에서 죽다니. 눈이 제대로 감기지 않았겠군."

제12장
삼국 분할

밤의 대통령

차에서 내린 미우라 게이스케는 열쇠를 꽂으면서 맨션의 로비를 바라보았다. 3층 맨션의 로비는 비어 있었지만 창가에 서 있던 사내가 그를 향해 한 손을 들었다. 오자키 요시오였다.

미우라는 계단을 올라 맨션의 로비로 들어섰다.

"오자키, 수고가 많군."

"천만에요, 미우라 선배님."

오자키가 흰 이를 드러내며 웃었다.

"어서 올라가십시오. 늦었습니다."

머리를 끄덕인 미우라는 계단으로 몸을 돌렸다. 그의 숙소는 2층이었고, 3층짜리 맨션에는 엘리베이터가 없었다.

"자네, 교대 시간이 다 되었군그래."

"모리가 올 시간이 되었습니다."

그들은 여덟 시간씩 하루 삼교대를 하는데 밤 12시 교대 시간이 된 것이다. 2층 맨션은 방 세 개짜리의 고급 주택이었지만 지금은 비어 있었다. 아내와 두 딸을 지난달에 오사카로 보냈기 때문이다.

집 안으로 들어선 미우라는 재킷을 벗어 던지고는 가슴에 찬 권총집을 떼어 탁자에 올려놓았다. 온몸에 나른한 피로가 몰려왔으므로 그는 소파에 몸을 던지듯이 앉았다.

파리 주재 일본 정보국의 간부로 파리 생활만 15년째 해왔지만 요즘처럼 바쁜 적이 없다. 본국은 지금 한국에 군대를 파견하며 전쟁을 치르는 중이고, 이곳은 김원국의 테러 사건으로 전쟁이나 마찬가지의 상황이었다.

미우라가 넥타이를 풀며 소파에서 일어섰을 때 문에서 벨 소리가 났다.

"누구야? 오자키 군인가?"

문으로 다가서며 그가 묻는 순간 육중한 나무 문이 안으로 부서지면서 열렸다. 그러고는 두 명의 사내가 덮쳐 들어왔는데 앞장선 사내는 스모 선수 같은 거인이다.

미우라는 두 걸음쯤 뒤로 물러섰다가 탁자에 등이 걸리면서 거인에게 어깨를 잡혔다. 손을 뒤로 뻗어 권총을 더듬는 순간 눈에서 불이 번쩍 튕겨져 나오는 것을 보면서 상체를 뒤로 젖혔다. 그러나 무의식중에 손을 휘저어 상대의 어딘가를 치자 다시 관자놀이를 해머로 맞는 것 같은 충격이 왔다.

미우라가 깨어난 곳은 다른 장소였다. 두 눈은 떴지만 시야가 흐린 데다 초점도 잡히지 않았다. 머리를 흔들면서 눈을 껌벅였지만 맨션은 아니다. 냄새도 다르고 빛도 달랐다. 그러자 앞쪽에서 웅얼거리는 듯한 말소리가 들렸다.

"깨어났구만, 미우라 씨."

영어다. 아직 시야는 흐렸으나 미우라는 발음이 강한 이 목소리의 주인공이 영어권의 사람이 아니라는 것은 알았다.

"이봐, 내가 보이나?"

사내가 다시 물었다. 그러자 사내의 윤곽이 점점 뚜렷하게 보였다. KCIA의 파리 주재원인 박남호였다.

"당신은 박남호."

"그래, 나야."

그와는 여러 차례 만난 적이 있고 며칠 전에는 식당에서 차도 같이 마셨다. 그리고 한반도의 정세 이야기를 하면서 돈독한 분위기를 서로 느꼈었다.

"미우라 씨, 이렇게 데려와서 미안해."

박남호가 다시 말했다. 그제야 시야가 밝아진 미우라는 방 안이 보였다. 응접실이다.

자신은 소파에 앉아 있고 벽에는 유화가 걸려 있다. 그리고 박남호의 옆자리에는 김원국이 앉아 있다. 미우라의 가슴이 덜컥 내려앉았다.

박남호가 다시 물었다.

"미우라 씨, 당신이 이곳에 끌려온 이유를 알고 있겠지?"

"내가 뭘 안단 말이야?"

미우라가 소리치듯 물었다.

"당신, 나한테 이럴 수 있어?"

"시치미 떼지 말어, 이 자식아."

"당신, 실수하는 거야."

그러자 박남호가 얼굴을 찌푸리며 웃었다.

"당신, 언제부터 맨션에 삼교대의 경비원을 세워두고 있었지?"

"……"

"여기 계신 김 선생님을 습격한 것이 누구야? 시바다인가?"

"난 모른다. 하지만 우리가 그랬을 리는 없어."

"시바다와 다케무라가 행방을 감추었어. 어디 간 거야?"

"난 모른다."

잠자코 듣고 있던 김원국이 소파에서 일어섰다.

"미우라 씨, 난 당신한테 알려달라고 부탁하지도 않겠지만 강요하지도 않겠소."

미우라가 눈을 깜박이며 그를 올려다보았다.

"난 모릅니다. 나도 최광 씨가 살해당한 것을 신문에서 보고 놀랐습니다."

"계획적인 습격이었소. 난 그 둘 중 한 명의 얼굴은 보았습니다. 우리가 쏘아 죽인 사내였는데 복면이 벗겨져 있었소. 놈들은 동양인이었소, 미우라 씨."

"북한 사람일 수도 있습니다, 김 선생."

"글쎄, 그런데 그들이 우리의 거처를 알 리가 없단 말이오. 당신들 외에는."

조웅남은 손바닥에 놓인 스미스 앤 웨슨을 내려다보았다. 은

빛의 권총은 아담하고 위력이 세었지만 마음에 차지 않는 표정이다. 그는 권총의 총구에 소음기를 끼우고는 단단히 돌려 조였다. 차 안은 엔진도 꺼놓은 상태여서 그의 숨소리가 들릴 정도로 조용했고 싸늘한 냉기에 덮여 있었다.

새벽 2시가 지나자 거리의 인적은 끊겼고 오가는 차량도 없었다. 드문드문 서 있는 가로등의 부연 빛발에 길가에 세워진 차량들의 윤곽은 희미하게 드러났지만 보도 건너편의 주택가는 짙은 어둠에 묻혀 있었다.

"북한과 평화조약이 체결되겠군요."

고동규가 혼잣소리처럼 말했다. 그는 임병섭의 해임 소식을 듣고 나서 전혀 다른 사람이 된 것처럼 보였다. 온종일 굳은 얼굴로 입을 열지 않은 것이다.

두 손을 핸들 위에 올려놓은 그가 앞쪽을 바라보며 다시 말했다.

"형님, 저도 이제 임무가 해제되었습니다."

"무슨 말이여?"

조웅남이 낮은 목소리로 묻자 그가 뒤쪽으로 몸을 돌렸다.

"부장이 갈렸으니 제 임무도 없어졌단 말입니다. 그래서 이 기회에 회사를 그만두기로 했습니다."

조웅남이 머리를 끄덕였다.

"잘 생각했다. 그깟 놈의 회사보다는 우리가 월급을 열 배도 더 줄 것이다."

"……"

"인자는 니 앞에서 대통령 시키 욕을 혀도 괜찮겠고만. 인지가

지는 쬐게 니가 걸러서 삼갔는디.”

“……”

“그 씨발 놈은 대통령감이 아니다. 누구 덕으로 전쟁이 안 일어
났는디 김정일이허고 붙어먹는단 말이여? 저그 천안의 나이트클
럽 사장을 대통령 자리에 앉혀놔도 그런 의리는 지킬 것이여.”

“……”

“그 씨발 놈은 지 생색낼라고 그러는 거여. 국민을 위헌다고?
좆 까지 말라고 혀라. 지가 안 위혀도 우리는 밥 잘 먹고 똥 잘
싼다.”

＊　　　　＊　　　　＊

　파리 주재 북한 대사 현만식은 전화기를 내려놓고 길게 숨을
내쉬었다. 방금 평양과의 통화를 끝낸 것이다. 옆에 앉은 김동선
이 힐끗 그의 얼굴을 바라보았다가 머리를 돌렸다. 승용차 안에
는 한동안 가벼운 엔진 소리만 들려올 뿐 정적이 흘렀다.

　현만식은 직업 외교관으로 북한에서 열 명도 안 되는 프랑스
유학파였다. 따라서 프랑스에 지인도 많았고 평판도 꽤 좋았으므
로 김정일이 이례적으로 5년이 넘게 프랑스 대사로 앉혀놓은 인
물이다.

　이윽고 그가 입을 열었다.

　“내일 아침에 한국 대사관에 가야 될 테니까 부대사 동무도 준
비를 해요.”

　“한국 대사관에 말입니까?”

김동선이 몸을 굳히고 물었다. 몸은 돌리지 않았지만 앞자리의 운전수와 경호원도 온 신경을 뒤쪽으로 집중시키고 있는 것이 느껴졌다.

"대사 동지, 무슨 일로……."

"평화조약이 맺어진 기념으로 방문하는 거요. 이건 수령 동지의 지시요."

"……."

"남조선 측도 반대하지는 않을 거요. 우리가 찾아가는 것이니까."

"그거야 그렇습니다만."

"언론사에게 알려주도록 해요. 꽤 떠들썩한 뉴스가 될 테니까."

"알겠습니다, 대사 동지."

어깨를 늘어뜨린 김동선은 그에게서 시선을 떼었다. 그는 3년 전 제네바의 북미 회담에 실무자로 참가했다가 단숨에 세 계단을 승진하며 부대사가 된 인물이다.

현만식이 다시 입을 열었다.

"일본과 미국 대사에게는 내가 직접 연락하겠소."

"……."

"모두 수령님의 명령이오, 동무."

그들이 탄 차는 주택가로 접어들었다. 새벽 2시가 지난 시간이어서 두 대의 승용차는 빠른 속력으로 한적한 이 차선 도로를 달려 나갔다. 길가의 주택들은 대부분 불을 꺼 어두웠고 보도에도 인적이 끊겨 있었다.

"이제 전쟁은 끝이 났군."

현만식의 혼잣소리 같은 말에 김동선이 머리를 끄덕였다.

"모두 수령님의 뛰어나신 지략 덕분입니다, 대사 동지."

앞을 달리던 경호차가 붉은 브레이크 등을 껌벅이면서 속력을 늦추었다. 현만식의 저택이 가까워진 것이다. 이윽고 경호차가 인도에 바짝 붙으면서 멈춰 섰고, 캐딜락도 뒤에서 멈추었다. 앞차에서 내린 경호원들이 서둘러 이쪽으로 다가왔다.

현만식은 경호원들에 둘러싸여 차에서 내려섰다.

"동무, 그럼 내일 아침에 봅시다."

그가 김동선을 향해 말했다.

"편히 쉬십시오, 대사 동지."

차에서 내려선 김동선이 그의 뒷모습을 향해 머리를 숙였을 때 어디선가 몽둥이로 모래 자루를 두들기는 듯한 소리가 들려왔다. 번쩍 머리를 든 김동선은 저택의 계단을 올라서던 두어 명의 경호원이 두 팔을 휘저으며 굴러떨어지는 것을 보았다. 습격이다.

저도 모르게 차의 문손잡이를 움켜쥔 그는 머리부터 차 안으로 밀어 넣었다. 그 순간 바로 옆쪽에 서 있던 경호원의 몸이 부딪쳐 왔으므로 김동선은 차체에 머리를 찧으면서 안으로 쑤셔 박히듯 들어갔다.

다시 소음기를 끼운 권총의 발사음이 여러 번 들렸고, 그다음 순간 밤하늘에 두 발의 총성이 울려 퍼졌다. 경호원의 고함 소리도 났다.

김동선은 문의 손잡이를 잡고는 뒷좌석에 납작 엎드려 있었다. 다시 한 발의 총성과 고함 소리가 났는데 그것을 마지막으로 다시 사방은 조용해졌다. 어느 집의 개 한 마리가 세차게 짖기 시작했다.

김동선은 어금니를 물고는 머리를 들었다. 대사의 저택은 불이 환하게 켜져 있었지만 육중한 철문은 아직 열리지 않았다. 철문 앞쪽의 돌계단에는 서너 명의 경호원들이 쓰러져 있었는데 그들의 가운데 우두커니 서 있는 사람이 있었다. 그는 현만식이었다.

놀란 김동선이 숨을 들이마셨을 때 차의 바로 뒤쪽에서 인기척이 났다. 그것은 덩치가 큰 사내였고, 한걸음에 계단을 뛰어오른 사내는 현만식의 팔을 끌고 이쪽으로 다가왔다.

"야, 너, 이리 나와."

갑자기 들리는 한국말에 김동선은 소스라치게 놀라면서 머리를 돌렸다. 차도 쪽의 문 앞에서 한 사내가 그를 바라보고 있었다.

"빨리 서두르란 말이다, 이 자식아."

김동선은 차에 기대어 쓰러져 있는 경호원을 밟으면서 서둘러 밖으로 나왔다.

현만식을 끌고 이쪽으로 다가온 거인이 힐끗 김동선을 바라보았다.

"뛰어, 이 새끼야."

권총의 총구로 등을 찔린 김동선은 휘청거리며 앞으로 뛰었다. 옆쪽에서 현만식이 뛰고 있었지만 그를 돌아볼 생각은 나지 않았다.

안톤 모리스가 비틀거리며 카운터로 다가가자 발몽이 턱으로 옆쪽의 전화기를 가리켰다.

"누구야?"

안톤이 물었으나 그는 못 들은 척 몸을 돌리고는 앞에 앉은 사내의 잔에 짐빔을 채운다. 전화기를 귀에 댄 안톤은 우선 트림부터 했다.

그의 단골 클럽인 '블루 선즈'는 술값이 싼 반면에 분위기는 엉망이었다. 손님의 대부분이 언론사 직원이어서 꽤 수준 높은 분위기를 연출할 수 있을 텐데도 말이다. 이제까지 시치미를 떼고 있던 것처럼 점잔을 빼던 놈들도 이곳에 와서는 고래고래 소리를 지르거나 술을 뿌린다. 하긴 그런 재미로 이곳에 오는지도 모른다.

"여보세요."

안톤이 말하자 저쪽도 무어라고 말했는데 들리지가 않았다. 이쪽이 너무 시끄러운 탓이다. 짜증이 난 그가 한쪽 귀를 손으로 막으면서 다시 소리치자 저쪽의 말이 겨우 들렸다.

─나는 김원국 씨의 부하 고동규라고 합니다.

"누구라고?"

알아듣기는 했지만 안톤이 다시 소리쳐 물었다. 그의 허리는 이제 반듯하게 세워져 있었다.

─김원국 씨의 부하 고동규요. 당신이 안톤 모리스인가?

"그렇소. 내가 안톤 모리스요."

이제 안톤의 말소리도 또렷해졌고 두 눈의 초점도 분명해졌다. 발몽이 힐끗 이쪽을 바라보았다.

"그런데 내가 여기 있는 것은 어떻게 알고, 도대체 무슨 일이오?"

그가 서두르듯 묻자 고동규의 말소리가 선명하게 들려왔다.

—큰형님의 지시로 당신을 찾았소. 당신에게 특종을 드리려고.

안톤이 침을 삼키고는 전화기를 귀 안으로 밀어 넣듯이 귀에 붙였다. 고동규가 말을 이었다.

—안톤 씨, 그곳에서 나오시오.

"나가지요. 그런데 어디로?"

한 시간 후 안톤은 파리의 서쪽 말메종의 시가지로 들어서고 있었다. 그가 운전하는 차의 옆자리에 앉아 있는 것은 고동규다.

그들은 아직도 깊은 잠에 빠져 있는 조용한 전원도시를 가로질러 한적한 교외의 주택 앞에서 멈추었다.

짙은 어둠이 깔려 있었지만 낮은 언덕 밑에 세워진 단층 벽돌집은 환하게 불을 밝히고 있다. 도로에서 안쪽의 숲으로 200미터쯤 들어간 곳인 데다 가까운 민가는 500미터도 더 떨어져 있다. 은신하기에는 알맞은 장소였다.

그들이 마당에 차를 세우고 집 안으로 들어서자 응접실에 있던 박남호가 안톤을 빤히 바라보았다.

"어서 오시오, 안톤 씨. 기다리고 있었소."

"당신은 낯이 익습니다. 지난번 크리용호텔에서 한국 측의 경호 책임자였지요?"

안톤의 물음에 박남호가 얼굴을 찌푸리며 웃었다.

"이거 기자는 못 당하겠군. 어느새 얼굴이 찍혔어."

그들이 응접실의 소파에 앉자 10대 후반쯤의 소녀가 주방 쪽에서 상반신을 내밀었다.

"커피 드릴까요?"

안톤이 머리를 끄덕이자 그녀는 주방으로 사라졌다. 그러나 그녀의 얼굴은 머릿속에 남았다. 전형적인 프랑스 처녀였다.

"이 집 주인의 딸이오."

박남호가 말했다.

"식구는 주인 부부와 저 딸 셋인데, 보다시피 방이 여러 개에다 창고도 있어서 우리가 생활하기에 알맞은 곳이오. 더욱이 시내에서 가깝기도 하고."

그가 손을 들어 집 안을 가리켜 보였다.

"우연히 발견한 집이오. 주인과 우리와는 아무런 상관이 없어요."

"……."

"사흘이 될지 열흘이 될지는 모르지만, 10만 달러를 주고 같이 지내기로 합의했지요. 이들에게 손해나는 거래는 아닐 겁니다."

10만 달러면 집을 사고도 남을 돈이다. 머리를 끄덕인 안톤이 물었다.

"나에게 보여준다는 건 어디 있소?"

"조금만 기다리시오."

커피 잔을 받쳐 든 소녀가 활기찬 걸음으로 다가왔으므로 그들은 잠시 말을 멈추었다. 새벽 4시가 가까워지고 있었지만 모두 피로한 기색은 보이지 않았다.

"대사 동지는 알지 모르지만 난 아무것도 모릅니다. 믿어주시오."

김동선은 손바닥으로 이마에 배어 나온 진땀을 닦았다.

"우정만 동지는 해외 공작반 소속으로 평양에서 직접 지령을 받아 움직였습니다. 대사관의 우리와는 그저 아는 척만 하는 사이였소."

창고 안이어서 이곳저곳에 상자더미와 농기구 등이 쌓여 있었으나 주인은 정갈한 사람인 모양이다. 바닥의 판자는 윤이 났고 벽에는 연장들이 가지런히 걸려 있다.

김동선이 말을 이었다.

"우리는 우정만 동지의 거처를 알 수도 없었고 알려고 할 필요도 없었습니다. 정말입니다."

한동안 김동선을 바라보던 조웅남이 입을 커다랗게 벌리면서 하품을 했다. 몸이 뒤로 젖혀졌으므로 하마터면 나무 의자가 뒤로 넘어질 뻔하다가 바로 잡혔다.

"잘 알았다. 모른다는디 헐 수 없는 일이지. 니가 알면서도 모른다고 허겄냐?"

그가 손등으로 눈을 닦으면서 혼잣소리를 했다. 의자에서 일어난 조웅남은 옆에 내려놓았던 로프를 집어 들고는 김동선의 몸을 의자와 함께 묶었다.

"몇 시간 후면 느그덜허고 평화조약인가 지랄인가를 헐 모양인디, 나는 못 헌다."

로프는 길었으므로 조웅남은 몇 번이고 김동선의 몸을 감고는 매듭을 지었다.

"알았냐? 나허고 너허고는 웬수란 말이여, 이 시키야."

그러자 창고의 문을 두드리는 소리가 들리더니 문이 열렸다.

"형님, 준비되었습니까?"

고동규가 들어섰고, 그의 뒤를 따르는 것은 안톤 모리스였다. 그는 놀란 듯 눈을 둥그렇게 뜨고 있었다.

"이만허면 되었을 거여."

조웅남이 김동선의 어깨를 두드리며 말하자 안톤이 목에 걸고 있던 카메라를 들어 올렸다. 플래시가 번쩍였고, 안톤은 물을 만난 고기처럼 생기 있게 움직였다.

"그럼 현 대사는 어느 방에 있습니까?"

눈에서 카메라를 뗀 안톤이 고동규에게 물었다.

"그 사람도 사진을 찍게 해줘야 됩니다, 고 선생."

어리둥절하던 김동선의 얼굴이 일그러지기 시작했고, 안톤은 그런 그의 표정에 더욱 열중하여 셔터를 눌러대었다.

저택 앞에 세워둔 차로 돌아간 구베르는 조르주가 건네주는 전화기를 받아 들었다.

"전화 바꿨습니다."

─구베르, 나 레지에야.

짜증스러운 내무장관의 목소리에 그도 이맛살을 찌푸렸다. 새벽 4시였으니 짜증이 날 만도 했고, 더구나 이것은 그가 몸서리를 치는 한국과 관계된 일이다. 북한이나 남한이나 레지에에게는 똑같은 코리언인 것이다.

"말씀하십시오, 장관님."

구베르의 말에 레지에가 대뜸 물었다.

─사건의 윤곽은 잡았나?

"아직 모릅니다, 장관님. 목격자도 없이 모두 죽었으니까요."

차량 두 대의 운전사를 포함해서 여섯 명의 경호원이 몰살당한 대형 사건이다. 그리고 북한의 대사와 부대사가 납치당했다.

"사건이 2시경에 일어났고, 이쪽도 총을 쏘며 저항했다는 것은 알 수 있습니다. 하지만 상대방이 누구인지, 몇 명이었는지는 아직."

─뻔하잖아? 김원국의 일당이야. 놈들 아니면 북한 측에 그런 짓을 할 놈이 없어.

"저도 그렇게 추측은 합니다."

─놈은 이제 한국 정부에도 반발하는 거야. 놈은 제거된 한국군 지휘부와 전 안기부장 임병섭과 맥을 통하던 놈이니까.

"……."

─그런데 북한 대사를 데리고 가서 무엇을 하려는 걸까?

구베르는 잠자코 그의 말을 들었다. 한국과 북한의 평화 회담이 몇 시간 후에 시작된다는 데 생각이 미쳤지만 이것과 연결되지는 않는다.

─구베르, 내일 아침이면 또 세계가 떠들썩해질 거야. 놈들이 무슨 꿍꿍이수작을 부리려는지는 모르지만 지난번처럼 당할 수는 없어.

크리용호텔의 사건으로 곤욕을 치른 사람은 구베르였다. 레지에는 언론의 화살을 교묘하게 현장 책임자인 구베르에게 집중시켰던 것이다.

─구베르, 수시로 사건 진행 상황을 보고해 주게. 나도 수상에게 보고할 참이니까.

구베르는 끊긴 전화기를 조르주에게 건네주었다.

"김원국의 일당이 맞을까요?"

조르주의 물음에 구베르는 저택으로 몸을 돌린 채 잠자코 서 있었다. 이제 경찰차도 대부분 떠났고 서너 대만이 남아 현장을 정리하고 있는 중이다.

신문기자 대여섯 명이 남아 이곳저곳을 기웃거리고 있었지만 그들은 이미 막차를 탄 부류여서 특종은 놓친 상태였다. 운 좋은 경찰청 출입 기자 서너 명이 경찰과 함께 이곳에 도착하여 생생한 현장 사진을 찍어갔고, 지금 남아 있는 것은 핏자국뿐이었다.

생마르탱 거리의 '마르스' 바 앞에 검은색 르노가 멈춰 선 것은 5시 5분 전이었다. 바의 입구에 서 있던 사내 한 명이 르노로 다가갔다.

거리는 한산해서 그의 발소리가 울렸고, 르노의 머플러에서는 흰 김이 뿜어져 나오고 있다. 코트 주머니에 두 손을 찔러 넣은 그가 차 안을 들여다보려는 듯 허리를 숙이자 유리창이 소리 없이 내려갔다. 모습을 드러낸 사내는 우정만이다.

"저기, 앞쪽 차에 계십니다."

사내가 눈으로 가리킨 곳은 르노의 앞쪽 길가에 세워진 자주색 캐딜락이다. 우정만은 차 문을 열고 밖으로 나왔다. 그러자 나머지 문이 일제히 열리면서 세 명의 부하가 따라 나온다.

"너희들은 여기서 기다려."

그들에게 말하고 난 우정만은 20미터쯤 앞의 캐딜락으로 다가갔다. 차도에는 드물게 차량이 오가고 있었지만 인도는 행인들이 보이지 않았다. 이른 아침이었던 것이다. 그가 캐딜락의 문을 열고 들어가 앉자 안쪽에 있던 사내가 그를 바라보았다.

"연락 온 것 없습니까?"

시바다 겐지의 물음에 우정만이 머리를 저었다.

"아직 없어요. 연락이 온다면 대사관으로 올 것이지, 나는 아니요."

"아니, 목표는 당신인 것 같은데."

시바다의 말에 우정만이 이맛살을 찌푸렸다.

"내 비중이 그렇게 크다니, 영광이군. 그런데 당신은 이것이 김원국의 짓이라고 확신합니까?"

"김원국이밖에 없소, 우 선생."

"혹시 한국 안기부의 공작이 아닐까요?"

"그럴 리가 없소. 안기부 요원들의 동향은 우리가 샅샅이 파악하고 있었으니까. 한 놈이 행방을 감추었지만 안기부의 짓은 아니오."

"……."

"대사를 잡아 갔으니 대사가 놈에게 실토할 것은 틀림없는 일이고. 이제 릴에서 습격한 것은 당신들이라는 것을 확실하게 알게 되겠지."

"그리고 당신들이 정보를 준 것도 말이오."

그러자 시바다가 무표정한 얼굴로 우정만을 바라보았다.

"그곳은 거의 무방비 상태였어, 우 선생. 다케무라의 이야기를 들으면 담도 없는 집에 경비는 한 놈뿐이었다는 거요. 그런데 당신들은."

"우리가 기습을 당했다고 하지 않았소? 다케무라의 정보가 틀렸소. 경비는 앞쪽에 없었고 우리는 헛간에 있던 놈에게 기습을 당한 거요."

"……"

"어쨌든 최광이를 죽였으니 목적은 달성한 거요."

"김원국이를 살려둔 게 화근이었어. 놈은 우리에게 복수하러 돌아온 거야."

"그렇다면 왜 우리만 습격해서……"

"우리도 습격당했소. 당신들보다 먼저."

그러자 우정만이 입을 다물고는 그를 바라보았다. 시바다가 말을 이었다.

"파리 주재 행정관이 납치당했고 경호원 한 명이 살해되었어요. 어젯밤 자정 무렵이었소."

"……"

"우리는 시체를 다른 곳으로 옮겨 사고사로 위장했소. 그리고 납치 사건은 비밀에 부치고 있어요."

"놈들은 우리가 김칠성이를 데리고 있는 것을 알고 있는 모양이군."

우정만이 혼잣소리처럼 말하자 시바다가 머리를 끄덕였다.

"최광과 최성산의 시체만 발견되었으니 그렇게 의심할 만도 하지. 하지만 아직 누가 데리고 있는지는 모르는 것 같소."

"그렇다면 대사와 교환하자는 속셈인가?"

"두고 봅시다, 그것은."

답답한지 시바다가 창문을 조금 열었다.

"김원국이는 지금 일본과 북한을 동시에 상대하려고 합니다.

그런 데다 놈은 한국 정부와도 인연을 끊은 것 같소. 따라서 놈은 고립무원의 입장이오."

"수하에 몇 놈 없을 텐데."

"김원국과 조웅남, 고동규 셋이었는데 이번에 박남호가 놈에게 합류한 것 같소. 행방불명이 된 것을 보면."

"여자가 하나 있지 않소?"

"그렇군. 모두 합해서 다섯이오."

한동안 차 안에 침묵이 흘렀고, 이윽고 우정만이 그것을 깨었다.

"김칠성이는 배와 가슴에 총을 맞아서 오래가지 못해요. 그렇다고 병원에 데려다줄 수는 없고."

"……."

"그렇다면 살아 있는 동안 대사와 교환하는 것이 낫겠는데. 쓸모가 있을 때 말이야."

"뭐야, 안톤?"

침대에 누운 채 전화기를 든 제리 도노반이 잠이 덜 깬 목소리로 물었다. 반쯤 눈을 감은 채였지만 창문이 어둑한 것은 보인다. 아직 해가 뜨지 않은 새벽이었다.

안톤의 목소리가 수화기에서 흘러나왔다.

—제리, 일어나. 자빠져 있을 때가 아니야.

"새벽부터 무슨 소리야?"

—이 뚱보 녀석, 어젯밤에 대형 사건이 터졌단 말이다.

그러자 제리는 전화기를 고쳐 쥐었다. 그러나 아직 일어나지는 않았다.

"무슨 사건인데?"

—김원국의 테러 사건.

제리가 눈을 번쩍 떴다. 그러고는 비스듬히 상반신을 일으켜 세웠다. 옆에 누운 마리아가 중얼거리며 시트를 감고 돌아누웠으므로 알몸의 상반신이 썰렁해졌다.

"김원국의 테러? 또 일어났어?"

—그래, 파리에서. 여섯 명의 북한 경호원이 사살되었고, 대사와 부대사가 납치된 사건이야.

"이야, 그것 큰데. 김원국이 떠난 줄 알았는데 파리를 잊지 못했군."

마리아가 끌고 간 시트를 힘들여 잡아당긴 그는 겨우 드러난 배를 덮고 비스듬한 자세로 다시 물었다.

"지금이 6시 반인데 석간에 내면 되겠다. 그래, 사진은 찍었겠지? 지금 현장에 있나?"

—현장에 갈 필요가 없었어, 제리.

"갈 필요가 없었다니, 또 '블루 선즈'에서 뉴스를 술과 바꿨구나."

—난 김원국 씨와 같이 있거든, 이 뚱보 놈아.

안톤의 목소리에는 웃음기가 섞여 있었으므로 제리는 잠시 눈을 껌벅이며 누워 있었다.

"안톤, 너 뭐라고 했어?"

그가 다시 물었다.

"김원국이와 같이 있다구?"

—그래, 제리. 난 잡혀 있는 북한 대사와 부대사의 사진도 찍고 인터뷰도 했어. 너에게 필름과 테이프, 그리고 기사를 보냈으니 곧 도착할 거야.

　제리는 침대에서 벌떡 일어나 전화기를 들고는 옆쪽의 의자에 앉았다. 벌거숭이였지만 이젠 추위를 잊었다.

　"네가 어떻게, 안톤. 응?"

　—그들에게 불려 왔어.

　"잡혔단 말이냐?"

　—아냐, 이 멍청아. 그들에게 내가 필요했기 때문이야.

　제리가 만족한 듯 길게 숨을 내쉬었다.

　"그렇다면 그들과 계속 붙어 다닐 수 있겠구나, 안톤."

　—글쎄, 두고 봐야지.

　"지금 어디야?"

　—바보 같은 질문 하지 말어, 이 멍청아.

　"그렇군. 어쨌든 넌 축복 받은 놈이야, 안톤. 필름을 보냈다구?"

　—테이프와 내가 쓴 기사를 같이 보냈단 말이다, 제리.

　"꼼짝 않고 기다리지."

　—내 기사의 단어 한 자라도 고쳤다가는 다음 기사는 CNN의 헤스에게 보낼 테니까, 명심해.

　"네 기사에는 모두 금박을 입혀 찍어 내라고 할 테니까 걱정하지 말어, 안톤."

　전화기를 내려놓은 제리는 서둘러 바지를 입었다. 벗으나 입으나 기다리는 데는 상관이 없었지만 가만있을 수 없었기 때문이다.

문이 열리더니 지희은이 쟁반 위에 우유 잔을 받쳐 들고 들어섰다. 아직 얼굴은 창백했지만 어제보다는 나아진 모습이다. 탁자에 우유 잔을 내려놓은 그녀가 잠시 주춤거리더니 김원국을 바라보았다.

"이제 나았어요."

김원국이 머리를 들자 그녀와 시선이 마주쳤다.

"다행이야. 하지만 며칠 더 쉬어야 될 것 같은데."

지희은이 머리를 저었다.

"괜찮습니다. 일을 주세요."

그녀에게서 시선을 뗀 김원국이 머리를 끄덕였다.

"그렇다면 집 안을 감시해라. 가족들이야 매수해 놓았지만 인질이 세 명이나 있으니까."

우유 잔을 든 김원국이 한 모금을 마시고 잔을 내려놓았다. 그러고는 아직도 앞에 서 있는 지희은을 보며 앞자리를 손으로 가리켰다.

"앉아라."

집 안은 조용했다. 아침 5시였는데 어젯밤 제대로 잠을 잔 사람은 없었다. 마외 씨 부부와 딸인 카트린도 들락거리는 사람들 때문에 잠을 설쳤는지 아직 깊은 잠에 빠져 있었다.

"우릴 습격한 것은 북한의 공작원이었다."

김원국이 입을 열었다.

"북한 대사가 자백했어. 북한 공작원들은 일본 정보국의 정보를 받고 우리를 습격한 거야. 목적은 최광 씨와 우리를 제거하는 것이지."

"……."

"대통령이 김정일과 평화조약을 맺기로 했거든. 따라서 최광 씨가 한국에 온다면 정부의 입장이 아주 난처해져."

"……."

"더구나 이을설과 연합하여 김정일을 치려는 군 지휘부를 모두 교체시킨 참이야. 최광 씨는 필요 없는 존재가 되었어."

"그럼 우리도."

지희은의 말에 김원국이 머리를 끄덕였다.

"그래, 우리도 이제 한국 정부에게 필요 없는 존재가 되었다."

"……."

"왜, 두려운가?"

머리를 든 지희은은 김원국의 얼굴에 웃음기가 떠올라 있는 것을 보았다. 그녀는 머리를 저었다.

"두렵진 않아요. 하지만."

"하지만 뭐?"

"화가 나요."

그러자 김원국이 다시 입가에 웃음을 띠었다.

"난 동생을 여럿 잃었다."

"……."

"동생들은 기꺼이 목숨을 바쳐 일을 해주었다. 그런데 배신을 당하다니."

"……."

"어떤 큰일을 위해 우리를 희생시켰는지는 모르지만 나는 승복

하지 못한다."

머리를 든 지희은이 그를 바라보았다. 그러고는 입을 열려다가 다시 닫고는 침을 끌어모아 삼켰다.

*　　　　　*　　　　　*

대통령이 파리의 소식을 들은 것은 오후 1시경으로 파리 시간으로는 새벽 5시경이었다.

막 점심을 마치고 집무실에 돌아와 녹차를 마시는데 이번에 안기부장이 된 박종환이 들어와 보고한 것이다.

"그래, 자넨 점심 먹었나?"

보고를 마친 박종환에게 대통령이 물었다. 조금도 놀랍지가 않다는 표정이어서 긴장이 풀린 박종환의 어깨가 늘어졌다.

"예, 각하. 오는 길에 먹었습니다."

청와대로 들어오는 차 안에서 먹었다는 말이다. 대통령이 머리를 끄덕였다.

"식사 거르지 말고 잘 챙겨 먹게."

"예, 각하."

"그 소식, 아마 김정일이한테도 보고가 되었겠지?"

"물론입니다, 각하. 아마 즉각 보고되었을 것입니다."

다시 머리를 끄덕인 대통령이 물었다.

"김원국이가 했다는 증거는 있나?"

"아직 파리는 새벽이어서 그런 발표는 없습니다만, 일본 정보국이나 미국 측에서는 그가 했다고 믿고 있습니다."

"회담에 장애는 없겠지?"

"북한 대표들이 회의장에 모여 있습니다만, 별다른 움직임은 없습니다."

대통령이 힐끗 벽시계를 올려다보았다. 회담은 이제 한 시간도 남지 않았다.

광화문의 프레스센터에는 이미 남북한의 대표들과 미, 일의 참관단이 도착해 있었다.

남한의 김창덕 총리를 단장으로 외무장관 장영식과 연합 사령관 이영규 세 명이 남한 측 대표단이고, 북한은 이번에 수상으로 임명된 김달현을 단장으로 무력부장이 된 김강환, 외교부장 홍진무 세 명이 대표단이었다.

"그리고 태국 문제 말인데."

대통령이 녹차 잔을 내려놓으며 앞에 앉은 박종환을 바라보았다.

"그 일은 철저히 관리하도록. 알겠나?"

"알고 있습니다, 각하."

박종환이 머리를 숙였다.

"우선 열흘 후에 쌀 5만 톤이 남포에 도착할 것입니다. 그리고 20일 후에는 나머지 15만 톤이 하역됩니다."

"북한 대표단에게 그 내용을 합의서에 포함시키면 안 된다고 주의시켰지?"

"예, 각하. 그들도 잘 알고 있습니다."

평화조약의 합의서 내용과는 별도로 북한 측에게 100만 톤의 쌀을 일 년 동안 공급해 주기로 약속한 것이다. 이것은 어제 오후에 김정일과 대통령의 통화에서 결정된 사항이다.

"각하, 일본이 이을설에게 물자를 공급해 주고 있다는 것을 국민 대부분이 알고 있습니다."

박종환의 말에 대통령이 이맛살을 찌푸렸다.

"한국 언론에서 새어 나갔단 말인가?"

"아닙니다. 일본의 신문 하나가 보도한 것을 NHK에서 방송을 했습니다. 그것이 우리나라에 소문이 퍼져서."

"일본 정부가 흘린 모양이구만."

"그럴 가능성도 있습니다, 각하. 그들은 그 사실을 굳이 비밀로 할 필요가 없습니다."

"하긴 우리 체면을 봐줄 이유도 없지."

"이을설의 입장에서도 마찬가지입니다. 일본 정부와 공식적으로 관계된 체제를 인정받는 모양이 되니까요."

"⋯⋯."

"한국 정부에게 상의하지도 않고 이을설에게 물자를 공급시켜 주는 것도 오만한 행동입니다, 각하."

"⋯⋯."

"군의 장교들 중에서 자위대의 행동에 불만을 가진 이들도 있는 것 같습니다만."

"그럴 테지. 그래야 군인이지."

이번에는 박종환이 입을 다물고 그를 바라보았다.

대통령이 입을 열었다.

"강동진이 사령관으로 있을 때보다 자위대의 발언권이 강해진 것도 알고 있어."

"……."

"이을설이 움직일 때 하시모토 수상이 나에게 연락을 해왔어. 그가 조정해 보겠다고 해서 승낙했어."

놀란 박종환이 눈을 치켜떴다. 대통령은 사전에 일본 수상과 협의를 해놓은 것이다. 대통령이 말을 이었다.

"놀라운 일이 아니야. 일본이 주도권을 잡으려고 하는 것이. 그들은 앞으로 한국과 김정일, 이을설의 세 체제를 모두 조종하여 약한 곳을 돕겠지."

"그렇습니다, 각하."

박종환이 입을 열었다.

"각하께서 미국을 끌어들이신 것은 잘하신 겁니다. 일본은 싫겠지만 어쩔 수가 없겠지요."

"……."

"각하께서 최선을 다하신 겁니다. 전쟁을 피하기 위해선 그 이상의 방법이 없습니다."

그러자 대통령이 희미하게 웃었다.

"아무도 믿을 수가 없다네, 박 부장."

"……."

"평화조약이라는 것도 우리가 위기에 빠졌을 때는 한 장의 휴지 조각이 될 수가 있지. 이산가족이 왕래하고, 남북한 국민의 통행이 허용되고, 정상적인 통상이 이루어진다고 금방 통일이 되는 건 아닐 테니까."

박종환이 머리를 끄덕이자 대통령이 말을 이었다.

"남북으로 나뉘어 사느냐, 죽느냐 두 가지의 선택지만을 가지고 있는 것보다 동서남의 세 조각이 되어서 서로 강한 놈을 견제하고 사는 것이 나을지도 몰라, 지금은."

"……."

"어쨌든 전쟁은 피할 수 있지 않는가, 박 부장?"

대통령이 다시 주름살을 만들며 웃었다.

회담장이다.

프레스센터 10층의 회담장은 기자회견장을 개조한 곳이어서 넓었다. 삼면이 유리로 된 회담장은 정사각형의 구조였는데 그 중심부에 정사각형 테이블이 세 개씩 놓여 있었다.

유리벽 쪽이 상이고 문 쪽을 하로 구분한다면 상하에 남북이, 좌우에 일본과 미국의 대표단이 각각 셋씩 앉아 있었다. 4개 국의 대표 뒷줄에는 여러 줄의 테이블이 놓여 있었는데 그것은 실무자들의 자리였다. 남북은 실무자의 제한을 두지 않는 관계로 북한은 50여 명의 수행원이, 한국은 100여 명의 실무자가 10층도 모자라 9층까지 점유하고 있었다.

회담이 시작된 지 한 시간가량이 지난 지금은 남북이 각각 지참해 온 합의서의 내용에 대한 검토에 들어가 있었다. 이미 대통령과 김정일이 말을 맞춰놓은 상황이라 양쪽의 내용은 별로 다른 것이 없었지만 세부 사항은 이곳에서 만들어져야만 하는 것이다.

크게 분류해서 평화조약은 네 가지 항목으로 구분되었는데, 그것은 이미 양국 정상이 합의한 사항이다. 그리고 시기와 절차 등 까다로운 문제들도 결정되어 있었으므로 양국은 조약이 준수되도록 철저한 세부 지침으로 밑받침을 하기만 하면 되었다.

조약의 내용은 크게 분류해서 다음 네 가지였다.

첫째, 남북한의 철군 및 감군과 불가침선언.
둘째, 이산가족의 남북한 방문.
셋째, 남북한 주민의 자유 왕래.
넷째, 상호 통상 및 산업 활동의 개방을 위한 행정청 설치.

한국 측 수석대표인 김창덕 총리는 북한 측이 건네준 조약 합의서를 실무진이 검토하는 동안 앞에 앉은 김달현을 향해 입을 열었다. 그쪽도 그와 마찬가지로 기다리고 있는 중이었기 때문이다.

"오늘 중으로 대강의 합의 내용이 결정될 수가 있겠군요. 그렇지 않습니까?"

그가 부드러운 표정으로 말하자 김달현도 웃는 얼굴로 머리를 끄덕였다.

"그렇습니다. 현재로서는 장애물이 없습니다."

"장애물이라……."

김창덕도 얼굴에 웃음을 띠었다.

"그런 것이 있을 리가 있습니까? 양국의 정상이 이미 합의한 사항인데."

그때 로젠스턴이 옆자리의 윌슨 대장에게로 몸을 숙였다. 무료한 듯 두 눈이 풀려 있었다.

"장군, 저자들도 파리의 사건을 알고 있겠지요?"

"알고 있을 겁니다, 장관."

윌슨이 힐끗 앞쪽을 바라보았다.

"회담에 방해가 될까 봐 모른 척하고 있는 겁니다."

"다른 때 같았으면 전쟁이 일어날 일인데, 북한도 급했군."

"한국 측도 속을 썩고 있을 겁니다. 김원국이 제멋대로 노는 바람에."

"말도 마시오. 놈이 다행히 파리에 있었기에 망정이지, 서울에 있었다면 난 클린트가 자리를 바꿔준다고 해도 안 왔을 거요."

그러자 뒤쪽에 앉은 실무자와 머리를 맞대고 있던 주한 미국 대사 마이클 그리피스가 다가왔다. 그가 로젠스턴과 윌슨의 의자 사이로 몸을 들이밀고 허리를 숙이자 두 사람의 머리가 그를 향해 기울어진다.

마이클이 낮은 목소리로 입을 열었다.

"장관, 김원국이 파리에서 한국과 북한, 일본의 공작을 폭로했습니다. 그것도 증인들의 육성 테이프로."

"한국과 북한, 일본의 공작이라고?"

놀란 로젠스턴이 묻자 그가 머리를 끄덕였다.

"그와 최광을 습격한 것은 일본 정보국의 사주를 받은 북한 공작원들이라는 증언과 한국이 그 일에 가담했다는 증언이오."

로젠스턴의 시선이 퍼뜩 삼면의 대표단을 훑고 지나갔다.

한국의 김 총리와 김달현의 환담에 일본의 무라야마 외상도 끼어들었다. 무엇이 우스운지 무라야마가 손바닥으로 테이블을 치며 웃었다. 화기애애한 회담장이다.

마이클이 다시 말했다.

"AP통신을 통해 세계로 뉴스가 전달되었지만 한국은 통제 때문에 막혔어요. 하지만 기자들은 알 겁니다."

"윌슨."

로젠스턴이 윌슨을 바라보았다.

"손해 볼 건 없소. AFKN으로 그 뉴스를 방영해요. 클린트에게
는 내가 나중에 보고할 테니까."

그러자 윌슨이 머리를 끄덕였다.

"대통령도 반대 안 할 겁니다, 장관."

"그는 모르는 게 좋아요. 책임은 내가 질 테니까."

"무슨 소리. 내가 주한 미군 사령관이오. AFKN도 내 소관이
고. 내가 책임을 집니다."

자리에서 일어난 윌슨이 뒤쪽으로 옮겨가자 로젠스턴이 마이
클을 바라보았다. 두 눈은 이제 생기를 띠고 있다.

"씨발, 이럴 수가 있나?"

이기팔 기자는 외신으로 들어온 팩스 용지를 펼쳐 보며 혼잣
소리처럼 말했다.

"이건 사기다. 협잡이야."

둘러선 동료들은 잠자코 영문으로 된 AP통신의 기사를 읽었
다.

기사는 북한 대사 현만식이 폭로한 내용부터 시작되었다. 북한
의 공작원들이 2월 14일 릴의 교외에서 최광을 살해한 것은 일본
정보국과 한국의 묵인하에 저질러진 일이라고 현만식은 폭로했
다. 그는 그 증거로 공작반 책임자인 우정만이 일본 정보국의 시
바다 겐지를 어디에서 몇 번 접촉했다는 것까지 상세히 밝혔다.

일본 정보국은 북한 공작원들을 현장에까지 안내해 주는 것으로 임무를 끝냈는데 결론적으로 북한은 반밖에 성공하지 못했다고 했다. 김원국이 도주했기 때문이다.

그다음은 일본 정보국의 미우라 게이스케의 차례였다. 그는 시바다 겐지가 북한 공작원 책임자인 우정만에게 김원국의 거처를 알려준 것을 확인해 주었다. 시바다한테서 직접 들었다는 것이다. 그리고 김원국이 도주한 후 한국에서 파견된 안기부 요원들과 일본 정보국 요원들이 합동으로 김원국을 찾고 있다는 것도 폭로했다. 보는 즉시 사살하라는 명령을 받았다는 것이다. 마지막은 안기부 보좌관인 박남호가 말한 내용이다. 그는 한국 안기부 요원들이 김원국을 찾으려고 혈안이 되어 있다고 말했는데 현만식과 미우라가 폭로한 내용을 확인해 주는 역할이었다.

"문제는 이들이 김원국에게 잡혀 있다는 거야. 그런 상황에서의 폭로나 증언은 가치가 없어."

어느새 끼어들었는지 편집국장 안현식이 떠들썩한 목소리로 말했다.

"설령 이 내용이 사실이라도 말이야."

그러자 이기팔이 머리를 저었다.

"안톤 모리스는 허위 사실을 뉴스로 보낼 사람이 아니오, 국장님."

"어쨌든 그자도 김원국과 같이 있지 않느냔 말이야."

"프랑스와 영국, 미국에서는 톱기사로 실렸습니다."

다른 기자 하나가 끼어들었다.

"이걸 묵혀두는 나라는 한국과 북한, 그리고 일본 세 나라뿐일 겁니다."

　이웅태 당비서의 보고가 끝나자 김정일은 한동안 잠자코 앉아
있었다. 그의 좌우에 앉은 백학림과 안용준 등 원로 군인들은 모
두 시치미를 뗀 얼굴로 그와 시선을 마주치려고 하지 않는다. 벽
시계가 천천히 네 번을 울었다. 서울에서의 회담이 시작된 지 두
시간이 지난 것이다.
　이윽고 김정일이 입을 열었다.
　"상관없어. 그깟 일로 회담에 영향을 받지는 않을 테니까 말이오."
　"당연합니다, 수령 동지."
　이웅태가 즉각 말을 받았다. 그는 이번에 최고사령부 정치국
부국장에서 당비서로 파격적으로 승진되었다. 그것은 김정일이
신임하는 김강환 최고사령부 부사령관의 추천이 있었기 때문이
다.
　"회담은 순조롭게 진행되고 있습니다. 수령 동지."
　"신경이 쓰이는 것은 일본 놈들이야. 이을설에게 양곡을 대주
어서 사기를 올려주고 있단 말이오."
　그러자 백학림이 헛기침을 했다.
　"수령 동지, 이번 파리 사건에 대한 내용을 보더라도 남조선과
일본은 사전에 묵계가 되어 있었습니다. 남조선이 우리에게 양곡
을 보내는 것도 일본과 상의했을 겁니다."
　"당연히 그랬겠지요, 총국장 동무. 그들은 동맹국이니까."
　"어느 한쪽만 힘을 보태주지는 않습니다, 남조선이나 일본 놈
들은."

백학림이 주름진 얼굴을 들어 김정일을 바라보았다.

"놈들에게서 우리 공화국과 이을설을 현 상태에서 고착시키려는 의도가 보입니다."

집무실 안은 잠시 무거운 정적이 감돌았고, 아무도 선뜻 입을 열지 않았다. 백학림의 말과 같이 한반도가 공화국과 남조선, 그리고 이을설의 동부 지역으로 세 조각이 나서 고착된다면 그 일차적인 책임은 김정일에게 있는 것이다.

남침을 선언한 것은 군부 세력의 완전 장악과 권력 집중, 그리고 인민의 불만을 해소시키기 위해서였다.

김정일은 선전을 포고하면 남조선은 한 달 안에 스스로 무너지고, 그렇지 않더라도 침공 후 열흘이면 제주도까지 장악하리라고 확신하고 있었다. 그리고 예상대로 미국은 참전을 기피했다. 그들은 오히려 시간을 끌지 말고 하루라도 빨리 일이 끝났으면 하는 눈치까지 보였다.

그러나 의외로 남조선 인민들은 빠르게 현실에 적응하고 결집되어 갔다. 조 대사의 분사와 김원국의 활동이 그들의 자긍심과 투지를 일깨워 준 효과도 있었을 것이다.

결국 침공 하루 전에 회담을 한다는 것에 방심하다가 남조선과 일본의 연합군에 허를 찔렸고, 그동안 음모를 꾸며온 이을설에게도 때맞춰 배신을 당하게 되었다.

이윽고 김정일이 머리를 들었다. 굳은 얼굴이다.

"난 인민이 이밥에 고깃국을 먹고 따뜻한 잠자리에 드는 것만 보면 됩니다. 더 이상의 욕심은 없소."

남조선에서 올 100만 톤의 양곡은 서부 북한의 인민들에게 충분히 배급될 것이다.

오후 7시, 특전사 제2여단장 장규범 준장은 장교들이 여단장실로 들어서자 앞쪽의 의자를 가리켰다.

"모두 앉아."

참모장과 네 명의 대대장, 그리고 부관 이근욱 소령이 그의 앞에 나란히 앉았다.

장규범은 어깨를 편 자세로 앞을 바라본 채 한동안 입을 열지 않았다. 올해로 쉰이 되었지만 햇볕에 탄 피부는 윤기가 났고, 언제나 치켜뜬 듯이 올라간 눈꼬리와 굳게 다문 입술, 그리고 우람한 체격은 군인의 전형이었다. 그가 입을 열었다.

"AFKN 본 사람 있나?"

그러자 몇 초쯤 지난 후에 왼쪽에 앉은 중령이 번쩍 머리를 들었다.

"제가 보았습니다, 여단장님."

"자네 하나뿐이야?"

"저도 보았습니다."

가운데에 앉은 중령이었다. 머리를 끄덕인 장규범이 나머지 장교들에게로 머리를 돌렸다.

"자네들도 이야기는 들었겠지?"

"예, 여단장님."

"감상이 어땠어?"

여섯 명 모두에게 묻는 것이다.

"AFKN의 파리 사건 말이야. 어때?"

"분했습니다."

제일 먼저 보았다고 말한 중령이다. 다부진 모습의 그가 말을 이었다.

"그런 식으로 정치를 하면 안 된다고 생각합니다."

장규범이 잠자코 그를 바라보았다. 그들 모두는 그가 얼마 전에 사령부로 진입해서 강한기 소장을 잡으라는 명령을 듣지 않은 것을 안다.

"우리뿐만이 아니다. 다른 지휘관, 아니 군인 모두가 그런 생각을 할 것이다."

장규범의 말에 모두 긴장했다.

"이제야 대통령의 진면목이 드러난 것이다. 겉으로는 국민을 위한 척 갖은 미사여구를 동원하고 있지만 실제로는 한낱 정상배라는 것이 드러났다. 국민의 희생이 있으면 안 된다면서 일본 놈의 손을 잡은 것은 한말의 역적들이 한 짓과 조금도 다르지 않다."

장규범의 말소리는 점점 열기를 띠어갔다.

"그자는 군에 의해 권력이 나뉘는 것이 두려웠을 뿐이다. 통일이 눈앞에 와 있었는데도 겁을 먹고 기회를 놓쳤다. 그러고는 군 지휘관들을 체포하고 김정일이와 말뿐인 평화조약을 맺는다면서 국민들을 호도하고 있다."

"……."

"군대를 휴전선 밑으로 100킬로미터 후퇴시키고, 150억 달러의 보상금과 매년 20억 달러의 조공을 한다는 항복문서에 사인하려 했다, 그자는. 나라가 어떤 꼴이 되건 제 자리만 지키려고 한 놈이야."

"……."

"그런데 이번에 파리에서 일어난 사건을 봐라. 일본 놈, 북한 놈들과 같이 연합해서 애국자를 말살하려고 했어."

"저희도 분합니다. 부끄럽기까지 합니다."

대대장 한 명이 격한 어조로 말하자 참모장 전영석이 머리를 들었다. 흰 얼굴에 호리호리한 체격으로 장규범과는 대조적인 용모였는데 성격도 꼼꼼하고 차분해서 호흡이 잘 맞는 사이였다.

"여단장님, 저희들은 잠깐 밖에서 이야기를 했습니다. 만일 여단장님이 어떤 결정을 내리신다면 모두 따를 것입니다."

그러자 장규범의 시선이 퍼뜩 그에게로 옮겨졌다. 그러나 선뜻 입을 열지는 않는다. 전영석이 말을 이었다.

"여단장님, 우리는 군인입니다. 군인답게 살다가 죽을 각오가 되어 있습니다."

"……."

"계란으로 바위를 치는 짓이라도 흔적은 남을 것입니다. 한국군의 기백은 전해질 것입니다, 여단장님."

"말씀해 주십시오, 여단장님."

대대장 한 명이 거들었고, 나머지 장교들도 눈을 빛내며 그를 바라보았다.

제13장

형님만을 부르면서

밤의
대통령

현관으로 들어선 박남호가 서둘러 응접실에 앉아 있는 김원국에게로 다가왔다. 안톤 모리스와 이야기를 나누고 있던 김원국이 머리를 들었다.

"무슨 일이야?"

"정보가 있습니다."

김원국은 한국말로 물었으나 그의 대답은 영어였다. 안톤을 의식한 행동이다. 그는 안톤의 옆자리에 앉아 김원국을 바라보았다.

"시내에 나가서 서울로 연락을 했습니다. 안기부에는 아직 믿을 만한 동료들이 있습니다."

침을 삼킨 그가 말을 이었다.

"안기부의 주관으로 태국에서 평양으로 쌀을 공급해 주고 있습니다. 5만 톤이 곧 출항할 예정이고, 15만 톤이 이 차로 선적될 것이라고 했습니다."

안톤이 눈을 치켜뜨고 숨을 죽인 채 그의 말을 듣고 있다.

"안기부는 태국의 아시아 엔터프라이스라는 중국계 무역 회사에게 용역을 주어서 그들이 북한의 고려교역과 현금 거래를 하는 것처럼 위장했지만 자금은 한국 정부에서 댄 것입니다."

몸매가 풍만한 마외 부인이 그들 앞에 찻잔을 내려놓고는 활기 있는 몸짓으로 주방으로 돌아갔다. 잠자코 그를 바라보는 김원국을 향해 박남호가 다시 말했다.

"북한과 비밀 계약을 한 것입니다, 김 선생님. 평화조약에는 언급하지 않도록 되어 있다고 합니다. 대통령과 김정일 간의 약속입니다. 앞으로 100만 톤의 쌀이 북한으로 공급된다는 것입니다."

이제 안톤은 박남호의 말을 열심히 수첩에 메모하고 있었다.

오후 6시가 되자 알랭 고마드는 침대에서 눈을 떴다.

잠에서 깨어난 것은 한 시간도 더 전이지만 달리 할 일도 없었으므로 눈을 감고 누워 있었던 것이다. 차도를 지나는 차량들의 진동음으로 침대가 가볍게 떨렸고, 보도를 지나는 행인들의 발소리와 함께 아이들의 떠드는 소리도 들려왔다. 그의 집은 보도가 창문의 중간쯤에 위치한 반지하의 셋방이었다.

침대에서 몸을 일으킨 알랭은 비틀거리며 화장실로 다가갔다. 열 평가량의 창고를 개조한 방이어서 벽 쪽의 화장실은 칸막이로만 가려져 있을 뿐이다. 일을 마치고 시원해진 기분으로 화장실을 나오던 알랭은 입을 벌리며 발을 멈추었다. 두 눈을 한껏 치켜뜬 채였다.

"당신, 누구요?"

방 한쪽의 나무 의자에 앉아 있던 동양인이 천천히 자리에서 일어섰다. 짙은 색의 양복 차림이고 손에는 권총이 쥐어져 있다.

"네가 알랭 고마드인가?"

사내가 영어로 물었다. 낮고 억양이 없는 목소리여서 알랭은 온몸에 찬 기운이 스치고 지나가는 것처럼 느껴졌다.

"그, 그렇지만 나는……."

"자리에 앉아, 알랭."

사내가 총구로 침대 옆의 낡은 의자를 가리켰다.

"고분고분 말을 듣지 않으면 당장에 쏘아 죽일 테다."

알랭은 의자에 앉았다. 더러운 내복 차림이었으나 신경 쓸 상황이 아니다.

"여보시오, 난 아무것도……. 보시다시피……."

알랭이 땀을 흘리며 말했다.

"난 가난뱅이요. 난 가난한 운전사란 말이오."

"그런 것 같구만."

사내가 머리를 끄덕이며 말했다.

"이런 곳은 사람이 살 만한 곳이 안 돼, 알랭."

저녁 무렵이 되어서 카페가 붐비기 시작했다. 날씨는 싸늘했지만 추위는 많이 가서서 길가에 내다 놓은 자리에도 손님이 제법 많았다.

우정만은 카페의 안쪽 테이블에 앉아 들락거리는 사람들을 바라보고 있었다. 손도 대지 않은 커피는 차갑게 식어 있었고, 재떨이에는 담배꽁초가 대여섯 개나 놓여 있다.

손목시계가 7시 5분 전을 가리켰을 때 카페의 입구로 점퍼 차림의 동양인이 서둘러 들어섰다. 멈춰 서서 잠시 주위를 휘둘러보던 그가 우정만을 발견하고는 곧장 이쪽으로 다가왔다. 손에는 묵직한 가방이 들려 있다.

"동무, 30분이나 늦었어."

우정만이 꾸짖듯 말하자 사내는 당황한 듯 머리 뒤쪽을 가리켰다.

"대사관에 경찰들과 기자들이 깔려 있어서 시간이 걸렸습니다."

"내 물건 꺼내 오는데 누가 뭐라 한단 말이야?"

우정만의 눈길이 그의 손에 들린 검은색 가방에 머물렀다.

"물건은 이상 없지?"

"이상 없습니다, 조장 동지."

머리를 끄덕인 우정만이 커피 잔을 들어 올렸다가 다시 내려놓았다. 그의 부하는 난장판이 되어 있는 대사관에 들러 사무실 금고에 넣어둔 공작금을 가져온 것이다.

주위를 둘러본 우정만이 자리에서 일어섰다.

"나가자우."

그들이 자리에서 일어서자 벽 쪽의 테이블에서 사내 두 명이 따라 일어섰다. 카페를 나온 그들은 길가에 대기하고 있는 흰색 캐딜락에 올랐다.

러시아워였기에 그들과 우정만이 탄 차량의 거리는 20미터도 되지 않았다.

피트 브레드는 전화기를 귀에 대고 시계를 보았다. 저녁 7시 반이다. 곧 발신음이 끊겼다.

—여보세요.

매클레인의 목소리였다.

"보스, 우정만이 카페에 있었습니다."

—그것 봐, 대사관에서 그놈을 미행한 것은 잘한 일이야, 피트.

"예, 보스. 지금 앵발리드 광장 근처를 지나고 있습니다."

—그럼 다시 연락해.

매클레인과의 통화를 마친 피트는 좌석에 등을 기대고 다리를 폈다.

"이봐, 피트. 저 자식들하고 우리는 어떻게 되는 거야?"

운전석에 앉은 오웬이 그를 돌아보았다.

"아직도 좋은 관계인 거야?"

그는 단순한 성격의 요원이었지만 사격과 운전 솜씨가 뛰어나 본부에서 인정을 받고 있었다. 상관들은 그런 체질의 요원을 좋아했다.

"저놈들하고는 좋던 때도 없었어, 오웬."

차량들이 조금씩 움직이기 시작했으므로 앞쪽에 시선을 준 피트가 말했다.

"좋은 놈, 나쁜 놈이 어디 있어? 요즘 시대에 말이야. 필요에 따라서 맺어지고 떨어지는 것이지."

이기팔이 AP통신 발 안톤 모리스의 특종을 읽은 것은 아침 8시였다. 출근과 동시에 외신부에 들렀다가 일찍 출근한 동료들이 몰려 있는 곳으로 다가갔을 때 이영만 대통령의 자선사업에 대한 내막을 읽을 수 있었던 것이다.

안톤은 용의주도하게도 방콕의 주재원을 시켜 아시아 엔터프라이스의 간부를 인터뷰시켰는데 그 태국인 간부가 시종 모른다고 일관한 내용도 실려 있었다. 그리고 결정적인 것은 내일 북한의 남포로 출항한다는 파나마 국적의 화물선 두 척이었다. 그 한 척의 선장이 AP통신의 특파원에게 화물은 쌀이고 북한의 남포에 하역하기로 되어 있다고 말해주었던 것이다. 배와 웃는 모습의 선장 사진이 기사에 실려 있었다.

"평화조약은 국민 호도용이야!"

한 기자가 영문의 기사를 손바닥으로 두드리며 말했다.

"이영만과 김정일이 사이에 또 어떤 협잡이 맺어져 있는지도 모른다. 안 그래?"

주위의 둘러선 기자들은 선뜻 입을 열고 나서지 않았다. 충격이 컸기 때문이다.

바로 어제에도 안톤 모리스는 북한과 일본, 그리고 한국 정부까지 개입한 최광과 김원국의 습격 사건을 보내왔다. 그러나 이것은 그것과는 종류가 다르다. 대통령이 국민을 기만하고 있다는 증거가 될 수도 있었다.

김정일과의 평화조약은 한국이 절대적인 주도권을 쥐고 불가침선언, 이산가족 상봉, 남북 왕래, 산업 활동 개방 문제를 이끌어가고 있다고 호도하면서, 다른 한쪽으로는 북한에게 엄청난 양의 식량을 비밀리에 공급해 주고 있는 것이다. 이건 국민을 우롱하는 일이다.

"이 위선자 같은 놈."

마침내 이기팔이 뱉듯이 말했다.

"이놈이 나라를 망치고 있어. 암세포 같은 놈이다."

격렬한 그의 말에 동료들이 숨을 죽이고 그를 바라보았다.

"이걸 국민에게 알려야 돼."

그가 머리를 들자 둘러서 있던 동료들이 제각기 그의 시선을 피했다. 보도를 통제하고 있는 현 상황에서는 불가능한 일이었기 때문이다.

잠시 후 이기팔은 편집국장 안현식의 방에 불려갔다.

"이봐, 이 기자. 이 외신은 우리만 받은 것이 아냐. 30여 군데의 일간지, 경제지는 말할 것도 없고, AP와 뉴스 계약을 맺은 곳이 수백 군데가 넘어. 알겠어?"

"그 말씀은 우리만 총대 메고 나서서 피해 볼 이유가 없다는 것 아닙니까?"

"그런 얼굴로 날 쳐다보지 말어. 내 말을 잘 알아듣지도 못하면서. 내 말은 우리가 신문에 내지 않아도 알 사람은 다 알게 된다는 거야."

"말도 안 되는 소리 마십쇼."

"이 사람이."

안현식의 얼굴이 벌겋게 달아올랐다.

"말도 안 되는 소리라고 했나?"

"신문사를 살리고 싶다고나 하세요, 딴말 늘어놓지 말고. 말이

길수록 구차하게 보입니다."

"자네, 조심해야 돼, 이 사람아."

이제 안현식은 목소리를 깔고 그를 노려보았다.

"내가 아니었으면 자넨 자리에 앉아 있기 힘들었을 거야. 그걸 알기나 하는 거야?"

"안기부에서 파견된 사람들과 친하다는 건 압니다."

자리에서 일어난 이기팔이 안현식을 바라보았다.

"이만 나가도 됩니까, 국장님?"

"조심해, 이 사람아. 다 자네 생각해서 하는 말이야."

허청거리는 걸음으로 국장실을 나오는 이기팔에게 다가오는 직원은 없었고 정면으로 바라보는 직원도 없었다. 이기팔도 그것을 조금도 기대하지 않았다는 듯한 표정으로 자리로 돌아갔다.

"아니, 이번에는 그만둬."

윌슨 대장이 부관인 허드슨 대령에게 말했다. 그들은 회담장 입구 옆쪽의 복도에서 서로 마주 보고 서 있었다.

"어제 AFKN 보도로 이영만의 컨디션이 최악이야. 나뿐만 아니라 그리피스 대사, 로젠스턴 장관한테까지 줄줄이 전화를 해왔어."

"알겠습니다, 장군. 이번에는 AFKN 보도를 막겠습니다."

"어제 사건 덕분에 AFKN 시청률이 두 배나 높아졌다면서?"

웃음 띤 얼굴로 윌슨이 묻자 허드슨이 따라 웃었다.

"두 배 반입니다, 장군. 그리고 NHK의 시청률은 30퍼센트나 줄었습니다."

"놈들은 약은 체하다가 당한 거야. 안톤 모리스의 보도를 토막으로 줄여 보도한 것이 한국 시청자들에게 탄로 난 것이지."

"AFKN과 너무 대조가 되었으니까요."

머리를 끄덕인 윌슨이 회담장 쪽으로 머리를 돌렸다.

"어쨌든 허드슨, 이제 이영만의 심기를 건드릴 필요가 없어. 그런 노골적인 방법으로는 말이야. 무슨 말인지 알겠나?"

"알겠습니다, 장군."

경례를 올려붙이는 허드슨을 뒤로하고 윌슨은 회담장으로 들어섰다. 회담은 이미 시작되어 있어서 넓은 방 안은 후끈한 열기에 덮여 있었다.

평화조약의 기본 골격은 이제 정해졌고 남북한 대표단의 합의도 거쳤다. 그리고 세부 조항으로 들어가 제1항의 남북한 동시 철군과 감군에 있어서도 남북한 간의 협의는 되었다.

쌍방 휴전선의 군사를 2개 사단씩으로 줄이고 후방 35킬로미터 지점으로 각각 철군을 하되 서울의 특수 여건상 서울 방위에 2개 군단 병력이 감군 때까지 주둔해 있기로 한 것이다. 이것은 북한 측의 파격적인 양보였고, 평시 같으면 어림도 없는 일이었다.

한국 측 단장 김창덕 총리가 순조로운 회담 진행에 고무된 듯 상기된 얼굴로 좌중을 둘러보았다.

"그럼 양국 원수의 공동 선포 후 즉시 조약이 발효되는 것으로 하고, 휴전선에서의 철군은 선포 뒤 한 달 후까지니까 3월 25일이 되겠습니다."

오늘이 17일이고 선포 예정일은 25일이다. 북한 측 대표 김달현이 머리를 끄덕였다.

"좋습니다. 이의 없습니다."

"그리고 감군은 북한의 동부 지역 여건이 정상화될 때까지 쌍방 합의하에 보류하는 것으로 합니다."

"그것도 이의 없습니다."

"정상화 즉시 감군 협의에 들어간다고 조약에 명기해 놓읍시다."

"좋습니다."

그러자 김달현의 옆자리에 앉은 김강환이 그에게 귓속말을 했다. 머리를 끄덕인 김달현이 입을 열었다.

"남조선은 지금 한일, 한미 두 개의 방위조약을 맺고 미군과 자위대가 모두 10만 명 가까이 있습니다. 이제 평화조약이 체결된 이상 그들을 주둔시킬 이유가 있습니까?"

그러자 미국과 일본의 대표단이 서로 얼굴을 마주 보며 웃었다. 그것을 본 한국 측 대표들이 따라 웃었고, 북한 측은 김강환이 웃자 모두 그를 따랐다. 회담장은 한동안 웃음에 묻혔다가 하나둘씩 입을 다물고는 다시 조용해졌다.

이영규가 헛기침을 하자 이제 모두 그를 바라보았다. 어깨에 붙인 네 개의 별이 그를 더욱 권위 있게 보이게 했다. 그는 한일연합군 사령관이자 그전에 맺은 한미방위조약에 의하면 한미 연합군 부사령관이다. 그가 입을 열었다.

"미국과 일본은 각각 한국과 방위조약을 맺었고 그것은 지금도 유효합니다. 그리고 우리는 북한 측이 미일 양군은 전쟁 억제를 위한 평화 유지군의 성격을 띠고 한국에 주둔해 있다는 것을 잘 알고 있으리라 믿습니다. 따라서 주한 미일 양군의 철수 문제는 이 자리에서 논의될 일이 아닙니다."

그러자 김달현과 김강환, 홍진무 등은 서로 얼굴을 맞대고 무엇인가를 수군거렸다. 로젠스턴이 슬그머니 옆에 앉은 윌슨에게로 몸을 기울였다.

"장군, 명연설이었소."

"영어 잘하는 사람입니다."

"난 조마조마했어요. 이제 주한 미군은 필요 없다고 할까 봐요."

"그럴 리가 있습니까, 이영만이?"

"나도 믿었지만 불안했단 말이오."

그러자 김달현이 이야기를 끝내고 허리를 세웠다.

"좋습니다. 논의하지 말고 넘어갑시다."

박종환은 한동안 둘러앉은 간부들을 바라보며 입을 열지 않았다. 제1차장부터 3차장까지 모두 자신이 데려온 사람이고 대통령의 추천을 받은 보좌관도 있다. 간부급 30여 명 중 전문직을 제외한 열 명가량이 바뀌는 대대적인 인사를 단행했으므로 둘러앉은 고위 간부 여섯 명 중 네 명이 신임이었다.

"안기부 내에서 박남호에게 정보가 유출된 거요. 이것은 의심할 나위도 없소."

박종환이 입을 열었다.

"각하의 입장이 난처하게 되었어요. 언론은 통제했지만 곧 소문이 급격히 확산될 겁니다. 모처럼 평화조약으로 안정을 찾던 국민들의 분위기가 뒤집혀질 우려가 있어요."

"부장님."

제1차장인 주창복이 그를 향해 몸을 돌려 앉았다. 청와대 비서실의 안보비서관이던 인물이다.

"이왕 엎질러진 물입니다. 철저히 언론을 통제하고 사실무근이라는 자세로 나가는 수밖에 다른 방법이 없는 것 같습니다."

두어 명이 머리를 끄덕이며 동의하자 그가 말을 이었다.

"그렇다고 AP통신을 반박하거나 예민한 반응을 보일 필요도 없다고 생각합니다. 야당은 이것을 문제 삼을 것 같지 않고 학생들도 아직 방학 중이어서."

박종환이 머리를 끄덕이며 머리를 돌리자 그의 시선을 받은 제3차장이 나섰다. 그도 체포된 설정식 대신으로 이번에 임명된 검찰 출신의 간부였다.

"부장님, 요즘은 PC가 300만 대 가까이 보급된 형편입니다. PC통신을 이용하면 AP의 뉴스는 집 안에서 얼마든지 읽을 수가 있습니다. 따라서 AP 뉴스의 외신을 단절시켜 버리는 것이 낫다고 생각합니다만."

"그건 불가능해요."

보좌관 임성룡이 머리를 저으며 말했다.

"차라리 뉴스원을 제거하는 것이 쉽지, 그것은 국제 문제가 됩니다. 어떻게 외신을 끊으란 말이오? 그것은 전화를 끊는 것과도 다릅니다. 불가능해요."

"그렇다면 매일 터져 나오는 AP 뉴스에 속만 태우면서 앉아서 당하란 말이오?"

"더 터져 나올 것이 어디 있단 말이오?"

박종환이 입맛을 다시며 머리를 젓자 그들의 다툼은 멎었다.

"부원들의 동향을 철저히 감시하시오."

박종환이 화제를 바꾸었다.

"더 이상 정보가 유출되면 안 됩니다. 이것은 적전 분열보다 더 위험한 현상입니다."

모두 잠자코 입을 다물고 그를 바라보았다.

"감사반이 조사하겠지만 무엇보다도 마음 자세가 중요합니다. 우리가 지금 역사의 새 장을 열고 있다는 자긍심이 부원들에게 있어야 합니다."

잠시 말을 멈추고 간부들을 둘러본 그가 말을 이었다.

"군의 동향에 주의해 주시오. 강동진이나 고성국, 강한기와 맥을 같이하는 부류들이 아직도 남아 있습니다. 보안 사령부의 보고로는 야전 지휘관의 60퍼센트가 심정적으로 그들과 동조한다는 거요."

"그것에 대해서는 일본 정보국과 군 정보국의 도움을 많이 받고 있습니다."

제2차장이 머리를 들고 말했다.

"일본은 한국군의 동향에 대해서는 대단히 민감하게 대처하고 있어서 그들과 공조하고 있습니다, 부장님."

머리를 끄덕인 박종환은 서류를 덮었다. 그것은 한국군이 자위대에 대해 거부감을 느끼고 있기 때문일 것이다. 사령부의 강동진을 비롯한 강경파 장군들을 교체하는 걸 자위대가 도왔다는 것을 이제 대부분의 한국군 장교들이 알고 있는 것이다.

찌푸린 얼굴로 박종환도 자리에서 일어섰다. 아침에 대통령으로부터 당한 질책의 여운이 아직도 가슴에 남아 있었다.

백미러를 올려다본 고동규가 차의 속력을 늦추더니 옆에 앉은 박남호를 바라보았다.

"미행당하고 있어."

12시가 지난 시간이어서 파리에서 말메종으로 향한 국도에는 차량의 통행이 드문 편이었다.

"그럴 리가 없는데요, 고 형."

박남호가 머리를 돌려 뒤쪽을 바라보았다. 흰 전조등 빛이 환하게 비쳐 왔으므로 그는 금방 시선을 돌렸다. 뒤쪽에서는 앞차의 윤곽과 차 안에 탄 사람들까지 구분되겠지만 앞에서 뒤쪽을 보면 흰 빛밖에 보이지 않는다.

"저놈이 아까부터 따라왔어."

고동규가 말했다. 이 차선 도로의 길가로 차를 붙이면서 고동규가 다시 백미러를 바라보았다.

"빌어먹을."

입맛을 다신 박남호가 가슴에 찬 권총집에서 콜트를 꺼내 들고는 탄창 속의 총탄을 확인했다.

"없애 버립시다."

"장소를 찾는 중이오."

고동규도 입맛을 다셨다.

그들은 우정만의 은신처일지도 모른다는 레알 근처의 아파트에서 저녁 시간을 다 보내고 오는 길이다. 헛고생을 하고 오는 길이지만 정보를 준 현만식이 거짓말을 했으리라고는 생각하지 않았다. 우정만은 대사에게 보고하고 다니는 자도 아니었기 때문이다. 그러나 꽁무니에 미행이 달려 있을 줄은 몰랐다. 긴장이 풀려 있었기 때문일 것이다.

고동규는 앞쪽에 오른쪽으로 샛길 표시가 있는 것을 보았다. 시속 100킬로미터가 넘는 속도로 밤길을 달리는 참이라 숫자만 보고 그 위의 글자는 보지 못했지만 상관할 건 없었다. 그는 핸들을 잡은 손에 힘을 주었다.

"박 형, 내가 오른쪽으로 틀면서 속력을 줄일 테니 뛰어내려요. 그리고 나서 멈출 테니. 그러면 놈들도 따라 멈출 거요."

"알았어요. 그러면 내가 놈들을 뒤쪽에서 공격하지요."

다시 오른쪽으로 꺾이는 푯말이 나왔으나 고동규는 브레이크를 밟지 않고 액셀러레이터에서만 발을 뗐다. 그러자 곧 오른쪽으로 꺾이는 길이 나왔다.

핸들이 급각도로 꺾인 BMW는 날카로운 타이어의 마찰음을 내면서 오른쪽의 샛길로 들어섰다. 그러자 뒤쪽에서 요란한 브레이크 소리가 들려왔다. 샛길은 가로등도 없는 일 차선 도로였다.

"자!"

브레이크를 밟으며 고동규가 소리치자 문의 손잡이를 쥐고 있던 박남호가 문을 열어젖히면서 밖으로 몸을 굴렸다. 고동규는 몸을 비틀어 열린 문을 닫고는 브레이크를 힘주어 밟았다. 그러자 뒤쪽에서 빛이 쏟아져 왔다. 미행하는 차가 서둘러 우회전해 들어오는 것이다.

재빨리 문을 열고 밖으로 나온 고동규는 차체에 몸을 숨기고는 다가오는 차를 향해 권총을 겨누었다. 샛길에는 오가는 차량도 없었으므로 마음 놓고 총을 쏘아젖힐 생각이다.

그자들이 이쪽의 상황을 눈치챈 것은 조금 후였다. 다시 요란한 브레이크 소리가 들리면서 미행 차량이 다가오던 속력을 줄였을 때 고동규는 권총의 방아쇠를 잡아당겼다. 그들의 위치로 보아 박남호는 뒤쪽에 있을 것이다. 놈들은 꼼짝없이 몰살이다.

요란한 총성이 밤하늘로 울려 퍼지면서 미행 차량의 라이트 한쪽이 갑자기 불꽃과 함께 어두워졌다. 입맛을 다신 고동규는 다시 위쪽으로 총구를 올렸다. 맞히긴 했지만 목표는 차가 아니라 사람이다. 그때 사람들의 외침이 들렸다.

"중지! 중지! 우린 당신과 이야기를 하러 왔소! 우린 미국인이오!"

대충 그런 내용이었지만 고동규는 총구를 내리지 않았다. 그러자 뒤쪽에서 요란한 총성이 울리면서 그쪽이 더욱 혼란스러워졌다. 박남호가 쏜 것이다.

"맙소사! 헤이! 코리언! 우린 적이 아니야! 미국인이야! 이야기할 것이 있어!"

두어 명이 악을 쓰듯 소리치면서 응사를 하지 않는다. 고동규가 차에서 머리만 내밀고 소리쳤다.

"당신들, 누구야?"

"CIA야!"

이제는 진정된 듯한 사람이 맞받아 소리쳤다.

"이봐, 미스터 고. 그 염병할 총질은 그만두라구!"

"CIA 누구야?"

"네가 CIA 요원을 다 안단 말이냐?"

입맛을 다신 고동규가 이제 상반신을 내어놓았다

"그 빌어먹을 라이트를 꺼라!"

그러자 미행 차량의 라이트가 금방 꺼졌다.

"무엇 때문에 우릴 쫓아온 거야?"

"말할 것이 있다고 했잖아."

새벽 2시다. 우정만은 조니워커의 빈 병을 내려놓고 자리에서 일어섰다. 얼굴이 화끈거리고 두 다리에 힘이 풀려 휘청거렸지만 나른한 취기가 전신에 퍼져 있다.

"이봐, 나 먼저 잘 테니까 동무도 그만 자라우."

그의 말에 소파에 앉아 있던 사내가 머리를 들었다. 그의 보좌역으로 언제나 옆을 따르던 30대 후반의 사내이다.

"오늘이 마지막 밤인데 술이나 실컷 마시겠수다."

사내가 탁자 위에 어지럽게 놓인 양주병을 집어 들자 우정만은 몸을 돌렸다. 평양으로 떠나게 되는 것이다. 벌써 새벽 2시니 오늘 평양에 도착하면 어떤 상황이 닥쳐올지 부하들은 제각기 궁리하고 있을 것이다.

과업을 자아비판 한다면 실패했다고 말할 수밖에 없다. 크리용 호텔에서 김원국에게 놀림감이 된 것은 미국 측도 마찬가지였으니 그렇다고 치더라도 최광의 도주, 습격, 그리고 대사와 부대사의 납치 사건에 이르기까지 맡겨진 과업은 허점투성이였던 것이다.

그는 잠자코 응접실 옆의 방문을 열고 안으로 들어섰다. 팔레루아얄의 아파트는 그의 은신처 중의 하나였는데 이제 오늘 밤으로 이곳도 떠나야 한다. 셔츠를 벗어던진 그는 침대에 걸터앉았

다. 방 안을 둘러보던 그의 시선이 탁자 위에 놓인 검은색 가방에
머물자 한동안 움직이지 않았다. 가방은 부피가 컸고 안에 내용
물이 가득 차 있어서 보기에도 무거워 보였다.

그때 바깥의 응접실에서 무엇인가 떨어지는 소리가 들렸으므
로 가방에서 시선을 뗀 그는 이맛살을 찌푸렸다. 부하는 양주를
세 병째 마시고 있었다. 그리고 방문이 벌컥 열렸을 때도 그는 눈
만을 들어 그쪽을 바라보았다. 찌푸린 얼굴 그대로였는데 부하가
들어온 줄 알았기 때문이다.

"아!"

그다음 순간 우정만은 펄쩍 뛰듯이 침대에서 몸을 일으켰으나
이미 늦었다. 방 안을 가득 메우고 달려온 사내에게 두 어깨를 잡
히고 만 것이다.

"이 간나 새끼."

정신이 번쩍 든 우정만이 주먹으로 사내의 가슴을 치면서 연
달아 머리로 얼굴을 받았다. 그야말로 전광석화와 같은 몸놀림이
었다.

그러나 사내의 가슴에 닿는 주먹의 충격은 느꼈지만 이마는
허전하게 앞으로 꺾였다. 순간 우정만은 아래턱이 산산이 부서지
는 느낌을 받으면서 번쩍 머리를 치켜들었다.

눈에서는 수백 개의 불꽃이 튀어나왔고 머릿속은 하얗게 비워
진 것 같다. 벽에 뒷머리를 부딪치며 주르르 주저앉는 동안에도
그의 의식은 명료했다.

사내는 조웅남이다. 자료에 잔인무도한 놈이라고 쓰여 있던 것
도 번개처럼 떠올랐다. 그는 턱을 들어 다가오는 조웅남을 향해

뭐라고 말하려고 하였지만 뜻대로 되지 않았다. 머리가 건들거렸고 온몸이 마비되어서 손끝 하나 움직일 수가 없었다. 그러자 조웅남의 뒤쪽에 서 있는 사내의 얼굴이 보였다. 김원국이다. 우정만은 길게 숨을 내쉬었다.

"자아, 시작혀 볼끄나?"

두 손바닥을 마주 치며 조웅남이 입맛을 다셨다. 밝고 가벼운 말투였지만 얼굴 표정은 무섭게 굳어 있다.

"우리 칠성이를 어따 두었냐? 응? 야! 야, 이 씨발 놈아!"

조웅남의 더운 입김이 얼굴에 부딪치고 체취도 맡아졌지만 몸이 마비된 우정만은 입가에 침을 흘리며 멍한 시선으로 그를 바라보았다.

김칠성이 갇혀 있는 곳은 물을 필요도 없게 되었다. 뒤따라 들어와 방을 뒤지던 고동규가 화장실 옆의 창고 방에 누워 있는 김칠성을 발견했기 때문이다.

김칠성은 석고처럼 굳어 있었다. 상반신이 온통 붕대로 감겨 있었으나 솜씨가 거칠어 배어 나온 피가 가슴 전체에 번져 있다.

"칠성아."

제일 먼저 그를 부둥켜안은 것은 물론 조웅남이다.

"야, 이 시키야, 나여. 나란 말여."

그의 상반신을 부둥켜안고 조웅남이 소리치자 김칠성이 희미하게 눈을 떴다. 사흘 만이었으나 그의 얼굴은 몰라보게 야위어 있었다.

"형님."

그러자 조웅남이 와락 눈물을 쏟았다.

"어이, 그려. 나여."

김원국이 다가가 잠자코 김칠성의 얼굴을 손바닥으로 쓸었다.

"큰형님."

"병원에 가자."

그러자 조웅남이 정신이 든 듯이 머리를 번쩍 들었다.

"병원!"

외마디 소리처럼 외치면서 그는 김칠성을 번쩍 안아 들었다.

"동규야! 병원!"

"예, 형님."

고동규가 응접실을 달려 나갔다.

"칠성아, 정신 채려라. 병원 가자."

안아 든 김칠성에게 헛소리처럼 말하면서 응접실을 나가던 조웅남이 주춤 발을 멈추었다. 그러고는 안고 있던 김칠성을 내민다.

"형님, 칠성이 좀."

김원국이 그를 받아 안자 조웅남이 안방으로 달려 들어갔다. 잠시 후 그는 검은색 가방을 들고 나와서는 다시 김칠성을 받아 안았다. 아파트의 입구로 나오던 김원국이 주춤 발을 멈추었다. 고동규의 옆에 두 명의 서양인이 서 있었기 때문이다.

"김원국 씨, 만나서 반갑습니다. 날 기억하시겠지요?"

푸른 눈의 사내가 한 발 다가서면서 입을 열었다. CIA의 매클레인이었다.

"매클레인 씨."

"기억하시는군요. 영광입니다."

조웅남이 고동규를 쏘아보았다.

"차 어디 있어?"

고함치듯이 묻는 조웅남의 서슬에 주춤한 매클레인이 재빠르게 말뜻을 알아차렸다.

"그분은 우리가 병원으로 데려가겠습니다. 당신들이 움직이면 위험합니다."

조웅남이 힐끗 김원국을 바라보았다. 깊은 밤이었지만 이곳은 아파트 입구이다. 이렇게 서 있을 수만도 없다.

매클레인이 다시 말했다.

"우릴 믿으세요. 우리가 이 장소도 알려드리지 않았습니까?"

김원국이 머리를 끄덕이자 매클레인이 뒤쪽을 향해 손짓했다. 서너 명의 사내가 어둠 속에서 뛰어나와 김칠성을 받아 안았다.

"칠성아, 병원에 간다!"

조웅남이 사내들에게 김칠성을 넘기면서 소리쳤다. 다가간 김원국도 그의 손을 움켜쥐었다. 김칠성이 다시 눈을 떴다.

"형님."

"칠성아, 미안하다."

"형님."

그러자 조웅남이 소리쳤다.

"야, 이 시키야! 인자 그만 말혀!"

사내들에게 안긴 김칠성이 어둠 속으로 사라졌고, 곧 자동차의 엔진 소리가 들리더니 그것도 멀어져 갔다.

그들은 아파트의 입구를 나와 길가에 세워둔 승용차로 다가갔다. 잠자코 옆을 따르던 매클레인이 김원국에게로 머리를 돌렸다.

"우정만은 안에 있습니까?"

김원국이 잠자코 머리를 끄덕이자 그의 시선이 이제 고동규가 받아 쥐고 있는 검은색 가방에 머물렀다.

"저건 달러요. 50만 달러가 넘어 보이던데."

매클레인이 관심 없다는 표정으로 머리만을 끄덕였다.

"우정만이는 내일 떠날 생각이었소. 비행기 표를 끊어놓았더군."

그러자 매클레인이 다시 끄덕였다.

"평양으로 말이지요?"

"아니, 홍콩으로."

"홍콩에는 왜 갈까요?"

"그건 나도 모릅니다."

그러자 조웅남이 헛기침을 했다.

"내가 완전히 홍콩으로 보냈어."

매클레인이 김원국을 돌아보았다.

"무슨 말입니까?"

"죽였다는 말이오."

그들이 타고 온 BMW 옆에 멈춰 서자 김원국이 말했다.

"매클레인 씨, 신세를 졌습니다. 정말 뜻밖이었지만 염치없이 신세를 질 수밖에 없었습니다."

매클레인이 얼굴에 웃음을 띠었다.

"잘 아시는 분이. 이놈의 세상은 언제나 원수일 수도, 그리고 언제나 친구로 지낼 수도 없는 것 아닙니까?"

잠자코 머리를 끄덕인 김원국이 손을 내밀자 매클레인이 손을 마주 잡았다. 깊은 밤이어서 우뚝우뚝 서 있는 사내들의 모습이 마치 나뭇등걸같이 보였다.

*　　　　*　　　　*

겨울의 추위가 한풀 꺾인 2월 중순의 아침이다.

파란 하늘에 흰 구름만 몇 점 떠 있는 모처럼의 맑은 날씨여서 따스한 햇살에 덮인 시가지는 활기를 내뿜고 있었다.

아침 9시가 되자 출근길의 차량 대열은 어느 정도 줄어들었지만 아직도 진행 속도는 느리다.

로시아르 대로를 지나 강변도로 방향으로 우회전하던 호송차는 다시 신호에 걸려 멈추어 섰다.

"어제 마르세유의 자크가 연습 게임에서 두 골을 넣었어."

호송차 뒷좌석의 마티유가 마주 보고 앉은 테드에게 말했다. 그들은 구치소를 출발할 때부터 한 시간 가까이 축구 이야기를 하고 있는 중이다.

"한 번은 헤딩이고, 나머지는 왼발이야. 자크가 왼발 슛도 한단 말이야."

"부르고뉴한테라면 나는 배로도 골인시키겠다. 골키퍼 몬타뉴가 엉망이야."

테드가 큰 소리로 말하자 앞자리에 앉은 도일 경위가 힐끗 그들을 돌아보았다. 그의 시선이 마티유의 옆에 앉아 있는 박은채에게 잠시 머물다가 제자리로 돌려졌다.

호송차는 앞좌석과 뒷좌석 사이에 철망이 쳐진 칸막이가 있고 뒷좌석은 서로 마주 보고 앉게 되어 있었다.

신호가 바뀌었으므로 호송차는 다시 움직이기 시작했다.

"한국은 나라가 세 조각이 되었더군."

마티유가 화제를 바꾸면서 박은채를 돌아보았다. 그는 알제리 출신의 프랑스인으로 체중이 100킬로그램에 가까운 30대의 사내였다. 검은 눈동자가 또렷했지만 흰자위에는 실핏줄이 어지럽게 흩어져 있다.

박은채가 잠자코 있자 그가 다시 말했다.

"도대체 왜 그러는 거야? 같은 민족이라면서 왜 서로 죽이려고 그래?"

테드가 피식 웃었고, 이제 앞자리의 도일은 앞쪽만 바라보고 있다.

호송차는 다시 신호에 걸려 멈추어 섰으므로 짜증이 난 듯 도일이 무어라고 혼잣말을 했다. 호송차는 앞쪽에 두 대의 경찰 모터사이클이 인도하고 있었지만 그들도 별수가 없다.

"당신이 김원국의 정부라던데, 사실이야?"

마티유가 다시 물었다. 그러고는 이제 대답 듣기를 포기한 듯 말을 이었다.

"신문을 보니까, 김원국이는 잔혹한 사내라던데."

"……"

"이번에 북한 대사와 일본 정보 요원을 납치해서 떠들썩하게 만든 것 알아?"

"마티유, 입 닥쳐."

마침내 도일이 머리를 돌리고 말했다. 40대 초반의 머리가 벗겨진 사내였는데 흰 털이 섞인 콧수염을 정성스럽게 기르고 있다.

"축구 이야기나 하란 말이다. 그 여자는 건드리지 마."

마티유가 입술을 찌푸렸으나 더 이상 말을 걸지는 않았다.

차가 다시 움직이기 시작했고, 도일이 무전기를 들고 경시청과 몇 마디 통화를 하더니 금방 끊었다. 그들은 구치소를 나와 시테섬에 있는 경시청으로 가는 중이었다.

호송차의 머리통만 한 창문 밖으로 보도를 걷는 행인들의 모습이 보였다. 밝은 햇살에 눈이 부셨으므로 박은채는 실눈을 뜬 채 창밖으로 시선을 주었다.

강변도로가 사거리 건너로 다가왔을 때 도일은 입맛을 다시면서 손목시계를 내려다보았다. 9시 40분이었으므로 도착 시간인 10시까지는 겨우 맞출 수 있을 것 같았다. 호송차는 속력을 내며 달려갔고, 사거리는 50미터쯤 앞이었는데 아직도 파란 불이다.

앞을 달리는 두 대의 모터사이클이 속력을 내었으므로 호송차는 뒤를 바짝 따르고 있다. 뒤쪽의 마티유와 테드는 이제 축구 이야기도 지친 듯 입을 다물고 있었다.

그는 힐끗 백미러로 박은채를 바라보았다. 처음 차에 올랐을 때와 마찬가지로 그녀는 무표정한 얼굴이었다. 그러나 화장기 없는 창백한 얼굴의 미모와 흔들리지 않는 의연한 그녀의 자세는 시민들의 호기심을 촉발시켰고, 매스컴의 표적이 되어 있다. 도일은 경시청 입구에 지금쯤 수십 명의 기자가 몰려 있을 것을 생각하자 짜증이 났다.

사거리가 다가왔다. 아직도 푸른 신호등이어서 모터사이클 두

대는 곧장 사거리의 중심으로 직진해 들어섰다.

차량의 통행은 줄을 잇고 있었지만 진행 속도는 빠르다. 호송차가 갑자기 오른쪽으로 급회전했다. 우측 길로 꺾어 들어선 것이다. 타이어의 마찰음이 요란스럽게 났고, 차체가 오른쪽으로 크게 기울면서 호송차는 우측 길로 20미터쯤 달리다가 길가에 멈추어 섰다.

"무슨 일이야?"

놀란 도일이 운전사를 돌아보았다.

"타이어가."

운전사가 말하면서 창문 밖으로 머리를 내밀고 타이어를 바라보았다. 도일도 무의식중에 뒤쪽을 돌아보았다. 모터사이클이 사거리를 넘어가 버린 것이다. 이쪽으로 돌아올 재주는 없다.

"젠장."

그가 막 욕설을 뱉었을 때 그의 옆쪽 문이 벌컥 열렸다. 그러고는 동양인 하나가 그를 밀치면서 들어섰고, 운전석 쪽으로도 동양인 한 명이 뛰어들어 왔다. 모두 손에 쥐고 있는 것은 권총이다.

"움직이지 마!"

호송차가 떠나갈 듯한 고함 소리가 났고, 마티유가 엉겁결에 옆구리의 권총에 손을 가져다 대었다가 퍽 하는 권총의 발사음과 함께 차 바닥으로 굴러떨어졌다.

"빨리 달려!"

권총의 총구를 운전사의 이마에 댄 사내가 다시 소리쳤다.

"달리란 말이야!"

호송차는 차량들을 헤치며 속력을 내었다. 100미터쯤 달려 나가자 우측으로 꼬부라진 주택가의 골목길이 보였다.

"우측으로!"

호송차는 날카로운 소리를 내며 우측으로 꺾어져 들어갔다. 그러자 도일은 길가에 주차된 검은색 BMW를 보았다.

"저 차 뒤에 세워라!"

호송차는 BMW 뒤에서 급정거했다.

"문을 열어라!"

권총의 총구가 자신을 가리키고 있었으므로 테드는 뒤쪽의 문을 열었다.

"열쇠!"

그는 쓰러진 마티유의 재킷 주머니에서 수갑 열쇠를 꺼내 들었다. 그러자 호송차의 뒷문이 바깥쪽으로 벌컥 열리면서 거구의 동양인이 눈을 부라리며 안쪽을 훑어보았다.

박은채가 엉거주춤 자리에서 일어섰고, 테드의 손에서 열쇠를 움켜쥔 조웅남이 그녀를 부축해서 내리고는 밖에서 문을 잠갔다.

"죽기 싫으면 가만히 있어."

고동규가 도일의 권총을 빼내면서 말했다. 그는 도일의 주머니에 꽂힌 무전기를 보고는 그것도 빼내어 손에 쥐었다.

"이런 일에 목숨을 걸 건 없잖아? 안 그래?"

"너도 마찬가지야."

운전석으로 밀치고 들어온 박남호가 운전사인 알랭 고마드에게 말했다. 호송차의 키를 빼낸 박남호는 차에서 내리면서 문을 세차게 닫았다.

반대쪽의 고동규가 뛰어내리면서 차를 돌아 뒤쪽의 BMW로 달려갔다. 박남호는 발을 떼면서 호송차의 앞바퀴를 향해 권총의 방아쇠를 당겼다.

알랭 고마드와의 약속이었다. 그는 이미 20만 달러를 받았지만 타이어가 펑크 난 증거를 만들어주기로 한 것이다.

BMW가 배기통으로 흰 증기를 내뿜으며 달려오는 그들을 기다리고 있었다.

그 시간, 슈프랑 거리의 소르본 병원.

대리석으로 된 2층 건물인 이곳은 규모는 작지만 첨단 의료 기기를 장치한 현대식이었는데 미 대사관 직원 전용 병원이었다.

2층으로 향하는 대리석 계단을 빠른 걸음으로 올라 복도 안쪽의 특실로 다가가던 매클레인은 마침 방에서 나오는 닥터 다니엘과 마주쳤다.

"어떻게 된 겁니까?"

그가 묻자 다니엘이 머리를 저었다.

"위험합니다."

"수술은?"

"말씀드렸다시피 불가능합니다."

다니엘이 헝클어진 흰 머리칼을 손가락으로 긁어 올렸다.

"피를 너무 흘렸어요. 지금까지 살아 있는 것만 해도 기적입니다, 매클레인 씨."

뒤쪽에서 발소리가 들리더니 매클레인의 부하들이 그들을 둘러쌌다.

"지금 누군가를 찾고 있는데."

다니엘이 방 쪽으로 머리를 돌렸다.

"시간이 별로 남지 않았습니다. 그래서 당신을 부른 겁니다."

매클레인은 그를 제치고 방으로 다가갔다. 특실 문을 열고 들어서자 환자를 내려다보고 서 있던 간호사가 머리를 들었다.

"누굴 부릅니다."

그녀의 옆에 선 매클레인이 김칠성을 내려다보았다. 창백한 얼굴이었지만 눈은 똑바로 뜨고 있다. 그의 시선이 정면으로 부딪치자 김칠성이 입술만 움직였다.

"우리 형님을 보고 싶다."

영어다. 그의 말은 정확했고 아직도 힘이 실려 있었다.

"매클레인, 우리 형님을 불러다오."

"김원국 씨 말인가?"

"그렇다."

"그 사람은 이곳에 올 수가 없어. 너도 잘 알고 있지 않나? 위험하단 말이다."

김칠성이 입을 다물고는 그를 올려다보았다. 이윽고 그의 시선을 견디다 못한 매클레인이 머리를 돌리자 아래쪽에서 가늘고 긴 한숨 소리가 들렸다. 김칠성이 뱉는 숨소리였다.

"김, 할 말이 있는가? 내가 전해주겠다."

그가 서두르며 말하자 김칠성이 다시 눈을 부릅떴다.

"형님."

한국말이다.

"김, 뭐라고 했나?"

"웅남 형님."

"영어로 해봐. 내가 전해주마."

그러자 김칠성은 더욱 눈을 부릅떴다.

"형님, 형님!"

그러고는 컥 소리가 들리면서 목이 뒤로 젖혀졌다. 그러나 아직도 두 눈을 부릅뜨고 있었다. 간호사가 서둘러 그의 가슴에 손을 대었다. 그러고는 머리를 바로 눕히고는 시트를 끌어다 목까지 덮었다.

"돌아가셨습니다."

"도대체 뭐라고 한 거야? 행임이 뭐야?"

매클레인이 둘러선 부하들을 바라보며 물었으나 아무도 대답하지 않았다. 간호사가 김칠성의 부릅뜬 눈을 손바닥으로 쓸어내렸다. 그러나 그의 눈꺼풀은 다시 솟구쳐 올라간다.

어두운 표정으로 김칠성을 바라보던 매클레인이 몸을 돌렸다.

"이자는 끝까지 날 믿지 않은 것 같군."

응접실로 들어선 조웅남은 김원국의 앞자리에 앉았다. 그에게서 술 냄새가 풍겨 왔으므로 김원국은 가늘게 숨을 내쉬었다.

정오가 조금 지난 시간이었다. 지희은과 박은채는 방에서 쉬고 있는 모양이고 고동규와 박남호는 밖에 나가 있었다. 마외 씨의 가족들도 방에 있는지 집 안은 조용했다.

조웅남이 눈을 껌벅이며 그를 바라보았다. 입술이 반쯤 벌려져 있는 데다 술기운으로 눈은 충혈되어 있었다.

"형님, 무신 일이오?"

지친 듯한 목소리였으므로 김원국은 침을 삼켰다.

"칠성이가 죽었다."

조웅남은 눈을 끔벅이며 그를 바라볼 뿐 헤벌린 입을 다물 생각도 하지 않았다.

"방금 매클레인한테서 연락을 받았다. 쇠약해져서 고통 없이 죽었다고 했다."

"……."

"시체는 매클레인이 책임지고 한국으로 보내준다고 했어."

"헐 수 없지, 뭐."

조웅남이 가라앉은 목소리로 말했다.

"죽을 줄 알었어, 나도."

이제는 김원국이 잠자코 탁자 위를 내려다보았다. 조웅남이 말을 이었다.

"새벽에 봉게, 갸 눈깔이 맛이 갔더라고."

"……."

"그 말헐라고 불릉 거요?"

"그리고 오늘 밤에 우린 서울로 간다."

"갑시다."

"매클레인이 우릴 데리러 올 것이다. 우린 미 공군기지로 가서 공군기로 간다."

"……."

"그럼 준비해라."

자리에서 일어선 조웅남이 응접실을 나서다가 힐끗 김원국을 바라보았다. 마침 그의 뒷모습을 바라보던 김원국과 시선이 부딪쳤고, 그들은 서둘러 시선을 돌렸다.

방에 들어선 조웅남은 창가에 놓인 의자로 다가가 천천히 몸을 내려놓았다. 탁자 위에는 조금 전까지 마시다 만 위스키가 반 병쯤 남아 있었지만 그는 시선만 줄 뿐 손을 내밀지는 않았다. 이제 그의 입술은 굳게 닫혀 있고 눈의 초점도 또렷하게 잡혀 있다.

그는 술병을 보는 것이 아니었다. 술병을 뚫고서 끝없이 뻗어나가는 시선이었다.

집 안에서 누군가가 발소리를 내며 걸었고, 주방 쪽에서 달그락거리는 소리도 들려왔다. 먼 쪽에서 자동차의 엔진 소리도 들렸다가 사라졌다.

이윽고 조웅남이 입술을 열었다.

"그려, 병원에서 죽었응게 다행이여."

가늘고 약했지만 자신의 말소리여서 그의 귀에는 똑똑히 들렸다.

"딴 놈들은 객사혔는디 호강이지, 머."

*　　　　*　　　　*

밤 9시 아미앵 근처의 미 공군기지 휴게실 안.

토요일 밤이어서 휴게실은 텅 비어 있었는데 파일럿들이 아미앵이나 파리로 여자를 찾아 떠났기 때문일 것이다.

김원국과 마주 앉은 매클레인이 머리를 들어 휴게실을 둘러보았다. 구석의 테이블 위에 두 다리를 올려놓고 앉아 위스키를 들이켜는 조웅남의 모습이 먼저 보였다. 그 앞쪽으로 고동규와 박남호가 창가에 나란히 앉아 활주로의 등불을 바라보고 있다.

지희은과 박은채는 바로 옆쪽에 앉아 있다. 이쪽에 시선을 주고 있었던지 매클레인이 머리를 그쪽으로 돌리자 제각기 몸을 돌렸다.

김원국은 박은채의 탈주 사건으로 프랑스 매스컴을 마지막까지 장식하고 떠나는 것이다. 물론 그것의 주인공은 이번에도 안톤 모리스였다. 박은채를 탈취해 오자 헤어지는 기념으로 조웅남은 박은채를 둘러싼 자신들의 사진을 찍게 해주었던 것이다.

미우라와 현만식, 김동선 등은 눈을 가린 채 차에 싣고는 파리 교외에 버리고 왔으므로 그들은 아마 지금쯤 기자들에게 둘러싸여 있을 것이다. 그러나 그들은 자신들이 어디에 있었는지 알지 못한다. 10만 달러를 받은 마외 가족은 그들과 만난 일도 없었고 들은 적도 없다고 할 것이다.

"오산에 도착하면 홍 대위가 당신을 맞을 겁니다. 그는 웨스트포인트를 나온 한국계 미군이오."

매클레인이 입을 열었다.

"그리고 우리 요원이기도 합니다. 그가 당신을 안내할 겁니다."

"한국은 내 고향이오, 매클레인 씨. 안내는 필요 없어요."

"압니다. 내가 잘못 이야기했습니다. 그는 연락원입니다."

제트기가 바로 머리 위를 지나갔으므로 그들은 잠시 말을 멈추었다.

"김 선생, 미스터 김이 죽은 것을 당신 부하들에게 말해주었습니까?"

그가 묻자 김원국의 시선이 조웅남에게로 돌려졌다.

"한 사람한테만은."

"아아."

매클레인도 그의 시선을 따라 조웅남에게 시선을 주었다.

"그렇습니까?"

"그는 꼭 알아야 할 사람이니까."

머리를 끄덕인 매클레인이 자리를 고쳐 앉았다.

"김 선생, 한국의 상황을 대충 알고 계시리라고 생각합니다만."

"알고 있습니다."

"이제 군말은 빼겠습니다. 우리가 왜 당신들을 돕고 있는지도 짐작하시지요?"

"대충은."

"우방이니 동맹이니 그런 말도 뺍시다. 나도 당신한테는 직설적으로 말하고 싶으니까요. 당신네 대통령은 정치적인 술수를 부리다가 지금 일본에게 몰려 있습니다."

매클레인이 김원국에게로 바짝 다가앉았다.

"상대적으로 우리 미국의 영향이 한반도에서 약화되고 있지요. 우린 어떤 계기가 필요합니다. 그 계기를 만드는 데 당신의 도움이 필요하구요."

"대통령은 평화 회담에 미국도 참가시키면서 일본을 견제시키던데."

매클레인이 머리를 저었다.

"약해요. 솔직히 말해서 우린 일본에게 주도권을 빼앗겼습니다."

"……."

"대통령을 도와서 우리를 밀어주시오. 한국은 반일 감정의 뿌리가 깊은 나라입니다. 당신이 강하게 한 번만 더 터뜨려 주면 일본은……."

다시 제트기의 소음으로 그는 말을 멈추고 맥주잔을 들어 입을 축였다.

"김 선생, 이건 당신의 대통령과 당신들의 조국을 위한 일입니다."

"생각해 줘서 고맙소, 매클레인 씨."

"일본은 곧 이을설에게 자위대를 주둔시킬 것이고 머지않아 김정일에게도 병력을 파견할 계획입니다. 이을설에게는 이미 특사가 가 있고, 김정일로서도 혼자만 고립되지 않으려면 자위대를 받아들여야 할 거요."

"……."

"한반도의 세 동강이 난 지역에 모두 자위대가 주둔하게 된단 말이오, 김 선생."

"자위대가 아니면 미군이겠지."

"당신도 알다시피 우린 한반도에 대해선 집착하지 않습니다."

비웃는 듯한 김원국의 말에도 매클레인의 표정은 진지해 보였다. 단순하지만 집념이 강한 성격이다.

"일본의 영향력을 배제하자는 것, 그것이 지금 우리의 목표이고, 아마 당신도 동의할 목표일 것입니다, 김 선생."

비행기 안, DC—9을 개조해서 만든 군인 전용 수송기 안이다. 좌석은 100여 개가 되었지만 승객은 김원국의 일행과 CIA 요원으로 보이는 서너 명의 사복 차림 남자가 전부였다. 아무것도 보이지 않는 먹장 같은 어둠 속으로 제트기는 굉음을 내며 날아갔는데 마치 소리로써 스스로의 존재를 확인하려는 것 같기도 했다.

창가의 좌석에 앉아 머리를 창틀에 기댄 김원국은 눈을 감고 있었다. 엔진의 분사음으로 귀가 먹먹했지만 기내에서 들리는 소음도 모두 들렸다. 고동규와 박남호에게 뭐라고 야단을 치던 조웅남은 잠이 들었는지 조용했고, 통로를 오가던 병장 계급장을 붙인 흑인 승무원도 이제는 나타나지 않았다.

아미앵을 출발한 지 두 시간이 되었으므로 비행기는 아마 지중해 위에 떠 있을 것이다.

통로로 다가오는 가벼운 발소리가 들려왔다. 그리고 그의 옆쪽에서 발소리가 멈추었다.

"주무세요?"

박은채의 목소리였다. 눈을 뜬 김원국과 시선이 마주치자 그녀는 버릇처럼 아랫입술을 물었다.

"제대로 인사도 드리지 못했어요."

"여기 앉아."

김원국이 바로 앉으며 옆자리를 눈으로 가리켰다. 뒤쪽 좌석에서는 이제 말소리도 들리지 않았고 통로에 나선 사람도 없었다. 자리에 앉은 박은채에게서 엷은 비누 냄새가 풍겼다.

"제가 일찍 떠나지 않아서 괴로움을 끼쳐 드렸습니다."

박은채의 검은 눈동자가 그의 얼굴을 스치고 지나갔다.

"도움도 되지 못하고."

"이제 그만."

김원국이 머리를 숙여 그녀의 눈을 똑바로 들여다보았다.

"그런 말 할 필요 없다."

그는 손을 뻗어 박은채의 턱을 손가락 끝으로 잠깐 쓸었다.

"너는 나에게 많은 도움이 되었어."

숨을 커다랗게 들이마신 박은채가 가슴을 부풀린 채 움직이지 않았다. 그러자 김원국이 가늘고 긴 숨을 내쉬었다.

"이제 자리로 돌아가 쉬어."

그러자 박은채가 머리를 들었다.

"지금이라도 만탄 섬에 가도 되겠어요?"

"……."

"서울에서 내리면 바로 그곳으로……."

"안 돼."

김원국이 머리를 저었다.

"그곳은 네가 잠깐 몸을 숨길 곳이지, 살 곳이 아냐."

"……."

"돌아가."

잠자코 자리에서 일어선 박은채는 뒤쪽으로 사라졌다.

제14장

거사의 시작과 끝

밤의
대통
령

1996년 2월 23일 오후 6시, 김포의 특전사 제2여단의 여단장실.

일단의 장교가 중앙의 테이블을 둘러싸고 모여 서 있다. 닷새 동안 계속된 평화 회담은 이제 문구 수정만 남아 있었고 매스컴은 연일 평화조약으로 이루게 된 한반도의 미래에 대해서 황금빛 청사진을 그려주었다.

이윽고 전영석 대령이 머리를 들었다. 그러고는 테이블 위에 펼쳐 있는 서울 시가지 지도 위를 손바닥으로 두드렸다. 표정이 밝았다.

"우리는 청와대만 점령한다. 전속력으로 올림픽대로를 달려 성산대교를 넘어 청와대로 직진하는 거야."

주위에 둘러선 대대장들의 표정이 어둡다. 그러나 선뜻 입을 열지 않는 이유는 여단장 장규범이 잠자코 그의 말을 듣고 있기 때문이었다. 이것은 평시와는 다른 상황이었다. 장규범이 호탕한 음성으로 지시하면 전영석은 꼭 필요할 때만 말을 거들었기 때문이다. 전영석이 말을 이었다.

"청와대 경비는 제33연대와 경호실 병력이 이쪽으로 방어망을 칠 것이다. 그러나 우리 기갑대대에 당할 수는 없다."

그러자 마침내 1대대장 방선호 중령이 입을 열었다. 그가 문제의 기갑대대장이다.

"참모장님, 우리가 부대에서 청와대까지 전속력으로 달린다고 하더라도 한 시간 반이 걸립니다. 그동안 청와대는 시흥의 3특전사나 과천의 5사단을 불러들일 수가 있습니다."

"두 시간은 걸릴 거야."

전영석이 한가로운 소리를 했다.

"새벽 2시에 출발해서 4시에 도착하는 것으로 시간을 맞출 작정이야."

"참모장님."

그러자 장규범이 헛기침을 했으므로 따지려던 방선호가 말을 멈추었다. 장규범이 입을 열었다.

"이제까지 나나 참모장이 여러분에게 말을 안 했는데."

그는 주위의 장교들을 둘러보았다.

"주한 미군이 우리의 거사를 돕기로 했다."

그러자 상황실 안에서는 숨소리조차 들리지 않았다. 장규범이 말을 이었다.

"오해하면 안 된다, 여러분. 미군은 우리의 지원 세력이지, 같이 움직이는 것이 아니다. 그들은 성산대교 입구에 1개 부대를 진출시켜 놓을 것이고, 한강대교와 마포, 원효, 동작, 반포 등 12개의 다리 북단에 병력을 배치시켜 놓기로 했다. 북쪽의 2사단도 만일의 경우에 대비해서 대기하고 있을 것이다."

"……"

"주한 미군이 움직이는데 일일이 한일연합사의 지시를 받을 필요가 없지."

"여단장님."

제2대대장이 나섰다.

"미군의 지원만으로 거사가 성공할 수 없습니다. 한국군의 동조 세력이 있어야 합니다."

장규범이 머리를 끄덕였다.

"물론이다. 그래서 과천의 5사단이 우리의 출발과 동시에 연합사령부를 점령하고 지휘부를 체포한다."

모두들 눈을 치켜뜨고 장규범을 바라보았다.

"5사단이 말씀입니까?"

침묵을 깨고 방선호가 묻자 이제는 전영석이 말을 받았다.

"5사단의 현금택 소장은 지휘부를 체포함과 동시에 강동진 대장과 고성국 중장, 강한기 소장을 사령부로 복귀시킬 것이다."

대대장들이 서로 얼굴을 마주 보았다. 이것은 이제 무모한 돌격이 아니다. 치밀한 계획이 세워진 쿠데타인 것이다. 그래도 아직 믿기지 않는 듯 2대대장이 머리를 들었다.

"그럼 참모장님, 아니 여단장님께서는 5사단과 사전에 계획을 세워두셨던 겁니까?"

"5사단뿐만이 아니다."

전영석이 얼굴에 웃음을 띠고 말했다.

"춘천의 1군단과 의정부의 9사단, 동부전선의 2사단장 변영호 소장과도 모두 연락이 되어 있단 말이야."

"……."

"특전사령관이 우리를 이끌어주지 못해 유감이지만 우리 여단만으로도 일을 충분히 성사시킬 수 있어."

"그러면 지휘 통제는 어디서 합니까? 5사단입니까, 아니면 우리가……."

방선호가 묻자 장규범이 머리를 저었다.

"미군 사령부다."

장교들이 일제히 머리를 들자 그가 말을 이었다.

"친미 쿠데타라고 생각하면 오산이야. 그들은 일이 끝나면 손을 떼기로 약속했다. 그들의 목적은 일본의 견제이지, 일본처럼 한반도의 장악이 아니야."

"……."

"그리고 우리는 대통령을 갈아치우고 새로운 정권을 세운다는 것도 아니야. 우리는 당분간 청와대에 주둔하면서 대통령을 보호하게 될 것이다. 나머지 일은 강동진 대장이나 다른 고위 장성, 각료들에게 맡기면 된다."

장교들이 머리를 끄덕였다. 이제 그들의 얼굴에는 긴장감이 풀려 있는 대신 열기가 떠올랐다.

"작전 개시는 25일 새벽 2시다."

장규범의 말에 그들은 다시 머리를 끄덕였다.

홍제일 대위는 단정한 양복이 어울리는 30대 초반의 사내였다. 둥근 눈이 항상 웃음을 머금고 있는 것 같은 인상의 그가 미 육군의 장교이고 더구나 CIA 요원이라고는 아무도 생각하지 않을 것이다. 이민 3세로서 한국어도 완벽했지만 그는 이제 완벽한 미국인이 되어 있었다.

테헤란로의 힐튼호텔 커피숍은 저녁때가 되자 외국인 손님들로 붐비고 있었다. 한국에 평화 조짐이 보이면서 며칠 사이에 외국인 방문객이 부쩍 늘어난 것이다. 커피 잔을 든 그가 잔에 남은 커피를 한 모금에 삼켰을 때 커피숍의 입구로 한 사내가 들어섰다.

대한일보의 이기팔 기자였다. 구겨진 바바리코트 차림의 그는 곧장 홍제일에게로 다가오더니 앞자리에 앉았다. 넥타이의 매듭이 느슨하게 풀려 있다.

"홍 형, 무슨 일이오?"

이기팔이 대뜸 묻자 홍제일이 웃는 얼굴로 손을 들어 종업원을 부르더니 커피를 시켰다.

이것으로 세 번째 만나는 사이였지만 그들은 서로 예의를 차리지 않았다. 직업적인 관계인 것이다.

"홍, 평화조약 좋아하네."

다시 불쑥 이기팔이 말을 뱉었는데 테이블 위에 놓인 신문을 보고 하는 말이다. 일면의 톱기사로 '25일, 평화조약 선포'라고 쓰여 있는 신문은 공교롭게도 대한일보였다.

종업원이 커피 잔을 내려놓고 돌아가자 홍제일이 그를 향해 상체를 조금 숙였다.

"이 형, 원고 마감이 몇 시요?"

"끝났어."

그러다가 이기팔이 퍼뜩 시선을 들었다.

"좋은 것 있소?"

"준비해 왔는데."

"어떤 것이오?"

"큰 거요."

"봅시다."

손을 내밀던 이기팔이 홍제일이 웃는 얼굴로 움직이지 않자 손을 거두었다.

"당신이 날 이용하는 것은 알아. 그러니까 서로 솔직해집시다. 어떤 내용이오?"

"서로 이용하는 것이지. 당신도 이용만 당할 사람은 아니니까. 이건 일본의 대외 정책이오. 극비 서류지."

이기팔이 그를 쏘아본 채 다음 말을 기다렸다.

"일본이 곧 이을설에게도 자위대 2개 사단 병력을 파견하게 될 겁니다. 원산이 일본 해군의 기지가 될 것이고. 지금 이을설과 회담을 하고 있는 자는 재일 한국인으로 야마다라는 사람이오."

"……."

"이제 동해는 한국해가 아니게 되었소. 그들이 주장하던 대로 일본해가 될 것이오."

"……."

"우리의 예상으로는 일본은 곧 김정일에게도 군대를 파견할 겁니다. 김정일은 받아들여야만 할 것이고. 고립되면 안 되니까."

"그것, 엄청난 기사인데."

이기팔이 넋 나간 사람처럼 혼잣소리를 하다가 퍼뜩 머리를 들었다.

"날더러 보도하라는 것 같은데, 그것을."

그는 홍제일이 미국 정부의 요원인 줄은 안다. 며칠 전에 그는 안기부에 불려 갔다가 몇 시간 만에 풀려나왔다. 어리둥절한 그를 기다리고 있는 것이 홍제일이었다. 홍제일이 손을 써준 것이고, 그것은 곧 미국 정부가 그를 빼내준 것으로 봐도 되었다.

"미국 정부가 일본을 치려는 것이군. 나를 통해서."

이기팔이 찌푸려진 얼굴로 말을 이었다.

"일본을 견제하려는 것이야. 나를 대리인으로 삼고."

"그건 당신들의 감정과도 맞을 텐데, 이 기자."

"내가, 씨팔, 당신들 꼭두각시야?"

"흥분할 일이 아니야, 이 기자. 잘 생각해 보라구."

홍제일의 얼굴에서 웃음기가 가셨다.

"우리는 지금 서로 이용해야 된단 말이오. 협조해야 된다는 이야기도 되지. 일본을 견제시키지 않으면 한반도의 미래가 어떻게 되겠어?"

"……."

"우리가 나서주지 않으면 당신들은 속수무책이야. 그자들의 치밀한 계산과 빠른 진행 속도를 당할 수가 없어."

"……."

"안현식 편집국장이 지금쯤 회사에서 당신을 기다리고 있을 거야. 이 원고를 받으려고."

그는 가슴을 손바닥으로 가볍게 두드렸다.

"이 기사를 내는 데 가로막을 사람은 아무도 없소, 이 기자. 내 말을 이해하겠습니까?"

"……."

"그러고 보면 당신은 행운아요, 이 기자. 그렇게 생각되지 않습니까?"

＊　　　＊　　　＊

시바다 겐지는 올림픽 대로를 달려가고 있는 중이다. 한국제 대형 승용차는 승차감도 좋을뿐더러 엔진도 강력해서 시속 100킬로미터가 넘었는데도 소음도 없고 진동도 적다. 저녁 8시가 되어 평시에는 붐빌 시간이었지만 두 시간 후면 통금이다. 대로를 달리는 차량들은 제각기 속력을 내고 있었다.

시바다가 창에서 시선을 떼고 옆에 앉은 노무라를 바라보았다.

"노무라, 김원국이는 이곳에 있어. 내 말을 믿어도 돼."

그러자 노무라가 힐끗 그를 보더니 입맛을 다시면서 다시 앞을 바라보았다. 그는 정보국의 한국 책임자로 도요타 자동차의 한국 대리점을 운영하고 있다. 40대 초반의 둥근 얼굴과 살찐 몸매의 장사꾼 스타일의 사내였지만 한국어에 능통하고 치밀한 업무 수행으로 혼다의 신임을 받고 있었다.

"놈을 프랑스에서 빼낸 것은 CIA야. 우정만의 거처를 알려준 것도 그들이지. 개자식들."

"글쎄, 시바다, 놈이 이곳에 온 것이 어쨌단 말이야? 고향으로 돌아온 것 아닌가? 일을 끝내고."

노무라가 말하자 이번에는 시바다가 입맛을 다셨다. 노무라가 나이는 조금 위지만 직급은 같았다. 그는 추진력이 떨어지는 노무라를 조금 얕보는 경향이 있었다.

"가만히 앉아 있을 놈이 아니야, 김원국이는."

"그럼 뭘 하겠나? 그자가 거리에 나오면 어떻게 될지 생각해 봤어? 곧 평화조약을 맺는 북한 놈들이 길길이 뛸 것이고, 스위스, 프랑스 정부도 가만있을 것 같어? 놈은 여기에서 할 일이 없어."

노무라의 열띤 말에 눌렸는지 시바다는 팔짱을 낀 채 대답하지 않았다. 앞자리에 앉아 있던 다케무라가 힐끗 백미러를 올려다보았지만 조수석이어서 그의 얼굴은 보이지 않았다.

"CIA 놈들이 김칠성이를 치료해 주었어. 시체도 서울로 보내주었고."

시바다가 다시 말했지만 길게 숨을 내쉰 노무라는 대답하지 않았다.

미국 대사관 직원 전용 병원인 소르본 병원에서 정보가 흘러나온 것은 김칠성이 사망한 날 저녁이었다. 정보가 늦은 감이 있었지만 그것만으로도 큰 수확이어서 시체가 서울로 보내진 것도 확인할 수 있었다. 그것은 미국 측의 대단한 호의였다. 그리고 미국인들은 타산 없는 호의는 베풀지 않았다.

혼다의 허락을 받은 시바다가 서울로 날아온 것은 시체가 도착한 다음 날인 이틀 전이었다.

"도대체 미국 놈들이 왜 그자를 이곳으로 보냈을까?"

시바다가 혼잣소리처럼 말했다.

"이곳에서 그자를 필요로 한 것은 누구일까?"

"없어."

노무라가 뱉듯이 말했다.

"국민들한테 인기는 있겠지만 정부 쪽에서 그자를 감싸줄 자는 이제 아무도 없네."

"집념이 강한 놈이야. 김칠성을 죽인 복수를 하려고 들지도 몰라."

"복수는 했어. 우정만이 머리가 한 바퀴 돌려졌다면서."

"우정만이가 꼭두각시였다는 것도 알아, 그자는."

"미우라를 납치하지 않았나?"

"살려주었지. 신문 기삿거리만 뱉게 해놓고."

그러자 노무라가 시바다를 바라보았다.

"그럼 자넨가? 그자가 자넬 찾아 이곳에 왔단 말이야?"

시바다가 머리를 저었다.

"그럴 리는 없어. 다른 할 일이 있을 거야."

승용차는 한남대교에 다다르자 우측으로 꺾어 들어갔다. 강남대로로 들어서려는 것이다.

*　　　　　*　　　　　*

칼튼호텔의 818호실.

노크 소리가 들리자 고동규가 문으로 다가갔다.

"누구요?"

"홍제일입니다."

문이 열리고 홍제일이 들어섰다.

"기다리시게 해서 죄송합니다."

안쪽의 의자에 앉아 있는 김원국을 향해 깍듯이 인사를 하고 난 그는 앞쪽 자리에 앉았다.

"방금 대한일보의 이기팔 기자를 만나고 오는 길입니다."

"이을설과 일본의 관계 때문이오?"

"그렇습니다. 자료는 충분합니다. 야마다 씨가 일본으로 통화한 내용도 녹음한 것이 있거든요."

"대단하군."

김원국이 머리를 끄덕였다.

"그렇다면 일본의 입장이 난처해지겠어, 한국에서."

"하지만 호락호락하지가 않습니다. 한일방위조약이 다급할 때 맺어진 것이라 한반도의 평화 시까지 자위대가 주둔한다고 되어 있어서."

"미국은 자위대가 철수했을 때의 방안이 있습니까?"

김원국이 묻자 홍제일은 한쪽으로 머리를 기울였다.

"김 선생님, 어떤 방안 말씀입니까?"

"지난번처럼 북한이 침공해 온다든가 할 적에."

"그거야."

홍제일이 둥근 눈을 기울이며 사람 좋은 얼굴로 웃었다.

"당연히 한국을 방위해야지요. 하지만 지난번 같은 사건이 일어날 것 같지는 않습니다."

"그렇군. 세 조각으로 나뉘어 있어서 어느 한쪽이 쉽게 움직일 수 없겠군."

그러자 홍제일이 자세를 고쳐 앉았다.

"지금 한국 내의 여론은 평화조약에 대한 기대감이 많이 퇴색되어 있습니다, 김 선생님. 알고 계시겠지요?"

홍제일의 옆자리에 앉은 고동규가 의아한 듯 눈을 깜박이며 그를 바라보았다. 그가 말을 이었다.

"대통령에 대한 불신과 불만이 팽배해 있습니다. 그 원인은 여러 가지가 있지만 가장 큰 이유는 연합사령부 지휘관들과 안기부장을 명령 불복종과 월권행위 등의 죄명으로 체포했기 때문이지요."

"……."

"그리고 김 선생이 폭로한 기사라든가, 또한 엊그제 태국산 쌀을 북한에 공급하기로 김정일과 비밀 거래를 한 사실을 국민 대부분이 알고 있습니다."

"그렇다면 나도 한몫을 한 셈인가?"

김원국이 웃었지만 홍제일은 따라 웃지 않았다.

"대통령은 곤경에 처해 있습니다. 미일 양국 군이 한반도에 주둔해 있는 것이 안정에 도움이 될지는 모르지만 한국인의 정서는 일본을 거부하고 있지요."

"……."

"자위대는 방위조약 때문만이 아니라 북한의 남침을 저지시킨 공적이 있습니다. 물러가지 않을 겁니다."

"공적은 자위대에게 있는 것이 아니오."

고동규가 그의 말을 받았다.

"따지고 보면 그것은 최광과 이을설이 길을 열어주었기 때문이고, 우리 형님과 사령부의 강 소장이 결단을 내렸기 때문이오. 자위대가 아니었더라도 동부전선의 어떤 한국군이라도 해내었을 일이오."

"그것도 이제 국민들이 알고 있습니다."

그러자 김원국이 홍제일을 똑바로 바라보았다.

"홍 대위, 나에게 바라는 것이 뭐요?"

"대통령을 도와주셔야겠다는 겁니다."

"……"

"한반도의 미래와도 관련된 일이고, 한미 관계의 증진을 위해서도 필요한 일입니다."

"요점만 말해, 홍 대위."

김원국이 차갑게 말하자 홍제일의 얼굴이 굳었다. 그러나 곧 결심한 듯이 가슴을 폈다.

"내일 성명을 발표해 주십시오."

"……"

"일본의 배신행위에 대해서, 그리고 돌아가신 김칠성 선생의 한을 풀어드리는 의미로."

"닥쳐!"

김원국의 말을 기다렸다는 듯이 고동규가 벌떡 일어섰다.

"이런 개새끼가 감히 누구 이름을 아무 데나 갖다 붙이는 거야? 네놈이 뭔데 한풀이 운운하는 거야? 쌍놈의 새끼 같으니라고."

"진정하시오, 고 선생."

홍제일의 얼굴에 일그러진 웃음이 떠올랐다.

"실언했습니다. 용서하십시오."

씨근거리던 고동규가 한동안 서 있다가 자리에 앉았다. 김원국이 입을 열었다.

"내 성명 발표가 대통령을 도와줄 것이란 말이지."

"국민들은 김 선생님의 말씀이라면 믿을 겁니다."

"그 성명서 내용도 당신들이 준비해 놓았겠지?"

"준비했습니다."

"내용은 보지 않아도 뻔하군. 이 일을 대통령도 알고 있겠지?"

"저는 잘 모릅니다."

"참, 그렇군. 당신은 미국의 CIA 요원이야."

"……"

"CIA가 주도해서 한국 대통령의 신뢰감을 회복시켜 준다. 그것은 눈물겨운 일이야. 설마 당신은 내가 그걸 믿으리라고 생각하는 건 아니겠지?"

"물론입니다."

여유를 찾은 듯 홍제일의 눈이 다시 웃는 모양이 되었다.

"그것은 물론 미국의 이익을 위해섭니다, 김 선생님. 미국 정부는 최소한 1월 이전의 한미 관계로 돌아가기를 희망하고 있습니다."

*   *   *

밤 11시, 영동의 아파트 안.

김원국과 조웅남, 고동규가 응접실에 모여 앉아 있다. 통금 시간이 되어 아래쪽의 차도는 조용했고, 아파트 안에서의 소음도 없다. 며칠 전까지는 등화관제 때문에 칠흑같이 어둡던 아파트 단지는 평화 회담 이후로 등화관제가 해제되어 환하게 불을 밝히고 있었다.

응접실 안의 분위기는 조금 전부터 싸늘해지고 있었다. 열기가 식어가면서 그 싸늘함은 더욱 강도 높게 느껴졌다.

이윽고 고동규가 머리를 들고 김원국을 바라보았다.

"형님, 부탁드릴 것이 있습니다."

"말해라."

"저는 공무원입니다. 지금은 직위가 해제되었지만 제 자신은 여전히 공무원이라고 생각하고 있었습니다."

"……."

"하지만 저, 오늘부터 그만두겠습니다. 그리고 형님을 따르겠습니다."

"넌 내 동생이야."

그러자 고동규가 머리를 숙여 얼굴이 보이지 않았다.

"고맙습니다, 형님."

"응남이 동생이다."

"예, 형님."

조웅남이 헛기침을 했다. 오늘은 술기운이 없어서 약간 파리해 보이는 얼굴이다.

"형님, 돌아갑시다."

"……."

"만탄 섬인가 하는 그곳으로."

"……"

"지긋지긋해요, 여그가."

"……"

"더 지긋지긋하기 전에 돌아갑시다."

소파에 등을 기댄 김원국이 잠자코 앞에 앉은 그들을 바라보았다. 조응남과 마찬가지로 고동규도 가족을 찾지 않았는데 얼굴 보기는커녕 전화도 하지 않은 이유를 김원국은 알고 있었다.

김칠성의 부인인 한세라와 서울에 있는 동생들에 의해서 김칠성의 장례식이 치러졌지만 이 방에 있는 이들은 아무도 참석하지 않았다. 우려하던 조응남은 아예 내색도 하지 않고 술도 마시지 않아서 오히려 김원국이 더 신경을 썼다.

갑자기 조응남이 손을 뻗어 탁자에 놓인 서류를 집어 들었다. 그러고는 소파에 등을 기대고 한가로운 목소리로 서류를 읽었다.

"자, 뭣이냐, 국민 여러분께 드리는 말씀이라. 좋네, 대통령 특별 성명 같고만."

"시끄럽다."

김원국의 말에도 그는 아랑곳하지 않았다.

"우리는 대통령 각하의 간절한 지시를 받고 쥐리히에 갔습니다. 좋다, 잘 갔지."

"……"

"어뜨케든 회담에 참석해서 대한민국의 상황을 알려야 한다는 지시를 받고. 흠, 허지만 본의 아니게 불상사를 초래했는디 이것은 전적으로 본인의 책임입니다. 좋다, 씨발 놈아. 죄는 우리가 짓고 너는 훈장 타그라."

서류를 내던진 조웅남이 길게 숨을 내쉬고는 고동규를 돌아보았다.

"동규야."

"예, 형님."

"저, 그 앞에 앉어 계신 우리 형님은 저걸 읽으실 거다. 나는 저 양반 속에 들어갔다가 나온 사람이여."

"……."

"그렇게 니가 백날 야기혀 봤자 아무 소용 없다. 내버려 두그라."

"……."

"저 양반 순 똥폼만 남은 양반여. 저걸 읽고 행여 장관 자리 하나 줄랑가 허고 기대리고 있을 거여."

"형님."

고동규가 이맛살을 찌푸리며 부르자 조웅남이 자리에서 일어섰다. 그러고는 흔들거리는 걸음으로 옆방으로 들어가더니 나오지 않았다.

온돌방에 익숙지 않은 지희은이 자주 몸을 뒤척이더니 두 팔꿈치를 요 위에 짚고는 엎드렸다.

"자요?"

"아니."

박은채가 몸을 굴려 그녀를 바라보았다.

"잠이 오지 않아요?"

"응."

스물여섯으로 나이는 동갑이지만 아직 그들은 말을 놓지 않았다. 서로 존댓말을 했다가 반말을 하는데 그것을 의식하면서도 내버려 두고 있는 것이다.

지희은이 머리맡에 놓인 담뱃갑을 집어 한 개비를 입에 물었다.

"성명서 읽었어요?"

연기를 내뿜으며 묻자 박은채가 머리를 끄덕였다. 탁자 위를 치우면서 대충 읽었는데 지희은도 읽은 모양이다.

"김 선생님은 발표하실 모양이던데."

지희은이 혼잣소리처럼 말했다.

"나 같으면 안 해."

박은채가 잠자코 대답하지 않자 그녀가 말을 이었다.

"이게 조국이야? 돌아와서 이런 대접을 받아야 돼, 이렇게 숨어서?"

"우리가 모르는 사정들이 있을 거야."

"사정은 무슨, 우린 끝까지 이용당하는 거라구요."

"……"

"바보같이, 알면서도 따른다는 건 이해할 수가 없어."

눈을 깜박이며 그녀를 바라보던 박은채가 입을 열었다.

"지희은 씨, 김 선생님 좋아해요?"

"그래요."

지희은이 다 피운 담배를 재떨이에 비벼 끄고는 박은채를 향해 웃어 보였다.

"사랑해요."

"……."

"소름이 끼치도록 그가 좋아요."

"……."

"비행기에서 무슨 이야기 했어요? 서울로 올 적에."

"고맙다는 인사를 하려고."

"……."

"솔직히 난 버려졌다고 믿었거든요."

"박은채 씨도 김 선생님 좋아하죠?"

"……."

"당신 눈을 보면 알아요. 당신이 나를 읽었듯이."

"그래요?"

이번에는 박은채가 턱을 괴고 머리를 돌려 흰 이를 드러내며 웃었다.

"언제는 소름이 끼치도록 싫다더니."

"비슷한가 봐요, 애증의 감정이."

그러고는 둘은 한동안 말없이 엎드려 있었다. 집 안은 조용했지만 응접실에는 누군가가 있을 것이다. 사내들은 고향에 돌아왔어도 외국에 있을 때처럼 긴장을 풀지 않았다.

"우린 이제 어떻게 될까요?"

지희은이 방 안의 침묵을 깨었다.

"난 이곳에 아무도 없어요. 그냥 김 선생님만 따라왔는데……."

"……."

"답답해."

그러면서 지희은이 몸을 돌려 누웠으므로 박은채도 몸을 누였다. 그러다가 다시 몸을 세우고는 재떨이에서 덜 꺼진 담배꽁초를 잡아 비벼 끄고 다시 누웠다.

*   *   *

2월 24일 아침 9시, 김포의 특전사 제2여단의 여단장실.

참모장 전영석 대령이 방 안으로 들어서자 장규범 준장이 머리를 들었다.

"여단장님, 다녀왔습니다."

"그래, 수고했어."

그들은 소파에 마주 앉았다. 긴장한 장규범의 시선을 받자 전영석이 얼굴에 웃음을 띠었다.

"어젯밤에 미군 관계자를 만났습니다."

장규범이 머리를 끄덕이자 그가 말을 이었다.

"윌슨 대장은 거사가 성공하면 나타나기로 했습니다. 계획에 차질은 없습니다, 여단장님."

"청와대에 미군이 진입하면 안 된다고 분명히 말해주었지?"

"물론입니다. 우리보다 먼저 도착하더라도 경계만 하기로 다짐을 받았습니다."

서울 근교 주둔 부대의 지휘관 동향은 보안사에 의해 철저히 체크가 되었으므로 어젯밤의 전영석은 연합군 사령부에 들어가 미군의 연락 장교를 만나고 온 것이다. 미행자가 있었더라도 의심은 하지 않을 것이다.

"5사단장은 어때? 어제 우연히 들었는데 사령부로 전속될 것 같다던데."

"염려 없습니다. 홍 대위가 어제도 현 소장을 만났다고 합니다. 차질 없이 진행할 것이라고 하더군요."

"현종택 소장이 그런 배짱을 내다니, 놀랍단 말이야."

장규범의 얼굴에 웃음이 떠올랐다.

"육사 1기 선배였는데 샌님이었거든. 내가 잘 알아, 근무도 같이 해서."

"전시에는 달라진다고 하지 않습니까?"

"그 사람이 사령부를 장악하면 돼. 청와대는 우리가 책임질 테니까."

"그리고 참."

전영석이 벽에 걸린 시계를 올려다보았다.

"홍 대위한테 들었습니다만, 오늘 오후 4시에 김원국 씨가 특별 성명을 발표한다고 하더군요. TV, 라디오의 전 채널로 한다고 했습니다."

"그 사람이 서울에 왔나?"

장규범이 눈을 둥그렇게 떴다.

"굉장하겠군. 그 성명은 어떤 내용이야?"

"자세히 모릅니다. 다만 내일 있을 거사의 기폭제 역할을 할 성명이라고 하더군요."

"계속 일이 터지는군. 아침에는 일본이 이을설에게 물자를 공급한 사건이 터지더니."

비상 각료 회의를 마치고 복도를 걸어 집무실로 향하던 이영만 대통령이 발을 멈추고 뒤를 돌아보았다. 안기부장 박종환이 다가오고 있다. 복도에 깔린 붉은색 양탄자를 걷어치운 까닭에 대리석 바닥을 울리는 발소리가 유난히 크다.

"각하, 말씀드릴 것이 있습니다."

회의 때 말하지 않은 것이니 극비 정보일 것이다. 대통령은 잠자코 머리를 끄덕이며 몸을 돌렸다.

그들은 집무실에 들어가 마주 앉았다. 11시가 조금 넘은 시간이다. 대통령이 허리를 곧게 편 채 박종환을 바라보았다.

"뭔가?"

"아침에 일본의 혼다 정보국장한테서 연락이 왔습니다."

대통령이 잠자코 있자 그가 말을 이었다.

"오늘 아침의 신문 보도에 대해서 유감이라고 하더군요. 이을설에게 물자를 공급해 주는 것은 한국의 안정을 위해서인데, 그것이 거꾸로 해석이 된 악의에 찬 내용이라고 했습니다."

"글쎄, 그것도 해석하기 나름이겠지."

"한국 정부가 사전에 보도를 통제할 수 있지 않았느냐고 해서 그것까지는 신경을 쓰지 못한 것 같다고 했습니다."

예상하고 있던 듯 대통령이 머리를 끄덕이자 박종환이 긴장한 얼굴로 다시 말했다.

"각하, 혼다는 김원국의 성명 발표에 대한 내용을 알고 싶어 했습니다."

"궁금하겠군."

"김원국이 어떻게 한국에 들어와 성명까지 발표할 수 있느냐고 묻길래 우리도 모르는 일이라고 했습니다만."

"믿지 않겠군."

"예, 각하. 그들은 눈치를 챈 것 같습니다."

"할 수 없는 일이야."

"혼다는 성명 발표를 중지시켜 달라고……."

대통령이 혀를 찼다.

"그래서 뭐라고 대답했나?"

"시민들이 모두 김원국이 온 것을 알고 있기 때문에 곤란하다고 했습니다."

"흠, 그래? 그것도 괜찮은 답변이군."

"정부가 개입하려고 했지만 이미 소문이 퍼져서 막을 수가 없다고."

"잘했어."

"하지만 혼다는 김원국을 체포해서 살인 및 납치 혐의로 넘겨 달라는 요청을……."

"건방진 놈."

"파리 주재에 일본 대사관원 오자키 요시오의 살인과 미우라 게이스케의 납치에 대한……."

"미국도 가만있는데."

대통령이 눈을 치켜떴다.

"이놈들이 우릴 협박하는 거야, 뭐야?"

"……."

"우리 허락도 없이 남한에 1개 사단 병력을 더 들여놓고, 이을 설이하고는 곧 방위조약을 체결한다면서?"

"……."

"안 돼. 그럴수록 그렇게는 못 해."

"각하, 동부전선에 자위대가 3개 사단이나 주둔하고 있습니다."

"그래서 어쨌단 말인가?"

"말씀대로 이을설과 방위조약을 맺고 자위대가 동부전선의 북쪽에 들어오면."

"예상한 일이 아닌가?"

대통령이 지친 듯 머리를 소파에 기대었다.

"그러니까 더욱 급하단 말이야, 박 부장. 이제 이 땅에서 그놈들을 몰아내야 돼. 최소한 남쪽에서만은."

같은 시간, 시청 앞 플라자호텔의 커피숍.

시바다 겐지와 다케무라 한죠가 창가에 앉아 시청 앞 광장을 내다보고 있다. 더러운 색깔의 비둘기 떼가 물이 끊긴 분수대 위를 떠돌고 있는 것이 보인다. 시바다가 창에서 시선을 떼었다.

"기자도 100명으로 제한하고 출입증이 있어야 입장을 시킨다니. 이것은 한국 정부가 짠 각본이야, 미국하고."

찌푸린 얼굴로 커피숍의 출입구를 바라보고 난 그가 말을 이었다.

"그렇다면 그 내용은 틀림없이 반일 선동이야. 빈 몰을 죽인 김원국이를 한국으로 곱게 데려온 미국 놈들의 속셈이 이제 드러났다구."

"조장님, 김원국이의 영향력은 엄청납니다. 그놈이 어떤 내용을 발표할지는 모르지만 파문이 클 것 같습니다."

다케무라가 주위를 둘러보며 낮게 말했다.

이영만 대통령을 도와 자위대가 연합군의 지휘부를 교체한 것에 대해서는 한국 정부가 당위성을 극력 해명한 관계로 자위대에 대한 비판은 적었다. 그러나 김원국이 AP통신을 통해 발표한 내용이 AFKN으로 방영되고 나서 반일 감정이 분출될 상황인 데다 오늘 아침 대한일보에 이을설에게 물자를 공급한다는 보도가 실린 것이다.

"김원국, 이 빌어먹을 놈."

시바다가 잇새로 말을 뱉었다. 김원국이 다시 무엇인가를 터뜨리면 야단이었다. 더욱이 놈은 한국 정부의 비호를 받고 움직이는 것같이 보이고 있었다.

그러자 커피숍의 입구로 점퍼 차림의 노무라가 뒤뚱거리며 들어서는 것이 보였다. 그는 이쪽을 발견하고는 곧장 다가왔다.

"휴우, 땀 뺐어."

노무라가 자리에 털썩 앉으며 말했다. 그러고는 점퍼의 주머니를 손으로 두어 번 두드렸다.

"얻었어. 두 장."

그는 임페리얼호텔 14층 라운지에 들어갈 수 있는 출입증을 구해온 것이다. 라운지에서는 저녁 7시에 김원국의 성명 발표가 있을 예정이다.

김원국은 한동안 자신을 향해 번쩍이는 카메라의 플래시를 바라보며 서 있었다.

그의 정면으로 석 대의 카메라가 세워져 있고, 좌우에도 한 대씩이 더 있다. 100명의 기자로 제한한다고 했지만 주최하는 대한

일보 측에서 10여 명의 기자를 추가로 넣은 데다 카메라에 딸린 인원은 별도였다. 200명에 가까운 기자에 얼핏 보아도 기관원으로 보이는 수십 명까지 합쳐 라운지는 발 디딜 틈도 없었다.

사회자의 소개가 끝났으므로 김원국이 이제 성명을 발표할 차례이다. 그가 잠자코 서 있었으므로 웅성이던 소리가 사그라지기 시작하면서 금방 조용해졌다.

김원국은 연탁 위에 내려놓은 원고를 내려다보았다.

"친애하는 국민 여러분."

생방송이었지만 긴장되지는 않았다.

"저는 이제까지 저와 제 동생들이 해온 일들을 보고하려고 이 자리에 섰습니다."

그러자 김원국의 머리에 조민섭 대사의 얼굴이 떠올랐다. 머리 위에 백열등이 켜져 있어서 열이 뻗쳐 나왔고, 라운지는 가득 찬 사람들의 열기로 인해 후끈거렸다. 그가 말을 이었다.

"저는 대통령 각하의 지시를 받고 취리히로 떠났습니다."

이기팔은 앞줄의 중앙에 앉아 있었는데 김원국의 표정이 가라앉아 있는 것을 아까부터 느끼고 있었다. 도무지 생기를 띠지 않는 것이 그의 본래의 모습인가, 생각했지만 가끔씩 번뜩이는 눈빛을 보면 그것도 아니었다.

이기팔은 발표 직전에 프린트해서 나눠 준 성명서를 내려다보았다. 김원국은 이것을 읽는 것이다. 그가 성명서에 밑줄을 쳐 요약한 내용은 금방 눈에 들어왔다. 처음 읽었을 때는 부들부들 떨었다. 지금은 외우다시피 했지만 다시 내려다보자 여전히 가슴이 뛰었다.

1. 대통령의 지시로 취리히 잠입

2. 미국 대표단과의 긴밀한 연락으로 상황을 본국으로 전달했고

3. 북한 공작원들의 방해와 극복

4. 취리히와 파리에서의 난동은 독자적인 행동이었으며, 일본 정보 요원과 밀착하였으나

5. 회담 결렬 후 도피 시에 일본 정보국의 배신

6. 일본 정보국 요원에게서 얻은 한반도 강점 계획

이것에 대한 자세한 설명이 이어져 있었다.

1. 견제 : 즉 삼국으로 나누어진 현 상태가 현재로서는 바람직하고 삼국과 균등하게 군사, 외교 관계를 맺는다. 특히 이을설의 동부 한국의 입지를 강화하고 남한에는 반미 감정을 부추김과 동시에 김정일과 이을설의 압력을 수시로 받게 하며 주한 자위대의 비중을 높인다.

2. 분할 : 즉 견제의 다음 단계로 목표는 남한과 김정일의 서부 북한이다. 남한은 상황이 안정되면 경상, 전라, 충청의 삼국으로 나누어질 가능성이 있다. 이것을 촉진시키도록 자치권 간의 경쟁을 유발시켜 폭동이나 친위 쿠데타를 일으켜 분열시키고 주한 자위대가 정부의 위임을 받아 진압한다. 그동안 이을설과 김정일로 하여금 남한을 압박하게 하여 자위대의 의존도를 더욱 높이고 남한을 삼국으로 분할, 각 지역에 자위대를 둔다. 같은 방법으로

김정일의 북한을 최소한 이등분한다.

3. 합병 : 전 세계적으로 국가 개념이 없어져 가는 시기이므로 자연 합병을 추구한다.

이기팔은 다시 머리를 들었다. 김원국이 원고의 내용을 또박또박 읽어 나가고 있었으나 머리를 들지는 않았다.

"야단났다."

노무라가 시바다에게 귓속말로 말했지만 시바다는 굳은 얼굴로 김원국에게서 시선을 떼지 않았다.

"이거, 어서 보고를."

노무라가 다시 말하면서 시바다의 어깨를 밀었으나 그는 시선을 돌리지도 않았다.

국민들은 흥분으로 폭동을 일으킬 것 같았다. TV를 때려 부수거나 아파트 창밖으로 던져 버리는 사람이 있는가 하면 소리를 지르며 책상이나 술상을 주먹으로 내려치는 사람도 있었다. 길거리로 뛰쳐나가 악을 쓰다가 살기 띤 눈으로 주위를 둘러보는 30대에 얼굴을 붉힌 채 흐느껴 우는 20대도 있었다.

라디오를 들으며 가던 승용차 운전사는 앞차를 받아 버렸고, 악에 받쳐 있던 앞차의 운전사와 길 복판에서 사생결단을 하듯이 뒹굴며 싸웠다.

퇴근길에 전파상 앞에 모여 TV를 보던 행인들이 일제히 악을 쓰고 일어났지만 갈 곳은 없었다. 누군가가 돌을 던져 전파상의 큰 유리를 부쉈지만 주인은 어디 갔는지 나오지도 않았다.

김원국의 성명 발표가 끝나자 시가지는 휩쓸려 다니며 일본 놈을 몰아내자, 죽이자, 고함을 치는 무리로 덮였는데 무리에 휩쓸리지 않은 사람들도 여차하면 살인이라도 할 것 같은 분위기였다.

그러나 곧 통금 시간이 된다. 외침과 절규와 화풀이가 모두 부질없는 일이었고, 열기가 식자 겨울의 밤바람이 차갑게 피부에 와 닿는다. 제각기 집으로 향하거나 하던 일을 시작했지만 국민 모두의 가슴에는 응어리가 맺혔다.

"때가 왔다."

여전히 상기된 얼굴의 장규범이 TV를 끄고 잇새로 말했다. 아직 시간은 여섯 시간이나 남은 상황이었다.

그의 주위에 둘러앉은 장교들은 그와 10년 가까이 차이가 난다. 그들의 피가 더 생생하고 심장의 박동이 더 세찰 것은 말할 것도 없고 느낌도 더욱 강하게 받았을 것이다. 장규범은 거사의 성공을 확신할 수 있었다.

"좆 까는 소리여."

조웅남이 툭 내던지듯 말하며 소파에 길게 누웠다. 그러자 지희은과 박은채가 일제히 머리를 들어 그를 바라보았으므로 그가 얼른 말을 이었다.

"아니, 우리 형님 말고."

그래도 그녀들이 꼼짝하지 않자 답답해진 그가 다시 말했다.

"저거 쓴 놈한티 허는 소리여, 좆 깐다고 헌 것은."

제15장
대단원

밤의 대통령

가토 중장이 연합군 사령부의 상황실에 들어서자 방 안이 순식간에 조용해졌다. 10여 명의 참모가 끼리끼리 모여 이야기를 하고 있다가 일제히 말을 멈춘 것이다.

그가 방 가운데 있는 테이블로 걸어가는 동안에도 그들은 침묵을 지키고 있었다. 시선이 마주친 한국군 장교들은 서둘러 몸을 돌렸고, 그가 들어오면 당연히 다가와야 할 상황실의 당직 참모도 외면하고 서 있는 것이다.

그가 테이블에 앉자 연락을 받은 연합사의 참모장 유진영 중장이 반대편 문을 열고 들어섰다. 그러자 상황실에서 다시 말소리가 들렸고, 참모들의 움직임도 자연스러워졌다.

"장군, 밤늦게 웬일입니까?"

유진영이 앞자리에 앉으며 딱딱한 표정으로 물었다. 가토는 저녁 6시에 사령부에서 퇴근한 것이다.

"장군을 만나러 온 겁니다."

"아, 오늘 저녁의 TV 성명 발표 건으로?"

아무렇지도 않게 물었지만 유진영도 긴장하고 있는 것이 느껴졌다.

"본국에서 항의를 하겠지만 참으로 악의에 찬 모략입니다. 더구나 김원국이 같은 인물이 그런 조작된 성명을 발표하리라고는 전혀 몰랐습니다."

가토가 낮은 목소리로 말하자 유진영이 똑바로 그를 바라보았다.

"김원국 씨는 압력을 받아 움직일 사람이 아니오, 장군."

"애국심이라는 조건 아래서는 자신을 희생할 수 있는 사람이지요."

"나는 그 사람이 거짓말을 했다고 생각하지 않습니다."

마침내 유진영이 어깨를 펴고 말했다. 입술을 굳게 다문 고집스러운 그의 얼굴을 바라보던 가토가 이윽고 머리를 끄덕였다.

"장군, 나는 군인이오. 정치적인 계획이나 흥정하고는 거리가 먼 사람이란 말입니다. 하지만 한국인의 반일 감정을 이런 식으로 증폭시키는 것은 지금 상황에 도움이 안 됩니다."

그러나 유진영은 대답하지 않았다. 그들의 옆을 지나는 참모들이 평시와는 달리 긴장하고 있었지만 상황실은 이제 평상의 분위기로 돌아가 있었다.

"김원국 씨가 서울의 한복판에서 성명서를 발표하는 건 정부의 묵인이나 보호 없이는 불가능한 일입니다, 장군."

자리를 고쳐 앉은 가토가 말했다.

"그는 지금 미국, 프랑스, 스위스, 그리고 일본으로부터도 수배

된 범인입니다. 잘 아시겠지만."

"……"

"세계 여론이 그의 말을 믿어줄까요?"

"한국민은 믿을 거요."

"그건 일본에 대한 선입관이 많이 작용한 것입니다."

"그건 실제 상황이오."

유진영이 짜증 난 듯 말하자 가토가 머리를 저었다.

"장군도 미국을 믿습니까? 아직도 그들에게 미련이 있습니까?"

"허어, 별소리를."

"우리가 선의로 한국의 위기에 협조했다고 생각할 수는 없습니까? 당신도 북한의 침공이 닥쳐왔을 때의 미국의 행태를 보지 않았습니까?"

입맛을 다신 유진영이 머리를 돌리자 가토도 한동안 입을 열지 않았다.

그들은 서로가 상대방이 할 말을 억제하고 있다는 것을 알고 있었고, 군인의 입장으로 그것을 길게 말한다는 것이 부질없다는 것도 알았다.

이윽고 가토가 입을 열었다.

"그리고 또 한 가지, 김포에 있는 특전사 소속의 제2여단이 출동 준비를 하고 있어요. 야간 이동이 있습니까?"

"자체 비상 출동 훈련으로 연락을 받았습니다. 훈련 계획에 의한 것이오."

머리를 끄덕인 가토가 자리에서 일어섰다.

"장군, 이렇게라도 이야기를 하고 나니까 시원합니다. 그럼 내일."

"나도 마찬가지요, 장군."

몸을 돌린 가토의 등을 바라보던 유진영의 시선이 문 위에 걸린 시계에 우연히 머물렀다. 새벽 1시였다.

제2여단 1대대는 기갑대대로서 1개의 한국형 K–1 전차중대, 3개의 경장갑차중대로 이루어진 강력한 기동부대였다.

일명 88전차라고 불리는 K–1 전차는 북한의 T–62형보다 성능이나 재원이 우수했고, 경장갑차중대 중에서 2개 중대는 12.7밀리미터 기관포를 갖춘 한국형 K–200 장갑차로 이루어졌고, 나머지 1개 중대는 미제 M–113 APC로 이루어졌다.

1대대장 방선호 중령이 선두에 세워진 K–200 지휘 장갑차에 올랐을 때는 25일 새벽 1시 50분.

시계에서 눈을 뗀 방선호는 하늘을 보았다. 하늘에 매달린 별들이 흔들리고 있는 것은 바람 때문일 것이다. 차가운 바람이 드러난 피부를 스치고 있었지만 추위를 느끼지는 않았다. 그는 머리를 돌려 뒤쪽을 바라보았다.

연병장에 정렬한 기갑대대는 그야말로 무거운 정적 속에 잠겨 있었다. K–1, K–200, M–113 APC 등 50여 대에는 이미 병력이 승차되어 있었다. 그의 명령만을 기다리고 있는 것이다.

그 순간 대대의 정문으로 전조등을 번쩍이며 지프 한 대가 달려오더니 곧장 선두의 K–200으로 다가와 멈추어 섰다. 뛰어내리는 것은 여단장 장규범과 부관 이근욱 소령이다. 그들은 잠자코 그의 K–200에 오르더니 자리를 잡고 앉았다.

방선호가 다시 시계를 보았다. 1시 55분이다. 장규범이 짧게 말했다.

"가자."

50여 대의 전차와 장갑차가 일제히 시동을 걸자 요란한 엔진 소리가 밤하늘을 가득 메웠으므로 방선호는 숨을 들이마셨다. 찬 공기가 폐 안에 가득 들어차자 두 눈이 저절로 크게 뜨였다.

선두로 나선 APC 두 대가 속력을 내어 대대의 정문을 빠져나 갔고 다시 10여 대의 APC가 뒤를 이었다. 그러자 그의 지휘차도 움직이기 시작하더니 곧 속력을 내었다.

그 시간, 제2여단 상황실.

무전기를 귀에 댄 전영석 대령이 말했다.

"출동했습니다. 그쪽은 어떻게 되었습니까?"

―이쪽도 모두 출동했습니다.

홍제일의 활기찬 목소리가 들려왔다.

―이상 없이 진행되고 있습니다.

스위치를 끈 전영석이 옆에 선 참모들을 돌아보았다.

"시작됐다. 그리고 곧 끝난다."

2시 10분 특전사령부 상황실.

당직 근무자 양성일 중령은 전화기를 귀에 대고 있다가 몸을 바로 세웠다.

"참모장님, 2여단이 기동 훈련을 시작했습니다."

"알겠다. 박 중령이 따라 나갔지?"

"예, 참모장님."

그러자 한병옥 소장이 부드럽게 말했다.

"추운데 고생들이 많군. 수고해."

"편히 쉬십시오, 참모장님."

2시 20분, 88올림픽대로.

선두 APC와의 거리는 100미터 정도였으나 그 사이에는 검게 번질거리는 아스팔트만 보일 뿐 대로는 차량의 통행이 끊겨 있었다. 통금 시간인 것이다.

선봉 중대의 K-200 장갑차 위로 상반신을 드러낸 황만식 대위는 앞쪽을 노려보았다. 장갑차는 요란한 엔진 소리를 내며 대로를 달려 나가는 중이다.

그는 머리를 돌려 뒤쪽을 바라보았다. 일렬로 늘어서서 전속력으로 달려오는 장갑차와 전차대의 대열이 보였다. 그는 알 수 없는 감동으로 숨을 들이마시며 다시 앞쪽을 노려보았다.

2시 25분, 연합사령부의 작전 상황실.

당직 사관인 유남준 준장이 전화를 넘겨받는다.

"유 준장입니다."

─보안사 상황실의 김인철 중령입니다.

"그래, 무슨 일이야?"

─의정부 미 제29연대의 기동 훈련 계획이 잡혀 있습니까?

유남준이 입맛을 다셨다.

"무슨 말이야?"

─지금 현재 벽제 쪽으로 이동하고 있습니다.

"잠깐 기다려."

그는 벽에 붙은 전광 상황판을 유심히 바라보고는 컴퓨터의 키보드를 눌렀다. 미국 제2사단 29연대의 자료에는 이동 표시가 없다.

이맛살을 찌푸린 유남준이 손을 저어 옆쪽의 장교를 부르고는 전화기를 고쳐 쥐었다.

"나와 있지 않은데."

—저희들 기록에도 없어서 확인한 겁니다.

"내가 미군 사령부에 확인해 보지."

—알겠습니다. 저희들도 확인해 보겠습니다.

통화가 끝나고 얼굴을 찌푸린 유남준이 옆에 서 있는 중령을 바라보았다.

"미 29연대가 벽제 쪽으로 이동 중이다. 미군 사령부에 확인해."

"예, 알겠습니다."

몸을 돌린 유남준이 혼잣소리를 했다.

"개새끼들, 다른 때는 꿈쩍도 하지 못하고 움츠려 있더니, 평화 조약을 맺는다니까 기어 나오는군."

같은 시간, 청와대 북서 방향의 제33경비단의 상황실.

당직 장교 배운석 중령은 상황실의 의자에 앉아 그날의 신문을 보고 있었다.

각종 첨단 전자 장비가 가득 찬 상황실의 전광판에는 붉고 푸른 조그만 등이 무수히 켜져 있었지만 이상이 있다는 표시는 없었다. 그는 이제 신문의 광고란으로 시선을 돌렸다.

2시 30분, 연합 사령부의 작전 상황실.

유남준 준장이 참모가 건네주는 전화를 받았다. 상대는 미군 사령부의 당직 장교 와처슨 대령이다.

―장군, 29연대는 서울을 통과하여 오산까지 기동 훈련을 합니다. 그렇게 아시도록.

"뭐야?"

유남준이 주먹으로 책상을 쳤다.

"그렇게 아시도록? 당신들 마음대로 이동하는 거야! 당장 멈춰!"

―한미연합사에 제출한 이동 계획서를 보지 못했소, 장군?

눈을 부릅뜬 유남준이 입을 벌리고는 잠시 움직이지 않았다. 어느새 참모들이 그의 주위를 둘러싸고 있었다. 지금은 한일연합 사령부에 의해서 작전이 수행되고 있지만 그렇다고 한미연합사가 폐지된 것이 아니다. 주한 미군이 남아 있기 때문이다.

2시 35분, 88올림픽대로.

지휘 장갑차에 타고 있던 장규범 준장은 무전병으로부터 무전기를 넘겨받았다.

"나, 장 준장이오."

―여단장님, 저 사령부의 양성일 중령입니다.

"그래, 양 중령이 웬일이야?"

―추운데 고생 많으십니다, 여단장님.

"그래. 그런데 왜?"

—저, 박정기 중령한테서 상황 보고가 없어서.

"박 중령은 뒤쪽에 있다."

—네?

"다른 장갑차에 타고 있단 말이다."

—아아, 네.

"이봐, 어련히 알아서 연락하지 않겠나? 안 그래?"

—그렇습니다. 그럼 수고하십시오, 여단장님.

"좋소, 다시 연락하자구."

2시 40분, 미 제2사단 29연대의 제1대대.

제1대대는 기갑대대여서 전차와 장갑차로 이루어졌는데, 2여단의 1대대와 같다. 그러나 전차는 최신형의 M—IAI이고 장갑차도 그들이 자랑하는 IFV로 보병의 승차 전투뿐만 아니라 25밀리미터 기관포와 대전차 토우 미사일을 갖추고 있다.

선두에 서서 도로를 달려가고 있는 것은 두 대의 M—IAI 전차였다. 1천5백 마력에 도로 주행 속도가 72킬로미터가 되었으므로 땅을 울리는 진동과 함께 전차는 시속 70킬로미터로 달려가는 중이다. 낮고 넓은 몸체에서 길게 뻗어져 나온 120밀리미터 활강포의 위력을 뽐내듯이 전차는 주위를 압도하고 있다.

뒤쪽의 IFV의 해치에 서 있던 맥거번 대령은 머리를 들고 뒤쪽을 바라보았다. 길게 늘어선 헤드라이트가 눈에 들어왔고, 그것은 끝없이 이어지고 있었다.

2시 50분, 제2여단의 상황실.

"홍 대위, 과천의 상황은 어떻소?"

전영석이 묻자 수화기에서 홍제일의 차분한 목소리가 흘러나왔다.

—3시 정각에 진입합니다.

"우리가 성산대교를 지나는 시간하고 같군. 그곳에서 목표까지는 이 속도로 가면 40분이야."

—그때는 이미 북쪽의 장애물이 장악되어 있을 겁니다.

무전기를 내려놓은 그에게 참모 한 명이 다가왔다.

"참모장님, 박 중령이 변소를 가겠다고 하는데요."

"참으라고 해, 망할 자식. 우리가 성산대교를 넘을 때까지만이라도."

말의 끝에 웃음이 배어 있었으므로 참모도 따라 웃었다.

3시, 성산대교 입구.

선두를 달리던 장갑차가 좌측 길로 붙으면서 속력을 줄이자 곧 차량들의 주행 속도가 뚝 떨어졌다. 기갑부대는 대로에서 다리를 향해 좌회전해 들어가는 진입로로 들어서는 중이었다.

—다리 건너편에 전차가 보입니다.

헤드폰을 통해 중대장의 무전을 받은 방선호가 장규범을 바라보았다.

"미군이 시간 맞춰 왔는데요."

"통과해."

장규범이 일어서서 그와 해치에 나란히 섰다. 장갑차의 대열은 이제 느린 속도로 진입로를 지나 다리의 남단으로 들어서고 있었다.

"저 자식들, 뭐 하는 거야?"

적외선 망원경으로 앞쪽을 바라보던 방선호가 투덜거렸다.

"벌써부터 가로막고 있어. 멍청하긴."

방선호에게서 망원경을 받아 쥔 장규범이 앞쪽을 바라보았다. M—IAI 전차 석 대가 나란히 멈춰 서서 이쪽에 포신을 겨누고 있다.

"정지!"

저도 모르게 소리친 장규범이 방선호를 돌아보았다.

"앞쪽에 연락해라."

무전병이 서둘러 채널을 맞추는 동안 기갑대대의 선두는 다리 남단에 멈추어 섰고, 본대는 진입로와 88대로에 차례로 멈추어 섰다. 2대대와 3대대는 보병대대이므로 수십 대씩 무리를 이룬 트럭의 대열이 연이어 다가와 멈추어 서고 있다.

무전병이 주파수를 맞추는 동안 방선호가 장규범을 바라보았다.

"여단장님, 그냥 통과합시다. 가면 비켜 줄 겁니다."

"아니다."

그는 머리를 저었다.

"비켜나고 나서 통과한다."

다리 남단에 멈춰 선 것은 그의 지휘 차량을 포함한 대여섯 대의 장갑차였다. 나머지는 진입로와 88대로에 몰려 있었다.

"젠장."

짜증이 난 방선호가 혀를 찰 때 무전병이 무전기를 넘겨주었다.

"여보세요. 여긴 제2여단."

무전기를 움켜쥔 장규범이 소리치듯 영어로 말했다.

"비켜라, 제29연대! 다시 말한다! 비켜라!"

그러나 저쪽에서는 대답이 없다. 무전기를 귀에서 뗀 장규범이 그것을 내려다보았을 때 누군가가 '아!' 하고 소리쳤다. 장규범이 머리를 들자 이쪽으로 날아오는 흰 빛줄기들이 보였다.

3시 8분, 제2여단 상황실.

"여단장님은? 여단장님은 어떻게 되었느냔 말이다!"

전영석이 소리치자 잡음 속에서 제2대대장의 목소리가 들려왔다.

—1대대장과 함께 전사하셨습니다.

"다리는 건너지 못했나?"

—예, 참모장님.

포성과 폭발음이 쉴 새 없이 무전기를 통해 들려오고 있다. 전영석은 이를 악물고 앞쪽을 노려보았다.

"철수해라! 즉시 부대로 철수해라!"

3시 15분, 연합사령부 상황실.

전화기를 귀에 댄 채 유남준 준장이 벌떡 일어섰다.

"뭐라구, 쿠데타 군? 그게 무슨 말이야?"

그러자 저쪽에서 짜증 난 듯한 목소리로 다시 말했다. 발음이 분명한 영어다.

—우리가 쿠데타를 일으키려는 한국군을 저지시켰단 말이오.

"당신들, 29연대가?"

—그렇소. 김포의 특전사 소속 2여단 병력이었소. 그들은 성산 대교를 넘으려다가 군의 포격을 받고 다시 김포 쪽으로 도주했습니다.

그 시간의 제2여단 상황실.

7, 8명의 장교가 침통한 얼굴로 앉아 있다. 아무도 선뜻 입을 열지를 않는다. 그러자 전영석에게로 장교 한 명이 다가오더니 조심스럽게 말했다.

"참모장님, 전화를 받지 않습니다."

전영석이 핏발 선 눈을 들었다. 10분 전부터 홍제일과의 교신이 끊어진 것이다. 신호는 갔지만 받는 사람이 없었다.

"과천의 5사단을 대라!"

그가 소리치듯 말하고는 남은 장교들을 돌아보았다.

"책임은 나와 여단장이 진다. 너희들은 모른다고만 해라. 죽은 사람에게 덮어씌우는 것이 살아남은 동료들을 위하는 것이다."

전화기를 든 장교가 다시 다가왔다.

"5사단입니다, 참모장님."

그는 전화기를 귀에 대었다. 기밀을 유지하기 위해 이제까지 5사단과의 연락을 홍제일이 맡았지만 지금은 어쩔 수가 없었다.

"여보세요."

—예, 5사단 상황실의 임태호 중령입니다.

"난 특전사 2여단 참모장 전 대령이오."

—예, 대령님.

"당신의 부대는 어떻게 되었소?"

—무슨 말씀이십니까, 대령님?

"출동 말이오."

—출동한 적 없는데요, 대령님.

대통령은 전화기를 들면서 시계를 올려다보았다. 새벽 3시 반이다. 그는 침대에서 상반신만 일으킨 채 전화기를 귀에 대었다.

"여보세요."

—각하, 이영규입니다.

"응, 웬일이오, 이 시간에?"

—각하 특전사 소속 1개 여단 병력이 청와대로 진입하려다가 성산대교 남단에서 격퇴되었습니다.

"무엇이, 청와대를?"

—예, 각하.

"어떻게 그런 일이."

—군의 일부 불순분자들이었습니다.

대통령이 놀란 듯 잠자코 있었으므로 이영규가 말을 이었다.

—미국 사령부가 다행히 그들의 계획을 포착해서 1개 연대 병력을 출동시켰습니다. 그래서.

"미군이?"

—예, 각하.

대통령은 다시 말을 멈추고 한동안 입을 열지 않았다.

사흘 후, 1996년 2월 28일.

평화조약이 사흘 늦게 선포되었다. 한국과 북한의 대표단은 공동성명을 발표했다.

평화조약의 내용은 남북한이 합의한 대로였지만 한반도의 평화를 위해 맺어진 한, 미, 일 간의 방위조약은 조금 수정되었다. 남한은 한미방위조약을 우선으로 하여 주한 미군을 중심으로 하는 기존 방위 계획을 고수하기로 한 것이다. 그리고 한일방위조약은 폐기되면서, 다만 평화유지군 명목으로 1개 중대의 자위대가 주둔하는 것으로 변경되었다.

그날 밤, 축제의 분위기에 젖어 있는 영동의 어느 신축 아파트 단지 앞에 석 대의 승용차가 소리 없이 다가와 멈추어 섰다. 그러고는 차 문이 일제히 열리면서 10여 명의 사내가 쏟아져 나왔다. 모두 얼굴을 복면으로 가리고 눈만 내어놓았으므로 그들은 검은 그림자 덩어리처럼 보였다.

그들은 발소리는커녕 숨소리도 내지 않았다. 먼저 아파트의 입구로 사뿐히 뛰어 들어간 두 명의 사내가 놀라 입을 벌린 경비원의 목덜미를 쥐고 있던 기관총의 손잡이로 내려쳐 기절시켰고, 그사이 두 패로 나누어진 사내들이 엘리베이터와 층계를 향해 달려갔다.

그들이 605호실 앞에 도착한 것은 그로부터 3분 후였다.

먼저 두 명이 철제문의 고리 부분에 플라스틱 폭탄을 붙이고 전선을 꽂더니 뒤쪽으로 물러난다. 사내들이 일제히 좌우로 물러서자 지휘자로 보이는 사내가 들었던 손을 내렸다. 순간 아파트를 울리는 폭음과 함께 문의 반쪽이 안으로 내동댕이쳐졌다. 사내들은 한 덩어리가 되어 안으로 쏟아져 들어갔다.

먼저 뛰어 들어간 세 명이 제각기 방위를 잡고는 기관총을 쏘아댔는데, 소음기를 끼웠기 때문에 마치 멀리서 울리는 발동기 소리와 비슷했다. 나머지 사내들이 쏟아져 들어갔고, 누군가가 집 안의 불을 켰다.

순식간에 수백 발의 총탄이 쏟아진 집 안은 만신창이가 되어 있었지만 빈집이었다.

문을 모두 열어젖히고 난 부하들이 지휘자를 바라보았다. 복면의 지휘자가 손을 들더니 뒤쪽을 가리키면서 돌아섰다.

사내들은 썰물처럼 아파트를 빠져나갔고, 집 안엔 다시 정적이 찾아들었다.

다음 날, 김원국이 그의 일행과 함께 습격을 당해 피살되었다는 소문이 순식간에 퍼져 나갔다.

김원국을 습격한 것은 일본 정보국이라는 소문도 있었고, 미국 쪽일 것이라는 설도 있었다. 그리고 쉬쉬했지만 한국에서 암살했다는 이야기도 진지하게 떠돌았다.

그렇게 한 달쯤 지나자 국민들은 그를 잊었다. 그에 대한 이야기와 함께.

『밤의 대통령』 4부 1권에 계속…